rororo

Jan Seghers alias Matthias Altenburg wurde 1958 geboren. Der Schriftsteller, Kritiker und Essayist lebt in Frankfurt am Main. Nach dem großen Erfolg von «Ein allzu schönes Mädchen» und «Die Braut im Schnee» folgte «Die Partitur des Todes», ausgezeichnet mit dem Offenbacher Literaturpreis sowie dem Burgdorfer Krimipreis. Danach erschienen «Die Akte Rosenherz» sowie «Die Sterntaler Verschwörung». Alle Romane wurden für das ZDF verfilmt und von über 30 Millionen Menschen gesehen. In seinem neuesten Kriminalroman, «Menschenfischer», löst Kommissar Robert Marthaler seinen sechsten Fall.

«Die Spitze der deutschen Krimizunft … Ein realitätssatter, atmosphärisch dichter True-Crime-Thriller made in Germany, in welchem sich der Frankfurter Autor einmal mehr als einer der bedeutendsten deutschen Krimischreiber erweist.» (Schweiz am Samstag)

«Ein ganz großes Krimierlebnis. Mir hat es ungeheuer Spaß gemacht, wie alle seine Bücher. – Sie sind ja auch immer Bestseller.» (WDR)

«Auch Jan Seghers' sechster Marthaler-Roman spielt stilistisch und atmosphärisch wieder in der Oberklasse deutscher Kriminalromane. Marthalers durchaus glaubwürdige Reisetätigkeit zwischen Deutschland und Frankreich bildet darauf das Sahnehäubchen.» (buchtips.net)

«Jan Seghers Geschichten sind perfekt komponiert, spannend und überraschend! Wer noch keinen seiner Krimis gelesen hat, sollte schleunigst damit anfangen!» (NDR 2)

Jan Seghers

MENSCHENFISCHER

Kriminalroman

Rowohlt Taschenbuch Verlag

Alle Ereignisse und Personen sind frei erfunden,
auch wenn die Wirklichkeit bei ihnen
Pate stand.

Veröffentlicht im Rowohlt Taschenbuch Verlag,
Hamburg, September 2019

Covergestaltung Hafen Werbeagentur, Hamburg
Coverabbildung Dirk Wustenhagen/Trevillion Images;
http://www.pharus-plan.de
Satz aus der Janson
bei Pinkuin Satz und Datentechnik, Berlin
Druck und Bindung CPI books GmbH,
Leck, Germany
ISBN 978-3-499-27202-8

Für die Anderen

The hardest thing of all to see is what is really there.

J. A. Baker, The Peregrine

Am schwierigsten ist es, das zu sehen, was wirklich da ist.

J. A. Baker, Der Wanderfalke

Eilmeldung: Acht Tote, mindestens zwölf Verletzte bei Anschlag in Frankfurter Innenstadt

Zwei Tage vor dem geplanten Besuch des amerikanischen Präsidenten kam es in einem Bankenhochhaus der Frankfurter Innenstadt am frühen Nachmittag zu einem der folgenschwersten Anschläge der letzten Jahrzehnte. Zwei mit Schnellfeuergewehren bewaffnete Männer stürmten gegen 14:30 Uhr in das Großrestaurant «Wintergarten» und eröffneten das Feuer auf die anwesenden Gäste, mit scheinbar wahllosem Ziel. Nach bisherigen Angaben sind acht Menschen getötet und mindestens zwölf, zum Teil schwer, verletzt worden. Augenzeugen berichten von dramatischen Szenen, die sich am Tatort ereignet haben. Es ist von zersplitternden Scheiben und zahlreichen Blutlachen die Rede.

Beim «Wintergarten» handelt es sich um einen großen, von Glas umgebenen, ebenerdigen Saal, der von den Angestellten der DZ-Bank als Kantine genutzt wird, aber auch öffentlich zugänglich ist. Das Haus befindet sich in der Westendstr. 1, nicht weit vom ehemaligen Polizeipräsidium entfernt. Unter den Opfern, von denen noch nicht alle identifiziert werden konnten, befinden sich auch der für die Sicherheit beim bevorstehenden Besuch des amerikanischen Präsidenten verantwortliche Einsatzleiter des Secret Service und einer seiner Kollegen. Die beiden hatten den Auftrag, zu prüfen, ob sich der «Wintergarten» als Empfangssaal für einen Auftritt von Barack Obama eignet. Der jüngere der getöteten Agenten wurde 36 Jahre alt. Es heißt, er habe seine Kindheit in Ramstein (Rheinland-Pfalz) verbracht, da sein Vater an der dortigen Airbase stationiert gewesen sei, und habe die deutsche Sprache perfekt beherrscht. Über den Einsatzleiter liegen bislang keine weiteren Informationen vor.

Zuvor war bekannt geworden, dass man wegen eines Sprengstofffundes vom ursprünglich vorgesehenen Auftrittsort, dem «Gesellschaftshaus Palmengarten», Abstand genommen hatte. Wohin man jetzt ausweichen wird, ist nach den Ereignissen des Nachmittags noch nicht entschieden. Ebenso wenig, ob der Besuch des Präsidenten aufgrund der Ereignisse womöglich verschoben wird.

Schon seit Tagen befindet sich die Stadt wegen umfangreicher Sicherheitsmaßnahmen im Ausnahmezustand. Zahlreiche Gullydeckel entlang der geplanten Route wurden verschweißt, Papierkörbe abgebaut, Gebäude durchsucht und der Zugang teils gesperrt. Auf den Dächern und in den oberen Stockwerken einiger Häuser werden während der Anwesenheit des amerikanischen Staatsoberhauptes Scharfschützen sowie Kameramänner des Secret Service postiert sein.

Die Täter des heutigen Anschlags konnten unerkannt fliehen. Zeugen zufolge benutzten die vermummten Männer für ihre Flucht zwei Motorräder, mit denen sie sich in westlicher Richtung aus der Innenstadt entfernten.

Das Motiv für den Anschlag ist noch vollkommen unklar. Ob es sich möglicherweise um ein islamistisches Attentat handelt, wollte man von Seiten der Ermittler nicht bestätigen. Ein Bekennerschreiben, so heißt es, gebe es bislang nicht.

Die Bundesanwaltschaft wird gemeinsam mit den amerikanischen Behörden die Ermittlungen leiten. Örtliche Kräfte werden bei Bedarf hinzugezogen.

Für den Abend oder den morgigen Vormittag wurde eine Pressekonferenz angekündigt.

City-Express online, 28. August 2013, letztes Update: 15:48 Uhr

ERSTER TEIL

EINS

Als Hauptkommissar Robert Marthaler an der Station Marseillan-Plage aus dem Regionalzug stieg und seine Reisetasche in den Staub stellte, hatte er sofort das Gefühl, einen Fehler begangen zu haben. Er stemmte die rechte Hand in die Hüfte, reckte sich, wischte mit dem Taschentuch den Schweiß von der Stirn und schaute sich um. Die Luft war heiß und trocken. Außer einer trächtigen Katze, die sich schwerfällig über die Straße schleppte, war kein Lebewesen zu sehen.

Ich hätte nie hierherkommen dürfen. Ich hätte zu Hause bleiben und mich den Problemen stellen müssen, die dort auf mich warten. Stattdessen bin ich geflohen. Ich bin vor Tereza geflohen. Ich wollte nicht hören, was sie mir zu sagen hat, und habe mich gedrückt vor den Entscheidungen, die ich so oder so werde treffen müssen. Der Anruf eines ehemaligen Kollegen hat genügt, dass ich alles stehen- und liegenlasse, ans Mittelmeer fahre und behaupte, hier würde ich dringender gebraucht als in Frankfurt. Ich bin ein Feigling, der so tut, als sei er hier, um seine Pflicht zu erfüllen.

Das Telefon hatte ihn mitten in der Nacht geweckt. Mit dem Hörer in der Hand stand Marthaler am Fenster und schaute in die Dunkelheit. Er wartete und sah den feinen Regen durch das Licht der Straßenlaterne fallen.

Obwohl sich niemand meldete, hatte er den Eindruck, dass der Anruf von einem Mobilgerät kam. Das ferne Rauschen wurde immer wieder durch völlige Stille unterbrochen.

«Tereza?», fragte er schließlich. Dann noch einmal: «Tereza, was …?»

«Marthaler, bist du es?»

Es war die brüchige Stimme eines Mannes.

«Wer spricht da?»

«Ferres … Hier ist der … der Rudi … Ferres. Kannst du mich hören? Die Verbindung ist schlecht. Ich … Warte! Ich geh nach draußen. Verstehst du mich jetzt?»

«Ja, Ferres, ich versteh dich gut. Was willst du? Wo bist du? Keiner weiß was. Alle fragen sich, was aus dir geworden ist.»

«Einen Scheiß fragt ihr euch. Ihr seid froh, dass ich weg bin. Ich bin … ich bin, wo ich immer bin. Der Himmel ist sternenklar. Du musst … das musst du dir anschauen.»

«Was ist mit dir?», fragte Marthaler. «Bist du betrunken?»

Ferres schnaufte. Plötzlich schwenkte er um. «Du … musst mir helfen, Robert!»

«Du hast Glück, dass ich nicht auflege», sagte Marthaler. «Ich hatte eine Woche Urlaub und hab fünf weitere Tage vor mir, also bin ich relativ entspannt. Aber wenn du mir nicht bald sagst, was …»

«Robert, bitte …»

«Wenn ich dir helfen soll, musst du endlich mit der Sprache rausrücken, Ferres! Wobei muss ich dir helfen? Was willst du mitten in der Nacht?»

Ferres schwieg einen Moment. «Ich … ich hatte gerade genügend Mut, mit dir zu sprechen.»

«Und den Mut hast du dir angetrunken? Dir geht's nicht gut, oder?»

«Ich bin fertig, Robert. Du musst herkommen!»

Unwillkürlich stieß Marthaler einen Laut des Unmuts aus. «Ich muss mir deinen Himmel anschauen. Ich muss dir helfen. Ich muss zu dir kommen. Weißt du was, Ferres? Ich muss gar nichts. *Du* musst mir sagen, was du von mir willst. Vielleicht ist es besser, wenn wir morgen noch mal sprechen, wenn du wieder …»

«Nein, Robert, bitte …»

«Also …?»

«Du erinnerst dich an den Fall Tobias Brüning?»

Marthaler stutzte. Gab es irgendwen, der sich nicht daran erinnerte? «Sag nicht, dass du immer noch an der Sache dran bist … Hast du Neuigkeiten?»

«Das erzähle ich dir, wenn du hier bist», sagte Ferres.

Vor mehr als 15 Jahren, am Nachmittag des 24. April 1998, hatten spielende Kinder die Leiche des dreizehnjährigen Tobias Brüning in einem Fußgängertunnel entdeckt, unter den Gleisen der Güterbahn im Frankfurter Gallusviertel. Der Mörder hatte dem Jungen die Kehle durchgeschnitten, ein Stück Fleisch aus dem Oberschenkel entnommen und ihm die Hoden abgetrennt. Vor seinem Tod war das Kind geschlagen und gewürgt worden – vermutlich bis zur Bewusstlosigkeit.

Die Tat hatte nicht nur im ganzen Land für großes Entsetzen gesorgt, sondern auch eine der umfangreichsten

Polizeiaktionen der Nachkriegsgeschichte ausgelöst. Nirgendwo in Deutschland, nirgendwo in der gesamten Welt war ein ähnlicher Fall bekannt. Bis heute war der Mörder von Tobias Brüning nicht gefasst worden.

«Gibt es eine neue Spur oder nicht?», fragte Marthaler noch einmal, und er spürte, wie seine Nerven reagierten, wie seine Neugier unwillkürlich wuchs.

«Ja, Robert, es gibt eine neue Spur. Komm einfach her! Ich bin in Südfrankreich, in Marseillan. Das Küstenstädtchen ist wirklich hübsch, du wirst sehen. Wir haben wunderbares Wetter. Du … du musst den Fall übernehmen.»

Marthaler lachte. «Habe ich dir nicht genau das kurz vor deiner Pensionierung angeboten? Weißt du noch, ich hatte gerade ein wenig Luft, aber du …»

«Ich weiß, ich … ich hab mich damals wie ein Arschloch benommen. Aber, Robert … wir … wir haben uns eine Zeitlang ziemlich gut verstanden.»

«Ja, das haben wir», sagte Marthaler, «bis du angefangen hast zu spinnen, bis du abgedreht bist. Warum kommst *du* nicht nach Frankfurt, wenn ich dir helfen soll?»

Es dauerte eine Weile, bis Ferres antwortete. «Weil … ich verdammt noch mal nicht mehr kann. Setz dich in deinen Wagen und fahr los!»

Marthaler wartete, ob noch etwas kam.

«Also …?», fragte Ferres.

«Also was?»

«Wirst du herkommen?»

«Ich muss nachdenken, Ferres. Ruf mich morgen früh wieder an! Aber erst, wenn ich ausgeschlafen habe.» Dann beendete Marthaler das Gespräch.

Er blieb noch einen Moment neben dem Telefon stehen und schüttelte den Kopf. Aber mit einem Mal merkte er, dass sich etwas in ihm löste. Und die Aussicht, für ein paar Tage diesem kühlen, verregneten Spätsommer zu entfliehen, unter welchem Vorwand auch immer, kam ihm gar nicht mehr so abwegig vor.

Am nächsten Morgen wählte er um halb sieben die Nummer seiner Chefin Charlotte von Wangenheim. Er bat sie, seinen Urlaub unterbrechen zu dürfen, ihm eine Dienstreise zu genehmigen.

«Du weißt schon, was passiert ist, Robert?»

«Du meinst den Anschlag? Ich lebe nicht auf dem Mond, Charlotte. Ich weiß aber auch, dass das BKA und die Amerikaner die Ermittlungen durchführen. Außer ein paar Laufburschen werden sie niemanden von uns zulassen.»

«Kann sein, kann nicht sein. Und wo willst du hin?»

«Nach Südfrankreich. Du erinnerst dich an Rudi Ferres?»

«Du lebst nicht auf dem Mond, und ich hab kein Loch im Kopf, Robert. Jeder erinnert sich an Ferres.»

«Er sagt, es gibt eine neue Spur im Fall Tobias Brüning.»

«Wieso weiß ein pensionierter Polizist etwas, das wir nicht wissen? Außerdem verfolgt das LKA inzwischen eine andere Theorie.»

«Ferres hat offensichtlich weiterermittelt», sagte Marthaler.

«Ferres ist …»

«Ich weiß, dass Ferres verrückt ist, Charlotte. Aber er ist

auch ein verdammt guter Polizist. Lass es mich versuchen, bitte!»

«Mach, was du willst», sagte sie. «Das machst du ja sowieso. Sobald du angekommen bist, teilst du mir deine Adresse mit, damit ich dir wenigstens ein Telegramm schicken kann, falls du wie üblich dein Handy nicht eingeschaltet hast.»

Eine halbe Stunde später brachte ein Kollege aus dem Präsidium den alten moosgrünen Mercedes vorbei und stellte ihn am Straßenrand ab. Wie verabredet hupte er zweimal kurz und warf den Schlüssel in den Briefkasten.

Marthaler hatte bereits seine Reisetasche gepackt, den ziemlich zerfledderten Michelin-Atlas und sein Schulwörterbuch auf die Ablage im Flur gelegt. Er steckte seine Kreditkarte und den Personalausweis ins Portemonnaie, ging in die Küche, brühte sich einen doppelten Espresso und aß ein aufgebackenes Brötchen, das er dick mit Butter und Orangenmarmelade bestrich.

Schon um kurz nach sieben meldete sich Ferres. Seine Stimme klang fester als in der Nacht zuvor. Offensichtlich war er nüchtern. Allein, dass er von Marthaler nicht sofort eine Absage auf seine Bitte erhalten hatte, schien ihn ein wenig aufzurichten.

«Hast du ausgeschlafen?», fragte Ferres.

«Gib mir deine Adresse!», sagte Marthaler.

«Das heißt … das heißt, du kommst?» Ferres' Ton verriet das Lächeln auf seinem Gesicht.

«Ich komme.»

«Es gibt keine Adresse.»

«Du wohnst also im Straßengraben?»

«Nicht im Straßengraben, aber auf einem Grundstück ohne Haus. Ich wohne da, wo der Canal du Midi in den Étang de Thau mündet. Frag einfach nach dem verrückten Deutschen, der am Kanal lebt. Es ist direkt neben der Pferdekoppel. Wann wirst du da sein?»

«Kommt drauf an, wie ich durchkomme, wann ich müde werde. Es sind über tausend Kilometer. Ich werde sicher irgendwo übernachten müssen …»

«Egal, lass dir Zeit. Wir machen es so: Wenn du hier bist, rufst du an, dann hol ich dich ab. Aber du kommst nicht mit dem Zug oder mit dem Flugzeug, oder? Lass dir ein Auto geben, du wirst ein paar Akten mit zurücknehmen müssen!»

«Der Wagen steht bereits vor der Tür.»

«Gut. Wann fährst du los?»

«Jetzt», sagte Marthaler.

«Robert?»

«Was?»

«Du rettest mir nicht das Leben, aber du gibst mir mehr, als ich noch zu bekommen erhofft hatte.»

Hauptkommissar Robert Marthaler weigerte sich, über diese Bemerkung seines ehemaligen Kollegen nachzudenken.

Als er vierzig Kilometer hinter Freiburg den Rhein überquerte und das blaue Schild mit dem Kreis aus gelben Sternen und der Aufschrift «France» hinter sich ließ, atmete Marthaler auf. Er hatte das Gefühl, entkommen zu sein. Es war, als habe er sich einen kurzen Urlaub vom Leben genommen.

Er genoss es, höchstens hundertdreißig Stundenkilometer auf der Autobahn fahren zu dürfen und nicht unentwegt von schnelleren Fahrzeugen bedrängt zu werden. Er mochte die fremden Namen der Orte, die er passierte, und es gefiel ihm, nicht sofort verstanden zu werden, wenn er sich an einer Raststätte einen starken Kaffee mit ein wenig Milchschaum bestellte. Er genoss alles, was anders war als zu Hause.

Bei Dole bog er ab Richtung Lyon. Es regnete noch immer, aber weil die Strecke nur wenig befahren war, hatte er Zeit, sich auf anderes als den Verkehr zu konzentrieren. Er wollte nachdenken über den Fall Tobias Brüning, über Rudi Ferres und was aus ihm geworden war.

Ferres war damals als einer der Ersten am Tatort gewesen, und er war es auch, der die Sonderkommission zusammengestellt und von Anfang an geleitet hatte. Kein anderer hätte es besser machen können. Es war ihm gelungen, Kollegen in ganz Deutschland und schließlich in ganz Europa für den Fall zu sensibilisieren. Es gab zahllose Polizisten, die im In- und Ausland recherchierten und Zehntausenden Hinweisen und Spuren nachgingen. Über Jahre hinweg hatte Ferres es verstanden, die Medien für sich einzuspannen. Immer wieder gab es Fernsehsendungen und Zeitungsreportagen über den Fall, wurden Zeugen gesucht und wurde die Öffentlichkeit um Mithilfe gebeten. Es hatten sich die üblichen Verrückten gemeldet, aber jedes Mal waren auch Hinweise eingegangen, die vielversprechend waren und denen man nachgehen musste. Das Material, das auf diese Weise zusammengekommen war, füllte am Ende mehr als 300 Aktenordner mit über 150000 Seiten Papier.

Mit jeder Spur keimte neue Hoffnung auf, die sich irgendwann in Ernüchterung verwandelte. Der Mörder von Tobias Brüning blieb unauffindbar.

Rund hundertvierzig Kollegen hatten anfangs in der «Sonderkommission Tunnel» des Frankfurter Polizeipräsidiums gearbeitet, die aber, wie es immer bei solchen Fällen ist, von Jahr zu Jahr schrumpfte. Ein Kollege nach dem anderen wurde abgezogen, zum Schluss blieb nur noch Ferres übrig. Die Hügel einzelner Enttäuschungen waren zu einem Gebirge angewachsen.

Aus Erzählungen wusste Marthaler, dass die Laufbahn seines Kollegen bei der Kriminalpolizei nicht ohne Irritationen begonnen hatte. Kurz nachdem Ferres Mitte der siebziger Jahre Mitglied der Zweiten Mordkommission geworden war, kursierten im Präsidium ein paar alte Fotos; niemand wusste, wo sie herkamen. Eines davon zeigte Ferres als Demonstranten auf einem Ostermarsch in den sechziger Jahren, wie er ein Transparent gegen die atomare Aufrüstung in die Höhe hielt. Auf einem anderen war er als immer noch junger, sehr schlanker Mann mit langen Haaren und nacktem Oberkörper zu sehen. Er hatte seinen Arm um die Schultern eines Mädchens gelegt, das nichts anhatte als einen kurzen Rock und Lackstiefel, die ihr bis fast zu den Knien reichten. Zwischen Ferres' Lippen klemmte ein riesiger Joint. An der Wand hinter den beiden sah man ein Poster mit dem Porträt von Ernesto Che Guevara.

Ferres war stundenlang zu seiner Vergangenheit und zu seinen politischen Ansichten befragt worden, man hatte ihn kurzzeitig suspendiert, und für eine Weile sah es so aus, als wäre seine Karriere bei der Polizei beendet, bevor sie noch recht begonnen hatte. Sein Vorgesetzter hatte schließlich ein Machtwort gesprochen. «Schluss, Leute», hatte er gesagt. «Lasst den Mann in Ruhe. Ein bisschen frischer Wind kann uns nur guttun.»

Von diesem Moment an wusste Ferres, dass er Rückendeckung hatte und seine Qualitäten zur Geltung bringen konnte. Die männlichen Kollegen waren neugierig auf ihn, weil er aus einem anderen Stall kam, weil er frecher war, selbstbewusster, schlagfertiger und weil er anders roch. Die Frauen im Präsidium schätzten an ihm, dass er gut aussah, ihnen zuhörte und auf dumme Sprüche verzichtete.

Rudi Ferres konnte ein Betriebsfest den ganzen Abend mit seinen Geschichten unterhalten, ohne dass jemals eine peinliche darunter gewesen wäre. Er war schon bald in den Personalrat gewählt worden, wollte aber keinesfalls dessen Vorsitzender werden. Und als man in den folgenden Jahren mehrfach versuchte, ihn auf weitaus besser bezahlte Posten zu befördern, lehnte er immer mit der Begründung ab, dass er lieber Türen eintrete, als mit dem Innenminister mittagzuessen. Obwohl er noch immer ein wenig verwegen aussah, war er inzwischen zu einem Polizisten geworden, den man gerne auf jeder Pressekonferenz vorschickte, um der Öffentlichkeit zu zeigen, wie tolerant, souverän und sogar witzig man bei der Kripo sein konnte.

Ferres war längst glücklich verheiratet, hatte einen fast erwachsenen Sohn, eine halbwüchsige Tochter und ein Haus mit Garten, als an jenem warmen Apriltag im Jahr 1998 der Junge im Frankfurter Gallusviertel ermordet wurde und damit auch das bisherige Leben des Kriminalpolizisten Rudolf Ferres zu Ende ging.

Der Anblick der Leiche hatte ihn sichtlich erschüttert. Aber wie jedem guten Polizisten war es ihm gelungen, seine Bestürzung in Entschlossenheit zu verwandeln. Noch am selben Abend hatte er die engsten Vertrauten um seinen Schreibtisch versammelt. Alle hatten sich einen ersten Eindruck verschafft, jeder gab seine Einschätzung der Lage ab. Am Ende war man sich einig, dass keiner voraussagen konnte, was auf sie zukommen würde. Niemand von ihnen hatte je einen vergleichbaren Fall erlebt.

Seine Vorgesetzten gaben Ferres freie Hand. Er durfte entscheiden, wer in die «SoKo Tunnel» aufgenommen wurde, und er bekam jeden, den er haben wollte. Niemals zuvor waren einem Ermittler der Frankfurter Kriminalpolizei so viele Freiheiten gelassen und so viele Mittel zur Verfügung gestellt worden.

Fortan bestand Ferres darauf, dass man ihm alle Spuren zeigte, dass man ihm das Protokoll jedes Anrufs und das Ergebnis jeder Befragung vorlegte. Er wollte genauso viel wissen wie alle hundertfünfzig Polizisten zusammen, die inzwischen an dem Fall arbeiteten.

Von da an konnte man ihn Tag und Nacht in seinem Büro antreffen, bald verließ er es auch am Wochenende kaum mehr. Das ging so über Wochen, über Monate, über Jahre. Bis seine Ehe zerbrach und seine Kinder sich von ihm lossagten. Er musste sein Haus verkaufen und zog in ein winziges Zimmer mit Kochnische im Frankfurter Bahnhofsviertel, das er nur betrat, um ab und zu ein paar Stunden zu schlafen, seine Wäsche zu waschen, zu duschen und ein paar Ravioli aus der Dose zu essen.

Im Präsidium bewunderte man ihn anfangs für seinen

Fleiß und seine Hartnäckigkeit. Man klopfte ihm in der Kantine anerkennend auf die Schulter, dem Nachwuchs auf den Polizeiakademien wurde er als Vorbild präsentiert, und zweimal in Folge wählte ihn das Mitgliedermagazin der Gewerkschaft der Polizei zum Polizisten des Jahres.

Es hieß: Ferres knackt den Fall.

Ein paar Jahre später: Wenn einer den Fall noch knackt, dann Ferres.

Bis schließlich die ersten Stimmen laut wurden, die sagten: Der Fall ist nicht zu knacken. Er ist ausermittelt.

«Ausermittelt» hieß, man hatte alle Zeugen befragt, jeden Verdächtigen gegrillt, alle Zusammenhänge, die zu rekonstruieren waren, rekonstruiert. Man hatte alle Spuren verfolgt, jede Hypothese bedacht und jede Möglichkeit ausgeschöpft. Ein geklärter Fall konnte ebenso ausermittelt sein wie ein ungeklärter. Ausermittelt hieß, es gab nichts mehr zu tun für die Kriminalisten.

Bald darauf machte das Wort von Ferres' Besessenheit die Runde. Seine Arbeitswut, so tuschelte man, übersteige jedes gesunde Maß. Es wurde gewitzelt, die Leitung der «SoKo Tunnel» habe aus ihm einen Mann mit Tunnelblick gemacht. Er habe sich verrannt und damit die goldene Regel aller guten Polizisten verletzt: Lass niemals einen Fall zu nah an dich herankommen!

Inzwischen war man überzeugt, dass der Mörder von Tobias Brüning nicht mehr zu überführen sei; und die Verbissenheit von Ferres zeige, dass der sich nicht mehr wie ein Profi verhalte, sondern wie jemand, der sich, aus welchen Motiven auch immer, verrannt habe in eine aussichtslose Sache. Ein Nerd, ein Maniac, den man nur wegen seiner zahlreichen Verdienste in der Vergangenheit gewähren lasse und weil er inzwischen zu alt sei, als dass man ihn noch rauswerfen oder auf einen Posten im Archiv abschieben könne.

Marthaler war nur in der Hochphase der Ermittlungen mit dem Fall befasst gewesen, hatte die Akten studiert und Zuarbeit geleistet wie alle anderen auch. Er hatte den älteren Kollegen geschätzt wegen seiner Schnelligkeit, seiner Weltläufigkeit, seines Witzes. Vor allem aber dafür, dass Ferres es verstand, die Kollegen zu motivieren, die Fähigkeiten eines jeden zu erkennen und für die Ermittlungen nutzbar zu machen. Seine Augen blitzten, wenn man mit ihm sprach, seine Zuversicht übertrug sich. Er mobilisierte Kräfte selbst bei jenen, die nichts von ihren Kräften wussten.

Doch Jahre später, als Ferres begann, wunderlich zu werden, als seine Familie sich von ihm abwandte, als keine neuen Erkenntnisse mehr zu erwarten waren, neigte auch Marthaler zur selben Auffassung wie die meisten seiner Kollegen – der Fall war ausermittelt.

Dann aber, vier Jahre vor seiner Pensionierung, hatte es Ferres den Skeptikern noch mal gezeigt. Ein weiteres Mal war er die gesamte Akte Seite für Seite durchgegangen. Und tatsächlich hatte er etwas bemerkt, das alle im Wust der Informationen und der Tausende Vernehmungsprotokolle übersehen hatten: Von mehreren Zeugen, die nichts miteinander zu tun hatten, war ein Mann beschrieben worden, der durch eine große Narbe an der Oberlippe auffiel, einen Pferdeschwanz trug und sich um den Zeitpunkt des Mordes herum im Gallusviertel oder in der unmittelbaren Umgebung aufgehalten hatte.

Ferres trommelte die Zeugen zusammen und ließ ein Phantombild erstellen, mit dem am Ende jeder zufrieden war. Das Bild wurde in mehreren Fernsehbeiträgen und in fast allen Zeitungen und Zeitschriften veröffentlicht. Es gab zahllose Hinweise von Leuten, die glaubten, den Porträtierten zu kennen.

Noch einmal keimte Hoffnung im Präsidium auf. Erneut wurde eine kleine Sonderkommission gebildet, die Spuren in halb Europa nachging.

Aber am Ende blieb alles vergeblich. Der kurzen Euphorie folgte ein gehöriger Katzenjammer. Allein Rudi Ferres hielt an seiner irren Gewissheit fest, dass man kurz vor dem Durchbruch stand.

Mehr aus Mitleid denn aus Überzeugung hatte Marthaler seinem Kollegen damals Hilfe angeboten. «Ich bin zuständig für alte, unaufgeklärte Fälle. Du gehst bald in den Ruhestand; wenn du willst, nehme ich mir die Geschichte noch mal vor.»

Ferres hatte mit einer Beschimpfung geantwortet: «Du willst abkassieren, ja? Du glaubst, du kannst die Ernte einfahren, nachdem ich all die Jahre die ganze Arbeit geleistet habe. Ich sage dir was: Verpiss dich! Verpisst euch alle!»

Zum letzten Mal hatte er seinen Kollegen vor zwei Jahren gesehen, bei dessen Verabschiedung aus dem Polizeidienst. Marthaler hatte sich gewundert, zu der Feier überhaupt eingeladen worden zu sein. Es wurde eine traurige Veranstaltung. Ferres hatte in die Gaststätte «Zur Stalburg» gebeten, aber sofort betont, dass er nicht mehr als Apfelwein, Bier und Brezeln bezahlen werde, schließlich müsse er künftig sorgsam haushalten. Stimmung hatte nicht aufkommen wollen, die Schultern blieben steif, jedes Lächeln auf den Lippen bemüht. Die meisten verabschiedeten sich früh. Man war froh, die Nervensäge endlich los zu sein. Nur Ferres selbst wirkte seltsam gelöst, so als habe er einen Trumpf in der Hinterhand, den er in Kürze ausspielen werde.

Ein paar Tage später war Rudolf Ferres verschwunden, und niemand hatte je wieder von ihm gehört. Fast niemand.

ZWEI

Kurz vor Montélimar beschloss Marthaler, auf die Landstraße abzubiegen. Gegen Mittag hatte es aufgehört zu regnen, und als er nun über die sanften Hügel der Provence zwischen dem allmählich verblühenden wilden Lavendel Richtung Süden fuhr, merkte er, dass sich ein Lächeln auf seinem Gesicht breitmachte. Mit jedem Kilometer wurde es wärmer. Hier verdiente der Sommer noch seinen Namen. Der Himmel war wolkenlos, und fast glaubte Marthaler, bereits das Meer zu sehen.

Er fuhr kurz an den Straßenrand, um seine Jacke auszuziehen und für einen Moment die Aussicht zu genießen. Er fühlte sich um viele Jahre zurückversetzt. Als junger Mann hatte er diese Landschaften immer wieder durchstreift, hatte in Flüssen gebadet und sich hinterher auf den glatten Felsen am Ufer gewärmt. Mal hatte er in Scheunen übernachtet, mal sein kleines Zelt auf der Wiese eines Bauern aufstellen dürfen. In Saintes-Maries-de-la-Mer hatte er ein paar Nächte am Strand geschlafen.

Ihre wenigen gemeinsamen Ferien hatten Tereza und Marthaler ausnahmslos in Tschechien verbracht. Terezas Sehnsucht nach ihrer alten Heimat war so groß, dass sie nirgendwo anders hinwollte. So waren Marthalers Jugendträume vom Leben im französischen Süden mit den Jahren verblasst.

Doch mit einem Mal war das alles wieder da: die langen, von Platanen gesäumten Alleen, die zerfallenen Häuser aus Naturstein mitten in den Feldern. Die flammenden Zypressen, der Duft der Pinien und das Geschrei der Zikaden unter der heißen Sonne.

Als er an Saint-Rémy vorbeikam, fiel ihm die Kollegin ein, von der er wusste, dass sie jeden Sommer dort Urlaub machte. Ihre Liebe zu dieser Gegend war spät erwacht, aber nun zählte sie die Tage bis zur Pensionierung, um endlich den Großteil des Jahres in der Provence verbringen zu können. Marthaler ließ die Scheibe herunter und entsandte ihr einen stummen Gruß.

Und dann, bereits in der Abenddämmerung, sah er wieder die weißen Pferde und Flamingos der Petite Camargue. Noch einmal machte er halt. Er trank einen Schluck von dem warm gewordenen Mineralwasser und wusch sich mit dem Rest die Hände. Er merkte, dass er müde wurde und Hunger bekam. Bis nach Marseillan würde er noch anderthalb Stunden brauchen.

Als er weiterfahren wollte, gelang es ihm nur mit Mühe, den Motor zu starten. Er schaltete die Scheinwerfer ein und sah, dass das Warnlicht der Ladekontrolle in unregelmäßigen Abständen aufleuchtete. Also beschloss er, sich ein Hotel zu suchen und am nächsten Morgen einen Mechaniker nach dem Wagen sehen zu lassen.

Kurz hinter Saint-Gilles sah er das Schild «Hôtel-Restaurant La Belle Corse». Er bog von der Landstraße ab und folgte dem schmalen Landwirtschaftsweg, der zwischen Feldern und Weiden leicht bergan führte. Nach anderthalb Kilometern hatte er ein großes Landhaus samt Stall und

Scheune erreicht, das von Bäumen umgeben war. Das Ganze glich eher einem Bauernhof als einem Hotel. Er holte seine Reisetasche aus dem Kofferraum und stieg die breite Eingangstreppe hinauf. Eine Klingel gab es nicht, und auf sein wiederholtes Klopfen meldete sich niemand. Schließlich umrundete er das Gebäude und gelangte auf eine große Wiese mit Obstbäumen, unter denen ein paar Tische und Bänke standen. Am Eingang eines Holzschuppens sah er eine Frau im Blaumann mit zwei Eimern hantieren.

«Madame», rief Marthaler. Dann noch einmal etwas lauter: «Madame!»

Die Frau schien ihn nicht zu bemerken. Erst als er zwei Meter hinter ihr stand, fuhr sie erschrocken herum.

Marthaler lächelte: «Sind Sie die schöne Korsin?», fragte er und setzte seine Tasche auf dem Boden ab. «Ich hätte gerne ein Zimmer für eine Nacht und eine Kleinigkeit zu essen.»

Die Frau sah ihn unverwandt an. Marthaler schätzte sie auf Anfang vierzig. Sie war klein, kräftig und trug ihr dunkles Haar kurz geschnitten. «Haben Sie nicht gelesen? Wir haben geschlossen.»

Er war verwirrt. «Nein, ich … Mein Wagen macht Schwierigkeiten. Sie haben im August geschlossen?»

Ihr Blick war sehr direkt und zeigte keinerlei Entgegenkommen. Sie kam ein Stück näher. Ihre Brauen zogen sich zusammen, und ihre Nasenflügel weiteten sich. Sie wirkte ein wenig erstaunt. Dann schüttelte sie den Kopf.

«Mein Mann ist vor acht Wochen gestorben. Sie sehen ihm ähnlich, und Sie riechen wie er», sagte sie, bevor sie sich abwandte. «Wir sind noch nicht wieder so weit.»

«Das tut mir leid. Ich ...»

Er nahm seine Tasche und wollte sich bereits verabschieden, um woanders sein Glück zu versuchen, als sie ihn zurückhielt. «Wenn Sie essen, was wir haben, können Sie bleiben. Aber Sie müssen mit einem Armeleutemahl zufrieden sein.» Marthaler nickte. Als die Frau seine Erleichterung sah, zeichnete sich ein Lächeln auf ihrem Gesicht ab, das in derselben Sekunde wieder erstarb. Sie streckte ihm die Hand entgegen: «Marie», sagte sie. «Ich werde Nicolas rufen. Mein Neffe wird Sie auf Ihr Zimmer bringen. In einer halben Stunde können Sie runterkommen. Wollen Sie draußen essen?»

Der junge Mann hatte es sich nicht nehmen lassen, Marthalers Tasche zu tragen. Er stellte sie auf das alte Doppelbett, das neben dem Schrank, einem Stuhl und den beiden Nachttischen das einzige Mobiliar des geräumigen Zimmers war. Ein Badezimmer und eine Toilette gab es auf dem Flur.

«Meine Tante ist verrückt vor Trauer», sagte Nicolas, als müsse er etwas erklären. «Erst hat sie zwei Wochen geweint, dann hat sie zwei Wochen Tag und Nacht gearbeitet. Jetzt weint und arbeitet sie gleichzeitig. Sie war so eine schöne, fröhliche Frau ...»

Marthaler wusste nicht, was er sagen sollte. Er wartete ein paar Sekunden, dann fragte er den Neffen nach einem Mechaniker.

Nicolas lächelte: «Ein schönes Auto. Erst muss ich etwas essen und mich um die Tiere kümmern. Danach kann ich mir den Wagen anschauen, wenn Sie wollen.»

«Das wäre nett», sagte Marthaler.

Er nahm seine Waschtasche und ging ins Badezimmer. Im warmen Wasser der Wanne hatte er Mühe, nicht einzuschlafen.

Man hatte ihm einen Tisch nahe dem Haus gedeckt. Als er sich setzte, merkte er, dass dies der einzige Platz war, auf den die letzten Strahlen der Abendsonne fielen. Vor ihm standen eine Flasche mit rotem Landwein und eine Karaffe Leitungswasser. Marie brachte ihm einen Teller mit Pastete und Schinken, einen Korb frisches Landbrot und ein Schälchen Butter. Die Witwe trug jetzt ein schlichtes schwarzes Kleid. Sie ging so wortlos, wie sie gekommen war.

Als Marthaler hinter sich leise Stimmen hörte, schaute er sich kurz um. Durch die offene Flügeltür konnte er die Tante und ihren Neffen in der Küche sehen. Sie saßen einander gegenüber und nahmen ebenfalls ihre Mahlzeit ein.

Kaum hatte Marthaler aufgegessen, stand Marie wieder neben ihm. «Bon garçon», sagte sie, als sie seinen leeren Teller sah. Sie stellte eine Pfanne mit einem riesigen Omelett auf den Tisch. Es schwamm in Öl und bestand aus Kartoffeln, Zwiebeln, Eiern, den Scheiben einer Paprikawurst, Oliven und frischen Kräutern.

Wenn das ein Armeleuteessen ist, würde es mir nichts ausmachen, arm zu sein, dachte Marthaler. Er schaffte etwas mehr als die Hälfte, dann gab er auf. «Böser Junge», sagte Marie diesmal, wieder ohne zu lächeln. «Möchten Sie später ein Dessert, einen Kaffee?»

Marthaler verneinte. Stattdessen erhielt er eine Platte mit Käse, von dem er eigentlich nur noch kosten wollte, der ihm dann aber so gut schmeckte, dass er sich fast schämte für die wenigen Reste, die er übrig ließ. Er trank seinen Wein aus. Dann ging er ins Haus auf sein Zimmer. Dort schlief er augenblicklich ein.

Mitten in der Nacht wachte er auf. Er hatte ein Geräusch gehört. Einen Moment lang blieb er reglos liegen, um sich zu orientieren. Er öffnete die Augen einen Spaltbreit und sah die Silhouette der Wirtin im schwachen Licht der Flurlampe in seiner Zimmertür stehen. Sie stand dort, reglos. Sie war barfuß und trug noch immer ihr schwarzes Kleid. Dann trat sie auf sein Bett zu. Er schloss die Augen ganz und wartete.

Schließlich setzte sie sich auf die Bettkante und streichelte seine Hand. Er hörte ihr unterdrücktes Schluchzen. Nach einiger Zeit stand sie auf, verließ den Raum und schloss die Tür hinter sich. Marthaler brauchte eine Weile, um wieder einzuschlafen.

Am Morgen sah er sie nicht. Es war schon nach elf, als er in die Küche kam. Nicolas brachte ihm Kaffee, Baguette, Croissant, Butter und Marmelade.

«Schlechte Nachrichten», sagte er. «Die Lichtmaschine ist kaputt.»

«Verdammt», erwiderte Marthaler, «ich muss nach Marseillan.»

Der junge Mann hob beide Hände. «Es wird eine Weile dauern, bis wir eine neue besorgt haben.»

«Können Sie mir ein Taxi rufen?», fragte Marthaler.

«Wenn Sie bis Mittag warten, nehme ich Sie mit nach Montpellier. Von dort fährt ein Regionalzug. Das ist billiger.»

Auch egal, dachte Marthaler und nickte. «Gerne», sagte

er, «das ist sehr freundlich. Dann lassen Sie mich schon mal die Übernachtung und das Essen bezahlen!»

«Oder ich kümmere mich um Ihren Wagen», sagte Nicolas, «und Sie geben mir Ihre Handynummer. Dann melde ich mich bei Ihnen, und Sie zahlen am Ende alles zusammen. Was meinen Sie? Kein Problem, oder?»

Marthaler zögerte. Der deutsche Polizist witterte für einen kurzen Moment eine Falle. Dann lächelte er: «So machen wir's», sagte er.

Auf der Fahrt nach Montpellier erzählte ihm Nicolas, dass er Maschinenbau studiere. «Meine Freundin ist übrigens eine Deutsche», sagte er. «Sie ist die Tochter eines Malers. Ihre Eltern sitzen gerade im Gefängnis. Sie heißen Maldicci – vielleicht sagt Ihnen der Name etwas?»

Marthaler überlegte. «Ja», sagte er, «das ist diese Geschichte mit den falsch signierten Bildern, auf die alle reingefallen sind, weil sie darauf reinfallen wollten, nicht wahr? Es ging um viele Millionen Euro.»

Nicolas drehte sich kurz zu ihm rüber und schenkte ihm ein verschwörerisches Lächeln. Als sie am Bahnhof von Montpellier angekommen waren, ließ er Marthaler aussteigen und wünschte ihm einen schönen Tag.

Zweieinhalb Stunden später stand der Hauptkommissar auf der menschenleeren Straße vor dem winzigen Bahnhof von Marseillan-Plage. Er tippte die Nummer von Ferres in sein Telefon und wartete. Es meldete sich niemand. Er schaute sich um. Als er das Splittern von Glas hörte, drehte er sich um. Ein paar Häuser weiter sah er eine alte Frau, die leere Flaschen in einen Container warf. Er ging zu ihr und fragte, ob sie Monsieur Ferres kenne, den Verrückten vom Kanal.

«Le boche, mais oui!» Sie nickte und schickte Marthaler zurück zum Bahnhof. Er solle die Gleise überqueren und weiterlaufen: «Einmal rechts, einmal links, dann sind Sie schon fast am Kanal. Dann weiter Richtung Stadt, Sie können ihn nicht verfehlen.»

Obwohl er sich die Gegend auf der Karte angeschaut hatte, begriff Marthaler erst jetzt, als er auf der kleinen Brücke stand und in die Ferne blickte, was Ferres gemeint hatte, als er gesagt hatte: «Hier gibt es nicht nur das Meer.»

Die gesamte Küste schien von großen und kleinen Gewässern übersät zu sein. Der Canal du Midi, von schmalen Dämmen eingefasst, mündete zwei Kilometer weiter in die riesige Lagune des Étang de Thau, die dem Meer vorgelagert war. Überall gab es flache Tümpel und ausgedehnte, sumpfartige Gebiete, die sich bis zu den Weinfeldern erstreckten.

Eine Frau, die an Deck eines Hausboots in ihrem Liegestuhl lag, lächelte Marthaler zu. Er nickte. Dann schulterte er seine Tasche und setzte seinen Weg auf dem alten Treidelpfad entlang des Kanals fort. Ein Geräusch begleitete ihn, das sich anhörte wie das unregelmäßige Läuten von Kuhglocken. Es kam von den kleinen Segelbooten, die am Rande des Kanals lagen und deren Leinen vom Wind gegen die Masten geschlagen wurden. Nicht wenige der Boote sahen aus, als seien sie für immer von ihren Besitzern verlassen worden.

Es roch nach brackigem Wasser und salziger Luft. Dann aber, als der Geruch von Stall und Pferden hinzukam, wandte Marthaler seinen Blick nach links. Er sah die beiden Braunen, die sich im Schatten eines Olivenbaums drängten, und wusste, dass er angekommen war.

Rechts neben der Koppel lag eine staubige Brache, umgeben von einer niedrigen Mauer. Dahinter ein aufgebocktes Motorboot, das den Namen Fidel trug, neben ihm ein alter Kleintransporter – ein ehemals weißer, jetzt bunt bemalter Fiat Ducato, dessen Windschutzscheibe von innen mit einem Sonnenschutz verkleidet war. Nicht weit davon, zwischen den Disteln, lag ein Motorroller, dem das Hinterrad fehlte, und etwas abseits stand eine Art fahrbarer Imbissstand, wie er auf Wochenmärkten eingesetzt wurde. Das alles wirkte verwahrlost und glich eher dem Lagerplatz eines Schrotthändlers als einem bewohnten Grundstück.

Vorsichtig schob Marthaler das mit Stacheldraht umwickelte Gatter auf, umrundete einen Stapel leerer Wein- und Pastisflaschen, die zu einer Pyramide aufgestapelt waren, und klopfte mit der Faust gegen die Fahrertür des Ducato.

«Ferres, was ist? Du wolltest mich abholen.»

Niemand antwortete. Auf dem Radweg hielt eine Familie an, um Fotos zu machen. Als Marthaler sich zu ihnen umdrehte, schauten sie weg.

Hinter dem Transporter standen unter einem verblichenen Sonnensegel ein kleiner Generator, eine Gasflasche und ein zweiflammiger Campingkocher. Daneben zwei Plastikstühle, ein Klapptisch und ein kleiner, halb verrosteter Blechschrank. Marthaler ging zu dem Imbisswagen und klopfte auch dort. Ohne Erfolg. Also beschloss er, weiter in die Stadt zu laufen, um sich eine Unterkunft zu suchen.

Er trottete durch die Sonne. Er schwitzte. Nicht weit

vom Hafen, neben dem ehemaligen Theater, entdeckte er ein kleines Hotel. In der Rezeption war es kühl und dunkel. Er stellte seine Tasche ab und atmete durch.

«Ein Zimmer», sagte er. «Mit Frühstück und Abendessen. Ich weiß nicht, für wie lange.»

Doch er wurde enttäuscht. Die wenigen Hotels seien wegen eines Musikfestivals überfüllt. Er solle es in der Altstadt versuchen, in der Rue Ledru-Rollin, da habe gerade eine neue Pension eröffnet.

Aber auch dort gab es kein freies Bett. Die junge Frau sah ihn an und schüttelte ihre Locken. «Tut mir leid. Wir sind belegt, die ganze Stadt ist belegt.»

Als sie Marthalers Ratlosigkeit bemerkte, hob sie die Brauen. «Lassen Sie mich etwas versuchen. Ich muss kurz telefonieren.»

Sie verschwand im Nebenraum. Er hörte ihre Stimme. Als sie zurückkam, lächelte sie. «Wir haben Glück. Es gibt ein altes Hinterhaus, nur ein paar Schritte von hier. Einfach, aber sehr hübsch. Meine Großeltern haben darin gewohnt. Jetzt gehört es meinem Bruder, der es an Touristen vermietet. Eine Familie aus Belgien hat gestern absagen müssen. Soll ich es Ihnen zeigen?»

Marthaler fürchtete, dass ein ganzes Haus zu groß für ihn sein könne und zu teuer. Trotzdem nickte er erleichtert. Die junge Frau streckte ihm die Hand entgegen: «Odette.»

«Robert», erwiderte er und freute sich daran, seinen Namen wie ein Franzose auszusprechen.

«Wir müssen uns ein wenig beeilen», sagte sie, «gleich kommen vier neue Gäste an.»

Schon nach hundert Metern schloss Odette das blau gestrichene Holztor auf, das in einen kleinen Innenhof führte. Sie öffnete auch die Haustür, machte einen Schritt zur Seite, um Marthaler eintreten zu lassen, und drückte ihm die Schlüssel in die Hand.

«Schauen Sie sich einfach um, und wenn Sie sich entschieden haben, sagen Sie mir Bescheid. Falls Sie mögen, können Sie morgens zum Frühstück in die Pension kommen. Dafür ist immer Platz. Es gibt sogar Schinken und Rührei, nicht nur Baguette und Butter.»

«Auch Espresso?»

Die junge Frau nickte. «So viel Sie wollen. Sogar richtigen, wie man ihn in Italien trinkt. Nicht diese französische schwarze Suppe.»

Marthaler nickte zufrieden. «Kann man hier irgendwo ein Fahrrad leihen?»

Sie zeigte in eine Ecke des Innenhofs, wo hinter dem gemauerten Grill zwei alte Mountainbikes standen. «Suchen Sie sich eins aus! Schlüssel und Schloss liegen drinnen auf dem Tisch. Bis später.» Im Weggehen drehte sie sich noch einmal um und winkte ihm zu.

Tatsächlich war das Haus winzig. Von der Wohnküche im Erdgeschoss aus führte eine steile Treppe in den ersten und zweiten Stock, wo es jeweils einen kleinen Schlafraum mit angrenzendem Badezimmer gab, im mittleren Geschoss mit einer Badewanne, im obersten mit Dusche. Nachdem er sich im zweiten Stock den Kopf an einem Deckenbalken gestoßen hatte, beschloss er, das untere Zimmer zu beziehen. Er räumte seine Kleidung aus, nahm ein rasches Bad und setzte sich, als er die Ausstattung der Küche inspiziert und Charlotte von Wangenheim eine Mail mit seiner Adresse geschickt hatte, mit einem Glas Leitungswasser in den Innenhof. Zwischen den alten Mauern aus dunklem Naturstein öffnete sich ihm ein schmaler Blick in den blauen Himmel, wo die Mauersegler dicht über den Dächern kreisten und weiter oben ein paar Möwen schrien.

«Bon, da bin ich», sagte er zu sich. Dann nahm er das größere der beiden Räder und schob es rüber zur Pension «Odette et Paulette».

«Und wer ist Paulette?», fragte er.

Odette blickte ihn mit einem kleinen Lauern in den Augen an. «Meine Frau … sozusagen», erwiderte sie schließlich. «Gefällt Ihnen das Haus?»

Marthaler nickte. Im Frühstückssaal sah er die neu angekommenen Gäste vor ihren Getränken sitzen. Vater, Mutter und die beiden halbwüchsigen Kinder. Alle vier waren groß, schlank, blass und rothaarig. Die beiden Kinder, ein Junge und ein Mädchen, schienen Zwillinge zu sein. Alle schwiegen.

«Engländer?», fragte Marthaler leise.

Odette lachte. «Nein, Italiener!»

Aber sie sehen aus wie die Beanpoles aus meinem Englischbuch, dachte Marthaler, vier Bohnenstangen mit Sommersprossen.

«Und, werden Sie zum Frühstück kommen?», fragte Odette. «Nur, damit ich mich darauf einrichten kann.»

«Ja», sagte Marthaler, «gerne. Kennen Sie den Verrückten vom Kanal?»

«Rudi? Bien sûr, jeder kennt ihn. Sind Sie deshalb hier?»

«Ja», sagte Marthaler. «Haben Sie eine Ahnung, wo er stecken könnte?»

Odette sah ihr Gegenüber fragend an. «Waren Sie am Kanal, wo er seine Wagenburg hat?»

Marthaler nickte. «Ja, aber auf dem Grundstück hab ich ihn nicht angetroffen.»

«Er ist bestimmt da», sagte Odette, «er ist immer da. Er schläft sogar in seiner Camionette.»

«Ich habe versucht, ihn telefonisch zu erreichen. Ich habe gerufen und geklopft, aber es meldet sich niemand. Dabei wusste er, dass ich komme.»

«Sie waren verabredet?» Zwischen Odettes Brauen bildete sich eine senkrechte Falte.

«Was erstaunt Sie daran?»

Odette presste kurz die Lippen zusammen. «Das ist kein gutes Zeichen.»

«Was meinen Sie?»

«Rudi ist vielleicht ein wenig sonderbar, aber auf sein Wort ist Verlass. Ich habe nie erlebt, dass er eine Verabredung nicht eingehalten hätte.»

«Sie scheinen ihn ganz gut zu kennen.»

Odette nickte. «Wir haben uns eine Zeitlang zwei-, dreimal im Monat zum Dominospielen in der Marine Bar getroffen …»

Marthaler lächelte. «Ich wusste nicht, dass es noch jemanden gibt, der Domino spielt.»

«Er hat uns geholfen, als wir das Haus renoviert haben, ist für uns in den Baumarkt gefahren, hat Steine geschleppt und Mörtel angerührt. Aber in letzter Zeit hat er sich immer seltener blickenlassen. Er hat merkwürdige Andeutungen gemacht … dass er sich am Strand betrinken will, um dort zu sterben. Ich glaube, es geht ihm nicht sehr gut.»

«Sie scheinen ernsthaft besorgt zu sein.»

Odette sah ihn an, dann nickte sie. «Ja», sagte sie. «Ich glaube, es wäre gut, Sie würden die Polizei benachrichtigen.»

«Ich bin die Polizei», sagte Marthaler.

«Umso besser», sagte die junge Frau. «Dann kümmern Sie sich um ihn, wenn es dafür nicht zu spät ist.»

«Sie meinen, er könnte wirklich …?»

«Jetzt sind Sie dran», sagte Odette. «Ich muss zurück zu den Gästen. Aber Sie werden mir Bescheid geben, ja?»

Marthaler nickte. «Spätestens morgen beim Frühstück.»

Die Beunruhigung der Pensionswirtin hatte sich auf ihn übertragen. Marthaler stieg auf sein Fahrrad und fuhr los. Er reagierte mit Ungeduld, als er merkte, dass er sich schon nach wenigen Metern in den engen Gassen der verwinkelten Altstadt verirrt hatte. Sobald er Zeit hatte, würde er sich daranmachen, die kleine Stadt zu erkunden. Schließlich wies ihm der Kirchturm die richtige Richtung. Er fand den Hafen und von dort zurück auf jenen Weg entlang der Lagune, der ihn wieder an den Kanal führte.

Auf einem Rad hatte er seit Ewigkeiten nicht mehr gesessen, sodass er zwar rasch außer Atem geriet, aber zugleich froh war, sich endlich einmal wieder auf diese Weise zu bewegen, die Muskulatur seiner Beine zu spüren, die Wärme der Sonne auf der Haut und den Fahrtwind im Gesicht.

An Ferres' Grundstück angekommen, fand er alles unverändert. Er lehnte das Mountainbike an die Mauer und rief erneut den Namen seines ehemaligen Kollegen. Wieder wählte er die Nummer, wieder trommelte er gegen das

Blech des Ducato. Vergeblich – Marthaler erhielt keine Antwort.

Dann muss ich andere Maßnahmen ergreifen, dachte er, dann muss ich rabiat werden. Er suchte nach einem Gegenstand, mit dem er versuchen wollte, das Schloss der Wagentür aufzubrechen. Bevor er noch etwas Geeignetes gefunden hatte, hieb er ein letztes Mal mit aller Kraft gegen die Außenwand: «Ferres, was ist mit dir? Bist du in Ordnung?»

Er legte sein Ohr an das Blech und lauschte. Plötzlich meinte er, ein Geräusch wahrzunehmen. Zuerst ein leises Wimmern, dann ein Poltern, gefolgt von der tiefen Stimme eines Mannes, der einen Fluch ausstieß.

Marthaler wartete. Schließlich hörte er, dass sich jemand von innen an der Schiebetür zu schaffen machte, die sich kurz darauf öffnete.

Vor ihm, auf dem Boden des Kleintransporters, kniete ein bärtiger Mann mit weißen Haaren. Sein mächtiger Oberkörper war nackt und gebräunt, die Augen in dem breiten Gesicht verquollen, die Pupillen gerötet. Der Gestank, der Marthaler aus dem Wageninneren entgegenschlug, nahm ihm den Atem. Es roch nach Schweiß, nach Alkohol und nach Erbrochenem.

Erstaunt und angewidert war Marthaler einen Schritt zurückgewichen. «Entschuldigen Sie bitte, ich … ich suche eigentlich Monsieur Ferres.»

Das Wesen grunzte und schüttelte das zottelige Haupt. Es sah aus wie ein schottisches Hochlandrind. Dann versuchte es zu sprechen: «Schon … gut, Alter, du … du bist angekomm'.»

Jetzt erkannte Marthaler die Stimme von Rudi Ferres, sah sein Gegenüber aber noch immer ungläubig an.

«Rudi, was zum Teufel ist mit dir los? Du bist mitten am Tag betrunken. Du lässt mich tausend Kilometer fahren und besäufst dich bis zur Bewusstlosigkeit. Du siehst aus wie ein wildes Tier, und du riechst auch so.»

Mühsam und unter Stöhnen änderte Ferres seine Stellung. Er saß jetzt auf dem Boden seiner Camionette, die Beine im Freien, und schaute Marthaler an. Sein Kopf wankte. Er nickte wie in Zeitlupe. Die Mundwinkel zuckten. Es sah aus, als würde er augenblicklich beginnen zu weinen.

Stattdessen kletterte er aus dem Wagen, torkelte ein paar Meter weiter, stützte sich an der niedrigen Mauer ab und übergab sich.

Was soll ich machen?, dachte Marthaler. Ich kann meiner Wut folgen und nach einer Möglichkeit suchen, so schnell wie möglich nach Frankfurt zurückzukehren. Dann soll Ferres sich weiter in seinem Dreckloch suhlen und nach einem anderen Dummen suchen, der den Fall Tobias Brüning übernimmt. Oder ich mache das Beste aus der Situation und versuche, den Säufer so weit wiederherzustellen, dass er mir wenigstens die nötigsten Informationen zum Stand der Dinge geben kann.

Marthaler schaute sich um. Neben dem Gaskocher unter dem Sonnensegel entdeckte er einen großen Plastikkanister. Er schraubte den Deckel auf und roch an der Öffnung. Er nahm den Kanister, schleppte ihn zu Ferres, wuchtete den Behälter hoch und schüttete einen ersten, dann einen zweiten und dritten Schwall des lauwarmen Wassers über

Oberkörper und Kopf des Betrunkenen. Der schüttelte sich, beklagte sich aber nicht.

Marthaler trug den Kanister zurück in den Schatten unter das Zeltdach. In dem kleinen Blechschrank fand er neben Geschirr und Bestecken auch ein paar Dosen mit Fertiggerichten und ein Glas Instantkaffee. Er drehte das Gas auf, entzündete den Kocher und setzte einen Kessel mit Wasser auf. Auf der anderen Flamme erhitzte er einen Topf mit Ravioli, die er mit einigen Spritzern Tabascosoße nachwürzte.

«Rudi, komm her, deine Mahlzeit ist fertig», rief er fünf Minuten später.

Ferres trottete heran und ließ sich neben Marthaler auf den freien Plastikstuhl sinken. «Ich bin in Ordnung, Robert. Ich brauche nichts.»

«Du wirst diesen Kaffee trinken und diese Nudeln essen. Und solange ich in Marseillan bin, rührst du keinen Tropfen Alkohol mehr an, sonst fahre ich umgehend zurück nach Frankfurt.»

Ferres nahm einen Schluck aus der Tasse und verzog angewidert das Gesicht. «Was ist das?»

Marthaler grinste: «Ich hab drei gehäufte Löffel Pulver reingetan, Esslöffel wohlgemerkt, und die Nudeln sind besonders würzig. Iss, trink und lass es dir schmecken!»

Schweigend beaufsichtigte Marthaler seinen ehemaligen Kollegen. Als dieser mit dem letzten Schluck Kaffee auch den letzten Bissen heruntergewürgt hatte, stand er auf, kramte in seiner Hosentasche, zog einen Schlüssel hervor und hielt ihn in die Höhe: «Für dich. Damit kommst du in mein Allerheiligstes. Die Akten gehören jetzt dir. Sie stehen drüben in dem Imbisswagen. Pack sie in dein Auto und fahr zurück nach Frankfurt!»

Marthalers Blick verhärtete sich: «Sag mal, spinnst du? Ich bin nicht hergekommen, um deine Scheißakten nach Deutschland zu transportieren. Ich bin hier, damit du mir was erzählst. Was ist das für eine neue Spur, von der du gesprochen hast?»

Rudi Ferres ließ den Kopf sinken. Er sah zu Boden und schwieg.

«Heißt das, du hast mich belogen? Heißt das, es gibt überhaupt keine neue Spur?»

«Nicht direkt, Robert. Aber es wird bald neue Spuren geben, du wirst sehen, ich ...»

Marthaler sprang auf. Er war kurz davor, dem anderen an die Gurgel zu gehen. «Hast du vollkommen den Verstand verloren?»

Ferres war einen Schritt zurückgewichen. Seine Hände zitterten. Marthaler merkte, dass sein Gegenüber Angst vor ihm hatte.

Er schloss die Augen, um sich zu beruhigen: «Okay, Rudi, hast du einen Rucksack?»

Ferres nickte stumm.

«Gut, da packst du mir jetzt die wichtigsten Akten rein. Ich werde sie mitnehmen in meine Unterkunft und mich, so gut es geht, einarbeiten. Morgen früh bin ich wieder hier, und dann wirst du mir Bericht erstatten. Du hast vierzehn Stunden, um deinen Rausch auszuschlafen und zu einem Menschen zu werden. Ist das klar?»

Wieder nickte Ferres. Er kroch in seinen Ducato und kam mit einem leeren Militärrucksack wieder heraus. Bevor er die Tür des weißen Imbisswagens öffnete, schaute er sich um, als wolle er sich versichern, dass er nicht beobachtet wurde.

Kurz darauf stellte er den prall gefüllten Ranzen vor Marthaler ab, der glaubte, nun ein Lächeln unter dem weißen Bartgestrüpp zu erkennen.

«Du hast also schon eine Unterkunft?»

«Habe ich. In der 33, Rue Ledru-Rollin.»

«Dann hast du hoffentlich auch an die alte Polizistenregel gedacht.» Ferres stieß ein Keckern aus, als er Marthalers fragenden Blick sah. «Dass man immer das Zimmer neben dem Notausgang nehmen sollte.»

Dieser Mann ist verrückt, dachte Robert Marthaler, er ist wirklich komplett meschugge.

DREI

Es war 4:30 Uhr, als Helmut Brüning am Freitag, dem 24. April 1998, wie am Morgen eines jeden Werktags das kleine Backsteinhaus im Frankfurter Gallusviertel verließ, um ins Ostend zu fahren, wo er als Lagerist für eine große Möbelfirma arbeitete. Nach dem Tod seiner Frau war er froh gewesen, diese Stelle bekommen zu haben, die ihm wenigstens in der zweiten Tageshälfte Zeit ließ, sich um seinen dreizehnjährigen Sohn zu kümmern. Der Selbstmord der Mutter drei Jahre zuvor hatte den Jungen nachhaltig verstört und in seiner Entwicklung beeinträchtigt. Erst im Herbst letzten Jahres war Tobias in die fünfte Klasse der Paul-Hindemith-Schule gewechselt. Zweimal war der Vater seitdem schon von der Klassenlehrerin einbestellt worden, weil der Junge sich mit anderen Schülern auf dem Hof geprügelt hatte. Helmut Brüning hatte seinen Sohn in Schutz genommen, ihn zu Hause aber auch ermahnt und ihm das Versprechen abgenommen, dass dergleichen sich künftig nicht wiederhole. Doch erst gestern war der Junge wieder mit einer Prellung am Rücken nach Hause gekommen, die er sich angeblich beim Sturz von einem Baum zugezogen hatte. Helmut Brüning hatte die Flunkerei durchschaut, jedoch nicht nachgesetzt.

Gegen Viertel vor acht wurde er aus dem Lager ans Telefon im Büro gerufen. Tobias war dran.

«Papa, ich geh lieber zum Arzt. Ich hab immer noch Rückenschmerzen.»

«Komm, Tobi, du hast heute Morgen Deutsch, da musst du unbedingt hin. Und Mathe darfst du auch nicht versäumen. Geh nach der Schule zum Arzt! Das ist nur eine Prellung, die muss halt verheilen.»

Der Junge unternahm einen weiteren Versuch: «Aber wenn's mir doch weh tut …»

«Doktor Schwendter hat sowieso erst am Nachmittag Sprechstunde. Bitte!»

Schließlich gab Tobias nach. «Na gut! Darf ich für heute Abend Bratheringe kaufen?»

«Darfst du», sagte Helmut Brüning. «Und jetzt beeil dich, es ist schon bald acht. Ich muss zurück an die Arbeit, mach's gut!»

Und das waren die letzten Worte, die er an seinen Sohn richten konnte.

Abgesehen von einigen Ausflügen auf die Zeil und ins angrenzende Bahnhofsviertel, hielten sich Tobias und seine Freunde die meiste Zeit in jenem Teil des Gallus auf, der von seinen Bewohnern Kamerun genannt wurde. Kameruner war, wer westlich der Galluswarte lebte, in jenem Dreieck, das bis zur Siedlung in der Anspacher Straße reichte, wo die Gleise der S-Bahn und der Güterbahn sich trafen. Woher das Gebiet seinen Namen hatte, war nicht ganz klar. Manche sagten, dass die Gesichter der Leute hier früher oft schwarz gewesen seien vom Ruß, der aus den Fabrikschloten gekommen sei. Andere meinten, es habe an den schwarzen Soldaten gelegen, die nach dem Ersten Weltkrieg als Söldner der französischen Armee den Eingang zur Stadt bewacht hätten. Am wahrscheinlichsten war aber wohl die Erklärung, dass den Frankfurtern vor einhundert Jahren die neu erbaute Arbeitersiedlung vor den Toren der Stadt so fern vorkam, wie es die deutsche Kolonie Kamerun tatsächlich war.

Tobias hatte nie woanders gewohnt, also wäre es ihm auch nicht in den Sinn gekommen, sein Viertel in Frage zu stellen. Hier lebten alle, die er kannte, hier hatte er seine Freunde und seine Feinde, hier war er in den Kindergarten gegangen und eingeschult worden. Er verstand die Blicke der Leute, wusste, vor wem er sich in Acht nehmen musste und in welchem Laden man gefahrlos eine Tafel Schokolade einstecken konnte.

Als sein Vater einmal mit ihm einen Spaziergang durchs Holzhausenviertel gemacht hatte, um ihm zu zeigen, wo die «feinen Leute» wohnten, hatte Tobias sich unwohl gefühlt und schnell wieder zurückgewollt ins Kamerun. Es war ihm vorgekommen, als sei sein Vater in der ungewohnten Umgebung ein anderer gewesen, als habe er sich verstellt.

Tobi drehte sich um, als er von hinten den scharfen Doppelpfiff hörte. Er war nur noch hundertfünfzig Meter vom Eingang der Schule entfernt. Sein Freund Dennis Schönhals winkte ihm zu.

«Pfeif auf die erste Stunde», sagte Dennis, «wir gehen noch eine dampfen.»

Tobi lächelte: «Okay, ich hab sowieso nur Reli in der Ersten. Sagt sogar mein Vater, dass man das manchmal schwänzen darf.»

Im begrünten Mittelstreifen der Frankenallee hatten

sie hinter einem Verteilerkasten zwischen den Hecken ein kleines Depot angelegt. Es waren nur noch zwei Zigaretten in der Schachtel – das hieß, am Nachmittag würden sie für Nachschub sorgen oder ihr zweites Versteck aufsuchen müssen, das sich in den Büschen neben der Röhre befand. Die Röhre, so wurde ein langer dunkler Fußgängertunnel genannt, der bis vor einigen Jahren von den zahlreichen Bahnarbeitern benutzt worden war, die hier im Viertel wohnten. Seinen Eingang erreichte man über einen schmalen Pfad hinter den Gärten der Reihenhäuser am Ende der Mammolshainer Straße. Eine steile Steintreppe führte nach fünfundzwanzig Metern wieder ins Freie, zu den höher gelegenen Gleisanlagen des ehemaligen Güterbahnhofs. Seit die Bahn das riesige Gelände Mitte der neunziger Jahre aufgegeben hatte, hatte die Natur sich nicht nur die Schienen und Schwellen, sondern auch die verlassenen Wirtschaftsgebäude zurückerobert. Überall wuchs der Holunder, wucherten Brombeerhecken, Brennnesseln und Disteln. Obwohl es verboten war, die Anlagen zu betreten, nutzten zahlreiche Kinder und Jugendliche aus dem Gallus das Areal als Treffpunkt oder Versteck und auch als Ort, wo sie, ungestört von den Erwachsenen, ihre Bandenkriege austragen konnten.

Tobias und Dennis setzten sich auf eine der Bänke und rauchten. Dennis Schönhals war nur wenig älter als Tobias, überragte ihn aber um einen halben Kopf und ging bereits in die siebte Klasse. Anders als Tobi hatte er eine richtige Familie mit einer Mutter und Geschwistern.

«Du hast versprochen, dass du's mir heute verrätst», sagte Dennis.

«Was?», fragte Tobi, obwohl er wusste, worauf sein Freund hinauswollte.

«Warum sich deine Mutter damals ... Warum sie sich das Leben genommen hat.»

«Sie war krank.»

«Im Kopf oder wo? War sie verrückt?»

«Nein, Krebs.»

«Und wie hat sie's gemacht?» Dennis versuchte, seine Frage so klingen zu lassen, als ob ihn die Antwort nicht sonderlich interessiere, der Vollständigkeit halber aber dazugehöre.

Tobias zögerte. Er schnippte die Asche von seiner Zigarette und schaute zu Boden: «Aber nur, wenn du's nicht weitersagst.»

«Sowieso!»

«Sie ist vom Balkon in einem Krankenhaus gesprungen.»

«Wie hoch?»

«Neunter Stock.»

«Ach du Scheiße. Und das hat dein Vater dir erzählt?»

«Nee, mein Vater spricht nicht mehr über sie, weil er sonst immer anfangen muss zu heulen. Ich weiß es von einem aus der Grundschule. Sein Onkel war Pfleger in dem Krankenhaus.»

Dennis schien ein wenig unsicher, ob er die nächste Frage stellen durfte. «Aber manchmal isses bestimmt auch praktisch ohne Mutter, oder?»

«Spinnst du?», sagte Tobi. «Wieso das denn?»

«Hast du wieder dein Obst weggeworfen und lieber Schokocreme gegessen? Das hätte ich nämlich nicht machen können – bei mir ist immer jemand zu Hause.»

Tobias nickte. Tatsächlich hatte er den Obstsalat, den sein Vater ihm jeden Morgen auf den Küchentisch stellte, auch heute in die Toilette geschüttet und stattdessen eine Scheibe Brot dick mit Nutella bestrichen. Das Messer hatte er anschließend sorgfältig abgespült und wieder in die Schublade gelegt. Er war in seine Jeans gestiegen und hatte sein Lieblings-T-Shirt aus der Wäschetonne gezogen, wohin er es nach der Schule auch wieder verschwinden lassen wollte. Dann hatte er den Einkaufszettel und das auf der Kommode im Flur bereitliegende Geld eingesteckt und die Wohnung verlassen.

«Wie immer spät dran», hatte die alte Frau aus dem unteren Stockwerk gesagt, die gerade vom Morgenspaziergang mit ihrem Hund zurückgekehrt war, als der Junge die Haustür geöffnet hatte. «Magst du Flocky heute Nachmittag ausführen?»

«Mach ich», hatte Tobias geantwortet. «Bis dann!»

Er hatte die Straße überquert, die Telefonzelle hinter dem Bunker angesteuert und die Nummer der Firma gewählt, für die sein Vater arbeitete.

In der großen Pause sahen sie sich wieder. Dennis stand mit Aruni Rajapaksha zusammen, einem Mädchen, dessen Eltern aus Sri Lanka kamen und auf der Mainzer Landstraße das «Colombo Kitchen» betrieben. Ein kleines Restaurant – oder eher ein Imbiss mit Sitzgelegenheiten. Einer der älteren Schüler hatte das schlanke, braunhäutige Mädchen eine Gazelle genannt, ein Wort, das in den Ohren der Jüngeren so ungewöhnlich und treffend klang, dass sie es sofort übernahmen, nicht wissend, wie gewöhnlich dieses Bild war.

Kokett und schüchtern zugleich, wie es ihrer Beliebtheit und ihrem Alter entsprach, nahm sie Tobias zärtlich in den Arm, um über seinen Kopf hinweg Dennis einen ebenso spöttischen wie verführerischen Blick zuzuwerfen. Die Wahrheit war: Sie mochte beide Jungen gleichermaßen, wenn auch auf ganz unterschiedliche Weise. So diente ihr womöglich die spielerische, aber keineswegs geheuchelte Zuneigung zu dem Kleineren dazu, sich vor der aufkeimenden Liebe zu dem Größeren zu schützen.

Sie schnüffelte an Tobis T-Shirt und stieß den Jungen dann mit einem Lächeln von sich. «Igitt, ihr habt wieder geraucht, ihr seid zwei Stinker.»

«Komm, wir gehen kicken», sagte Dennis. «Man muss die Mädchen zappeln lassen.»

Aruni machte noch einmal einen Schritt auf Tobi zu und hielt ihn am Hosenbund fest. «Meine Mutter fragt, wann du mal wieder mit deinem Vater zum Essen kommst.»

«Vielleicht nächste Woche», sagte Tobias, «dann hat er seinen neuen Lohn.»

Offenbar war Frau Rajapaksha noch immer beeindruckt von dem Lob, mit dem Helmut Brüning ihre Kochkünste bedacht hatte, als er ein paar Wochen zuvor zum ersten Mal mit seinem Sohn im «Colombo Kitchen» gewesen war. Sie hatte den Gästen ungefragt ein Linsencurry mit Auberginenpickles und ein mit Koriander und Knoblauch gewürztes Fladenbrot serviert und dann in der Küchentür darauf gewartet, dass die beiden davon kosteten. Die überschwängliche Reaktion seines Vaters war auch für Tobias überraschend gewesen. Helmut Brüning war aufgestanden und hatte der Köchin die Hand geschüttelt: «Frau Rajapaksha», hatte er gesagt, «Sie kochen vorzüglich, und ich beneide Ihre Familie. Hier könnte selbst ich, ohne es zu müssen, zum Vegetarier werden.»

In den letzten beiden Stunden vor der Mittagspause hatte Tobias Unterricht bei seiner Klassenlehrerin Stefanie Albrecht. Die junge Frau hatte erst im letzten Jahr ihre Ausbildung beendet, ehe sie an die Paul-Hindemith-Schule gekommen war, erfreute sich aber schon jetzt sowohl in der Lehrerschaft als auch bei den Schülern großer Beliebtheit. Frau Albrecht mochte Tobias und hatte seinen Vater vor allem deshalb schon zweimal in die Schule gebeten, weil sie mehr über den Jungen und seine Probleme erfahren wollte. Auch mit ihren Kollegen tauschte sie sich immer wieder über den Klassenältesten aus.

«Kann ich zum Arzt gehen? Ich hab Rückenschmerzen», sagte Tobias, als sie einander vor dem Klassenraum begegneten.

«Was ist passiert?», fragte die Lehrerin.

«Ich bin beim Klettern vom Baum gefallen.»

«Das ist nicht wahr. Ihr habt euch mit Steinen beworfen. Ich hab's vom Bus aus gesehen. Du sollst mich nicht anlügen. Du kannst nach dem Mittagessen zum Arzt gehen, aber jetzt machst du bitte noch mit. Heute ist freies Debattieren. Okay?»

Tobias murrte, fügte sich aber.

Einmal im Monat durften die Schüler selbst ein Thema wählen. Sie waren angehalten, in den Tagen zuvor Zeitung zu lesen und die Fernsehnachrichten zu verfolgen, um dann Informationen auszutauschen, sich eine Meinung zu bilden und ihre Argumente verteidigen zu können. Als Stefanie Albrecht nach Vorschlägen fragte, meldete Tobias sich als Erster.

«Ich würde gerne mal genau wissen, was Präsident Clinton eigentlich mit seiner Praktikantin gemacht hat.»

Die Lehrerin lächelte: «Es heißt, dass er Sex mit einer jungen Frau hatte, mit der er nicht verheiratet ist. Der Präsident bestreitet das. Was genau die beiden miteinander gemacht haben, geht uns eigentlich nichts an. Wir könnten höchstens darüber reden, ob er von seinem Amt zurücktreten muss, wenn sich herausstellt, dass er gelogen hat. Wir könnten allerdings auch darüber sprechen, was mit einem Schüler geschieht, der beim Lügen erwischt wird. Gibt es andere Vorschläge?»

Sophie, eine Schülerin, die nicht nur in der ersten Reihe saß, sondern auch in fast allen Fächern die besten Noten bekam, meldete sich. Sie wollte über die Gerüchte sprechen, denen zufolge die ehemalige britische Kronprinzessin Diana nicht durch einen Unfall zu Tode gekommen, sondern vom englischen Geheimdienst ermordet worden sei, der damit ihre Schwangerschaft habe vertuschen wollen; deshalb sei sie auch umgehend einbalsamiert worden, um weitere Untersuchungen unmöglich zu machen. Weil der Tod der Prinzessin aber schon einmal Thema der Debattierstunde gewesen war, wurde Sophies Vorschlag abgelehnt.

Schließlich einigte sich die Klasse darauf, über Marc Dutroux zu sprechen, einen belgischen Sexualmörder, der mehrere Mädchen und junge Frauen entführt, vergewaltigt und ermordet hatte. Nur einen Tag zuvor, am Donnerstag, dem 23. April 1998, hatte der inzwischen inhaftierte Verbrecher während einer Fahrt zum Gericht einem seiner Bewacher die Dienstwaffe entrissen und war geflohen. Auch in Deutschland hatten am Abend alle Nachrichtensendungen ausführlich darüber berichtet. Obwohl die Klassenlehrerin der Meinung war, dass das Thema zu drastisch war für eine fünfte Klasse, legte sie kein Veto ein.

Weil Tobias sich kein einziges Mal an dem Gespräch beteiligt hatte, passte Stefanie Albrecht ihn nach dem Unterricht noch einmal ab.

«Warum warst du so still? Weil wir nicht über den amerikanischen Präsidenten gesprochen haben?»

Tobias schüttelte den Kopf.

«Oder war's, weil ich mir einen Scherz erlaubt habe wegen deiner Lüge?»

«Nee, ich hab Schmerzen.»

«Willst du mit ins Lehrerzimmer kommen? Soll ich mir die Wunde mal anschauen?»

«Das ist doch peinlich», erwiderte Tobi. «Ich werd' noch zu Mittag essen, dann geh ich zum Arzt.»

VIER

Marthaler klappte den Aktenordner zu und stellte ihn zu den beiden anderen, die er im Laufe der letzten Stunden durchgearbeitet hatte. Inzwischen war es dunkel geworden. Er saß in dem kleinen Hof vor seinem Haus in der Altstadt von Marseillan und sah in den sternenklaren Himmel.

Erst jetzt merkte er, wie groß sein Hunger war. Zuletzt hatte er mittags am Bahnhof von Montpellier ein Stück Pizza gegessen. Aber außer ein paar Scheiben Zwieback, einer Dose mit einem Rest Filterkaffee und einer halben Tüte Mehl hatten ihm seine Vormieter nichts dagelassen. Immerhin fand er unter der Treppe eine Flasche Rotwein, die er öffnete und mit nach draußen nahm. Obwohl er müde wurde, nahm er sich vor, noch eine Weile weiterzuarbeiten. Er zog eine Jacke über und setzte sich wieder an den weißen Steintisch.

Bis zum Mittag des 24. April 1998 ließ sich der Verlauf des letzten Tages im Leben von Tobias Brüning nahezu lückenlos rekonstruieren. Die Ermittler hatten überaus gründlich recherchiert. Sie hatten ein fast minutengenau-es Bewegungsprofil des Opfers erstellt, hatten mit allen Personen gesprochen, die ihm in der ersten Tageshälfte begegnet waren. Jedes Wort, das Tobias gesagt hatte, war protokolliert, jeder Schritt von ihm nachvollzogen worden. Selbst seine Gedanken und Gefühle, sofern er sie einem

Dritten gegenüber geäußert hatte, waren in den Akten verzeichnet.

Bislang hatte Marthaler immer nur jenes Foto vor Augen gehabt, das ein Berufsfotograf zu Beginn des fünften Schuljahrs aufgenommen hatte. Es war in den ersten Wochen nach dem Mord und dann über die Jahre hinweg in allen Zeitungen und Zeitschriften, in jeder Fernsehdokumentation über den Fall gezeigt worden. Helmut Brüning hatte es damals der Pressestelle der Polizei zur Verfügung gestellt. Das Porträt zeigte den blonden Jungen mit seiner Pagenfrisur in einem grünen Sweatshirt. In den blauen Augen von Tobias schien eine Spur Misstrauen zu liegen, um seine vollen Lippen spielte ein verhaltenes Lächeln. Eine der Lokalzeitungen hatte das Foto damals großformatig als Aufmacher gebracht und in fetten Lettern getitelt: «Ein Engel ist uns genommen worden».

Nun, nachdem er die ersten Akten gelesen hatte, kam es Marthaler vor, als würde er nicht mehr nur das Gesicht, sondern den ganzen Jungen vor sich sehen, wie er morgens mit der alten Nachbarin sprach, wie er lächelte, als Aruni Rajapaksha ihn in den Arm nahm, und wie er erfolglos versuchte, seine Lehrerin zu belügen. Es war das Bild eines Jungen, der gerade in die Pubertät kam, ein Junge, der ein wenig aufsässig war, der zugleich versuchte, sich an seine Umgebung anzupassen, der Zuspruch und Widerstand brauchte, um seinen Platz zu finden in einer Welt, die nicht auf ihn gewartet hatte.

Es ist wie immer, dachte Marthaler, ich darf Tobias Brüning nicht als irgendein Opfer sehen, ich muss mich auf ihn als einzelnen Menschen einlassen. Jeder ist anders, jeder ist besonders. Wenn ich verstehen will, warum er gestorben ist, muss ich verstehen, wie er gelebt hat.

Um 12:45 Uhr trafen sich Dennis und Tobias vor der Mensa. Sie schauten auf den Speiseplan, entschieden sich beide für Nudeln mit Hackfleischsoße, holten ihr Essen und suchten sich einen Platz. Vierzig Minuten später verabschiedete sich Tobias, um zum Arzt zu gehen.

«Sehen wir uns an der Röhre?», fragte Dennis. «Um halb fünf?»

«Lieber um fünf, ich muss noch einkaufen. Vielleicht bring ich Flocky mit.»

Um 13:30 Uhr verließ Tobias Brüning endgültig das Gelände der Paul-Hindemith-Schule.

Allen Ermittlungen zufolge hatte Tobias an diesem Nachmittag keinen Arzt aufgesucht. Weder Doktor Schwendter, seit vielen Jahren der Hausarzt der Brünings, noch eine andere Praxis in der Umgebung hatte ihn am 24. April als Patienten registriert. Stattdessen wurde er gegen 14:10 Uhr von einer Schülerin der achten Klasse, die im Nachbarhaus wohnte und Tobias gelegentlich bei den Hausaufgaben half, allein auf der Rückbank eines Busses sitzend, in Höhe der Quäkerwiese gesehen, einer Grünanlage, die sich in unmittelbarer Nähe zur Schule befand. Das Mädchen gab den erstaunlichen Satz zu Protokoll: «Eigentlich wirkte er wie immer, wenn er alleine ist – ein bisschen traurig und ein bisschen frech. Ich hab ihm zugewinkt, aber er hat mich nicht gesehen, oder er wollte mich nicht sehen.»

Zwanzig Minuten später traf die Grundschullehrerin Agnes Krupp-Steinmann auf ihren ehemaligen Schüler, an der Straßenbahnhaltestelle Mönchhofstraße im Stadtteil Griesheim. Sie selbst sei mit dem Fahrrad unterwegs gewesen, aber obwohl sie es ein wenig eilig gehabt habe, sei sie stehen geblieben, um sich kurz mit Tobias zu unterhalten. Das Gespräch gab sie in ihrer Zeugenaussage einige Tage später wie folgt wieder:

«Hallo, Tobias, was machst du denn hier?»

«Ich wollt' jemanden besuchen, aber der war nicht da.»

«Und jetzt?»

«Fahr ich zurück.»

«Geht's dir gut?»

«Ich bin okay.»

Das sei alles gewesen. Der Junge habe offensichtlich keine Lust gehabt, mit ihr zu sprechen. Sie sei sich nicht sicher, ob er niedergeschlagen oder einfach nur müde gewesen sei. Einen Moment sei sie noch stehen geblieben und habe beobachtet, wie Tobias in den hinteren Teil der Trambahn Richtung Galluswarte gestiegen sei. Er habe sofort mit einem anderen Fahrgast zu sprechen begonnen, bei dem es sich entweder um einen schlanken Mann oder um eine Frau mit kurzen Haaren gehandelt habe.

Um 14:51 Uhr wurde Tobias knapp eine Minute lang von einer Überwachungskamera an der Haltestelle Galluswarte gefilmt. In der Ermittlungsakte waren mehrere Standfotos und Ausschnittvergrößerungen zu sehen. Alle Aufnahmen waren schwarzweiß, alle von schlechter Qualität. Man sah den Jungen, wie er an einem Kiosk etwas kaufte. Außer ihm waren noch zwei weitere Personen schemenhaft zu erkennen: die Pächterin in ihrem geöffneten Verkaufsfenster und ein unbekannter Mann in weißem Hemd, der hinter dem Jungen stand.

Marthaler ging ins Haus, um sein Notebook zu holen. Er wählte sich ins Intranet der Frankfurter Polizei ein und suchte im Archiv nach dem Originaldokument. Er schaute sich das 56 Sekunden lange Video wieder und wieder an, doch auch die bewegten Bilder gaben ihm keinen besseren Eindruck von der Szene.

Man sah Tobias Brüning von links ins Bild kommen, er hatte noch immer seinen Schulrucksack auf dem Rücken. Er ging direkt auf das Fenster des Kiosks zu, der Kopf der Verkäuferin erschien, die beiden wechselten ein paar Worte. Von rechts näherte sich ein Mann im weißen Hemd und mit einer Kappe auf dem Kopf, er hatte die Ärmel hochgekrempelt und trug eine Brille – was man für einen kurzen Moment mehr ahnen als erkennen konnte. Der Mann schien Tobias anzusprechen, denn der Junge drehte sich kurz zu ihm um und schüttelte den Kopf. Tobias griff in seine Hosentasche, beugte den Kopf und zählte offensichtlich Geld ab, das er auf den Tresen legte. Die Frau gab ihm im Gegenzug ein Päckchen von der Größe einer Zigarettenschachtel. Tobias verschwand nach links aus dem Bild, der Mann folgte ihm in dieselbe Richtung.

Marthaler ließ den Film in Zeitlupe und in Einzelbildern durchlaufen. Wenn ich den unbekannten Mann beschreiben sollte, dachte er, würde ich sagen: Er ist ungefähr so groß wie ich, ein wenig schlanker, ein wenig jünger – das ist alles. Ich habe sein Gesicht nicht gesehen, ich weiß nichts über seine Frisur und seine Haarfarbe, ich weiß nicht einmal, ob er überhaupt Haare hat.

Als man die Kioskbesitzerin befragte, konnte sie sich an nichts erinnern. Sie gab an, weder den Mann noch den Jungen zu kennen. Als man sie damit konfrontierte, dass Tobias laut Aussagen von Mitschülern regelmäßig bei ihr seine Zigaretten gekauft habe, bestritt sie kategorisch, jemals Tabakwaren oder Alkohol an Kinder zu veräußern.

Zweimal noch wurde Tobias Brüning an diesem Nachmittag lebend gesehen: Einmal saß er wieder an der Frankenallee unter einer Platane auf einer Bank, zwischen Zeige- und Ringfinger eine Zigarette haltend. Um 15:15 Uhr flitzte Aruni Rajapaksha mit ihrem Geigenkasten an ihm vorbei. Ohne stehen zu bleiben, rief sie ihm zu: «Hab's eilig, hab Orchester, rauch nicht so viel!»

Und gegen 15:20 Uhr kam Tobias mit einer Hundehalterin ins Gespräch, die er schon öfter auf dem Grünstreifen getroffen hatte, wenn er Flocky ausführte. Sie war die Besitzerin einer Schäferhündin, die der Junge immer «Kommissar Rex» nannte, wie den österreichischen Polizeihund aus seiner Lieblingsserie im Fernsehen. «Ich weiß, dass sie ein Mädchen ist und eigentlich Senta heißt», sagte er an diesem Nachmittag. «Und trotzdem spendiere ich ihr das nächste Mal eine Wurstsemmel, die mag Rex nämlich am liebsten.»

Ihr sei nichts Besonderes am Verhalten des Jungen aufgefallen, sagte die Hundehalterin später auf Befragen der Polizei. Keinesfalls habe er deprimiert gewirkt, im Gegenteil, er sei fröhlich und freundlich gewesen wie immer. Mehr als ein paar Worte hätten sie an diesem Tag aber nicht gewechselt. Sie sei dann rasch weitergegangen, weil sich am Himmel bereits die ersten schwarzen Wolken gezeigt hätten, Vorboten des angekündigten schweren Unwetters, das sich dann ja auch tatsächlich entladen hatte. Als sie sich schließlich noch einmal umgeschaut habe, hätten zwei junge Männer neben Tobias auf der Bank gesessen, einer rechts, einer links von ihm. Bekannt vorgekommen seien ihr die beiden nicht. Auf die Bitte hin, die Unbekannten zu beschreiben, sagte die Hundebesitzerin das, was die meisten Augenzeugen sagen, wenn sie das Aussehen einer fremden Person schildern sollen: Demnach waren die Männer mittelgroß, mittelschlank und mittelalt, die Haarfarbe so mittel – alles an ihnen war mittel. Schließlich blieb nicht viel mehr von der Beschreibung der beiden übrig, als dass sie der Zeugin «irgendwie ausländisch» vorgekommen seien.

Um 16:12 Uhr machte ein Betreuer des Schülerhorts in der Krifteler Straße folgenden Eintrag in das Anwesenheitsbuch: «Svenja, Patrick, Franziska n.H.» Die Abkürzung «n.H.» stand für: nach Hause. Eine Kopie dieses handschriftlichen Vermerks fand sich in den Polizeiakten.

Patrick war zehn Jahre alt, die beiden Mädchen elf. Wie an jedem Tag begaben sich die drei gemeinsam auf den Heimweg in die nahegelegene Hellerhofsiedlung, in der sie alle wohnten.

Rudi Ferres und seine Kollegen sprachen in den Tagen, die auf den 24. April 1998 folgten, wieder und wieder mit dem Jungen und den beiden Mädchen, mal einzeln, mal mit allen dreien gemeinsam. Wenn es zu Widersprüchen in den Aussagen kam, weil eines der Kinder sich anders erinnerte, fragten die Ermittler erneut nach. Am Ende entstand ein Protokoll, mit dem jeder der drei jungen Zeugen einverstanden war, auch wenn Marthaler beim Lesen den Eindruck hatte, dass es sich um eine seltsame Mischung aus den Aussagen der Kinder und den Formulierungen der Beamten handelte:

Normalerweise brauchen wir so zehn Minuten nach Hause; wenn wir trödeln, ein bisschen länger. Der Jochen (Anm.: Betreuungsperson Kinderhort) hat gesagt, wir sollen uns beeilen, weil gleich ein fürchterliches Gewitter losgeht. Wir haben auf dem Heimweg mit niemandem gesprochen, und uns ist auch sonst nichts aufgefallen. Wir waren schon fast da, als Svenja einen Vorschlag gemacht hat.

Svenja: «Wollen wir noch durch die Röhre?» (Anm.: Fußgängertunnel Mammolshainer Str. – Güterbahngelände)

Patrick hat in den Himmel und auf die dunklen Wolken gezeigt.

Patrick: «Bist du verrückt, gleich wird's schütten und gewittern.»

Tatsächlich war es bei uns noch trocken, aber über Griesheim hat es schon geregnet. Wir haben auch die Blitze gesehen und den Donner gehört. Der Himmel war ganz schwarz. Und da, wo es noch hell war, hat alles ganz gelb gewirkt.

Svenja: «Umso besser, dann können wir uns ja in der Röhre unterstellen.»

Franziska: «Los, Patrick. Wie laufen einmal durch und dann wieder zurück. Wen es gruselt, der hat verloren.»

Am Ende war Patrick einverstanden. Schließlich war das Gewitter direkt über uns. Als wir den Eingang der Röhre erreicht haben, ist uns das Wasser schon entgegengekommen. Es läuft von den Gleisen über die Treppe in den Tunnel. Da unten ist dann immer ein richtiger Bach. Wir hatten sofort nasse Füße. Wir wollten trotzdem durchlaufen, aber plötzlich haben wir auf der anderen

Seite diesen Mann gesehen. Er ist rückwärts von der Treppe in den Tunnel gekommen. Er hat einen schweren, länglichen Gegenstand geschleppt, den er unten ins Wasser hat fallen lassen. Er hat den Gegenstand mehrmals wieder hochgenommen und wieder ins Wasser getaucht. In der Röhre ist es ja ganz dunkel, deshalb konnten wir nicht erkennen, um was für einen Gegenstand es sich gehandelt hat. Wir haben nicht darauf geachtet, wie lange wir dort standen, vielleicht eine oder zwei Minuten. Wir sind dann durch den Regen nach Hause gerannt.

Dennis Schönhals hatte abwechselnd aus dem Fenster und auf die Uhr geschaut und schließlich gegen 16:55 Uhr das Haus verlassen, obwohl immer noch ein paar letzte Tropfen fielen. Als er den Eingang der Röhre erreichte, schien bereits wieder die Sonne, während man aus der Ferne noch das Grollen des weiterziehenden Gewitters hörte. Etwa in der Mitte des Tunnels stutzte der Junge. Er wusste nicht, ob das, was dort auf den unteren Stufen der Treppe lag, ein Gegenstand oder eine Person war. Wenige Schritte weiter hielt er erneut inne. Einen Moment lang begriff er nicht, was er sah. Dann begann er zu schreien.

Um 17:26 Uhr erreichte die Polizei über die Notrufnummer die Meldung vom Leichenfund. Der Bewohner eines der Reihenhäuser in der Mammolshainer Straße gab an, vom Garten aus das Schreien eines Jungen gehört zu haben. Sein Anruf wurde ebenfalls im Protokoll festgehalten: «Das Kind hat geschrien, wie ich noch nie einen Menschen habe schreien hören. Ich habe unser Grundstück verlassen und den völlig aufgelösten Jungen auf dem Gehweg am Bahndamm angetroffen. Bestimmt zehn Minuten habe ich gebraucht, um den Jungen so weit zu beruhigen, dass man überhaupt ein paar verständliche Worte aus ihm herausbekommen konnte. Er hat ja nur geschluchzt und gezittert. Ich hab ihn erst mal gefragt, wo er wohnt und wie er heißt. Er ist dann mit mir ins Haus gekommen, wo ich ihm ein Glas Wasser gegeben habe. Schließlich hat er gesagt, dass im Fußgängertunnel hinter unserem Haus die Leiche seines Freundes liegt. Ich hab ihn gefragt, ob ein Unfall passiert ist, aber er hat den Kopf geschüttelt. Schließlich hab ich meine Frau aus dem Wäschekeller geholt, dass sie sich zu dem Jungen setzt. Er ist noch hier bei uns im Haus. Ich bin dann selbst in den Tunnel gegangen, um nachzuschauen. Und der Junge hat die Wahrheit gesagt. Da liegt ein totes Kind. Man hat es … man hat es regelrecht … Ich weiß nicht, wie ich … Kommen Sie schnell! Es ist ganz und gar grauenhaft.»

FÜNF

In der Nacht wachte Marthaler auf. Er wusste sofort, wo er war. Er spürte den leichten Luftzug, der durch das offene Fenster kam. Als er aufstand, knarrten die Dielen unter seinen Füßen. Im Bad beugte er sich über das Waschbecken und trank ein paar Schlucke Leitungswasser aus der hohlen Hand. Noch im Dunkeln stieg er vorsichtig die Wendeltreppe hinab in die Wohnküche. Er öffnete die Tür zum Hof und trat ins Freie. In der tiefblauen Tinte des Himmels glommen die Sterne. Die Nacht war still, so still, wie er es in Frankfurt noch nie erlebt hatte. Als er aus dem Augenwinkel eine Bewegung wahrnahm, bemerkte er die Katze, die auf dem gemauerten Bogen über dem Hoftor saß und ihn in der Dunkelheit beäugte.

Erst jetzt schaute er auf seine Armbanduhr. Tereza hatte sie ihm zu seinem letzten Geburtstag aus Prag geschickt. «Trotz allem», hatte in ihrem Brief gestanden, «auch wenn ich nicht bei dir bin, sollst du nicht leergehen.» Dass es «leer ausgehen» hieß, hatte sie sich nie merken können.

Marthaler strich sich übers Haar, als wolle er den Gedanken an seine langjährige Freundin beiseitewischen. Es war kurz nach halb vier, und er wusste, dass er nicht mehr würde einschlafen können. Dann kann ich mich ebenso gut wieder an die Arbeit machen, dachte er und schreckte im selben Moment davor zurück. Denn er hatte am Abend sein

Studium der Akten bewusst an jener Stelle beendet, als der Notruf im Präsidium einging. Er hatte sich davor bewahren wollen, mit den Bildern vom Tatort im Kopf ins Bett zu gehen.

Im zweiten Stock duschte er. Er putzte sich die Zähne, zog sich an und ging wieder nach unten. Bis der Kaffee durchgelaufen war, ordnete er die Notizen, die er gestern gemacht hatte. Rudi Ferres, egal, in welchem Zustand er heute war, würde viele Fragen beantworten müssen.

Marthaler wärmte seine Hände an der großen Tasse, setzte sich an den Küchentisch und nahm sich den letzten der Ordner vor, die er mitgenommen hatte. Ferres hatte ihn wie die anderen mit einer Schablone sorgfältig beschriftet. Es gab ein Inhaltsverzeichnis und am Ende sogar ein Personenregister. Was für Marthaler aber noch viel wertvoller war: Ferres hat seine Kopie der offiziellen Akten überall angereichert mit persönlichen Notizen, Gedanken, Vermutungen. Die Fassung war zu einer Art Tagebuch der Arbeit des SoKo-Leiters am Fall Tobias Brüning geworden. Was Marthaler als Zeichen dafür nahm, dass Ferres vom ersten Tag an gewusst oder immerhin geahnt hatte, dass dies der Fall seines Lebens werden würde. So verwahrlost der pensionierte Polizist inzwischen sein mochte, seine Arbeit hatte er nicht nur ordentlich, sondern offensichtlich geradezu penibel gemacht. Obwohl man den Unterlagen ansah, dass sie immer und immer wieder studiert worden waren, gab es weder Eselsohren noch Fett- oder Brandflecken, wie man sie sonst in den alten Akten ungelöster Fälle fand.

Die Kollegin in der Notrufzentrale hatte neben dem zuständigen Polizeirevier auch umgehend die Mordkommission benachrichtigt. So kam es, dass Ferres gleichzeitig mit der Schutzpolizei am Tatort eintraf und den Ersten Angriff, wie eine solche Maßnahme im Polizeijargon hieß, von Beginn an steuern konnte.

Ferres hatte das Telefonat um 17:33 Uhr notiert: «Anruf NRZ, Kinderleiche im Gallus, Tunnel Rückseite Mammolshainer Str. – wahrscheinlich Tötungsdelikt. Eindruck NRZ: Scheint sich um eine größere Sache zu handeln.»

Als Nächstes las Marthaler das Protokoll, das Ferres vom Ersten Angriff mit Hilfe eines Diktiergerätes angefertigt hatte. So konnte er sich ein Bild machen, wie der Einsatz am Abend des 24. April 1998 abgelaufen war.

Kriminalhauptkommissar Rudolf Ferres war zwischen 17:50 Uhr und 18 Uhr in der Mammolshainer Straße angekommen. Von dem Mann, der im Präsidium angerufen hatte, ließ er sich zum Tatort begleiten. Er bat einen der Schutzpolizisten, den Eingang des Tunnels zu sichern. Kurz darauf stand er vor dem toten Tobias Brüning und sprach in sein Diktaphon: «Kinderleiche, männlich, ich korrigiere: vermutlich männlich, zwischen 10 und 15 Jahre alt. Rückenlage, auf einem erhöhten Betonsockel am Treppenausgang des Tunnels. Leichnam zum großen Teil entblößt. Multiple Verletzungen, wahrscheinlich durch Stichwaffe. Fehlende Körperteile. Keine sichtbaren Blutspuren. Ein Paar Turnschuhe, Größe 39, rechts und links vom Kopf abgestellt.»

Ferres hatte genug gesehen, um zu wissen, dass der Eindruck der Telefonistin in der Notrufzentrale richtig gewesen war. Es handelte sich um eine größere Sache, vor allem aber handelte es sich, wie er allen erzählte, um das widerwärtigste Verbrechen, mit dem er in seinem bisherigen Berufsleben zu tun gehabt hatte.

Er rief im Präsidium an und bat seinen Kollegen Thomas Frey, alle nötigen Maßnahmen für einen Großeinsatz einzuleiten. Sie brauchten ausreichend Leute, um den Tatort weiträumig abzusperren; die Spurensicherung musste samt Scheinwerfern und Dokumentationsteam anrücken; die Hundestaffel musste benachrichtigt werden, vor allem aber galt es, sofort alle verfügbaren Kräfte aus den Mordkommissionen zusammenzuziehen, um möglichst umgehend mit den ersten Zeugenbefragungen beginnen zu können.

Seit langem hatte Ferres einen guten Draht zu Dr. Herzlich, dem Leiter des Zentrums der Rechtsmedizin, der vielen Kollegen, die mit ihm zu tun hatten, als seltsamer Vogel galt. Er selbst mochte ihn aber, weil Herzlich so in seine eigene Welt verstrickt war, dass es ihm egal war, was man über ihn dachte und ob man seinen verschrobenen, aber immer gutmütigen Humor verstand. Keine dreißig Minuten nachdem Ferres ihn benachrichtigt hatte, traf er bereits am Tatort ein und begann mit einer ausführlichen äußeren Leichenschau, der in der Nacht eine sechsstündige Obduktion im Zentrum der Rechtsmedizin folgen sollte.

Die Ermittlungen am Tatort dauerten bis weit in die Morgenstunden und wurden in den nächsten Tagen fortgesetzt. Noch am Abend suchte Rudi Ferres sowohl Dennis Schönhals in seinem Elternhaus auf als auch Helmut Brüning, den Vater des toten Jungen. Es stellte sich heraus, dass beide nicht vernehmungsfähig waren und ärztlich betreut werden mussten. In Absprache mit dem Polizeipräsidenten wurde in der Nacht zunächst eine zehnköpfige Sonderkommission gebildet, die schließlich von Woche zu Woche vergrößert wurde.

Nachdem der Obduktionsbericht von Dr. Herzlich sowie die ersten Ergebnisse der Spurensicherung und der Zeugenbefragung vorlagen, hatte Rudi Ferres eine Zusammenfassung über den vermutlichen Tathergang verfasst.

Demnach hatte sich Tobias auf den Gleisen der Güterbahn in der Nähe der Tunneltreppe aufgehalten, als der Täter ihn angegriffen hatte. In einem nahegelegenen Gebüsch fand die Polizei verstreute Schulhefte, die Brotdose des Jungen und in einiger Entfernung unter einem Brombeerstrauch seine Federmappe. Die Auffindesituation dieser Gegenstände ließ annehmen, dass Tobias sich gewehrt und dass sich beim Kampf sein Rucksack geöffnet hatte. Von der massiven Gewalt, die der Mörder schon zu diesem Zeitpunkt gegen sein Opfer ausgeübt hatte, zeugten die zahlreichen großflächigen Blutergüsse, vor allem am Oberkörper des Jungen, und die Würgemale an seinem Hals. Tobias war mit solcher Wucht getreten und geschlagen worden, man hatte ihm mit solcher Kraft die Kehle zugedrückt, dass er wohl noch außerhalb des Tunnels das Bewusstsein verloren hatte.

Aufgrund der bisherigen Ermittlungen war sich das Team um Rudolf Ferres sicher, dass die drei Kinder Svenja, Patrick und Franziska den Mörder von Tobias Brüning bei seiner Tat beobachtet hatten. Demnach wäre der Junge zwischen 16:10 und 16:20 Uhr, noch bevor das Unwetter losbrach, angegriffen und erst, als er bereits bewusstlos war, in den Tunnel gezerrt und getötet worden. Der Mörder nutzte die Wassermassen, die mit dem einsetzenden Starkregen in das Innere der Betonröhre strömten, um den Leichnam völlig ausbluten zu lassen. Dann hob er den toten Jungen auf den Betonsockel, zog ihm Hose und Unterhose bis zu den Knöcheln herunter und setzte einen tiefen Schnitt oberhalb des Schambeins. Anschließend wurde der Hodensack des Jungen aufgeschnitten und beide Hoden entnommen. Auf der Rückseite des Körpers fehlten große Teile Muskelfleisch vom Gesäß und vom rechten Oberschenkel. Die Leichenteile wurden nicht gefunden. Ebenso wenig auffindbar waren der Schulrucksack von Tobias Brüning und seine Oberbekleidung.

Alles in Marthaler sträubte sich dagegen, die Fotos vom Tatort anzuschauen und jene Aufnahmen, die Dr. Herzlichs Obduktionsbericht beigefügt waren. Nach allem, was er in den Akten gelesen hatte, ahnte er, was er zu sehen bekommen würde.

In kaum einem Mordfall, der so außergewöhnlich und langwierig war wie dieser, ermittelten dieselben Polizisten, die schon am Tatort gewesen waren, von Anfang an bis zum Ende. Aber jeder Kollege, der neu hinzukam, musste genauso gut informiert sein wie seine Vorgänger. Um nach so langer Zeit einen Mord noch aufzuklären, war es unumgänglich, nicht nur zu wissen, sondern auch zu sehen, was dem Opfer angetan worden war.

Inzwischen war es hell geworden. Marthaler nahm die prall gefüllte Plastikhülle mit den Fotos und ging wieder nach draußen in den Hof. Wenigstens wollte er nicht in einem engen Raum sitzen, wenigstens wollte er an der frischen Luft sein, wenn er sich die Aufnahmen ansah.

Er setzte sich auf einen der Stühle an dem weißen Steintisch. Noch einmal holte er tief Luft, dann griff er in den Umschlag, holte die Fotos heraus und breitete sie vor sich aus. Zuerst verschaffte er sich mit zusammengekniffenen Augen einen groben Überblick. Schließlich nahm er sich jede Aufnahme einzeln vor, um sie genau zu studieren.

Am schlimmsten war es, das Gesicht des toten Jungen zu sehen. Sein gebrochener Blick verriet sowohl die Verzweiflung, mit der er sich gewehrt haben musste, als auch die Gewissheit, dass er keine Chance hatte. Das war es, was Marthaler immer wieder beim Anblick eines Mordopfers feststellte, dass sich in den toten Augen die letzte Sekunde des Lebens widerspiegelte, der letzte Gedanke: Es ist vorbei.

Die Schnittverletzungen, die man Tobias zugefügt hatte, wirkten planvoll und waren mit solcher Präzision ausgeführt, dass man annehmen musste, der Täter habe dergleichen nicht zum ersten Mal gemacht. Das Muskelfleisch an Gesäß und Oberschenkel war sauber herausgelöst worden. Auch die Entnahme der Hoden zeugte von genauer anatomischer Kenntnis. Den Kopf hatte der Mörder mit einem einzigen glatten Schnitt nahezu vollständig vom Rumpf abgetrennt. Die Notizen, die Dr. Herzlich jedem Foto aus dem Sektionssaal beigelegt hatte, bestätigten diesen Eindruck: Der Täter wusste nicht nur, was er tat, er beherrschte auch sein Handwerk.

Eine halbe Stunde lang hatte sich Marthaler dem Anblick der Bilder ausgesetzt; jetzt fühlte er sich erschöpft. Er packte die Aufnahmen zurück in den Ordner und stopfte diesen zusammen mit den Notizen, die er sich am Abend und in der Nacht gemacht hatte, zurück in den großen Rucksack von Rudi Ferres.

Er ging ins Haus, beugte sich über die Badewanne und ließ zwei Minuten lang kaltes Wasser aus der Brause über seinen Kopf laufen. Dann schüttelte er das nasse Haar, rieb es mit einem Handtuch trocken, kämmte sich vor dem Spiegel, wandte sich aber beim Anblick seines müden Gesichtes sofort wieder ab.

Er merkte, dass er irgendetwas tun musste, um sich abzulenken, aber es gab nichts zu tun. Das Bett hatte er bereits aufgeschüttelt, die Kaffeetasse schon abgewaschen und den Inhalt seiner Reisetasche im Schrank verstaut. Auch wenn er sich nicht vorstellen konnte, etwas zu sich zu nehmen, beschloss er, frühstücken zu gehen.

Das war Terror, dachte Marthaler, während er die blaue Holztür von außen verschloss. Was man diesem Kind angetan hat, war genau geplant, und es war der nackte Terror.

SECHS

Als er den Eingangsraum der Pension betrat, schaute Odette hinter dem Tresen auf und sah ihren Gast neugierig an.

Robert Marthaler versuchte ein beschwichtigendes Lächeln. «Es ist nichts mit Rudi. Allerdings war er betrunken, und es scheint, als sei er das die meiste Zeit. Jedenfalls lebt er.»

Odette nickte. «Trotzdem sehen Sie aus, als hätten Sie schlecht geschlafen.»

«Das kann man wohl sagen. Liegt aber weder an dem schönen Haus noch am Bett …»

«Dann liegt es an der Arbeit, die Sie hier erledigen müssen?», fragte Odette, und als Marthaler nicht reagierte, fügte sie hinzu: «An Ihrer Arbeit, über die Sie nicht reden wollen.»

«So ist es. Die englischen Italiener schlafen noch?»

Odette lachte gequält. «Die sind schon wieder abgereist. Und hätten sie das nicht freiwillig getan, hätte ich sie rausgeworfen. Gestern hat keiner von ihnen ein Wort geredet, und dann haben alle vier vom späten Abend bis zum Morgen so laut gestritten, dass niemand im Haus ein Auge zugetan hat. Dafür schlafen die anderen Gäste jetzt noch – Sie haben also den Frühstücksraum für sich alleine. Wollen Sie sich selbst bedienen, oder darf ich Ihnen etwas bringen?»

Letzteres nahm Marthaler gerne an. Er suchte sich einen Platz am Fenster, stand aber noch mal auf, um sich ein zerlesenes Exemplar von *Marianne* zu holen, das er auf einem der Nachbartische entdeckt hatte. Schon nach kurzer Zeit legte er die Zeitschrift wieder beiseite. Er war zu müde und zu unkonzentriert, um irgendwas von dem zu verstehen, was er las.

Odette brachte ihm ein Frühstück, das so üppig ausfiel, wie sie es angekündigt hatte. Und spätestens als er den frisch gebrühten Espresso roch, bekam Marthaler nun doch Appetit.

«Kann ich hier irgendwo einkaufen?», fragte er.

Sie zwinkerte ihm zu. «Warten Sie, ich bin gleich wieder da!»

Als sie zurückkam, hatte sie die Kopie eines Stadtplans in der Hand, in dem die wichtigsten Geschäfte und Restaurants eingezeichnet waren. «Hier, an der Place Carnot, gibt es einen kleinen Supermarkt. In der anderen Richtung, auch nicht weit, sind zwei größere, da bekommen Sie alles. Und dann gibt es auch die kleinen Austern- und Muschelhändler und die Markthalle, da können Sie frischen Fisch, Käse und Fleisch kaufen. Sie waren noch nie in der Gegend, nicht wahr?»

«Nein, leider.»

«Da gibt es nichts zu bedauern, jetzt sind Sie ja hier, und Sie werden es lieben. Sie müssen unbedingt die Brasucade probieren, über Pinienholz gegrillte Miesmuscheln, so gute bekommen Sie sonst nirgends. Die besten gibt es bei ‹La Cabane› unten an der Lagune.»

Sie gab ihm eine Visitenkarte mit Adresse und Telefonnummer. Marthaler bedankte sich und steckte das Kärtchen achtlos in seine Hosentasche.

Nachdem er sein Frühstück beendet hatte, ging er auf Erkundungstour. Obwohl es erst kurz vor zehn war, hatte die Sonne schon große Kraft. Er zog seine Jacke aus und hängte sie über die Schulter. Das nächtliche Tintenblau des Himmels war einem strahlenden Azur gewichen, durchkreuzt vom Flug der Schwalben und der Möwen. «Ein Wetter zum Senkrecht-in-die-Luft-Pinkeln», hätte eine Mitschülerin von ihm gesagt. Marthaler hatte nie begriffen, was sie damit meinte, aber an schönen Tagen kam ihm die Formulierung oftmals in den Sinn.

Inzwischen war die Altstadt erwacht. Aus den offenen Fenstern hörte man Stimmen und das Klappern von Geschirr. Zwei dicke Frauen in Kittelschürzen standen rauchend vor dem Haus und beschimpften den sandfarbenen Köter, der sich an einem aufgeplatzten Müllsack zu schaffen machte.

Über die Rue Émile Zola erreichte Marthaler den alten Marktplatz, der von einem großen Säulenhaus beherrscht wurde. Hier hatten wohl früher die Händler ihre Stände aufgebaut, jetzt diente er vor allem den Jugendlichen mit ihren knatternden Mofas als Treffpunkt. Es gab zwei Apotheken, einige kleine Bäckereien, einen Schlachter und ein paar Bistros, vor denen die Handwerker in der Sonne saßen und ihr zweites Frühstück einnahmen.

Marthaler umrundete die Kirche, verhedderte sich erneut im Gewirr der engen Gassen und bog schließlich nach links auf den Boulevard Lamartine, an dessen Ende die weiße Mariannenstatue im Licht des Vormittags glänzte, während das Ladenlokal der örtlichen Kommunisten auf bessere Zeiten zu warten schien.

Als Marthaler der Avenue Victor Hugo etwa fünfhundert Meter weit gefolgt war, merkte er, dass er bereits den Ortsausgang erreicht hatte, wo auf einer leichten Anhöhe der große Carrefour-Supermarkt thronte.

Also gut, sagte er sich, dann kann ich ebenso gut hier meine Einkäufe machen. Obwohl nur wenige Kleinigkeiten auf dem Zettel standen, den er während des Frühstücks geschrieben hatte, verließ er den Laden eine Dreiviertelstunde später mit zwei schweren, prall gefüllten Tüten.

Bevor er loslief, schaute er auf Odettes Plan und versuchte, sich den Rückweg einzuprägen. Alles lag in dieser Stadt nah beieinander: der Bauhof, die Lager der Steinmetze, der Park mit dem Kriegerdenkmal, die Sozialbauwohnungen und die eingemauerten Villengrundstücke. Viele Häuser in der Altstadt waren eingerüstet und wurden gerade saniert. Zerfall und Aufbau, Niedergang und Aufbruch bedingten einander. Und oft hörte man die Stimmen von Fremden aus dem Norden, von Schweden, Niederländern, Deutschen, die sich hier ein Domizil in der Sonne gekauft hatten.

Der Asphalt unter ihm war feucht. Die kleine Kehrmaschine, die gerade hinter einer Häuserecke verschwand, schien den Hundekot, der hier überall lag, eher aufzufrischen, als ihn zu beseitigen. Marthaler musste Schlangenlinien laufen, um seine Sohlen nicht zu beschmutzen. Einmal noch fragte er nach dem Weg, dann stand er wieder vor seinem Haus.

Als er die Einkäufe verstaut hatte, spürte er eine tiefe Müdigkeit. Er überlegte, ob er sich noch einmal ins Bett legen und versuchen sollte, eine Weile zu schlafen, bevor er sich wieder aufs Rad setzte, um zu Ferres zu fahren.

Plötzlich hielt er inne, seine Nasenflügel weiteten sich und begannen, leicht zu zittern. Was ist das?, dachte er. Was ist das für ein Geruch? Es war die nicht sehr starke, aber deutlich wahrnehmbare Ausdünstung eines Menschen, eine Mischung aus Schweiß und billigem Aftershave.

Einen Moment stand Marthaler reglos in der Wohnküche, Nacken und Schultern steif vor Anspannung. Jetzt bereute er, seine Dienstpistole nicht mit nach Frankreich genommen zu haben. Er war fast sicher, dass sich während seiner Abwesenheit ein Fremder im Haus aufgehalten hatte. Oder sich immer noch hier aufhielt.

Marthaler schaute sich um. Er griff nach einer der Weinflaschen, die er im Carrefour gekauft hatte, um sich notfalls verteidigen zu können. Er ging in den ersten Stock, blieb in der Zimmertür stehen und sog die Luft ein. Auch hier lag derselbe Geruch in der Luft.

Genauso im oberen Raum, stärker noch als in den unteren Etagen. Das quadratische Klappfenster in der Dachschräge stand offen. Marthaler erinnerte sich, es nach dem Duschen geöffnet zu haben, wusste aber nicht mehr, ob er es später wieder geschlossen hatte. Jetzt stieß er es zu und klappte den Griff um.

Bei einem zweiten Gang durchs Haus schaute er unter die Betten und in die Schränke. Auch den Rucksack mit den Unterlagen, die Kammer hinter der Wohnküche und den Hohlraum unter der Treppe inspizierte er. Immerhin war er nun sicher, dass sich außer ihm niemand im Haus befand.

Langsam normalisierte sich sein Herzschlag. Sein Atem

ging wieder ruhiger. Er kam zu dem Schluss, dass er sich geirrt hatte. Vielleicht ist ja nicht ein Mensch, sondern ein Tier durch das Dachfenster ins Haus eingedrungen, und es war gar kein Schweiß oder Aftershave, was ich gerochen habe. Womöglich werde ich diesem Geruch hier noch öfter begegnen und war nur alarmiert, weil ich ihn nicht kannte.

An Schlaf war freilich nicht mehr zu denken. Also wuchtete Marthaler den schweren Rucksack über seine Schultern, schloss die Haustür ab und schob das Rad aus dem Hof. Nachdem er auch das blau gestrichene Holztor sorgfältig verriegelt hatte, machte er sich auf den Weg.

Jetzt rächte sich die fehlende Nachtruhe. Kurz bevor er das Hafengebiet erreicht hatte, nahm Marthaler einer Autofahrerin versehentlich die Vorfahrt. Die junge Frau konnte gerade noch bremsen und schimpfte lautstark. Obwohl er versuchte, sich mit einem bedauernden Blick zu entschuldigen, zeigte sie ihm den Mittelfinger. So war er froh, als er endlich den Uferweg des Étang erreicht hatte, wo er nur mit dem Wind und ein paar tollenden Hunden zu rechnen hatte.

Am Flaschencontainer auf Höhe des Leuchtturms wich er den Scherben am Boden aus. Schon von weitem hörte er das deutsche Paar, das ihm entgegenkam, beide mit Wanderstöcken, beide in dreiviertellangen Hosen. Sie sangen: «Schön ist es, auf der Welt zu sein.» Der Mann stellte sich Marthaler in den Weg und lächelte ihn mit erhobenem Zeigefinger an: «Excusez-moi, Monsieur …!» Statt anzuhalten, fuhr Marthaler einen kleinen Schlenker und setzte seinen Weg fort. Was auch immer dieses Paar von ihm wollte, er hatte keine Lust, mit den beiden zu reden. Aus der Kantine des Polizeipräsidiums kannte er die augenzwinkernde Kumpanei der deutschen Frankreich-Liebhaber, und er mochte sie nicht. Ihnen standen mit gespielter Unerbittlichkeit die überzeugten Italien-Urlauber gegenüber, die er ebenso wenig mochte. Ihm war das ganze Spiel fremd, und so galt er lieber als unfreundlicher Einheimischer, als sich auf ein Gespräch mit seinen Landsleuten einzulassen.

«Marthaler, wo bleibst du denn? Mein Gott, was ist denn mit dir los, du siehst ja aus, als hätte man dich gerade aus der Tonne gezogen!»

Robert Marthaler war zu verdutzt über die Verwandlung, die sein ehemaliger Kollege offenbar über Nacht durchgemacht hatte, als dass er sofort hätte antworten können. Rudi Ferres hatte sich die Haare schneiden und seinen grauen Bart stutzen lassen. Er trug ein frisches T-Shirt, eine saubere Hose und ein Paar neue Espadrilles. Seine Haut roch nach Olivenseife, und ganz offensichtlich war er nüchtern. Er hatte die Scheiben seiner Camionette gesäubert und deren Innenraum entrümpelt. Sein Schlafsack hing tropfnass über einem Stück Draht, das als Wäscheleine diente. Selbst die Pyramide mit den leeren Wein- und Schnapsflaschen war verschwunden.

Die Rollen schienen sich verkehrt zu haben: Nach nur einer Nacht war Marthaler der Zerrüttete und Ferres derjenige, der sich so weit instand gesetzt hatte, dass er wieder einem menschlichen Wesen glich. Mit einem stolzen Lächeln hatte er sich jetzt vor seinem Gast aufgebaut: «Und? Was sagst du?»

«Okay», erwiderte Marthaler, «ich sehe, du hast gearbeitet und nicht nur an dir. Dasselbe kann ich von mir allerdings auch sagen. Ich habe die Aktenordner wieder mitgebracht, weil ich glaube, dass sie in deinem Imbisswagen sicherer sind als in meinem Haus. Kann es sein, dass ich eben einen Eisvogel am Kanal gesehen habe?»

«Weißt du überhaupt, wo du hier bist, Robert?», fragte Ferres. «Hier gibt es Pflanzen und Tiere in einer Vielfalt wie sonst kaum irgendwo in Europa. Der Kanal verliert sich in der Lagune. Das Salzwasser mischt sich mit Süßwasser, da, wo eben noch Land war, ist plötzlich ein See. Fast unmerklich gehen die Elemente ineinander über.»

«So kommt es mir auch vor», sagte Marthaler. «Es ist alles sehr unübersichtlich hier.»

Ferres sah seinen ehemaligen Kollegen lange an, dann nickte er. «So ist es! Und nichts hasst eine deutsche Beamtenseele mehr, nicht wahr?»

Marthaler unterdrückte ein Gähnen. «Meinst du mich, oder meinst du dich?»

Ferres schüttelte den Kopf, ohne zu antworten. «Du bist wirklich müde, Robert. Was hältst du davon, wenn wir eine Runde Quartett spielen, bevor wir anfangen zu arbeiten?»

«Ich hasse Gesellschaftsspiele. Wahrscheinlich habe ich mit fünfzehn das letzte Mal Karten gespielt. Von was für einem Quartett sprichst du?»

«Jetzt lach nicht, aber ich habe ein Quartett der Marienerscheinungen.»

«Rudi, was willst du von mir?»

«Es gibt immer wieder Menschen, oft sind es arme Bauernkinder, denen die Jungfrau Maria erscheint. Manchmal taucht sie nur einmal auf, aber einer Hirtin in den französischen Alpen ist sie mehr als tausend Mal erschienen. Das ist enorm, oder?»

«Toll, Rudi!»

«Wenn die örtlichen Pfarrer schlau sind, verbreiten sie die Nachricht von der Marienerscheinung, bauen eine Kapelle und locken möglichst viele Pilger an. Bei solchen Wallfahrten kommt es dann oft zu wundersamen Heilungen schwerer Krankheiten. Es gibt Ärzte vor Ort, die das überprüfen und an den Vatikan weitergeben. Wir dürfen also davon ausgehen …»

«Hör auf, Rudi. Eine Runde, einverstanden?»

Marthaler wusste, dass es wenig Sinn hatte, sich dem Wunsch von Ferres zu widersetzen. Und im Grunde war er froh, sich nicht sofort wieder mit dem Mordfall Tobias Brüning beschäftigen zu müssen.

Sie setzten sich unter das Sonnensegel und begannen zu spielen. Eine Weile waren die Karten zwischen ihnen hin und her gegangen, als sich auf Ferres' Gesicht ein Lächeln breitmachte.

«Was ist, hast du einen Joker?», fragte Marthaler.

«So ähnlich. Ich habe Lourdes. Mehr als 700 Wunderheilungen, sechs Millionen Pilger jährlich. Nur nach Guadalupe kommen mehr Leute.»

«Zeig her, wie viele Zeugen?»

«Sag nur, das weißt du nicht! Es gab lediglich eine Zeugin, die kleine, etwas zurückgebliebene Bernadette Soubirous. Das arme Mädchen war gerade dreizehn geworden und musste mitten im Winter Holz sammeln gehen, als ihr an einer Grotte zum ersten Mal eine Frau in einem weißen Gewand erschien …»

«Rudi, bitte ...!»

«Nein, lass mich erzählen! Der Ortspfarrer glaubte Bernadette nicht – er hat sie für verrückt gehalten – und hat ihr aufgetragen, die Dame zu fragen, wer sie ist. Das hat das Mädchen auch getan. Die Frau im weißen Kleid, die auf jedem Fuß eine goldene Rose trug, sagte: ‹*Que soy era Immaculada Councepciou* – Ich bin die unbefleckte Empfängnis›. Diese Antwort hat den Pfarrer schließlich überzeugt, das konnte sich das Mädchen nicht ausgedacht haben. Also machte er die Grotte zum Wallfahrtsort.»

Ferres sah Marthaler mit großem Ernst und erwartungsvoll an, so als müsse der sich nun umgehend zum katholischen Glauben bekennen und ein glühender Anhänger der kleinen Bernadette werden.

«Spinnst du, Rudi? Du willst mir doch nicht erzählen, dass du diesen faulen Zauber für bare Münze nimmst. Außer der Kleinen hat niemand etwas gesehen. Sie war krank, vielleicht war sie auch ein bisschen überspannt und wollte sich wichtigmachen. Was man ihr noch nicht mal übelnehmen könnte, schließlich kam sie gerade in die Pubertät.»

Ferres hob seine Hand, als wolle er Marthaler ohrfeigen, ließ sie aber nach einer Weile wieder sinken, immer noch zornig funkelnd. «Hör zu, Robert! Das machst du nicht noch mal, du sagst nicht noch einmal etwas gegen meine Lieblingsheilige. Das arme Kind hat weiß Gott zeit seines Lebens genug durchmachen müssen. Hast du auf deiner Karte mehr Wunderheilungen? Hast du nicht, also gib sie mir und halt den Mund!»

Obwohl es zunächst so aussah, als sei Ferres im Vorteil, war eine halbe Stunde später der Stapel in Marthalers

Hand deutlich dicker geworden. Rudi Ferres wurde nervös; er hatte nur noch vier Karten. Man merkte ihm an, dass er keinesfalls verlieren wollte.

«Mehr als tausend Zeugen», sagte Marthaler. «Sieht so aus, als sollte ich gewinnen.»

«Vergiss es, Marthaler. Das kann nur eine der Erscheinungen sein, die lediglich vom koptischen Papst anerkannt wurden. Ich verstehe nicht, wie du an so etwas glauben kannst.»

«Rudi, machst du jetzt die Regeln? Es war in Ägypten. 94 Erscheinungen, über 1000 Wunderheilungen, eine halbe Million Pilger jährlich. Gib mir deine Karte!»

Ferres packte den kleinen Klapptisch und schleuderte ihn in die Luft. Sämtliche Karten landeten auf dem Boden.

Marthaler schloss die Augen. Als er sie wieder öffnete, stand Ferres drei Meter abseits und hatte ihm den Rücken zugewandt.

«Entschuldigung, Robert. Ich bin echt fertig.»

«Lass gut sein, aber ich werde nicht noch einmal mit dir Karten spielen.»

«Bernadette war dreizehn Jahre alt bei der ersten Erscheinung an der Grotte von Lourdes. So alt wie Tobias Brüning, als er sterben musste. Und weißt du, was die weiße Dame noch zu ihr gesagt hat? ‹Ich verspreche Ihnen nicht, Sie in dieser Welt glücklich zu machen, sondern in der anderen.› Und tatsächlich ist auch Bernadette jung gestorben.»

«Weinst du, Rudi?»

SIEBEN

Sie standen am Ende der langen Landzunge, direkt unter dem kleinen Leuchtturm mit der roten Spitze, und schauten über das Wasser der Lagune. Am Horizont sah man in der Mittagssonne den Mont Saint Clair, einen Kalksandsteinfelsen, an dessen Hängen die Häuser der Hafenstadt Sète klebten.

Rudi Ferres ließ seine Hand über die Flanken des eisernen Geländers gleiten, das den Weg unter dem Leuchtturm begrenzte. «Weißt du eigentlich, wo du hier bist, Robert?»

«Das hast du mich eben schon einmal gefragt.»

«Das Geländer stammt noch aus der Zeit von Ludwig XIV., als der Kanal gebaut wurde.»

«Gut, Rudi, ich sehe, du kennst dich aus. Aber lass uns jetzt anfangen zu arbeiten. Zuerst will ich wissen, was es mit den neuen Spuren auf sich hat, die es bald geben wird.»

«Gehen wir ans Meer?», fragte Ferres.

«Gerne», sagte Marthaler. «Aber drück dich nicht um eine Antwort.»

Sie machten sich auf den Weg nach Marseillan-Plage und nahmen dieselbe Strecke, die Marthaler einen Tag zuvor in umgekehrter Richtung zurückgelegt hatte. Es dauerte eine Weile, bis Rudi Ferres schließlich anfing zu sprechen.

«Es ist mir gelungen, einen Redakteur des ZDF zu überzeugen, noch einmal die große Reportage zu senden, die sie vor ein paar Jahren über den Fall Brüning gedreht haben. Die Sendung wird nächste Woche ausgestrahlt, das heißt, das Phantombild wird wieder zu sehen sein, und es wird wieder eine Menge Hinweise von Zuschauern geben, denen man nachgehen muss.»

«Und so eine Sache leierst du an, ohne das mit dem Präsidium in Frankfurt abzusprechen?»

«Robert, du weißt selbst, dass schon vor Jahren kein Kollege in Frankfurt mehr daran geglaubt hat, dass wir den Mörder noch finden. Der Fall ist kalt, haben alle gesagt, kalt wie Hundeschnauze.»

Marthaler nickte. «Ich werde also derjenige sein, der den Zuschauerhinweisen nachgeht … Dann will ich, dass du mir jetzt alles Wichtige über die Ermittlungen der letzten fünfzehn Jahre erzählst.»

«Du findest alles in den Akten, du wirst sehen …»

«Nein, Rudi, wie stellst du dir das vor? Ich habe gesehen, dass du die Akten vorbildlich geführt hast. Aber wie soll ich bis zur Ausstrahlung der Reportage jene 20000 Seiten lesen, die du für wichtig hältst, und sie so gründlich kennen, dass ich den Fall übernehmen kann? Du hast dich gewaschen und rasiert. Trotzdem sehe ich, dass es dir nicht gutgeht. Ich sehe, dass du ein Säufer bist und dass deine Hände zittern. Aber du wirst dich jetzt zusammenreißen und meine Fragen beantworten. Fangen wir an?»

Ferres hob die Schultern und ließ sie wieder sinken. «Gut», sagte er, «fangen wir an.»

«Habt ihr herausbekommen, wer der Fahrgast war, mit dem Tobias in der Straßenbahn gesprochen hat? Die

Grundschullehrerin hat ihn als einen schlanken Mann oder eine Frau beschrieben.»

«Nein», sagte Ferres. «Genauso wenig kennen wir die Identität des Mannes, der von der Überwachungskamera vor dem Kiosk an der Galluswarte aufgenommen wurde.»

«Was ist mit den beiden jungen Männern, die neben Tobias auf der Bank gesessen haben? Sie sollen ausländisch ausgesehen haben.»

«Was auch immer das heißt … Wir wissen nicht, ob der Junge sie gekannt hat, weder ob sie im Viertel gewohnt haben, noch wer sie waren. All unsere Nachforschungen haben zu keinem Ergebnis geführt. All unsere öffentlichen Aufforderungen an Zeugen, sich zu melden, blieben ohne Erfolg.»

«Was ist mit dem Mann im Tunnel, den die drei Kinder aus dem Hort gesehen haben?»

«Nach allem, was wir über den zeitlichen Ablauf wissen, muss es sich bei ihm um den Mörder gehandelt haben. Wir haben die ganze Szene am Tatort nachgestellt. Um es so echt wie möglich zu machen, hat die Feuerwehr für uns einen Tankwagen auf die Gleisanlagen gestellt und Wasser in den Tunnel laufen lassen. Verstehst du, wir haben sogar den Regen imitiert. Drei unterschiedlich aussehende Kollegen haben nacheinander den Mörder gespielt, der einen langen, schweren Gegenstand die Treppe hinunterschleppt und mehrmals ins Wasser fallen lässt. Wir haben die Kinder die Szene getrennt voneinander beobachten lassen …»

«Und …?»

«Jedes der Kinder hat bei einem anderen der Kollegen gesagt, dass der Mörder so ähnlich ausgesehen haben könnte. Die Sichtverhältnisse im Tunnel sind wirklich schlecht, aber wir wollten wenigstens eine vage Beschreibung des Mannes haben.»

«Und nicht einmal die habt ihr bekommen.»

«Nichts. Der Mann hätte dick oder dünn sein können, jung oder alt, groß oder klein. Wir hatten nichts.»

Nachdem sie einen großen Verkehrskreisel umrundet hatten, waren sie in Marseillan-Plage angekommen. Der Autolärm, der sie bis jetzt begleitet hatte, ließ nach.

«Willst du ins Getümmel oder lieber an einen ruhigeren Strand?», fragte Ferres.

«Gerne ruhig», erwiderte Marthaler. «Sag mal, kann es sein, dass es hier ziemlich große Schwalben gibt?»

«Was du meinst, sind Mauersegler. Mit den Schwalben weder verwandt noch verschwägert, auch wenn sie ähnlich aussehen. Im Sturzflug erreichen sie bis zu 200 Stundenkilometer. Sie können zehn Monate lang ohne Unterbrechung in der Luft bleiben. Die Forscher stehen bis heute vor einem Rätsel, man vermutet …»

«Rudi, bitte! Ich weiß jetzt, dass es Mauersegler sind, das genügt mir.»

Schweigend liefen sie nebeneinanderher. Marthaler hatte den Eindruck, dass Ferres beleidigt war. Einen Kilometer weiter bogen sie nach rechts in die Rue Jacques Brel und kreuzten kurz darauf die Rue Georges Brassens.

«Du weißt, wer Brassens war?»

«Ein Musiker?»

«Ein Sänger – und was für einer! Er ist drüben in Sète geboren worden und aufgewachsen. Obwohl er schon mehr als dreißig Jahre tot ist, verehren ihn die Franzosen noch immer. Überall gibt es Straßen, Schulen, Plätze und Parks, die nach ihm benannt sind. Zwar hat er später die meiste Zeit in Paris gewohnt, wollte aber trotzdem am Strand von Sète beerdigt werden. Jetzt liegt er dort auf dem Friedhof. Schon zweimal war ich an seinem Grab.»

Die Straße hatte sich zu einem schmalen Weg verengt, der sie zwischen zwei Reihen kleiner Ferienhäuser zum Strand führte.

Unwillkürlich blieb Marthaler stehen, als er den Sand sah, dahinter das endlose Blau des Mittelmeers und darüber den weiten Himmel. Er atmete tief durch, dann schaute er seinen ehemaligen Kollegen an: «Ist es nicht eine Schande, dass wir uns an diesem herrlichen Tag mit einem so grauenhaften Verbrechen beschäftigen müssen?»

Ferres' Blick zeigte keinerlei Verständnis: «Am Meer ist fast jeder Tag schön, Robert. Und ich habe hier Jahre damit verbracht, an diesen Mord zu denken und so aus den schönen Tagen schlechte zu machen. Weißt du was, such du uns einen Platz. Ich lauf rasch noch mal zurück und hol an dem Büdchen eine Flasche Mineralwasser.»

Marthaler ging nur wenige Meter weiter, dann setzte er sich in den Sand. Vor ihm hatte eine Familie ihr Lager aus Matten, Kühltaschen und aufblasbaren Plastiktieren errichtet. Die Mutter, eine schläfrige, sommersprossige Schönheit, üppig und strahlend, reckte ihren Bauch und die nackten Brüste in die Sonne. Sie lächelte, schwieg und ließ den schmächtigen Vater die Kleinen bespaßen.

Marthaler schloss die Augen und lauschte dem Geräusch der sanft ans Ufer rollenden Wellen und den Stimmen der jauchzenden Kinder, die ab und zu von ihrem Vater ermahnt wurden. Wie lange ist das her, dachte Marthaler, ich hatte fast vergessen, wie gut es tut, am Meer zu sein.

Rudi Ferres hatte ihm die Wasserflasche gereicht und sich neben ihn gesetzt. «Du bist seit langem der Erste, der einen frischen Blick auf die Akten wirft. Was denkst du über den Täter, Robert? Wenn du dir das Verletzungsbild anschaust, die Art, wie der Mann vorgegangen ist, was für einen Menschen hast du dann vor Augen?»

«Lass uns darüber später sprechen, Rudi. Mir wäre es lieber, wenn du mir erst die Fakten mitteilst. Was ist mit der Tatwaffe?»

«Ist nie gefunden worden. Aber ohne Zweifel hat es sich um ein großes, sehr scharfes Messer gehandelt. Wahrscheinlich um ein professionelles Schlachtermesser. Wir haben den Tatort mehrere Tage lang abgesperrt und ihn wiederholt mit Spürhunden und Metalldetektoren abgesucht, aber die Waffe blieb verschwunden.»

«Und was habt ihr gefunden?»

Ferres schnaufte. «Das ist ja die Scheiße, der verdammte Regen hat alles weggespült. Keine Fußabdrücke, keine Haare, keine Hautpartikel, kein Sperma, kein Blut. Unsere Leute sind sogar in die Kanalisation gestiegen …»

«Aber wenn ich mich recht erinnere, gab es doch einen Fingerabdruck.»

«Ja, wir haben die Bücher und Hefte von Tobias oben neben den Gleisen im Gebüsch gefunden. Im Inneren des Deutschbuches entdeckten wir den blutigen Abdruck eines Daumens. Der Abdruck war nicht vollständig, noch dazu verwischt, und das Blut stammte vom Opfer. Das ist alles, was wir haben, diesen einen verwischten, blutigen Fingerabdruck.»

«Der euch aber nicht weitergebracht hat?»

«Er ist durch alle Datenbanken dieser Welt gelaufen. Es gab keinen Treffer.»

«Was ist mit der Kleidung?»

«T-Shirt und Jeans des Jungen waren nicht am Tatort und sind auch später nie aufgetaucht. Nur seinen Rucksack, den hat ein Starkstromelektriker der Deutschen Bahn in einem Waldstück bei Idstein in der Nähe der ICE-Strecke gefunden, die damals gerade gebaut wurde. In dem Rucksack …»

«Rudi, lass uns bitte chronologisch vorgehen! Wir sind noch am Tatort.»

«Über den Tatort gibt es sonst nichts zu sagen. Die Fotos hast du dir wahrscheinlich angeschaut.»

«Hab ich, und ich werde sie mir gewiss kein zweites Mal ansehen.»

«Das wirst du auch nicht müssen, Robert. Denn ich kann dir versichern, dass du sie nie mehr aus dem Kopf bekommst.»

Marthaler merkte, wie sehr es Rudi Ferres inzwischen widerstrebte und wie sehr es ihn anstrengte, sich mit dem Fall zu beschäftigen. Womöglich war das der Grund, warum er jede Gelegenheit wahrnahm, über etwas anderes zu reden, über Marienerscheinungen, über Mauersegler oder über tote französische Sänger.

«Wollen wir eine Pause machen, Rudi?»

«Nein, eine halbe Stunde noch, dann gehe ich eine Runde schwimmen.»

«Ohne Badehose?»

«Keine Sorge! Ich hab todschicke Unterhosen. Kommst du mit?»

Marthaler gähnte. «Mal sehen! Erzähl weiter!»

«Noch in der Nacht nach dem Mord wurden Plakate und Flugblätter gedruckt, auf denen wir um Hinweise aus der Bevölkerung gebeten haben. Uns war sofort klar, dass wir größtmögliche Öffentlichkeit brauchen. Einen Tag später hatten wir Presse und Rundfunk munitioniert. Es standen alle Redaktionen auf der Matte, sie haben groß berichtet. Das Gallus und die benachbarten Viertel wurden von uns förmlich aufgerollt. An jeder Tür haben wir geklingelt und die Bewohner eindringlich gebeten, uns alles mitzuteilen, was sie am Tag der Tat gesehen haben. Und vor allem: wen. Der Junge oder, sagen wir, das Foto des Jungen hat so viel Sympathie ausgelöst und sein Tod so viel Abscheu und Anteilnahme, dass viele Menschen nur zu gerne etwas beigetragen hätten zur Lösung des Falles – um es vorsichtig zu formulieren.»

«Oder, um es weniger freundlich auszudrücken», warf Marthaler ein, «sie haben die Ermittlungen durch Wichtigtuerei und Falschinformationen torpediert.»

«So böse Worte würde ich gar nicht in den Mund nehmen, aber es stimmt: In der Folge sind wir förmlich erstickt in Hinweisen, Beobachtungen, Verdächtigungen. Die Protokolle dieser Aussagen füllen Tausende Seiten. Ein Nachbar aus der Eppenhainer Straße, der Tobias kannte, sagte aus, er hätte kurz nach dem vermuteten Tatzeitpunkt einen verdächtig wirkenden Mann beobachtet, der einen verschnürten Gegenstand in den Briefkasten der Brünings geworfen hat. Aber als Helmut Brüning am Abend nach Hause kam, lag nichts im Briefkasten, kein Brief, keine Zeitung, kein verschnürter Gegenstand. Trotzdem haben wir den Briefkasten kriminaltechnisch untersucht – ohne Ergebnis. Es gab eine Zeugin, die beschwören wollte, Tobias schon um 10:30 Uhr am Kiosk an der Galluswarte gesehen zu haben, während er in Wirklichkeit, laut Aussage seiner Lehrerin und der Mitschüler, im Klassenraum saß.»

Marthaler schnaufte. «Aber trotzdem musstet ihr auch das überprüfen.»

«Natürlich, wir wollten ja den Ablauf des letzten Tages in Tobias' Leben möglichst lückenlos dokumentieren. Also haben wir vermutet, dass die Frau sich in der Zeit geirrt hat und der Junge vielleicht in der großen Pause schnell an die Galluswarte gelaufen ist. Was aber nicht der Fall war. Na ja, und so weiter und so weiter ... Robert, hörst du mir noch zu?»

«Sicher, ich hör dir zu.»

«Es sah aus, als wärest du eingenickt. Ich geh ins Wasser, was ist mit dir?»

Marthaler schüttelte den Kopf. «Ich warte hier auf dich, und dann machen wir bald Schluss für heute, was meinst du?»

Er sah Ferres nach, der jetzt in seinen dunklen Boxershorts Richtung Wasser lief, Anlauf nahm und mit einem erstaunlich eleganten Kopfsprung in die Wellen tauchte. Er kraulte ein paar Meter, dann drehte er sich auf den Rücken und winkte in Richtung Ufer. Marthaler hob ebenfalls die Hand.

Nicht weit von ihm hatte sich ein Paar niedergelassen, der Mann vielleicht Anfang vierzig, die Frau ein paar Jahre jünger. Sie trug ein knielanges Sommerkleid, er eine helle Leinenhose und darüber ein weites Hemd, das bis zum Nabel aufgeknöpft war. Beide hatten ihre Schuhe ausgezogen. Sie hatten eine Decke mitgebracht, einen Picknickkorb, Gläser, eine Flasche Weißwein. Sie redeten und lachten, und manchmal küssten sie sich. Die beiden kennen sich noch nicht lange, dachte Marthaler, sie sind noch neugierig aufeinander, haben sich viel zu erzählen. Er stellte sich vor, dass der Mann vielleicht Kfz-Mechaniker war, die Frau in einem Reisebüro arbeitete und beide hier ihre Mittagspause verbrachten. Ihre Blicke waren voller Hinwendung, ihre Gesten und Berührungen blieben zurückhaltend und ließen doch merken, wie groß ihr Hunger aufeinander war, den sie hier, vor den anderen Badegästen, nur mit einem Blitzen der Augen, einem gurrenden Lachen und ein paar geflüsterten Worten zeigen wollten.

Marthaler erinnerte sich daran, wie er ein ähnliches Picknick mit seiner Freundin Tereza am Schultheisweiher veranstaltet hatte. Damals hatte sie seinen Heiratsantrag abgelehnt und ihm mitgeteilt, dass sie für einige Zeit nach Prag gehen werde. Dass sie dort außerdem einen Freund hatte, erfuhr er erst später. Trotzdem wollte sie sich nicht von ihm trennen. Seit einigen Jahren lebten sie nun schon so, telefonierten gelegentlich, sahen sich manchmal für ein paar Tage und schliefen dann auch miteinander, aber die Abstände wurden größer.

Nein, dachte Marthaler und gähnte noch einmal ausgiebig, ich will jetzt nicht an Tereza denken, lieber schaue ich mir dieses junge Glück noch eine Weile an.

«Robert … Robert!»

Nur langsam drang die Stimme von Rudi Ferres in Marthalers Bewusstsein.

«Was ist? Ich …»

«Hast du etwa die ganze Zeit geschlafen, während ich im Wasser war? Dein Kopf sieht aus wie die Spitze vom Leuchtturm. An deiner Stelle würde ich mich schleunigst in den Schatten verkriechen.»

Zum ersten Mal seit Stunden schaute Marthaler auf die Uhr. «Es ist nicht wirklich schon so spät, oder?»

Ferres, der sich bereits wieder angezogen hatte, lächelte: «Den Tag haben wir schön in den Sand gesetzt, findest du nicht auch? So langsam bekomme ich Hunger.»

«Wollen wir zusammen etwas essen gehen?», fragte Marthaler. «Kennst du das ‹La Cabane›? Odette hat es mir empfohlen.»

«Jeder kennt es. Es ist die beste Muschelbude im Ort. Hast du reserviert?»

«Hab ich nicht, wollen wir es trotzdem probieren?»

Ferres' Blick drückte Skepsis aus. Er zog sein Handy aus der Hosentasche und entfernte sich ein paar Meter, um zu telefonieren.

Als er wieder neben Marthaler stand, nickte er. «Sie sagen, wir sollen kommen. Irgendeinen Platz werden sie für uns finden.»

ACHT

Das «La Cabane» war die erste jener kleinen Muschelbuden – wie Ferres sie genannt hatte –, die sich hier am Ufer des Étang aneinanderreihten. Die schmucklosen, oft mit Wellblech bedeckten Gebäude waren der Arbeitsplatz der Fischer und Züchter, die von dem lebten, was in der Lagune heranwuchs. Vor den Eingängen stapelten sich Holzpaletten und blaue Plastikkisten mit Austern- und Muschelschalen, die Mülltonnen waren vollgestopft mit alten Reusen und Netzen.

Manche dieser Betriebe hatten ein paar Stühle und Tische aufgestellt, wo die Gäste, die einen Platz bekamen, den Fang der letzten Nacht bei einem Glas Wein verkosten konnten.

Die junge Frau hinter dem Tresen begrüßte Ferres mit einem Nicken. «Ça marche», sagte sie lächelnd. «Ich habe für euch einen Tisch auf der Terrasse reserviert.»

Alle außer diesen beiden Stühlen waren bereits besetzt. Die ersten Gäste hatten ihr Mahl bereits beendet und genossen nun plaudernd und Wein trinkend den Blick übers Wasser, auf dem ein paar kleine Boote schaukelten.

«Lass mich auf die Wand gucken», sagte Ferres und wies Marthaler den anderen Platz zu, der es ihm erlauben würde, ins Freie zu schauen. «Und noch eine Bitte habe ich: Wir wollen heute Abend nicht über Tobias Brüning sprechen.

Ich habe seit fünfzehn Jahren kaum etwas anderes im Kopf. Ich möchte durchatmen, Robert.»

Marthaler nickte. «Odette meinte, ich sollte ein bestimmtes Gericht probieren, aber ich habe vergessen, wie es heißt.»

«Die Brasucade, das sind Miesmuscheln, die über Pinienholz gegart werden.» Ferres zeigte mit dem Kopf auf den großen Kamin, in dem ein offenes Feuer brannte. Direkt auf den Flammen stand eine rechteckige Blechpfanne, die mit Muscheln gefüllt war. Ab und zu kam ein älterer Mann vorbei, der die schwarzen Schalen mit einer Kelle wendete und sie dabei mit einer Flüssigkeit begoss.

«Das ist eine Mischung aus Wein, Pastis und Olivenöl», erklärte Ferres, «gewürzt mit Kräutern, Knoblauch und Zitrone. Es gibt hier nichts anderes als gegrillte oder gratinierte Muscheln und rohe oder gratinierte Austern. Nehmen wir zweimal die Brasucade und als Vorspeise rohe Austern?»

«Von mir aus. Da ich beides noch nie gegessen habe, überlasse ich dir die Auswahl.»

«Darf ich Wein trinken, Robert?»

Marthaler zögerte mit seiner Antwort. Er wollte Ferres nicht von seiner Alkoholsucht heilen, er wollte nur, dass der andere konzentriert denken konnte, solange sie beisammen waren.

«Ein Glas, okay?»

«Drei Gläser», erwiderte Ferres.

«Wenn du trotzdem morgen fit bist.»

«Werde ich sein.»

Sie hatten ihre Bestellung aufgegeben, als Marthalers Telefon läutete. Am anderen Ende meldete sich die Stimme eines jungen Mannes. «Bonsoir, hier ist Nicolas …» Und als Marthaler nicht sofort reagierte: «Der Neffe der schönen Korsin. Ihr Wagen ist fertig. Ich bin schon in Marseillan. Wo kann ich ihn hinbringen?»

Marthaler war verdutzt, zum einen, weil sein Auto schon repariert war, zum anderen, weil er es nun auch noch gebracht bekam. Er begann zu stottern. «Es ist … Wir … Ich bin gerade mit einem Freund essen.»

«Sagen Sie mir einfach, wo Sie sind, ich bin gleich bei Ihnen.»

Bereits wenige Minuten später stand Nicolas vor ihm und überreichte ihm den Autoschlüssel.

«Und wie kommen Sie jetzt zurück?», fragte Marthaler.

«Gar nicht, ich fahre mit einem Kumpel weiter nach Béziers. Er steht vor dem Haus und wartet auf mich. Wir gehen feiern.»

«Und was bekommen Sie von mir?»

«Wären Sie mit 200 Euro einverstanden?»

«Ich wäre auch mit 300 zufrieden gewesen», sagte Marthaler.

Nicolas lachte: «Dann habe ich wohl einen Fehler gemacht.»

«Außerdem muss ich ja noch meine Übernachtung und das Essen bezahlen. Wir müssten allerdings rasch einen Geldautomaten suchen …»

«Kein Problem, Sie fahren ja sicher irgendwann zurück nach Deutschland, dann übernachten Sie wieder bei uns und bringen das Geld vorbei. Oder ich schicke Ihnen eine SMS mit meiner Kontonummer.»

«Machen Sie das auf jeden Fall! Mir scheint, Sie sind ziemlich schnell und mögen es unkompliziert.»

Nicolas nickte: «Anders hat man in diesem Land als junger Mensch keine Chance.»

«Danke für alles. Und viel Spaß beim Feiern!»

«Werden wir haben!»

«Wie hat er das gemeint, dass man anders keine Chance hätte?», fragte Marthaler, nachdem Nicolas sich auf den Weg gemacht hatte.

Ferres stieß ein bitteres Keckern aus. «Bist du so ahnungslos, Robert? Jeder Vierte in seinem Alter ist arbeitslos. Und wer doch Arbeit hat, bekommt meist nur befristete Verträge. Selbst mit einem abgeschlossenen Studium schlagen sich viele nur so von Job zu Job durch. Der Frust ist riesig. Was meinst du, warum hier inzwischen so viele die Faschisten wählen? Auch in Marseillan.»

«Du meinst den Front National?»

«Ja, als Biedermänner verkleidete Faschisten. Dabei hat es hier sogar mal einen kommunistischen Bürgermeister gegeben.»

Marthaler war froh, dass jetzt die Austern und der Wein kamen. «Du musst mir zeigen, wie man die isst», bat er Ferres.

«Ich mach's dir vor. Einfach ein wenig Zitrone drüber und ausschlürfen. So! Du bist wirklich ein Banause.»

Als Marthaler seine erste Auster geschluckt hatte, sah Ferres ihn erwartungsvoll an. «Und?»

«Ja, jedenfalls nicht so eklig, wie ich dachte.»

«O Mann, du wirst kaum irgendwo bessere finden. Und der Wein ist ebenfalls hervorragend.»

«Wissen die Leute, warum du in Marseillan bist?»

«Ich bin nicht blöd, Robert. Ein deutscher Polizist ist für manche hier immer noch so etwas wie ein Nazi. Und als pensionierter deutscher Polizist hätte ich nicht mal um Amtshilfe bitten können. Aber ich kannte einige der Kollegen von unseren früheren Recherchen am Kanal. Denen habe ich erzählt, dass mir die Gegend so gut gefallen hat, dass ich beschlossen hätte, meinen Ruhestand in Marseillan zu verbringen. Den anderen hab ich den Verrückten vom Kanal vorgespielt, den Sonderling, den renitenten Hippie, und den haben sie irgendwann geschluckt. Nur mit einem der Polizisten hier habe ich mich angefreundet. Soweit man sich mit mir anfreunden kann.»

«Und was hast du jetzt vor?», fragte Marthaler. «Zurück nach Deutschland?»

Ferres blickte drein, als begreife er die Frage nicht. Dann lachte er sein irres Lachen.

«Was ist daran so lustig?»

«Mit Deutschland bin ich durch, Marthaler. Schon lange.»

«Ah ja? Und in Frankreich ist alles besser? Hast du nicht eben noch gesagt …?»

«Nicht alles ist besser, aber vieles ist leichter. Glaub mir, es gibt hier nicht weniger Spießer und Schwachköpfe als bei uns. Ich hab sie in den letzten zwei Jahren alle kennengelernt. Sie haben mir die Scheibe meiner Camionette eingeworfen, mir Hundekacke vors Gatter geschaufelt und mich als ‹boche› beschimpft, was mich am wenigsten gestört hat.

Aber immerhin sind es keine deutschen Spießer und keine deutschen Schwachköpfe.»

«Odette hat freundlich von dir gesprochen», erwiderte Marthaler, «und auch die Wirtin hier scheint dir wohlgesinnt zu sein.»

«Ja, und immerhin ist die Gegend hier schön, das Wetter ist besser und der Wein und der Käse sowieso. Aber all das ist jetzt egal. Ich bin auch mit diesem Land durch, weil ich mit meinem Leben durch bin. Es gibt nichts mehr zu tun für mich. Ich sage das … ohne Bitterkeit.» Er hob den Kopf und kniff kurz das linke Auge zusammen. «Na, sagen wir: fast ohne Bitterkeit.»

«Das heißt?»

«Das heißt, ich werde auf ein paar heiße Herbsttage hoffen, mich nackt in den Sand legen und mir eine Flasche vom besten Cognac gönnen – den sie hier nicht zu schätzen wissen. Dann werde ich die Augen schließen und darauf hoffen, dass die Sonne ihre Arbeit macht.»

Marthaler schwieg eine Weile, weil er nicht genau wusste, was Ferres' Worte zu bedeuten hatten, weil er es vielleicht auch nicht so genau wissen wollte.

«Und ich soll deine Arbeit tun? Ich soll den Mörder von Tobias Brüning finden?»

Inzwischen war es längst dunkel geworden, die anderen Gäste hatten sich auf den Heimweg gemacht. Marthaler merkte, dass er dringend Schlaf brauchte. Er war müde und satt. Die Muscheln waren wirklich so gut gewesen, wie Odette und Ferres behauptet hatten. Marthaler zahlte und bedankte sich bei der Wirtin.

«Warum hast du gesagt, dass ich das Zimmer neben dem Notausgang nehmen soll?», fragte er, nachdem er das Mountainbike in den Kofferraum des alten Benz geladen hatte, den Nicolas gegenüber am Straßenrand abgestellt hatte. «Wolltest du mich warnen?»

«Was redest du, Robert? Vor was hätte ich dich warnen sollen? Das war ein Scherz, ein Bullenspruch.»

«Ich glaube, dass am Vormittag, während ich einkaufen war, jemand in mein Haus eingestiegen ist.»

«Das kommt leider nicht gerade selten vor. Die alten Häuser sind schlecht gesichert, das wissen auch die Einbrecher.»

Marthaler schaute seinen ehemaligen Kollegen weiter prüfend an. «Du bist der Einzige, der weiß, wo ich wohne. Hast du irgendwem meine Adresse gegeben?»

«Was soll das?», empörte sich Ferres. «Ich hab seit gestern mit niemandem außer dir gesprochen. Hab ich dir was getan, was wirfst du mir vor?»

Darauf wusste Marthaler keine Antwort. «Jedenfalls war es kein Dieb. Es ist nichts gestohlen worden.»

«Hast du deine Dienstwaffe mit?», fragte Ferres.

«Hab ich nicht.»

«Soll ich dir meine Pistole geben?»

«Du hast eine?»

«Ja, im Gegensatz zu dir bin ich kein Feind der Volksbewaffnung. Jedenfalls dann nicht, wenn ich das Volk bin und irgendwer mir dummkommen will. Es ist eine Glock 19, die schon ein paar Jahre auf dem Buckel hat, aber sie ist frisch geputzt und geladen. Ich hab sie mir in Sète am Hafen besorgt.»

«Ja, gib sie mir bitte!», sagte Marthaler. «Gleich, wenn ich dich heimbringe.»

Marthaler hatte im Wagen gewartet. Er ließ die Waffe in die Tasche seines Jacketts gleiten, winkte Ferres noch einmal zu und machte sich auf den Rückweg in die nächtliche Altstadt. Vor dem alten Friedhof am Boulevard Roqueblave, dessen riesige Bäume die zerbröckelnde Friedhofsmauer weit überragten, fand er einen freien Parkplatz. Als er ausstieg, atmete er tief den Duft der Rosmarinbüsche ein, die den Wegrand säumten.

Die Welt schien zu schlafen. Die Gassen waren dunkel und still. Er hatte fast den Eingang seines Hauses erreicht, als er meinte, hinter sich ein Geräusch zu vernehmen. Es hörte sich an wie knirschende Schuhsohlen auf einem sandigen Weg.

Langsam drehte sich Marthaler um und verengte die Augen zu zwei schmalen Schlitzen, konnte aber nichts Verdächtiges erkennen. Er zog die Pistole aus seiner Jackentasche und ging denselben Weg zurück, den er gerade gekommen war.

Auf dem kleinen Platz in der Rue Montgolfier mit den beiden Platanen und den Steinbänken sah er einen Schatten hinter einem Müllcontainer verschwinden. Er wartete einen Moment, dann umrundete er die Tonne mit ausgestreckter Waffe. Im selben Moment löste sich rechts von ihm aus einem Hauseingang die Silhouette eines Mannes. Der Mann war schwarz gekleidet und trug eine Sturmhaube. Marthaler sah, wie er den Boulevard Roqueblave überquerte, am grünen Mercedes vorbeilief, die Treppen des alten Friedhofs hinaufhuschte und hinter der offenen Gittertür in der Dunkelheit verschwand.

Marthaler ging jetzt ebenfalls auf die andere Seite der Fahrbahn, verschanzte sich kurz hinter seinem Wagen und hatte Sekunden später ebenfalls die Friedhofsmauer erreicht. Ehe er das Innere des dunklen Geländes betrat, blieb er noch einmal stehen, um zu lauschen. Außer dem leisen Rascheln der Blätter im Nachtwind war nichts zu hören.

Er machte einen Schritt nach vorne, dann noch einen. Plötzlich stockte ihm der Atem: Da war sie wieder, diese Mischung aus Schweiß und Aftershave. Und jetzt roch er es noch stärker als am Vormittag.

Verdammt, dachte Marthaler, der Stinker muss ganz in der Nähe sein, der hat mich in eine Falle gelockt. Im selben Moment sah er aus dem Augenwinkel einen Gegenstand auf die linke Seite seines Halses herabsausen. Er konnte sich gerade noch mit einer reflexhaften Bewegung zur Seite drehen, als der Schlag ihn mit voller Wucht an der Schulter traf. Marthaler stöhnte laut auf und drückte in derselben Sekunde den Abzug der Glock. Er schoss ein zweites Mal, dann verlor er das Bewusstsein.

Als er wieder zu sich kam, durchzuckte ihn sofort ein so starker Schmerz, dass ihm übel wurde. Wie lange er schon auf dem Boden des Friedhofs lag, wusste er nicht. Er konnte den Arm nicht heben, um auf seine Uhr zu schauen, die er am linken Handgelenk trug. Immer noch war alles ruhig und dunkel. Es war, als wäre nichts geschehen.

Marthaler tastete mit seiner Rechten den Boden ab, stieß an einen Gegenstand aus Metall, fühlte, dass es seine Pistole war, und steckte sie unter leisem Gewimmer zurück in die Jackentasche. Entweder habe ich den Stinker erschossen, und er liegt hier irgendwo in meiner Nähe, dachte Marthaler, oder er ist geflohen. Jedenfalls hat er versucht, mich umzubringen. Wenn der Schlag meinen Hals getroffen hätte, wäre ich tot.

Marthaler stützte sich am Boden ab, wuchtete sich auf die Knie und stand vorsichtig auf. Er schaute sich um, konnte seinen Angreifer aber nirgends sehen. Er verließ den Friedhof, öffnete den Kofferraum des Mercedes und kramte unter dem Fahrrad den Erste-Hilfe-Kasten hervor. Als er vor seiner Haustür stand, musste er den Kasten abstellen, um aufschließen zu können. So wird es mir jetzt dauernd gehen, dachte er. Wie praktisch *zwei* Hände sind, merkt man erst, wenn man nur eine benutzen kann.

Er brauchte eine Viertelstunde, um sein blutdurchtränktes Jackett und das Hemd auszuziehen. Dann schaute er sich seine Verletzung im Badezimmerspiegel an. Es war eine große Platzwunde, die über zehn bis zwölf Zentimeter von der äußeren Schulter bis zum Oberarm reichte. Er säuberte die Ränder und schüttete Desinfektionsmittel über das klaffende Fleisch. Als er seinen Arm unter Mühen mit einer Rolle Mull umwickelt hatte, nahm er eine Schmerztablette und entschied sich, sofort noch eine zweite hinterherzuwerfen.

Er kontrollierte, ob alle Fenster und Türen im Haus verschlossen waren, und setzte sich mit der Flasche Cognac, die er morgens im Supermarkt gekauft hatte, auf das Sofa, das in der Wohnküche vor dem Fernseher stand. Ohne sich die Mühe zu machen, ein Glas zu holen, nahm er ein paar kräftige Schlucke aus der Flasche. Er trank so lange weiter, bis er merkte, dass er trotz seiner Schmerzen schläfrig wurde.

NEUN

Marthaler war bereits auf dem Weg zum Frühstück, als er es sich noch einmal anders überlegte. Er passierte wieder den kleinen Platz in der Rue Montgolfier und überquerte den Boulevard. Ohne zu zögern, lief er die Treppen zum alten Friedhof hinauf. Nichts, außer dem Blut an der Stelle, wo Marthaler gelegen hatte, deutete darauf hin, was hier letzte Nacht geschehen war. Weitere Blutspuren schien es nicht zu geben. Das hieß, seine beiden Schüsse hatten den Angreifer mit der Sturmhaube wohl verfehlt. Der Mann war entkommen.

«Was ist mit Ihnen, Sie bewegen sich ein wenig seltsam?», fragte Odette, als Marthaler wenige Minuten später die Pension betrat.

«Ich kann den linken Arm nicht heben, ich bin gestern am Kanal gestürzt. Aber keine Angst, dem Rad ist nichts passiert.»

Odette machte eine Handbewegung, als sei ihr das völlig egal. «Also haben Sie wieder keine gute Nacht hinter sich?»

«Es geht.»

Der Schmerz hatte ihn zwar immer wieder geweckt, letztendlich hatte Marthaler aber länger geschlafen, als er wollte. Um zehn Uhr war er eigentlich mit Ferres verabredet gewesen, jetzt war es bereits kurz vor halb elf.

«Soll ich Ihnen wieder ein Frühstück machen?»

«Das würden Sie tun?»

Odette lächelte: «Wurst, Käse, Marmelade?»

«Ja, gerne. Alles! Und viel Espresso, bitte! Und ein großes Glas Orangensaft.»

Als Marthaler sein Morgenmahl beendet hatte, sah er Odette vor dem Eingang mit einem uniformierten Polizisten sprechen.

«Bonjour, Monsieur, mein Name ist Emmanuel Hervé. Ich komme von der örtlichen Polizei. Darf ich Ihnen eine Frage stellen?»

«Bitte sehr!»

Odette verabschiedete sich. «Okay, ich gehe wieder an die Arbeit.»

«Im Ort geht das Gerücht um», sagte der Polizist, «dass heute Nacht hier am Rande der Altstadt zwei Schüsse gefallen sind. Jetzt fragen wir die Leute, ob jemand etwas gehört hat.»

Marthaler schüttelte den Kopf. «Nein, ich war zwar immer wieder mal wach, aber davon habe ich nichts mitbekommen.»

«Ist Ihnen sonst etwas Ungewöhnliches aufgefallen?»

Marthaler verneinte wieder.

«Stimmt es, dass Sie ein Freund von Rudi Ferres sind?»

«Er ist ein ehemaliger Kollege von mir.»

«Und Sie besuchen ihn privat?»

«Nicht ganz. Er hat während seiner Dienstzeit lange an einem Fall gearbeitet, für den ich mich interessiere.»

«Ein Fall, der in Deutschland passiert ist?»

«Natürlich!», erwiderte Marthaler.

Emmanuel Hervé bedankte sich bei ihm und reichte ihm eine Karte mit der Nummer der Dienststelle: «Und falls Sie doch noch etwas hören …»

Marthaler lächelte: «Ich weiß, wie der Satz weitergeht – ja, dann werde ich mich bei Ihnen melden.»

«Grüßen Sie Rudi von mir, wir haben immer mal wieder eine Partie Domino zusammen gespielt.»

Marthaler hatte sich bereits zum Gehen umgewandt, als Hervé ihn noch einmal ansprach: «Sie sind verletzt, Herr Kollege?»

Marthaler nickte, ohne sich umzudrehen: «Ein Unfall! Ich bin vom Fahrrad gefallen.»

Die Stimme von Ferres, der gerade Unterhosen und T-Shirts auf einen Wäscheständer hängte, donnerte ihm schon von weitem entgegen: «Hast du schon wieder verpennt, Robert? Weißt du, wie viel Uhr es ist? Und wieso kommst du zu Fuß, wenn du sowieso zu spät dran bist?»

«Hast du eine Waschmaschine hier draußen?», fragte Marthaler.

«Nein, aber eine alte Wanne. Meine Großmutter hatte auch keine Waschmaschine. Außerdem habe ich dir drei Fragen gestellt, da antwortet man nicht mit einer Gegenfrage.»

«Ich bin überfallen worden, Rudi. Man hat versucht, mich umzubringen. Und ich muss dich bitten, meine Wunde neu zu verbinden.»

Marthaler erzählte seinem ehemaligen Kollegen, was in der Nacht passiert war. Der schüttelte ein ums andere Mal ungläubig den Kopf.

«Komm, dann schau ich mir deinen Arm an! Wir gehen hinter die Camionette, damit uns nicht jeder sieht, der hier vorbeikommt.»

Er half Marthaler aus seinem Hemd, wickelte die Mullbinde ab und stieß einen zischenden Laut durch die geschlossenen Zähne, als er die Wunde sah.

«Scheiße, Robert, das ist keine Aufgabe für mich, da muss ein Arzt ran. Das muss genäht werden.»

«Einem Arzt werde ich aber kaum sagen können, dass ich mir diese Verletzung bei einem Sturz vom Fahrrad zugezogen habe.»

«Heilen wird es auch so, aber du wirst eine hässliche, große Narbe zurückbehalten. Dann müssen wir wenigstens versuchen, die Hautränder mit einer Reihe Klammerpflaster zusammenzuziehen.»

«Du hast Klammerpflaster?»

Ferres lachte. «Ich verletze mich auch ab und zu; und ich gehe ebenfalls nicht gerne zum Arzt. Hast du sehen können, um was für eine Waffe es sich gehandelt hat?»

«Nein, ich nehme an, ein Totschläger oder eine Stahlrute, vielleicht auch eine Eisenstange.»

«Wenn er damit deine Halsschlagader getroffen hätte …»

«Dann würde ich jetzt nicht hier stehen, und genau das wollte der Mann.»

«Warst du schon bei der Polizei?»

«Ich bin die Polizei, Rudi.»

«Willst du damit sagen, dass du einen Mordversuch nicht anzeigen willst?»

«Ich habe zweimal mit einer nichtregistrierten, illegalen

Pistole, die dir gehört, auf einen Mann geschossen. Hinzu kommt, dass die Polizei im Ort bereits an die Leute herangetreten ist und wissen will, wer etwas über die nächtlichen Schüsse weiß. Auch ich bin gefragt worden von deinem Freund Emmanuel Hervé, von dem ich dich grüßen soll.»

«Was hast du ihm gesagt?», fragte Ferres, während er Marthaler das letzte Klammerpflaster aufklebte und begann, eine neue Binde um den Arm zu wickeln.

«Ich habe ihn angelogen. Ich habe ihm erzählt, ich hätte in der Nacht nichts gehört und hätte mich bei einem Unfall verletzt.»

«Kennst du irgendwen, der dir nach dem Leben trachtet?»

Marthaler schwieg eine Weile, schließlich wollte er in einer unwillkürlichen Geste den linken Arm heben, zuckte aber sofort zusammen und stieß ein lautes Stöhnen aus.

«Klar», sagte er schließlich, «du weißt ja selbst: Wir arbeiten alle immer wieder an Fällen, bei denen uns ein aggressiver Krimineller droht, ob bei der Festnahme oder wenn wir vor Gericht aussagen. Andererseits …» Wieder machte Marthaler eine Pause.

«Was?», fragte Ferres.

«Es kann auch mit dem Haus in der Rue Ledru-Rollin zu tun haben. Das erste Mal ist er eingestiegen, als ich nicht da war. Das zweite Mal hat er mir davor aufgelauert. Ein Dieb ist das nicht, so viel steht fest. Er hatte es auf den Hausbewohner abgesehen. Aber vielleicht hat er gar nicht mich gemeint.»

«Sondern?»

«Odette hat erzählt, dass das Domizil eigentlich von

einer belgischen Familie gemietet worden ist, die aber absagen musste.»

Ferres schüttelte den Kopf. Sein Blick wirkte skeptisch. «Das halte ich für sehr unwahrscheinlich. Spätestens bei seinem Einbruch muss dem Mann klargeworden sein, dass in dem Haus keine Familie wohnt. Du solltest davon ausgehen, dass er hinter dir her ist.»

«Nehmen wir mal an, so ist es. Aber niemand außer dir und Odette wusste, dass ich in dem Haus wohne.»

«Du hast ein Smartphone und einen Computer. Beides kann man hacken. Es ist ein Kinderspiel, dich auf diese Weise zu orten. Du solltest die Geräte umgehend ausschalten.»

«Das werde ich tun. Du meinst also, es hat sich jemand die Mühe gemacht, mir aus Deutschland nach Marseillan zu folgen?»

«Da du hier niemanden kennst, kannst du auch keine Feinde haben. Es wird wohl mit deiner Arbeit in Frankfurt zu tun haben, wie du selbst sagst. Noch einmal: Du solltest Anzeige erstatten!»

«Nein, ich werde es anders machen. Ich werde mich heute Abend in den Wagen setzen und zurück nach Deutschland fahren. Dort werde ich die ganze Sache mit den Kollegen besprechen, dann werden wir weitersehen.»

Ferres gab vor zu kichern und zeigte auf Marthalers verletzte Schulter. «Das war jetzt ein Witz, Robert?»

«Ganz und gar nicht. Du wirst mir beim Packen helfen und meinen Arm mit einer Schlinge so fixieren, dass die linke Hand auf Höhe des Steuerrads liegt. Ich werde ein paar Schmerztabletten nehmen, und so wird es gehen … Komm, jetzt lass uns anfangen zu arbeiten! Wie ging es weiter mit euren Ermittlungen? Du berichtest, ich mache mir Notizen und stelle Fragen.»

Sie saßen auf den beiden Plastikstühlen im Schatten des Sonnensegels. Während Ferres redete, hatte Marthaler die große Pferdekoppel nebenan im Blick. Er sah zwei blonde, langhaarige Frauen, die sich eine Frisbeescheibe zuwarfen. Die eine mochte Mitte vierzig sein, die andere Anfang zwanzig. Beide trugen knappe Bikinis, und beide hatten Gummistiefel an. Nach einer Weile ließen sie die Flugscheibe liegen und begannen, die Pferde zu striegeln, nicht ohne ihnen immerfort zärtliche Klapse zu geben und sich an sie zu schmiegen, was die Tiere offenbar genossen.

«Was ist, warum schmunzelst du, Robert? Oder hast du mir gar nicht zugehört?»

Ferres drehte sich auf seinem Stuhl um und folgte Marthalers Blick. Nun lächelte auch er. Er hob die Hand und begrüßte die beiden Frauen, die jetzt ebenfalls winkten und sie mit einem breiten Lachen bedachten.

«Schwedinnen», erklärte Ferres. «Mutter und Tochter. Sie sind völlig pferdenärrisch. Wenn es draußen warm ist, sind sie von März bis Oktober den ganzen Tag bei den Tieren auf der Koppel.»

«Was ist eigentlich mit dir und den Frauen?», fragte Marthaler.

«Der Anblick der beiden genügt mir», sagte Ferres nach einer Weile. «Sie lassen sich ungeniert von mir anglotzen, und mehr brauche ich nicht.»

«Heißt das, dass die beiden ungeniert sind, weil sie dich glotzen lassen, oder dass du ungeniert glotzt?»

«Wahrscheinlich stimmt beides ein bisschen. Reicht dir diese Auskunft? Und was ist mit dir? Gibt es Tereza noch?»

Marthaler winkte ab: «Du wolltest von Tobias Brünings Beerdigung erzählen.»

«Sie fand elf Tage nach seinem Tod auf dem Friedhof in Griesheim statt. Es waren nur ein paar Angehörige und Freunde da. Die Fotografen und Kamerateams mussten draußen warten. Natürlich waren wir ebenfalls dabei.»

«Um zu schauen, ob der Täter irgendwo herumlungert.»

«Hat er aber nicht getan», sagte Ferres. «Anderthalb Jahre später wurde nachts das Grab des Jungen geöffnet. Einer oder mehrere Unbekannte haben eine Plane ausgebreitet, dort die säuberlich ausgestochenen Pflanzen abgelegt und die Erde aufgeschichtet. Allerdings haben sie ihr Werk nicht vollendet. Tobias' Sarg blieb unbeschädigt.»

Als Marthaler wieder einen kurzen Blick zur Pferdekoppel warf, waren die Frauen und die Pferde verschwunden.

«Einen Tag nach der Beisetzung gab es einen Bekenneranruf im Präsidium, der aufgezeichnet wurde. Ein Mann mit starkem hessischem Dialekt behauptete, er wäre Tobias' Mörder, würde an der Galluswarte stehen und verhaftet werden wollen. Wir sind sofort mit einer Riesenmannschaft dort angerückt, haben alle überprüft, die sich in der Nähe aufhielten – vergeblich. Im Herbst haben wir dann einen Ausschnitt aus dem Band veröffentlicht, aber auch dabei ist nichts herausgekommen. Ich habe allerdings von Anfang an vermutet, dass der Anrufer betrunken war. Ein Säufer, der sich wichtigmachen wollte. Dass er nicht der Täter war, glaube ich auch deshalb, weil er mehrfach einen falschen

Nachnamen des Jungen genannt hat. Statt Brüning sagte er Bräuning.»

Unvermittelt verzog Marthaler das Gesicht. Ferres schaute ihn prüfend an: «Wie geht es deinem Arm?»

«Schon viel besser. Kümmer dich nicht drum. Ich werde schon fahren können. Erzähl einfach weiter!» Die Wahrheit war, dass ihn immer wieder ein stechender Schmerz durchfuhr, was er Ferres jedoch nicht zeigen wollte.

«Dann pass auf», sagte dieser, «jetzt kommen wir zu einer unserer wichtigsten Spuren. Rund um den ersten Jahrestag von Tobias' Tod, also im April 1999, haben die Medien wieder verstärkt berichtet. So wurde in einem Fernsehbeitrag der Hessenschau auch ein Modell des Rucksacks gezeigt, wie ihn der Junge besaß. Der Bahntechniker, von dem ich schon gesprochen habe, erinnerte sich, dass er einen solchen Rucksack Wochen zuvor im Wald bei Idstein in der Nähe eines Starkstrommasts gesehen hatte. Wir sind mit dem Mann und einem ganzen Trupp von der Spurensicherung hingefahren. Tatsächlich lag der Rucksack noch immer dort, und es war der, den wir suchten. Darin befanden sich eine Deutschlandkarte in tschechischer Sprache und ein Schlüsselanhänger aus Metall mit dem Emblem der Fremdenlegion, einer siebenflammigen Granate. Außerdem Teile eines Campingkochers aus französischer Produktion.»

«Nicht so schnell!», sagte Marthaler. «Hat man nicht vermutet, dass der Täter die Körperteile, die er dem toten Jungen entnommen hatte, in dem Rucksack abtransportiert hat?»

«Ja, das hatten wir vermutet, konnten es nach der kriminaltechnischen Untersuchung aber ausschließen. Wir haben den Fund dieser Spuren dann relativ schnell publik gemacht. Daraufhin hat sich eine Frau gemeldet: Sie wäre einige Wochen nach dem Mord, im Frühsommer 1998, nicht weit vom Fundort des Rucksacks, während eines Spaziergangs auf einen merkwürdigen Mann getroffen. Die Stimme des Mannes hätte zwar ein wenig undeutlich geklungen, er hätte aber akzentfrei deutsch gesprochen. Er hat behauptet, er würde gerade aus Tschechien kommen und wollte zurück nach Südfrankreich, wo er in einem Ferienlager arbeitet.»

«Treffer!», sagte Marthaler.

«Das dachten wir auch. Die französischen und tschechischen Kollegen haben gut kooperiert. Es gab Zeitungs- und Fernsehberichte in beiden Ländern, und ich bin selbst zweimal zusammen mit einem Kollegen hier in die Gegend gefahren, einmal nach Montpellier, einmal nach Perpignan. Allerdings hat die Fremdenlegion blockiert. Sie haben mich bis zu einem Colonel vorgelassen, der sichtlich gelangweilt auf mein Anliegen reagiert hat. Während des Gesprächs schaute er unentwegt aus dem Fenster. Es schien ihn überhaupt nicht zu beeindrucken, als ich ihm sagte, dass sie womöglich einen Killer in ihren Reihen hatten oder jemanden, der später dazu geworden ist. Jedenfalls hat man mich abperlen lassen. Wir haben es über Regierungskontakte und mit Hilfe von Juristen versucht, aber alle haben sich die Zähne ausgebissen. Wenn ich nicht mehr hätte als diesen Schlüsselanhänger, ließ man mich wissen, könnte man mir nicht weiterhelfen.»

«Das war's dann also auch mit dieser Spur?», fragte Marthaler.

«Ja, wir standen mal wieder vor dem Nichts.»

Ferres' Gesicht war grau, seine Hände zitterten. Er sah aus, als würde er noch einmal sämtliche Niederlagen seiner letzten Dienstjahre durchleben. Er stand auf und verschwand kurz in seiner Camionette. Als er zurückkam, hatte er ein Kaugummi im Mund, roch aber trotzdem nach Alkohol. Marthaler ließ es unkommentiert.

«Im Sommer 2001 haben wir beschlossen, eine Aktion durchzuführen, wie es sie bislang noch nie gegeben hatte. Die Maßnahme war so teuer und personalaufwendig, dass wir zwei Monate gebraucht haben, die Leitung des Präsidiums davon zu überzeugen. Wir haben alle Männer zwischen 18 und 50 Jahren, die im Gallus und in den angrenzenden Vierteln gewohnt haben, aufgefordert, freiwillig ihre Fingerabdrücke abzugeben. Eigentlich wollten wir die Sache noch im Herbst 2001 durchziehen, aber ...»

«Aber dann kam *Nine Eleven* dazwischen», sagte Marthaler, «und alle hatten erst mal was anderes zu tun.»

«Also haben wir es auf das folgende Frühjahr verschoben. Für uns war es schon damals so etwas wie der letzte Strohhalm. Wenn unsere Spur nach Frankreich eine Sackgasse war, hatten wir nichts als diesen verdammten Fingerabdruck. Wir haben eine Werbeagentur beauftragt, das Ganze zu begleiten; sie haben Bierdeckel in den Kneipen verteilt mit der Aufschrift ‹Frankfurt sucht einen Mörder›. Am Ende weigerten sich 28 Männer, an der Überprüfung teilzunehmen. Ich habe jeden von ihnen aufgesucht und Druck gemacht. Einer der Verweigerer war ein Lehrer, der Kinder im Alter von Tobias Brüning unterrichtet hat. Er hat sich auf den Datenschutz berufen. Ich habe ihm erklärt, dass er irgendwann der Letzte ist, dessen Abdrücke uns noch fehlen, und dass ich ihn dann persönlich vor Gericht zerren werde.»

«Wie hat er reagiert?»

«Er hat schließlich nachgegeben. Das Ergebnis war negativ, und sein Anwalt hat mich verklagt. Und so war ich derjenige, der vor Gericht gelandet ist.»

«Wollen wir eine Pause machen? Wir könnten in die Stadt gehen und schon mal meine Sachen in den Wagen laden. Außerdem muss ich noch für Miete und Frühstück bei Odette bezahlen und das Mountainbike wieder in den Hof stellen. Anschließend könnten wir irgendwo eine Kleinigkeit essen.»

Ferres nickte. «Ja», sagte er. «Und ein Glas Wein trinken.»

«Rudi …»

«Was?»

«Wenn du so weitermachst», sagte Marthaler, «wirst du dich umbringen.»

«Na und», sagte Ferres, «meinst du etwa, du wirst davonkommen?»

ZEHN

Auf der Promenade entlang des Étang de Thau kamen ihnen die beiden Schwedinnen auf ihren Pferden entgegen. Sie trugen noch immer nichts als Bikini und Gummistiefel. Während Ferres mit den Frauen plauderte, setzte sich Marthaler auf eine Bank. Obwohl sein Arm schmerzte, begann er, Übungen zu machen, indem er seine linke Hand immer wieder zur Faust ballte, um sie dann zu öffnen.

Ferres hatte wohl recht gehabt: Die Ungeniertheit war beiderseits. Er machte den Frauen Komplimente, und sie genossen es. Und auch Marthalers Blicken begegneten Mutter und Tochter mit einem strahlenden Lächeln. Sie schienen für ihre Pferde zu leben und dafür, dass sie selbst von der Welt bewundert wurden.

«Sind die beiden nur schön, oder sind sie auch eitel?», fragte Marthaler, als Ferres sich zu ihm setzte.

Ferres lachte. «Eitel sind sie auf jeden Fall, aber sie sind es auf so entwaffnend offene Weise, dass ich es amüsant finde. Und beide sind auch ein wenig naiv, was mir aber egal ist, da ich mit ihnen ja nur flirten will. Naiv sind sie und offenbar ziemlich reich.»

Nachdem Marthalers Wagen gepackt und seine Rechnung bezahlt war, hatte Ferres den grünen Mercedes zum Hafen gesteuert. Jetzt saßen sie vor einem der Restaurants am

Quai und blätterten in der Speisekarte. Marthaler bestellte nur einen Salat und Mineralwasser, Rudi Ferres entschied sich für die gegrillten Rotbarben und einen Viertelliter Weißwein.

«Es gab Jahre, da hatte ich das Gefühl, auf einem Heimtrainer zu sitzen», erzählte Ferres. «Ich strample und strample, aber komme nicht von der Stelle. Die Chefetage reagierte über die lange Zeit der Ermittlungen hinweg immer flexibel, ich kann mich nicht beschweren. Mir wurden zusätzliche Kollegen genehmigt, wenn es neue Hinweise gab, mir wurden sie wieder weggenommen, wenn alles abgearbeitet war und wir erneut an einem toten Punkt angekommen waren. Mal waren wir zu dritt, mal hatte ich 120 Leute zur Verfügung. Und in den letzten Jahren war ich ziemlich einsam.»

«Wofür du auch selbst gesorgt hast», sagte Marthaler, «du bist zu einem echten Kotzbrocken geworden.»

Ferres ging nicht auf den Vorwurf ein. «In den Jahren 2006 und 2007 gab es eine Flaute bei den Ermittlungen. Keine neuen Hinweise, keine neuen Spuren, kaum noch Presse. Ich habe die Zeit genutzt, um sämtliche Akten noch einmal durchzugehen. Ich hab ein Personen- und ein Sachregister angefertigt, das hat mir geholfen, die Übersicht zu behalten. Und dabei ist es passiert!»

Marthaler schaute Ferres fragend an: «Was ist passiert, Rudi? Ist dir die Jungfrau Maria erschienen?»

Ferres kniff die Augen zusammen. «So ähnlich. Mir ist aufgefallen, dass gleich in mehreren Zeugenaussagen aus den Tagen nach dem Mord von einem Mann mit Zopf die Rede war, der sich in der Nähe des Tatortes aufgehalten haben soll. Mal wollte jemand eine Narbe an seinem Mund gesehen haben, mal nicht. Mal hatte er eine Kappe auf, mal keine.»

«Der berühmte Zopfmann», sagte Marthaler, «von dem ihr dann ein Phantombild gemacht habt.»

«Wenn du alles weißt, brauch ich nicht weitererzählen», mokierte sich Ferres.

«Ich weiß nicht alles. Aber dieses Phantombild ist später so oft gezeigt worden, dass es sich wohl jedem ins Gedächtnis gebrannt hat, zumindest jedem Frankfurter Kriminalpolizisten. Ich frage mich nur, wie ihr 1998 diese Personenbeschreibungen übersehen konntet. Außerdem solltest du deinen Fisch essen, Rudi, sonst ist er kalt, und du bist betrunken.»

«Wir haben sie nicht übersehen, wir sind allen Hinweisen sehr wohl nachgegangen. Aber du musst bedenken, es gab Tausende Zeugenaussagen und hundert Kollegen, die sie bearbeitet haben. Es war mein Fehler, ich war derjenige, der den Überblick hätte behalten müssen.»

«Was waren das für Zeugen, die den Mann gesehen haben?»

«Eine vierzehnjährige Schülerin hat ihn am Tag des Mordes in der Nähe der Hindemith-Schule bemerkt, wie er aus einem Gebüsch kam. Ein Vater rief an und berichtete, dass sein Sohn und einige Bewohner eines Kinderheimes im Taunus mehrfach von einem Zopfträger belästigt wurden. Der Mann ist angeblich mit den Kindern nach Frankfurt gefahren, unter anderem auch ins Gallus.»

«Vorhin hast du von einem Ferienlager gesprochen, jetzt von einem Kinderheim.»

«Fein, Robert. Ich sehe, du hast aufgepasst. Und dann haben wir bei einer Tür-zu-Tür-Befragung die Aussage zweier Rechtsanwaltsgehilfinnen einer Wirtschaftskanzlei protokolliert. Sie gaben an, dass sich ein oder zwei Tage nach dem Mord ein junger, sehr nervöser Mann bei ihnen im Büro gemeldet und um Rechtsbeistand gebeten hat: ‹Ich habe Mist gebaut, ich brauche dringend einen Anwalt›, soll er sinngemäß gesagt haben. Sie haben ihm die Visitenkarte eines Strafverteidigers gegeben, wo der Fremde aber nie aufgetaucht ist. Beschrieben haben die Frauen den Mann als zwanzig bis dreißig Jahre alt, ungefähr 1,75 Meter groß, dunkelblondes, langes Haar, das zu einem Zopf gebunden war. Er hätte eine auffällige Veränderung an der Oberlippe gehabt und ohne erkennbaren Akzent oder Dialekt gesprochen.»

«Das Phantombild habt ihr also erst viele Jahre nach dem Mord aufgrund der Erinnerung dieser Zeugen anfertigen lassen?»

«Was hätten wir denn machen sollen?», fragte Ferres. «Besser spät als nie! Wir haben dann beschlossen, die Sache ganz groß aufzuziehen. Es sind mindestens drei längere Fernsehdokumentationen über den Mord entstanden. Was den Umgang mit den Medien anging, war der Fall Tobias Brüning ein Traum für uns. Wir konnten die Journalisten lenken, wie wir wollten. Wir brauchten nur den Namen des Opfers zu nennen, schon standen alle bereit, um zu berichten, was wir ihnen in die Mikrophone diktierten. Tobias war zu einer Marke geworden, ein Publikumsmagnet.»

«Klingt ein wenig unseriös», warf Marthaler ein.

«Ich weiß, aber wir wollten ein Maximum an Aufmerksamkeit generieren, um so viele Hinweise wie möglich zu bekommen.»

«Und das ist euch gelungen», sagte Marthaler. «Aber an die Öffentlichkeit zu gehen, heißt immer auch, die Idioten auf den Plan zu rufen. Jedenfalls war das der Lehrsatz eines meiner Ausbilder. «

«Jeder Polizist schreckt davor zurück. Alle hoffen, ihre Fälle anders lösen zu können. Aber wir hatten keine Wahl», sagte Ferres. «Die Alternative wäre gewesen, den Fall zu den Akten zu legen. Wir haben alles auf eine Karte gesetzt. Nachdem die Reportagen ausgestrahlt worden waren, gab es Hunderte neue Hinweise aus dem ganzen Land. Überall gab es Zopfträger mit und ohne Narbe. Die ‹SoKo Tunnel› wurde wieder für ein halbes Jahr aufgestockt. Ich weiß nicht, wie viele Zopfmänner wir befragt haben. Die Zahl der Dienstreisen hat sich vervielfacht. Es wurden Alibis überprüft, Gegenüberstellungen mit unseren Zeugen arrangiert ...»

«Und es hat alles nichts gebracht», sagte Marthaler.

Ferres trank seinen letzten Schluck Wein und schaute sich nach dem Kellner um. Er hob die kleine Glaskaraffe in Richtung Tresen zum Zeichen, dass er das Gleiche noch einmal wollte.

«Warte, Robert. Im Spätsommer 2010 ist die ZDF-Reportage wiederholt worden. Unter den Hinweisen nach der Sendung gab es vier Zeugen, die den Zopfmann während ihres Urlaubs hier in Marseillan oder in Marseillan-Plage gesehen haben wollten. Wegen unserer alten Frankreich-Spur war ich natürlich sofort elektrisiert. Ich hab mir den Kofferraum vollgepackt mit Flugblättern in französischer

Sprache, bin für drei Wochen hierhergefahren, hab das Phantombild rumgezeigt, hab es in alle Geschäfte gelegt, durfte es im Bürgermeisteramt aushängen und im Schaukasten der Polizei. Viele Leute haben mir gesagt, dass sie den Mann kennen, aber niemand wusste, wie er heißt oder wo er wohnt.»

«Also bist du zurück nach Frankfurt gefahren.»

«Ganz genau», sagte Ferres. «Inzwischen war ich wieder alleine mit meinem Fall. Die Kollegen haben mich für einen Verrückten gehalten, für einen Besessenen. Und irgendwann war ich ein pensionierter Verrückter.»

«Und dann hat der pensionierte Verrückte wieder Witterung aufgenommen und ist erneut nach Frankreich gefahren, diesmal mit Sack und Pack und ohne irgendwem zu sagen, wo er ist. Und was hat er hier gemacht?»

«So wartete er denn. Unerbittlich, hartnäckig, leidenschaftlich», sagte Ferres.

Marthaler schaute fragend: «Was ist das? Ein Zitat?»

Ferres nickte. «Ein Satz aus einem Roman von Dürrenmatt, in dem es auch so einen irren Polizisten gibt, der nicht aufgeben will.»

«Du hast dich also auf deine Müllhalde am Kanal gesetzt und gewartet, dass der Zopfmann irgendwann vorbeikommt. Und … ist er?»

Rudi Ferres schüttelte langsam den Kopf. Er hob die frischgefüllte Karaffe und schenkte sich ein. Glas klirrte an Glas, und wieder sah Marthaler, wie die Hand seines einstigen Kollegen zitterte.

«Trink bitte nicht so schnell», ermahnte er ihn. «Wir müssen nachher noch die Akten in meinen Wagen laden.

Wenn ich dann weg bin, kannst du wieder saufen, so viel du willst … Hast du dir schon mal überlegt, dass der Zopfmann vielleicht längst keinen Zopf mehr trägt? Und dass die Narbe keine Narbe war, sondern nur eine Wunde, die irgendwann verheilt ist?»

Rudi Ferres schloss die Augen. «Ich habe mir in diesem Fall alles überlegt, Robert. Und von allem auch das Gegenteil.»

«Das ist also das Ende deiner Geschichte?»

«Das ist das Ende.»

«Dann lass uns jetzt noch darüber sprechen, welches Bild ihr euch von dem Mann gemacht habt, der Tobias Brüning umgebracht hat. Wenn ich mich richtig entsinne, hat die Operative Fallanalyse damals ein Täterprofil erstellt …»

Ferres schnaufte. «Die OFA! Weißt du, für was die Abkürzung OFA steht? Ohne viel Ahnung!»

«Aber viel wird mit ‹v› und nicht mit ‹f› geschrieben.»

«Marthaler …!»

«Was?»

«Das ist Teil des Witzes.»

«Also, gab es ein Täterprofil?»

«Es gab nicht nur eins, es gab mehrere. Das erste wurde sofort nach dem Tod des Jungen vom Bundeskriminalamt erstellt. Das BKA konnten wir nicht außen vor lassen, weil die Frage geklärt werden musste, ob es sich bei dem Mörder um einen Triebtäter handelte, wie man damals noch sagte. Demnach war unser Mann etwa 20 bis 40 Jahre alt, hatte eine abnorme Veranlagung und war ein psychisch gestörter Einzelgänger, der sich sozial auffällig verhielt.»

«Könnte ja was dran sein», meinte Marthaler.

«Könnte, könnte …», äffte Ferres ihn nach. «Ich sag ja, Abteilung Spekulatius. Schon nach zwei Wochen haben unsere Spezialisten vom BKA eine Kehrtwende hingelegt. Plötzlich war es kein Psychopath mehr, sondern ein planvoll handelnder Mörder, der Tobias womöglich gekannt hat. Jetzt soll er nur noch zwischen 17 und 27 Jahre alt sein und womöglich aus einem anderen Kulturkreis stammen. Hinweise auf eine Sexualstraftat lägen trotz der Stichverletzungen im Genitalbereich nicht vor.»

«Könnte wieder was dran sein.»

«Genau. Ein paar Jahre später wurde ein externer Profiler aus Berlin hinzugezogen: Markus Bellmann, sehr prominent, turnt auch im Fernsehen rum, ein ehemaliger Kollege. Jetzt wurde wieder ein männlicher Einzeltäter gesucht, der zur Tatzeit zwischen 25 und 35 Jahre alt war, Kontakt zu Kindern suchte und sozial zurückgezogen lebte.»

Marthaler lachte: «Jetzt verstehe ich, was du mit Abteilung Spekulatius meinst.»

«Warte, der Clou kommt noch. Ich war bereits pensioniert, und alle hatten wieder freie Bahn, als es ein weiteres Täterprofil gab, oder vielmehr gab es einen Täter. Du erinnerst dich an diesen Fall in Kelkheim? In der Garage eines kurz zuvor verstorbenen Mannes hatte man ein Fass mit Leichenteilen gefunden. Sie gehörten zu einer vor langer Zeit ermordeten Prostituierten. Nun wollte man den Mann gerne mit anderen, noch viel älteren Prostituiertenmorden in Verbindung bringen und erhoffte sich Hinweise aus der Bevölkerung. Geködert hat das LKA die Medien aber damit, dass man die Vermutung in den Raum stellte, der Mann könnte auch Tobias Brüning umgebracht haben. Und unser smarter Markus Bellmann stellt sich hin und sagt, ja, das könnte durchaus ins Bild passen. Nur dass der Mörder der Prostituierten ein gut integrierter Familienvater war, sozial sehr aktiv, unauffällig, beliebt und in einer Jazzband mit zwei ehemaligen Richtern gespielt hat.»

Marthaler schüttelte den Kopf. Er musste Rudi Ferres recht geben. Alles sah danach aus, als habe das LKA den Namen Tobias Brüning als Marke eingesetzt, um so größtmögliche Aufmerksamkeit in der Öffentlichkeit zu erlangen. «Damit hat man eigentlich deine Spur mit dem Zopfmann verbrannt.»

«Ich hab Scheiße geschrien, als ich das gelesen habe, Robert. Sie haben den Zopfmann verbrannt und damit die letzten zehn Jahre meines Lebens.»

«Das heißt aber auch, das LKA wird schäumen, wenn das ZDF jetzt die alte Reportage mit dem Phantombild noch mal wiederholt.»

«Deshalb wird diesmal auch keine Telefonnummer der Polizei eingeblendet, sondern nur die Nummer des Fernsehredakteurs. Du wirst nach Mainz fahren, dir die Sendung mit ihm zusammen in seinem Büro anschauen und hinterher die ersten Hinweise entgegennehmen. Es werden längst nicht mehr so viele sein wie noch bei den früheren Ausstrahlungen.»

«Rudi, damit lieferst du mich ans Messer. Die Leute vom LKA werden versuchen, mich zu schlachten.» Erst als er das letzte Wort ausgesprochen hatte, merkte er, wie unpassend es im Zusammenhang mit dem Mord an Tobias Brüning war.

Missbilligend hob Ferres die Brauen, verkniff sich aber

einen Kommentar. «Das wirst du aushalten. Außerdem müssen sie ja nicht wissen, dass du an dem Fall arbeitest.»

Marthaler verdrehte die Augen, plötzlich brüllte er so laut, dass sich die anderen Gäste und einige Spaziergänger am Quai erschrocken zu ihm umdrehten. Ferres hatte ihm einen beschwichtigenden Klaps auf den Arm gegeben – auf den linken Oberarm.

«Mist, Robert, entschuldige bitte. Ich hatte für einen Moment vergessen …»

Marthaler biss die Zähne zusammen. Ihm waren Tränen in die Augen gestiegen. «Ja», sagte er schließlich. «Ich hatte es auch für einen Moment vergessen.»

Als das Eis, das sie als Nachtisch bekommen hatten, aufgegessen war, bestellten sie jeder einen Espresso. Es war ein französischer Espresso, zu dünn und ohne Crema.

«Was ist mit dem Motiv?», fragte Marthaler. «War es nun ein Sexualtäter oder nicht?»

Ferres hob die Schultern. «Ich habe mich durch alle Bücher und Fachartikel zum Thema ‹Sexuell motivierte Entnahme von Leichenteilen› gequält. Sehr viele waren es nicht, denn solche Verbrechen kommen nicht allzu häufig vor. Es gibt ein paar halbwegs gut erforschte Fälle, und die haben fast alle mit Kannibalismus zu tun. So hat zum Beispiel Joachim Kroll zwischen acht und vierzehn Menschen getötet und teilweise verspeist. Meist waren die Morde mit einer Vergewaltigung verbunden. Als man ihn 1976 festgenommen hat, stand ein Kochtopf auf dem Herd, in dem die Hände und Füße eines vierjährigen Mädchens schwammen. Jeffrey Dahmer hat fünfzehn junge Männer umgebracht. Als er verhaftet wurde, hat man in seinem Apartment noch die Überreste von elf Opfern gefunden. Er hat zugegeben, dass ihn das Verspeisen der Körperteile, die er zuvor im Kühlschrank aufbewahrt hatte, sexuell erregt hat. An Armin Meiwes wirst du dich erinnern ...»

Marthaler winkte ab zum Zeichen, dass er diese Geschichte kannte und sie nicht auch noch hören wollte. Im Jahr 2001 hatte Meiwes, ein ehemaliger Zeitsoldat, über ein Internetforum Kontakt zu einem Mann aus Berlin aufgenommen, der in der dortigen Stricherszene bereits durch Verstümmelungsphantasien aufgefallen war. Die beiden verabredeten, dass Meiwes dem Mann bei lebendigem Leib den Penis abschneiden, ihn dann töten und nach und nach verspeisen solle.

«Und weißt du was?», fuhr Rudi Ferres fort. «Als Meiwes bereits im Gefängnis saß, hat er mir mitteilen lassen, dass er mir im Fall Brüning helfen könnte. Ich bin zu ihm in die JVA Kassel-Wehlheiden gefahren – aber er hatte rein gar nichts zu bieten. Er wollte mich lediglich dafür benutzen, dass ich ihm Zugang zum Internet verschaffe.»

Marthaler kratzte den letzten süßen Rest seines Espresso mit dem Löffel aus und sah Ferres über den Rand der Tasse hinweg an: «So hässlich der Gedanke ist, aber vielleicht hättet ihr eine größere Chance gehabt, den Mörder von Tobias zu finden, wenn er ein weiteres Mal zugeschlagen hätte.»

Ferres nickte. «Glaub mir, das habe ich mir oft genug vorgestellt.»

«Aber er hat kein zweites Mal zugeschlagen, und zwar, wie du sagst, nirgendwo auf der Welt, jedenfalls nicht auf diese Weise. Und allein, dass er das nicht getan hat, spricht für mich gegen ein sexuelles Motiv. Wer seine Lust auf diese Weise befriedigen will, will das regelmäßig oder jedenfalls öfter tun.»

«Du meinst, es war womöglich doch Wut oder Rache?», fragte Ferres. «Aber was hätte ihn wütend auf den Jungen machen sollen? Wofür wollte er sich rächen? Und warum musste er ihn dann verstümmeln?»

«Weißt du, was mir schon in den Sinn gekommen ist? Dieses Ausblutenlassen des Leichnams, dieser exakte Schnitt durch den Hals, diese absolut präzise Entnahme der Hoden, die sorgfältige Drapierung der Schuhe, das alles wirkt so … wie soll ich es nennen? So ausgedacht, so demonstrativ.»

«So als ob die ganze Zurichtung des Leichnams keinem Bedürfnis des Mörder entsprungen ist, sondern für denjenigen bestimmt war, der den Jungen finden würde.»

Marthaler klopfte mit der rechten Hand auf den Tisch. «Etwas in der Art, ja. Das ist dir also auch schon in den Sinn gekommen?»

«Dann hätte es sich also um ein Ablenkungsmanöver gehandelt, um ein anderes Motiv zu verbergen», führte Ferres den Gedanken fort.

«Wäre doch möglich», sagte Marthaler. «Was ist mit Drogen, mit Prostitution?»

«Robert, wenn du dir die Akten weiter anschaust, wirst du sehen …»

«Wir sind bald fertig, Rudi, aber das erzählst du mir jetzt noch.»

«Klar wussten wir, dass die Galluswarte und ihre Umgebung ein Treffpunkt der Drogenszene war, es gab da Depots, man hat gedealt, geraucht, gefixt. Und weil das fast immer zusammengehört, gab es auch Prostitution. Aber glaub mir, wir haben jeden Stricher, jeden Freier, jeden Junkie gegrillt und nochmals gegrillt. Einige von ihnen kannten Tobias vom Sehen, man grüßte sich, man half sich mit einer Zigarette aus, aber mehr haben wir nicht herausbekommen. Es gibt keinen Beleg dafür, dass Tobias in dieser Szene eine Rolle gespielt hat.»

«Ich habe selten von einem Fall gehört mit so vielen Spuren und gleichzeitig so vielen Sackgassen», sagte Marthaler.

«Trotzdem werde ich nie die Worte eines Kollegen vergessen, von dem ich wusste, dass er in der schwulen Subkultur verkehrt. Ich habe ihn befragt, und er sagte wörtlich: ‹Du kannst davon ausgehen, dass die Jungs, die sich rund um die Galluswarte herumtreiben, alle ihren Arsch hinhalten.› Und als ich dann hier ankam, wurde mein Verdacht, der Mord könne etwas mit dem Sexgeschäft zu tun haben, wieder bestärkt.»

«Wie das?», fragte Marthaler.

«Du weißt, wo wir hier sind?», sagte Rudi Ferres.

«Dieselbe Frage stellst du mir jetzt schon zum dritten Mal, obwohl du weißt, dass ich die Antwort nicht kenne. Erklär mir einfach deine Welt, Ferres, ich hör dir schon zu!»

«Ein paar hundert Meter Luftlinie von hier entfernt gibt es eines der größten Naturistencamps der Welt, auf dem Gelände befinden sich Bars und Clubs für jedes Bedürfnis. Ganz in der Nähe liegt ein Strand, den man die Schweinebucht nennt. Ich hatte nie davon gehört, bevor ich hierherkam. Es ist ein Naturistenstrand, wo sich die Leute ihren sexuellen Vergnügungen widmen. Sie treiben es paarweise miteinander, zu dritt, zu viert.»

«Wie in einem Swingerclub?»

«Ja, aber das alles geschieht öffentlich und ohne Eintritt. Im Sommer versammeln sich dort manchmal mehr als tausend Leute. Die meisten sind Spanner; aber auch die werden gebraucht von denen, die sich gerne zeigen. Es ist ein Ort, wie es ihn wahrscheinlich nirgends sonst auf der Welt gibt. Ich habe einen Mann gesehen, der sich an einer Hundeleine und auf allen vieren von seiner Frau über den heißen Sand hat führen lassen. Ein anderer schien großes Vergnügen daran zu finden, von einem Transvestiten gefesselt und ausgepeitscht zu werden. Ein paar Tage später habe ich erlebt, wie eine alte Frau sich auf den Rücken legt, die Beine spreizt und selig lächelnd zuschaut, wie fünfzehn, zwanzig Kerle über ihr onanierten, darunter auch ihr Ehemann, mit dem sie später Hand in Hand über den Strand geschlendert ist.»

«Und so was gefällt dir?», fragte Marthaler.

«Papperlapapp. Die Schweinebucht kam mir vor wie eine Art Vorhölle. Ich dachte mir, das ist ein Ort, an dem sich der Mörder von Tobias Brüning wohl fühlen müsste. Und dass es womöglich kein Zufall ist, dass er mehrfach in der Nähe gesehen wurde.»

«Und?»

«Ich bin immer wieder hingegangen in der Hoffnung, unser Phantombild dort anzutreffen, bis ich begriffen habe, dass ich mich gründlich geirrt hatte. Ich hatte keine Ahnung von dieser Welt. Die Leute an dem Strand sind keine Schweine. Die sind eher wie Kleingärtner mit etwas speziellen Bedürfnissen. Ihre Vorlieben zwingen sie dazu, äußerst respektvoll miteinander umzugehen. Es geschieht nichts ohne das Einverständnis des anderen. Alle halten sich an die ungeschriebenen Regeln – was man von der Welt hier draußen wahrlich nicht sagen kann. Es gibt Ehepaare, die seit vielen Jahren jeden Sommer dorthin fahren und die vielleicht längst geschieden wären, hätten sie nicht gelernt, die Wünsche ihrer Partner ohne Eifersucht zu tolerieren. Wollen wir hingehen? Soll ich es dir zeigen?»

Marthaler winkte ab. «Nicht mein Ding!», sagte er und merkte, dass das dieselben Worte waren, die er benutzt hatte, als Tereza ihn nur zum Nacktbaden an einem öffentlichen See hatte ermuntern wollen.

Sie waren bereits auf dem Weg zum Auto, als Ferres einen drahtigen, nicht sehr großen Mann begrüßte. Marthaler schätzte ihn auf Ende sechzig. Er hatte einen muskulösen Hund dabei, den er Pipou rief. Pipou sprang mehrmals an Ferres hoch und wedelte dabei mit dem Schwanz, wobei es so aussah, als würde das Tier mit seinem ganzen massigen Körper wedeln.

«Ich finde eigentlich, dass du hier nette Leute kennst», sagte Marthaler, als sie wieder alleine waren. «Dabei hast du so geschimpft …»

Ferres nickte. «Stimmt. In meinem Furor bin ich manchmal ungerecht. Michel ist ein guter Typ; er war Grundschullehrer am Ort, jetzt schreibt er Bücher über einen Jungen namens Mô, so eine Art Tom Sawyer aus Marseillan. Die Romane spielen immer hier am Ufer des Étang. Michel kennt absolut jeden in der Stadt. Und weißt du was, er backt seinem Hund zu jedem Geburtstag eine Torte.»

«Als ich am Freitag im Hof gesessen und in den Akten gelesen habe, saß über mir auf einer der dicken Stromleitungen ein wunderschöner Vogel mit einer Federhaube am Hinterkopf», sagte Marthaler. Inzwischen waren sie wieder an seinem Wagen angekommen. «Er sah aus wie ein Indianer.»

«Dann war es ein Wiedehopf», erklärte Ferres. «Sie sind wunderschön, aber sie stinken.»

So bist du, dachte Marthaler, du erkennst alles Schöne und kannst dich daran erfreuen, aber du musst es im selben Moment entzaubern und kleinmachen.

Und Ferres, als habe er Marthalers Gedanken erraten, fügte hinzu: «Wenn wir die andere Seite nicht sehen wollen, Robert, ist die schöne Seite nichts wert. Es gehört immer beides dazu. Wer nur schwärmt, ist ein Lügner. Wirklich schön ist etwas nur, wenn es wahr ist, wenn es stimmt. Wenn man dann ein abschließendes Urteil über den Wiedehopf fällen will, muss man es in eine Zeile schreiben: Er ist wunderschön, und er stinkt. Wir leben, und wir werden sterben.»

Ferres hatte die Akten aus seinem Imbisswagen geholt und die eine Hälfte der Ordner in den Kofferraum, die andere auf die Rückbank des grünen Mercedes gestapelt.

«Also seid ihr auch bei der Frage nach dem Motiv für den Mord an Tobias Brüning nicht wirklich weitergekommen», sagte Marthaler, während der andere ihm nun vorsichtig eine Armschlinge anlegte.

Ferres schwieg. Sein Bart wurde schon wieder länger. Sein Atem roch nach dem Wein, den er am Mittag getrunken hatte.

«Warum antwortest du nicht?», fragte Marthaler.

«Ich will nicht mehr reden, Robert. Ich will, dass wir uns verabschieden, ich muss wieder alleine sein.»

Marthaler griff in seine Jackentasche, nahm Ferres' Pistole heraus und legte sie auf den kleinen Klapptisch.

«Rudi!»

«Was?»

«Und du glaubst, ich habe eine Chance?»

Ferres sah ihn müde an. Er hob die Schultern und ließ sie langsam wieder sinken. «Aber wenn du ihn irgendwann hast, Robert, gib mir Nachricht, schreib mir eine Postkarte ins Jenseits. Keine Angst, sie wird schon ankommen. Ich will nicht wissen, wer er ist, ich will nicht wissen, wie er aussieht und wie er heißt. Ich will nur wissen, dass du ihn hast. Und du kannst sicher sein, dass ich dann ein Gläschen auf dich heben werde. Versprochen, dass du mir Bescheid gibst?»

Marthaler lächelte. Ferres tat es ihm gleich. Es war, als hätten sie einen stummen Pakt geschlossen.

ZWEITER TEIL

EINS

Als Louise Manderscheid am Morgen des 2. September 2013 gegen 6:50 Uhr die Haustür öffnete, spürte sie, dass der Sommer bereits seinen Höhepunkt überschritten hatte. Sie zog ihre Strickjacke ein wenig fester um die Schultern und schloss auch den obersten Knopf. Dann ging sie zum Schuppen, holte ihren alten Volkswagen Caddy heraus und verstaute die beiden großen Kühlboxen mit den Pasteten auf der Ladefläche. Sie stieg noch einmal aus, um die Schuppentür zu schließen und den Riegel vorzulegen.

Bevor sie sich wieder hinters Steuer setzte, fiel ihr Blick wie jeden Morgen auf den Garten und die dahinterliegende große Lichtung zwischen den alten Buchen, die den Rand des Kreuzwaldes säumten. Über der Wiese lag dichter Nebel, der weiß in der Morgensonne leuchtete.

Mit einem Mal stutzte sie. In der Ferne erkannte sie die Silhouette eines Mannes, der in ihre Richtung zu schauen schien und sich nun langsam abwandte.

Es war nicht alltäglich, aber keineswegs ungewöhnlich, dass auch um diese Tageszeit Fremde den Wald durchquerten. Mal waren es Reiter, die auf dem Pferdehof im Nachbartal ihre Ferien verbrachten, mal eine Gruppe früher Wanderer, dann wieder ein Mountainbiker, der auf dem Weg nach Weisel an ihrem Grundstück vorbeikam, bevor er den steilen Pfad hinaufmusste.

Obwohl Louise Manderscheid kaum mehr als einen Schatten erkennen konnte, kam ihr etwas an dem Mann auf der Lichtung bekannt vor. Es war nur ein Hauch, der Anflug einer Erinnerung an eine längst vergangene Zeit ihres Lebens. Kurz versuchte ihr Gedächtnis, danach zu greifen, doch als der Mann nun aus ihrem Sichtfeld und zwischen den Bäumen verschwand, schüttelte sie den Kopf und setzte sich erneut in den Wagen, um nach Mainz zu fahren, ihre Pasteten abzuliefern und mit Richard im Schatten des Doms ein Eis zu essen.

Vor mehr als fünfundzwanzig Jahren war sie zum ersten Mal hier angekommen, als ein wildes, dünnes Mädchen, das sich die Haare rot gefärbt und ein Stachelarmband getragen hatte. Nach dem Konzert auf der Loreley war sie einfach in den Wagen von einem der Dreadlock-Mädchen gestiegen, um zur Grube Kreuzberg zu fahren und dort zu übernachten. Sie hatte ihren Rucksack an den Stamm des großen Walnussbaums gestellt, sich zu den anderen ans Lagerfeuer gesetzt und so getan, als sei es für sie das Normalste der Welt, im Schein der Flammen an einem Joint zu ziehen, der gerade die Runde macht.

Die Grube Kreuzberg war ein ehemaliges Schieferbergwerk, das in einem dichtbewaldeten Tal oberhalb des Rheins lag. Ende der 1970er Jahre war es nach über einem Jahrhundert stillgelegt worden, die zugehörigen Bauten hatten kurze Zeit als Schullandheim gedient und drohten nach einem Brand zu verfallen, bis ein paar junge Leute das Gelände und die noch darauf verbliebenen Gebäude für wenig Geld kauften und begannen, eine Landkommune aufzubauen. Bewohner und Besitzer hatten in den ersten

Jahren häufig gewechselt, und auch Louise Manderscheid war nach dem Konzert auf der Loreley nicht sofort geblieben. Eine Zeitlang lebte sie noch in einem besetzten Haus in Göttingen, kellnerte später in einer Frankfurter Kneipe und war schließlich mit einem kleinen Tourneetheater durch die Republik gezogen. Aber schon, als sie das zweite Mal zur Grube kam und wieder vor den schönen Fachwerkgebäuden im Schatten des Kreuzwaldes stand, hatte sie das Gefühl, nach Hause zu kommen. Sie mochte die Dunkelheit der Gegend, den blauschwarzen Schiefer, die dichten Mischwälder, die hohen Felsen des Rheinufers, unter denen der Strom sich in seiner tiefen Schlucht breit und schwer nach Norden wälzte.

Im Frühjahr 1995 war sie krank geworden und hatte lange mit hohem Fieber unter dem Dach im Haupthaus gelegen. Wenn ich schon sterben muss, möchte ich hier sterben, hatte sie sich gesagt. Und wenn ich überlebe, werde ich bleiben. Sie war wieder gesund geworden und hatte sich an ihren Vorsatz gehalten. Als im Jahr 2001 der große Regen kam, der das Grundstück und die Fundamente der Häuser wochenlang unter Wasser setzte, war sie bereits die Älteste unter den Bewohnern, von denen nun einer nach dem anderen aufgab und Kreuzberg für immer verließ: um irgendwo einen Job anzunehmen, um doch noch eine Familie zu gründen oder um an einen Ort zu ziehen, wo man sicher sein konnte, trockenen Fußes das Klo zu erreichen; wo man im Winter nichts anderes zu tun brauchte, als den Heizkörper aufzudrehen, und sich nicht jede Kartoffel einzeln aus der Erde pulen musste. Oder um einfach in einer Umgebung zu wohnen, wo einem nicht 90 Prozent der Bewohner in den umliegenden Dörfern mit Misstrauen, Argwohn oder gar Feindseligkeit begegneten, weil sie ihr Welt- und Menschenbild aus dem Privatfernsehen speisten, nicht einmal mehr die örtliche Tageszeitung lasen und niemanden ertrugen, der eine dunklere Hautfarbe, die falsche Frisur oder auch nur eine andere Sprachfärbung hatte als sie selbst.

Louise Manderscheid verstand jedes dieser Argumente, ohne sie zu teilen. Sie ließ ihre alten Mitbewohner ziehen und kaufte einem nach dem anderen seine Anteile an der Grube Kreuzberg für kleines Geld ab, bis das gesamte Anwesen ihr gehörte.

Nicht einmal fünfzig Kilo hatte sie bei ihrer Ankunft gewogen, jetzt hatten sich ihre Hüften gerundet und ihr Körper jene Schwere erlangt, die er den Jahren nach haben durfte, vielleicht sogar haben musste, wollte er nicht schutzlos allen Zumutungen ausgesetzt sein. Damals war ich ein nervöses Punk-Mädchen, dachte Louise Manderscheid nun öfter, jetzt bin ich eine Bäuerin. Und nichts an diesem Gedanken befremdete sie. Ich bin angekommen, und ich werde bleiben. Hier ist mein Zuhause.

Wenn sie in der Kittelschürze am Herd stand, abends auf dem Sofa Wäsche stopfte oder morgens die Eier aus dem Stall holte, dann wusste sie: Sie war zurückgekehrt, nicht in die Welt ihrer Mutter, sondern in die ihrer Großmutter. Auf dem Bauernhof der Großeltern in der Schwalm hatte sie den größten Teil ihrer schulfreien Zeit verbracht. Am Beginn jeder Schulferien setzten ihre Eltern sie in Kassel in den Zug, und immer hatte Louise den Eindruck, in ihren Gesichtern die Erleichterung zu sehen, die ungestüme

Tochter für eine Weile los zu sein. Und auch sie selbst fühlte sich wie befreit, wenn ihr Großvater sie mit seinem nach Zigarre stinkenden Opel Ascona in Treysa vom Bahnhof abholte und sie schon auf der Fahrt nach Leimsfeld mit seinen Witzen zum Lachen brachte. Ein paar Wochen lang würde sie die ungeliebte Schule vergessen können, stattdessen mit den Cousins und Cousinen Höhlen im Heu bauen, den Geruch der frisch geborenen Kälber einatmen und aufgespießte Kartoffeln ins Feuer halten.

Das, was sie damals als Kind ganz nebenbei im Stall, im Garten und in der Küche gelernt hatte, kam ihr auf Kreuzberg täglich zugute. Als die Schäden des Hochwassers beseitigt waren, hatte sie einen Kredit aufgenommen, sich ein Kühlhaus bauen lassen und angefangen, Kaninchen und Hühner zu züchten. Zunächst belieferte sie die Händler auf den umliegenden Wochenmärkten, bis sie merkte, dass ihre Eier, ihre Wildkräuter, ihr Fleisch und Geflügel, die Pasteten und Kuchen so begehrt waren, dass sie die Nachfrage nur selten decken konnte. Die Einnahmen wuchsen, als sie dazu überging, ihre Waren an die Feinkostgeschäfte zwischen Koblenz und Wiesbaden zu verkaufen. Die besten Preise aber erzielte sie bei den teuren Restaurants im Rheingau, deren Köche sich oft gegenseitig überboten, um an ein paar ihrer freilaufenden Kapaune oder eines ihrer Kleinsilber- oder Holländerkaninchen zu kommen. Der «Goldene Schwan» in Eltville bot ein Menü an, das ausschließlich aus Produkten bestand, die Louise Manderscheid geliefert hatte. Es war das teuerste Gericht auf der Speisekarte und stand nur am ersten Wochenende eines jeden Monats und lediglich für acht Personen zur Verfügung.

Der geschotterte Waldweg, der von der Grube Kreuzberg hinauf zur Landstraße führte, war nicht lang, aber steil und eng. Louise Manderscheid kannte jede Kurve, jedes Schlagloch, jede noch so kleine Unebenheit des Bodens. Sie wusste, in welcher Kehre sie einen niedrigeren Gang einlegen musste, um gleich wieder Gas zu geben und die nächste Steigung zu nehmen.

Sie hatte den Waldrand fast erreicht, als sie abrupt auf die Bremse trat. Ein paar Meter vor ihr hatte sich rechts im Unterholz etwas bewegt. Sie ließ die Beifahrerscheibe herunter und äugte in das Halbdunkel zwischen den Bäumen.

«Hallo, ist da jemand?», rief sie.

Sie schaltete den Motor aus und wartete.

«Ist da jemand?», fragte sie noch einmal, nun mit einer bangen Dringlichkeit in der Stimme.

Niemand reagierte, nichts bewegte sich.

Als sie den Motor bereits wieder anlassen wollte, sah sie, wie hinter einem Baumstamm der Kopf eines Jungen hervorlugte. Gleich darauf erschien ein zweiter Kopf. Beide Kinder hatten schwarze Haare und dunkle Augen, die ängstlich in ihre Richtung starrten.

Louise Manderscheid öffnete die Fahrertür und stieg aus. Bereits als sie die ersten Schritte in Richtung der Jungen machte, rief der ältere dem jüngeren etwas zu. Im selben Moment begannen beide zu rennen und waren binnen weniger Augenblicke in der Finsternis des Waldes verschwunden.

Was ist nur heute Morgen los?, dachte sie, während sie zwischen den Feldern entlangfuhr und die riesige Kabeltrommel am Wegrand passierte. Zuerst der Mann im Frühnebel auf der Lichtung und jetzt diese beiden Jungen, die ich hier noch nie gesehen habe und die vor mir davonrennen, als wollte ich ihnen etwas antun.

Sie bog nach rechts auf die L339 Richtung Nastätten und schaltete das Autoradio ein. Die Verkehrshinweise hatte sie verpasst, aber die Sieben-Uhr-Nachrichten fingen gerade erst an. Noch immer ging es um den Überfall auf das Restaurant «Wintergarten» in Frankfurt. Der Besuch des amerikanischen Präsidenten war bereits auf Anfang des nächsten Jahres verschoben worden. Inzwischen, so sagte die Radiosprecherin, gingen die Behörden aber davon aus, dass der ursprünglich geplante Auftritt Barack Obamas nichts mit dem folgenschweren Attentat zu tun hatte. Die bei der Attacke ermordeten Agenten des Secret Service hätten sich zufällig dort aufgehalten. Die Täter hätten die beiden, laut Angaben von Augenzeugen, erst ins Visier genommen, als die Sicherheitsbeamten selbst ihre Waffen gezogen hätten. Nachdem drei der Schwerverletzten in den letzten Tagen gestorben seien, habe sich die Zahl der Todesopfer auf elf erhöht. Die Motivlage sei weiterhin unklar, ein Bekennerschreiben gebe es bis heute nicht, von den Tätern fehle immer noch jede Spur.

Wie immer, wenn sie in der Mainzer Innenstadt zu tun hatte, stellte Louise ihren Wagen im Parkhaus am Schillerplatz ab. Von dort aus waren es keine zehn Minuten bis zu «Delikatessen am Dom», dem alteingesessenen Feinkostgeschäft, bei dem sie heute ihre Pasteten ablieferte und von dessen Seniorchefin Karin Dellbrück sie sich zu einem Glas Zitronenwasser einladen ließ. Die beiden Frauen arbeiteten seit mehr als zehn Jahren zusammen, waren einander zugetan und hatten irgendwann angefangen, sich zu duzen.

«Kommst du nach Dörscheid in den nächsten Tagen?», fragte Karin Dellbrück.

«Wahrscheinlich morgen oder übermorgen.»

Die Enkelin der Feinkosthändlerin wohnte mit ihren Eltern nur wenige Kilometer von der Grube Kreuzberg entfernt, sodass sich Louise gelegentlich als Botin der Großmutter einspannen ließ.

«Nimmst du der Kleinen eine Prinzenrolle mit?»

«Mach ich, aber so was kann man auch selbst backen.»

«Vergiss es, Louise! Es muss der blau-rote Prinz auf der Packung sein ... Orangenmarmelade hast du keine mitgebracht?»

Louise Manderscheid schüttelte den Kopf. «Gab keine guten Früchte. Ich hoffe, dass ich in zwei Wochen wieder liefern kann.»

«Es gibt eh nur ein paar Leute, die deine Marmelade mögen. Den meisten ist sie zu bitter und zu sauer.»

«Ich muss dir keine mehr bringen.»

Die Augen der Feinkosthändlerin funkelten spöttisch. «Ganz im Gegenteil. Ich finde, wir sollten sie ein wenig teurer anbieten. Ich habe drei Kunden, die alle Bestände aufkaufen, sie sind voll des Lobes für dich. Einer von ihnen, ein ehemaliger Lufthansapilot, behauptet, es gebe nirgendwo auf der Welt eine so gute Orangenmarmelade. Was meinst du, Preise erhöhen oder nicht?»

«Mach, wie du denkst!»

«Was ist mit dir?», fragte Karin Dellbrück. «Du wirkst heute so abwesend.»

«Ich bin ein wenig unruhig», erwiderte Louise, «sonst nichts. Außerdem muss ich los, ich bin noch verabredet.»

«Mit Richie? Ist denn schon wieder ein Jahr vergangen? Du willst dich doch nicht in diesem Aufzug mit ihm treffen?»

Louise trug ihre dicken Arbeitsschuhe, eine weite Trägerhose und die geflickte Strickjoppe, die gewiss nach Kaninchenstall roch. «Warum nicht? Es ist Werktag – ich habe zu arbeiten und trage, was ich immer trage. Außerdem muss ich ihm nicht gefallen, er muss nur so tun, als ob. Dafür zahle ich schließlich.»

Zwischen ihrem vierzehnten und dreißigsten Lebensjahr hatte Louise mit vielen Jungen und Männern geschlafen, und es hatte ihr fast immer Spaß gemacht, ohne dass eine dieser Affären je zu einer längeren Beziehung geführt hätte. Sie erinnerte sich bis heute gerne an die durchliebten Nächte in den großen Jahren der Grube Kreuzberg, wenn Bewohner und Gäste ihre manchmal tagelangen Feste feierten und man bis ins Morgengrauen aus allen Räumen Flüstern, Seufzen und Stöhnen hörte, worauf am nächsten Tag Mattigkeit und Ruhe folgten, bevor am Abend das Treiben von vorne begann.

Seit sie allein auf Kreuzberg war, hatte die Zahl ihrer sexuellen Kontakte merklich abgenommen. Manchmal kreuzte einer der Liebhaber aus alten Zeiten auf, um eine Nacht bei ihr zu verbringen, wobei sie von Fall zu Fall entschied, ob «bei ihr» auch «mit ihr» hieß. Und mit den Jahren war eine Handvoll Verehrer aus den Dörfern der Umgebung hinzugekommen, die sie gelegentlich besuchen durften. Ihre Bewunderer kamen gerne am Abend, brachten Schinken und Wein mit, setzten sich zu ihr in die Küche, halfen vorher vielleicht noch im Stall oder reparierten eine Wasserleitung und hofften mehr offen als insgeheim, am Ende in ihrem Bett zu landen. Was allerdings immer seltener geschah, denn sie konnte inzwischen, ohne dass ihr das Geringste fehlte, sehr gut monatelang ohne einen Mann auskommen. Alle wussten, dass niemand einen Anspruch auf sie erheben durfte, und so trollten sie sich unbekümmert, auch wenn ihnen die erhoffte Nacht versagt blieb, und probierten es irgendwann aufs Neue.

Ein- oder zweimal im Jahr, meist um die Todestage ihrer Großeltern herum, überfiel sie eine gewisse Schwermut. Da sie nicht dazu neigte, über ihr Befinden zu grübeln, nannte sie diese mal kürzere, mal längere Zeit ihre schlechten Tage.

Vor fast genau sieben Jahren war sie an einem dieser schlechten Tage nach Mainz gefahren, um sich in einer Bar zu betrinken und anschließend in einem billigen Hotel zu übernachten. Bevor es dazu kam, setzte sich ein Mann an ihren Tisch, Richard Kantereit, einen halben Kopf größer und drei Jahre jünger als sie. Richie machte ihr Komplimente, konnte amüsante Geschichten erzählen und schaffte es, den Nebel in Louises Kopf, wenn auch nicht zu vertreiben, so doch zu lichten. Er nahm sie mit in sein Apartment, und wie sich in seinem Bett herausstellte, entsprach er all ihren sexuellen Programmierungen, von denen sie vorher nichts gewusst hatte und die sie deshalb auch nicht hatte hinterfragen können. «Der Mann hat einen Schalter bei mir umgelegt, und ich bin abgegangen wie eine Rakete» – mit diesen Worten erzählte sie Karin Dellbrück später von ihrem ersten Rendezvous mit Richie. Als der ihr am nächsten Vormittag am Frühstückstisch gestand, dass eine solche mit ihm verbrachte Nacht normalerweise 500 Euro koste, bekam Louise einen hysterischen Lachanfall. «Aber warum hast du mich dann mitgenommen?», fragte sie. – «Ich weiß nicht, du hast so verloren ausgesehen.» – «Okay», sagte Louise, «wir treffen uns in zwölf Monaten wieder, und dann werde ich bezahlen.»

So machten sie es derweil seit sieben Jahren. Irgendwann an einem Abend im September gingen sie miteinander aus, verbrachten anschließend die Nacht miteinander, um am nächsten Vormittag noch gemeinsam zu frühstücken. Obwohl ihr Richie inzwischen gar nicht mehr so gut gefiel, genoss sie diese Treffen, wohl auch, weil sich zwischen ihnen im Laufe der Zeit eine gewisse ironische Vertrautheit eingestellt hatte, die ihr wichtiger war als das Relief seiner Brustmuskulatur und der Schwung seiner Augenbrauen.

Sie hatte die leeren Kühlboxen in ihrem Wagen verstaut und sich anschließend vor das Eiscafé auf dem Schillerplatz gesetzt, wo sie mit Richard verabredet war, um den Abend zu planen.

Er näherte sich von hinten und hielt ihr mit beiden Händen die Augen zu.

«Ah», sagte sie, «mein Mann für gewisse Stunden. Und er riecht wie immer nach Sauvage, dem Duft von saftiger, frischer Rohheit.»

«Hast du dir das gerade ausgedacht?», fragte er, nachdem er sie auf beide Wangen geküsst und sich auf den Platz gegenüber gesetzt hatte.

«Nein, ich hab's vor einem Jahr auf der Verpackung deines Aftershaves gelesen.»

«Ich weiß gar nicht, wie du es immer zwölf Monate ohne mich aushältst.»

«Das weißt du nicht, weil du ein arroganter Affe bist», erwiderte Louise, «und keine Ahnung hast von den ausgefeilten Techniken einer Frau, sich selbst zufriedenzustellen … Was nimmst du?»

«Mineralwasser.»

«Wie spannend! Ich gönne mir ein Tiramisu.» Da sich die Kellnerin länger nicht auf der Terrasse hatte blickenlassen, stand sie auf und ging ins Café, um ihre Bestellung aufzugeben.

Als sie wieder am Tisch saß, sah Richard ihr lange prüfend ins Gesicht. Dann nickte er. «Gut siehst du aus.»

«Ja», erwiderte sie spöttisch. «Una bella contadina!» Und als er sie fragend ansah, fügte sie hinzu: «Eine ländliche Schönheit. Ich bin gekleidet wie eine Magd, rieche nach Mist und habe die dezente Eleganz einer Kuh, die gedeckt werden will.»

«Aber die Sommersprossen auf deinen Wangen hüpfen wie die Kohlensäure in meinem Glas», sagte Richard. «Weißt du schon, was wir machen?»

«Was hältst du davon: Du holst mich am Nachmittag ab, wir fahren nach Frankfurt, essen auf Merals Boot einen fetten Dönerteller, und hinterher würde ich mir im Opernhaus gerne die Tosca unter Kirill Petrenko anschauen. Danach fahren wir zusammen auf die Grube Kreuzberg und turnen durch mein Schlafzimmer.»

«In die Oper? Und was, wenn ich einschlafe?»

«Mensch, Richard, Oper ist laut und bunt wie Jahrmarkt, wie Zirkus, wie ein Löwenkampf. Aber da du nicht schnarchst, kannst du von mir aus auch schlafen. Hauptsache, du schaffst es, Karten zu besorgen.»

«Kannst du mir das diktieren?», fragte er und zog sein Smartphone hervor. Sie buchstabierte ihm den Titel der Oper und den Namen des Dirigenten, dann wartete sie. Sein Blick zeigte Skepsis. «Scheint schwierig zu werden, aber gut, das ist meine Aufgabe. Was, wenn es nicht klappt?», fragte er.

«Dann müssen wir eben früher vögeln», sagte Louise. «Aber Oper mit dir wär mir lieber. Darf ich dich anfassen?»

Er verdrehte die Augen in gespielter Genervtheit, wehrte sich aber nicht, als sie mit ihrem Stuhl ein wenig näher rückte und ihre rechte Hand unter dem Tisch auf seinen Schoß legte.

«Von was soll ich leben, wenn ich nicht mehr erigiere?», fragte er. «Was soll ich dann machen?»

«Wie wär's mit: Tabletten nehmen?», fragte Louise trocken.

Richart Kantereit seufzte. «So wird es wohl kommen.»

ZWEI

Diesmal nahmen sie einander fast gleichzeitig wahr. Auf ihrem Rückweg zur Grube Kreuzberg war Louise Manderscheid gerade von der Landstraße abgefahren und in den staubigen Feldweg eingebogen, als die beiden Jungen aus dem Maisfeld sprangen, in der Mitte der Fahrbahn kurz stehen blieben und in ihre Richtung schauten, um sich dann auf der anderen Seite am Wegrand im Inneren der großen Kabeltrommel zu verschanzen.

Louise steuerte den Wagen nach rechts auf den schmalen Seitenstreifen zwischen zwei Weiden, schaltete den Motor aus und überlegte, was zu tun sei. Schließlich verließ sie ihr Auto, schlug einen weiten Bogen durchs Feld und näherte sich dem Versteck der Jungen von hinten. In der Hand hielt sie die Rolle Schokokekse, die für Karin Dellbrücks Enkelin bestimmt gewesen waren.

Erschrocken fuhren die beiden herum, als sie die fremde Frau hinter sich bemerkten.

Louise Manderscheid lächelte. Sie versuchte, ihre Stimme so sanft klingen zu lassen wie nur irgend möglich. «Ihr müsst keine Angst haben. Wenn ihr mir sagt, wo ihr zu Hause seid, kann ich euch vielleicht helfen.»

Der kleinere der Jungen klammerte sich an dem größeren fest und verbarg sein Gesicht in dessen Achselhöhle. Ihre Körper zitterten.

«Versteht ihr mich? Seid ihr hungrig? Mögt ihr etwas essen?»

Um die Frage durch eine Geste verständlich zu machen, führte sie mehrmals die Hand zum Mund. Dann riss sie die Kekspackung auf und hielt sie dem größeren Jungen hin. Mit einer blitzschnellen Bewegung schnappte er sich die gesamte Rolle und drehte Louise im selben Augenblick den Rücken zu, um zu verhindern, dass man ihm seine Beute wieder abnahm. Es dauerte keine fünf Minuten, bis die beiden Kinder sämtliche Kekse verzehrt hatten. Erst jetzt schauten sie die Bäuerin wieder an – mit flackernden Augen, als fürchteten sie Strafe für das, was sie getan hatten.

Louise Manderscheid war einen Schritt zurückgetreten, um zu zeigen, dass von ihr keine Gefahr ausging. «Habt ihr noch mehr Hunger? Vielleicht mögt ihr mir eure Namen verraten.»

Sie zeigte auf sich und sagte: «Louise.» Dann wies sie auf den größeren der Jungen.

«Mirsad, Hunger», sagte dieser.

«Dein Name ist Mirsad?»

Der Junge nickte und zeigte auf den kleineren: «Bislim, Hunger.»

«Und Bislim ist dein Bruder?»

Wieder nickte Mirsad.

«Wollt ihr mir sagen, wie alt ihr seid?»

Mirsad öffnete zweimal seine rechte Hand und streckte dann zwei Finger und den Daumen aus. Für seinen Bruder wiederholte er das Ganze, fügte aber nur noch den Daumen hinzu.

«Du bist dreizehn, dein Bruder ist elf. Und wo wohnt ihr? Wo ist eure Mutter?»

«Mama Sophie.»

«Gut, jetzt weiß ich, wie sie heißt. Aber ihr müsst mir sagen, wo ich sie finde.»

«Mama Sophie.»

«Ja … Ihr seid Roma, habe ich recht?», fragte Louise.

Diesmal war es Bislim, der antwortete: «Roma! Nix Polizei! Hunger!»

«Es kommt keine Polizei. Wenn ihr wollt, könnt ihr euch bei mir satt essen, danach sehen wir weiter.»

Als Luise Manderscheid den Caddy geholt hatte, musste sie feststellen, dass die beiden Jungen sich weigerten einzusteigen.

«Gut, dann machen wir es anders. Ich werde langsam vor euch herfahren, und ihr könnt mir zu Fuß folgen. Habt ihr das verstanden?»

Sie reagierten nicht. Sie waren aus ihrer Kabeltrommel geklettert und standen jetzt am Straßenrand, offensichtlich darauf bedacht, in sicherer Entfernung zu bleiben, um bei Bedarf sofort zu fliehen.

Während Louise ihren Wagen den Waldweg hinabsteuerte, sah sie immer wieder in den Rückspiegel. Wenn sie den Eindruck hatte, dass der Abstand zu den Jungen zu groß wurde, drosselte sie das Tempo, was aber nur dazu führte, dass auch die beiden Kinder langsamer wurden.

Als sie auf der Grube Kreuzberg angekommen war, tat sie so, als würde sie die Brüder gar nicht beachten, die sich den Gebäuden nur ganz allmählich näherten. Sie fuhr das Auto in den Schuppen, lud die Kühlboxen aus und brachte sie ins Haus. Sie legte zwei Äpfel auf den kleinen Gartentisch, der unter dem Walnussbaum stand und an dem sie während der warmen Jahreszeit manchmal ihre Mahlzeiten einnahm. Anschließend entmistete sie die Ställe, sammelte die Eier ein und spülte das Geschirr der letzten beiden Tage. Eine Spülmaschine besaß sie nicht. Ebenso wenig einen Fernseher, einen Computer oder ein Mobiltelefon. Wer etwas von ihr wollte, kam entweder persönlich zur Grube Kreuzberg, schrieb ihr einen Brief oder versuchte es so lange auf dem Festnetz, bis sie bereit war abzunehmen.

Als sie wieder ins Freie kam, waren die Äpfel verschwunden, aber von den Jungen war nichts zu sehen. Sie nahm an, dass sie sich irgendwo zwischen den Bäumen hinter dem Haus aufhielten.

Okay, dachte sie, es ist Mittagszeit, und da ihr euch hauptsächlich für mein Essen interessiert, werde ich uns eine extragroße Portion Rührei mit Schinken zubereiten und die Kartoffeln von gestern dazu braten. Ich werde das Fenster und die Tür auflassen, und wenn euch der Duft nicht ins Haus lockt, seid ihr entweder satt, oder ihr habt es nicht verdient, dass ich euch Obdach anbiete.

Als sie den Tisch in der großen Wohnküche gedeckt hatte, der Schinken gebräunt, das Rührei gestockt und die Kartoffeln knusprig waren, rief sie die Namen der Jungen.

«Mirsad, Bislim, das Essen ist fertig», rief sie ein zweites Mal, nun etwas lauter.

Sie schaute in den Flur, und tatsächlich schoben die beiden vorsichtig ihre Köpfe ins Hausinnere. Sie lächelte ihnen zu und zog sich rasch wieder zurück.

«Habt ihr euch mal im Flurspiegel angesehen?», fragte sie, ohne sich umzudrehen, als sie merkte, dass die beiden ein paar Meter hinter ihr im Türrahmen standen. «Ihr seid schmutzig, und ihr stinkt. Vor dem Essen müsst ihr euch die Hände waschen, und hinterher könnt ihr ein Bad nehmen.»

Die beiden tuschelten miteinander in einer Sprache, die Louise nicht verstand, sie nahm an, dass es sich um Romanes handelte. Es klang aufgeregt und ängstlich, was sie miteinander verhandelten.

«Nix Bad, böse Männer», sage Mirsad schließlich.

«Was meinst du?», fragte sie.

«Nix Bad, essen!»

«Hört zu, ich weiß nicht, was mit euch los ist, ich weiß nicht, was ihr erlebt habt und vor wem ihr euch fürchtet. Aber ihr werdet euch die Hände waschen, bevor ich euch an meinen Esstisch lasse.»

Ihre Stimme war ein wenig lauter geworden und ihr Ton ein wenig bestimmter. Sofort waren die Jungen in den Flur zurückgewichen und hatten sich in der Nähe der offenen Haustür postiert.

Louise Manderscheid folgte ihnen, ohne sie anzuschauen, denn sie hatte bemerkt, dass die Brüder bei jedem offenen Blickkontakt die Lider senkten und sich noch mehr zurückzogen. Sie öffnete die Tür zum Badezimmer, knipste die Deckenlampe an und zeigte auf das Waschbecken, dann verschwand sie wieder in der Wohnküche. Sie sang leise einen alten Schlager, um die Jungen aufs Neue von ihrer Harmlosigkeit zu überzeugen. Etwa eine Minute dauerte es, bis sie hörte, wie das Wasser ins Waschbecken lief. Dann standen die beiden im Türrahmen.

Sie zeigte auf die drei freien Stühle am Tisch. «Es ist bequemer, wenn ihr euch setzt beim Essen. Ihr habt freie Platzwahl.»

Sie wusste nicht, was die Jungen überhaupt verstanden von dem, was sie sagte, aber sie hatte beschlossen, einfach zu reden, zu gestikulieren oder durch ihre Mimik und den Ton ihrer Stimme zu zeigen, was sie von ihnen wollte. Während sie noch am Herd hantierte, hörte sie, wie die beiden sich setzten.

Sie füllte die Teller und stellte sie jedem auf seinen Platz. Dabei tat sie, als würde sie nicht merken, wie die Jungen davor zurückwichen, auch nur zufällig von ihr berührt zu werden.

«Ihr dürft jetzt essen», sagte sie. «Aber wir müssen reden. Ihr müsst mir sagen, was mit euren Eltern ist.»

Mirsad und Bislim wirkten nicht, als würden sie Louise überhaupt hören. Sie stürzten sich auf das Rührei und die Bratkartoffeln, als seien sie seit Tagen unterwegs, ohne irgendetwas zu sich genommen zu haben.

Als ihrer beider Teller geleert und die Mägen gefüllt waren, stand Mirsad auf, nahm seinen kleinen Bruder bei der Hand und zog ihn mit sich zum Teppich vor dem Sofa. Ohne weiter auf ihre Gastgeberin zu achten, legten sich die beiden auf den Boden, verknäulten ihre Körper ineinander und schliefen fast augenblicklich ein.

Erst jetzt hatte Louise Gelegenheit, die Jungen ohne Rücksicht auf deren Scheu zu betrachten. Sie waren einander so ähnlich, dass Bislim wie die jüngere Ausgabe seines Bruders wirkte. Beider Körper waren schlank, aber muskulös; die Haut, sofern sie unter dem Schmutz sichtbar war, hatte die Farbe gebrannter Ziegel; das Haar war vom selben Blauschwarz wie der Schiefer in dieser Gegend. Unwillkürlich fiel ihr beim Anblick der schlafenden Brüder das Wort «Knaben» ein – mit seinem sowohl unschuldigen als auch lüsternen Beiklang.

Es hatte eine Zeit gegeben – das lag erst ein paar Jahre zurück –, da hätte sie selbst gerne Kinder gehabt. Wenn sie damals einer glücklich aussehenden Familie begegnet war, schlug ihre Sehnsucht manchmal in scharfen Neid um. Warum ihr, warum nicht ich?, hatte sie gedacht. Sowohl die Sehnsucht als auch der Neid hatten sich inzwischen verwachsen. Sie war ruhiger geworden. Es ist, wie es ist, dachte sie jetzt. Manche leben ihr Leben zu viert, ich lebe meines allein und bin dabei so glücklich oder unglücklich wie jeder andere auch.

Dennoch merkte sie, dass die Jungen bei ihr etwas in Bewegung gesetzt hatten, dass ihr deren Anwesenheit keineswegs egal war und ihr mehr bedeutete als nur eine Abwechslung in ihrem ansonsten gleichförmigen Alltag.

Lange saß sie auf dem Sofa, ohne sich an dem Anblick der schlafenden Kinder sattsehen zu können. Schließlich breitete sie eine Wolldecke über die beiden aus, ging in den Flur und wählte Richards Nummer, um ihm zu sagen, dass er sich nicht weiter um Opernkarten bemühen müsse, sondern einfach am Spätnachmittag zur Grube Kreuzberg kommen solle. Einen Grund nannte sie nicht.

DREI

Der erste Zwischenfall ereignete sich etwa eine Stunde später. Louise Manderscheid war ins Badezimmer gegangen, um zu duschen. Sie zog sich aus, warf ihre Kleidung in die Wäschetonne und hielt vor dem Spiegel inne. Sie zog den Bauch ein wenig ein, schnitt ein paar Grimassen und stellte sich schließlich unter die Brause. Mit geschlossenen Augen genoss sie den harten Wasserstrahl auf ihrem Körper. Sie streckte abwechselnd Arme und Beine aus, krümmte anschließend den Rücken und ließ das Wasser mal kalt, mal heiß auf ihre Haut prasseln. Mit den seifigen Fingern fuhr sie zwischen ihre Zehen, wusch noch einmal die Achselhöhlen, die sie am Morgen rasiert hatte, und ertrug am Ende zappelnd einen letzten kalten Guss.

Als sie die Tür der Duschkabine öffnete, fuhr sie vor Schreck zusammen. Anderthalb Meter vor ihr stand Mirsad neben dem Waschbecken. Sein Unterkörper war nackt, Hose und Unterhose bis zu den Schuhen heruntergelassen. Bislim kniete vor ihm, streichelte das Glied seines älteren Bruders und nahm es schließlich in den Mund.

Instinktiv griff Louise nach einem Badetuch, um ihre Blöße zu bedecken. Sie starrte die Jungen an, ohne zu wissen, wie sie angemessen reagieren sollte.

Mirsads Glied war nicht erigiert. Überhaupt wirkte das, was die beiden da machten, als würden sie es nicht zum eigenen, sondern zum Vergnügen ihrer Zuschauerin tun. Immer wieder blickten sie zu ihr hinüber, als erwarteten sie eine Äußerung des Wohlgefallens oder wenigstens ein beifälliges Lächeln. Sie verhielten sich wie auf einer Bühne, wie vor einer Kamera.

«Fleißig arbeiten!», sagte Mirsad und nickte so demonstrativ, als wolle er sich selbst loben. Dann wiederholte er noch einmal: «Fleißig arbeiten!»

«Was soll das?», schimpfte Louise. «Was redest du da? Hört sofort damit auf!»

Die beiden Brüder schauten sie irritiert an. Ganz offensichtlich begriffen sie Louises Reaktion nicht.

Das Badetuch um ihren Körper geschlungen, ging Louise ohne ein weiteres Wort an den beiden vorbei und stieg die Treppe zu ihrem Schlafzimmer hinauf, um sich anzuziehen. Sie stand lange vor dem offenen Kleiderschrank, konnte sich aber nicht konzentrieren. Eigentlich hatte sie ihre Garderobe schon ausgewählt gehabt, merkte nun aber, dass ihr nicht mehr der Sinn danach stand, den Abend in Rock und Seidenbluse zu verbringen. Schließlich zog sie Jeans und das weiteste Sweatshirt an und schlüpfte in ihre alten Sneaker.

Als sie in die Wohnküche kam, erwartete sie die nächste Überraschung. Der dicke Band mit den Fotografien von Robert Mapplethorpe, den ihr Richard bei ihrem letzten Treffen vor genau einem Jahr geschenkt hatte, lag in mehrere Teile zerfetzt auf dem Boden. Louise hob die Überreste des dicken Buches auf und schaute sie sich an. Was seid ihr nur für Kinder, dachte sie, was ist bloß in euch gefahren?

Schließlich fiel ihr auf, dass der Band nicht blindwütig

ruiniert worden war, sondern dass es offensichtlich einen Plan, ein Muster gab. Die Jungen hatten die Seiten verschont, auf denen Frauen, Tiere oder Blumen zu sehen waren, hingegen jene Bilder herausgerissen und zerstört, die einen Mann oder mehrere Männer zeigten.

Louise packte zusammen, was von dem Buch übrig war, und brachte es in den Schuppen zum Altpapier. Dann ging sie in die Vorratskammer, füllte einen Krug mit Bier, nahm die Flasche mit dem Mirabellenbrand und setzte sich unter den Walnussbaum.

«Du trinkst schon?», fragte Richard Kantereit, der gerade aus seinem alten weinroten Jaguar gestiegen war.

«Ich verstehe nicht, wie man ein so unpraktisches Auto fahren kann», sagte Louise Manderscheid, ohne auf seine Frage einzugehen.

Er kam in seinem weißen Leinenanzug auf sie zu, in der einen Hand seine Tasche, in der anderen einen riesigen bunten Blumenstrauß, und bedeutete ihr, sitzen zu bleiben. «Und ich verstehe nicht, wie man freiwillig in einen Steinbruch leben kann. Anders als du lieben die meisten meiner Kundinnen dieses Auto, weshalb es für mich sozusagen zur Betriebsausstattung gehört. Ich kann ihn sogar als Firmenwagen von der Steuer absetzen … Ich stell meine Tasche ins Haus. Gibt es irgendwo eine passende Vase?»

Louise nickte. «Im Regal über der Spüle. Nimm die blaue! Und bring die Blumen wieder mit raus. Meine Augen können den Anblick gebrauchen. Und mein Herz auch.»

Als er zurückkam, stellte Richard den Strauß auf die kleine Mauer, küsste Louise auf beide Wangen, setzte sich zu ihr und streckte seine langen Beine von sich.

«Meinst du, du kannst dich zum Abendbrot anstelle des Dönertellers mit einer Scheibe Pastete, Tomatensalat und selbstgebackenem Brot zufriedengeben?», fragte sie.

«Tomatensalat mit Brot reicht mir. Und einen Dönerteller hätte ich auch in Frankfurt nicht genommen.»

«Du rennst viermal in der Woche ins Fitnessstudio, trinkst nur Wasser und isst den Karnickeln das Futter weg. Du bist wirklich ein widerlicher Asket!»

«Ich weiß nicht, ob man jemanden, der fast täglich mit einer anderen Frau schläft, wirklich als Asketen bezeichnen würde.»

Louise kicherte. «Auch wieder wahr! Willst du nicht wissen, warum ich unseren Frankfurt-Plan aufgegeben habe?»

Richard zuckte mit den Schultern: «Du zahlst; ich tue, was verlangt wird. Das ist der Deal. Und Karten für die Oper hätte ich sowieso nicht mehr bekommen. Mich haben alle ausgelacht, die ich danach gefragt habe. Aber bitte, wenn es dich glücklich macht, darfst du mir verraten, was dich umgestimmt hat.»

«Bist du ein solcher Schnösel, oder tust du nur so, weil du glaubst, das macht dich attraktiver?»

«Louise, ich bin weder ein Asket, noch bin ich ein Schnösel. Aber ich bin Profi. Dazu gehört auch, dass ich zwar wissen muss, was die Frauen von mir wollen, dass ich aber nicht jedes Mal wissen will, warum sie es wollen. Sag's einfach, okay?»

«Kannst du nicht wenigstens Interesse heucheln?»

«Doch, das kann ich. Bitte, ja, nenn mir deine Gründe, warum du nun doch nicht mehr nach Frankfurt wolltest.»

«Wegen der Kinder», sagte Louise und sah ihn erwartungsvoll an.

«Wegen welcher Kinder? Heute Morgen sahst du noch nicht schwanger aus.»

«Mir sind zwei Jungen zugelaufen.»

«Zugelaufen? Und wo sind sie?»

«Irgendwo im Wald, nehme ich an. Wenn sie Hunger haben, werden sie schon wiederkommen. Ich jedenfalls brauche langsam etwas zu essen. Die beiden haben mir heute Mittag kaum ein Bissen übrig gelassen. Weißt du was, ich decke uns hier draußen den Tisch.»

Louise nahm einen großen Schluck aus dem Bierkrug und einen kleinen aus der Schnapsflasche und wartete auf eine Reaktion ihres Gastes. Als der nur die Augen verdrehte, lächelte sie ihn an und verschwand mit einem koketten Hüftschwung ins Haus.

Sie hatte kaum die Wohnküche erreicht, als sie von draußen einen Knall hörte, dann noch einen und einen dritten. Richard fluchte.

Sie rannte vors Haus und sah Richard wild fuchtelnd an seinem Jaguar stehen. Die Heckscheibe des Wagens war zerborsten. Dann zuckte er selbst zusammen, weil ihn etwas am Hals getroffen hatte. Ihr Blick glitt in die Richtung, aus der das Geschoss gekommen war: Die beiden Jungen waren aufs Dach des Kleinen Hauses geklettert und attackierten ihren Besucher mit Steinen. Er kauerte sich auf den Boden und suchte Deckung hinter seinem Auto, auf das jetzt immer mehr Steine prasselten.

«Hört auf! Mirsad, Bislim, hört sofort auf!», schrie Louise. Sie stand wie angewurzelt vor dem Gebäude, sah zu den beiden Jungen empor, deren Gesichter vor Wut und Angst verzerrt waren, und wusste nicht, was sie tun sollte.

Als den Brüdern die Munition ausgegangen war, rutschten sie vom Dach und verschwanden hinter der Rückseite des niedrigen Gebäudes.

«Verdammt, Louise», schrie Richard, «was sind das für schwarze Teufel? Na warte, die kauf ich mir!» Er verließ seine Deckung und rannte dorthin, wo er die beiden vermutete.

«Nein, Richard, lass sie!» Louise trampelte in ratloser Verzweiflung auf der Stelle.

Sie hörte die Jungen schreien und den Mann keuchen, kurz darauf tauchten alle drei hinter der Hausecke auf. Richard hatte den einen der Brüder am rechten, den anderen am linken Ohr gepackt und zerrte sie in Richtung des Walnussbaums. Dort zwang er sie auf die Knie.

Aus den Gesichtern der beiden war jede Wut gewichen. Ihre Mienen zeigten nur noch wimmernde Unterwürfigkeit. Mirsad klammerte sich an Richards Bein, ließ nun seine Hand an dessen Oberschenkel hochgleiten und versuchte, den Hosenschlitz zu öffnen. Sein kleiner Bruder tat es ihm nach.

«Siehst du das?», schrie Richard in Richtung Louise. «Erst wollen sie mich umbringen, jetzt gehen sie mir an den Schwanz. Das sind stinkende Zigeuner, sage ich dir, verrückte, abgerichtete Zigeuner!»

Er holte aus und schlug nacheinander jedem der Jungen

mit voller Wucht auf die Wange, sodass beide rücklings zu Boden fielen.

Louise heulte auf und trommelte mit den Fäusten auf Richard ein. «Verschwinde, du Arsch – sofort! Und lass dich nie wieder hier blicken.»

Sie rannte ins Haus, holte seine Tasche und schleuderte sie in Richtung seines Autos. Dann nahm sie die Vase und warf sie mitsamt dem Blumenstrauß hinterher.

Bevor der Mann in seinen demolierten Wagen stieg, drehte er sich noch einmal lächelnd zu ihr um. «Die Reparatur wirst du mir bezahlen», sagte er. «Und die wird teurer als 700 Euro. Ich bin Profi, verstehst du jetzt, was das heißt? Profi!»

Louise ließ sich auf ihren Stuhl unter dem Walnussbaum sinken und begann zu schluchzen. Sofort kamen die beiden Jungen, um sie zu trösten. Sie lehnten sich von beiden Seiten an sie, streichelten ihr über den Kopf und imitierten die Geräusche, die sie selbst von sich gab, als wollten sie zeigen, dass sie ihren Kummer teilten.

«Mama Sophie», sagte Mirsad.

Louise nickte: «Das weiß ich, aber ihr müsst mir euren Nachnamen sagen, damit ich eure Mutter finden kann.»

«Nix Nachname, nix Polizei! Böse Männer!»

«Ja», sagte Louise verzagt und mehr zu sich selbst, «wenn ich nur wüsste, was ich machen soll.»

Im Kleinen Haus war mehr als hundert Jahre lang das Verwaltungsbüro des Schieferbergwerks untergebracht gewesen, aber schon in den Anfangsjahren der Landkommune hatten die neuen Besitzer es zum Gästehaus umgebaut.

Die Zwischenwand der beiden ehemaligen Büroräume war durchbrochen worden, sodass ein Schlafsaal entstand, den sie zunächst nur mit Matratzen, später sogar mit Betten, mit einer Duschkabine, einem Waschbecken und einer Toilette ausgestattet hatten.

Während die Jungen in der Wohnküche ihr Abendessen einnahmen, bezog Louise zwei der Betten im Schlafsaal und vergewisserte sich, dass auch die Hintertür des Kleinen Hauses, die auf den steilen Hang und in den Wald hinausführte, nicht verriegelt war, damit die Kinder keinesfalls das Gefühl hätten, eingeschlossen zu sein. Wenn sie auch kaum etwas begriff von dem, was in den beiden vorging, ihren offensichtlichen Drang, jederzeit ins Freie zu können, konnte Louise gut nachvollziehen.

«Ihr seid schon wieder müde, nicht wahr!», sagte sie, als die Brüder ihr im dunklen Hausflur gegenüberstanden. Sie nickten und lächelten gleichzeitig. Sie sah nur das weiße Leuchten ihrer Zähne und Augen. «Kommt, ich bringe euch rüber! Ihr müsst entweder nackt oder in euren dreckigen Klamotten schlafen. Aber bevor ihr euch hinlegt, zieht ihr eure Schuhe aus!»

Sie zeigte auf die Schlafstellen, die sie ihnen hergerichtet hatte, aber ohne auf ihren Hinweis zu achten, schlüpften Mirsad und Bislim wie in stillem Einverständnis gemeinsam in das hintere der beiden Betten, das direkt an der Wand und in der Nähe des rückwärtigen Ausgangs stand, und schmiegten ihre schmalen Körper aneinander.

Louise schaltete die Deckenlampe aus, blieb ein paar Minuten im Türrahmen stehen, dann hörte sie bereits das gleichmäßige Atmen der Jungen.

Zurück in der Wohnküche, merkte sie, dass sie, nach allem, was passiert war, keinen Appetit mehr hatte. Sie nahm ihr schmales Adressbüchlein vom Regal, setzte sich an den Küchentisch und trank einen großen Schluck Bier. Louise Manderscheid brauchte Hilfe, und es gab nur einen Menschen, den sie um Rat fragen konnte. Und dennoch musste sie genau überlegen, was sie sagen durfte und was nicht. Sie schlug das Büchlein unter dem Buchstaben W auf und starrte auf die Nummer von Kizzy Winterstein. Zehn Minuten saß Louise so da, ohne sich zu regen, nur die Gedanken in ihrem Kopf drehten sich. Schließlich stand sie auf und ging in den Flur, um das Telefon zu holen.

In dem Jahr, als Louise krank geworden war, hatten sie sich kennengelernt. Irgendeiner der Männer hatte Kizzy angeschleppt, und sie war für ein paar Wochen während der Semesterferien auf der Grube Kreuzberg geblieben. Jeden Tag kam sie drei-, viermal unters Dach, um zu fragen, wie es Louise gehe, um ihr einen Tee zu bringen, ihr vorzulesen, zu fragen, ob sie etwas brauche. So unterschiedlich sie auch waren, so wenig sie sich auch kannten, hatten sich die beiden Frauen doch rasch angefreundet. Aber am Ende jenes Sommers – Louise war nach vielen Wochen wieder genesen – hatte Kizzy sich überraschend verabschiedet: «Ich kann so nicht leben», hatte sie gesagt. «Ich muss wieder in die Stadt. Und ich habe nachgedacht: Ich werde mein Studium abbrechen und mich bei der Polizei bewerben.»

Während ihrer Ausbildung hatten sie sich nur noch selten getroffen, aber seitdem Kizzy im Polizeipräsidium in Wiesbaden arbeitete, tauchte sie manchmal unangemeldet und mit einer Flasche Sekt in der Hand auf. Dann aßen, tranken und redeten sie den ganzen Abend, Kizzy erzählte von ihren Männergeschichten, legte sich später in eines der Betten im Kleinen Haus und verschwand meist am nächsten Morgen schon wieder, noch bevor Louise aufwachte.

Es dauerte eine Weile, bis Kizzy an ihr Mobiltelefon ging. Das Erste, was Louise hörte, waren Lachen und Musik.

«Kizzy, wo bist du?»

«Lou, bist du's? Warum rufst du an, willst du mir zum Geburtstag gratulieren?»

«Nein … ich meine, ich wusste nicht … Warum bin ich nicht eingeladen?»

Kizzy kicherte. «Weil ich dich zehnmal eingeladen habe und du mir zehnmal abgesagt hast mit der Begründung, solche Partys seien nichts für dich.»

«Bist du betrunken?», fragte Louise unvermittelt.

«Höchstens ein bisschen beschwipst. Wir sind in einer Kneipe, ich musste den Kollegen eine Runde ausgeben. Los, setz dich in deinen Wagen und komm her! Du kannst bei mir übernachten …»

«Nein, Kizzy, ich brauche deinen Rat.»

Die Polizistin schwieg einen Moment. «Ist es was Ernstes?», fragte sie schließlich.

«Ja», sagte Louise.

«Warte, ich geh auf die Straße, hier drin ist es zu laut.»

Louise war froh, dass sie noch ein letztes Mal durchatmen konnte, bevor sie ihre Freundin belügen musste.

«Okay, da bin ich», sagte Kizzy. «Was gibt's? Schieß los!»

«Eine Bekannte würde gerne wissen, was mit zwei Flüchtlingsjungen geschieht, die hier aufgegriffen wurden und deren Mutter unauffindbar ist.»

«Und warum will deine Bekannte das wissen?», fragte Kizzy.

«Ich denke, weil sie nicht möchte, dass die beiden abgeschoben werden.»

«Haben die Jungen Papiere?»

«Eher nicht.»

«Jedenfalls würde man versuchen, das Alter der Jungen herauszufinden. Ob es wirklich sicher ist, dass sie minderjährig sind. Man würde sie ärztlich untersuchen.»

«Sie sind elf und dreizehn Jahre alt.»

«Sagt deine Bekannte?»

«Sagen die Jungen ...», erwiderte Louise. «Ja, sagt meine Bekannte.»

«Solange sie unbegleitet sind, werden sie im Normalfall nicht abgeschoben.»

Louise reagierte alarmiert: «Was heißt im Normalfall?»

«Rechtlich wäre es unter bestimmten Bedingungen möglich, sie trotzdem abzuschieben», sagte Kizzy. «Aber die Ausländerbehörden sehen bei Minderjährigen meistens davon ab. Die Kinder werden dem zuständigen Jugendamt zugeteilt, es wird ein Vormund für sie bestellt, und sie werden in einer geeigneten Einrichtung untergebracht. Oder man sorgt dafür, dass sie in angemessene private Obhut kommen.»

«Auch wenn es Roma-Jungen sind?»

«Es ist egal, was sie sind. Rufst du deshalb *mich* an? Weil ich Romni und somit Fachfrau in Zigeunerfragen bin?

Dann müsstest du mich auch anrufen, wenn deiner Bekannten zwei jüdische Jungen zugelaufen wären.»

«Ich rufe *dich* an», sagte Louise, «weil du meine Freundin bist, weil du Romni bist und weil ich weiß, für was du in deinem Beruf als Kriminalpolizistin zuständig bist. Und weil ich meiner Bekannten versprochen habe, mich zu erkundigen. Aber wenn du ein Problem damit hast, mir zu helfen ...»

«Sag mal, spinnst du, Louise? Was ist mit dir los? Hast du mir irgendwas zu sagen?»

«Was ist, wenn die Jungen ein Problem haben, wenn sie Angst vor Männern haben? Wenn irgendwas mit ihrer Sexualität nicht stimmt?»

«Was meinst du damit?»

«Dass ... sie wirken wie ...» Louise suchte nach dem Wort, dass Richard Kantereit benutzt hatte, um das Verhalten der Jungen zu beschreiben. «Ich meine, sie wirken wie abgerichtet.»

«Louise, was erzählst du mir da? Das ist kein Thema für einen unverbindlichen Plausch unter alten Freundinnen. Das ist ein Fall für die Polizei. Das klingt nach Missbrauch und womöglich nach Menschenhandel. Du musst mir den Namen deiner Bekannten sagen, wenn es sie denn wirklich gibt.»

«Nein ... Danke, Kizzy! Tschüs! Ach ja ... herzlichen Glückwunsch zum Geburtstag.»

Louise legte auf und nahm nicht wieder ab, als das Telefon kurz darauf mehrmals läutete. Sie ging ins Bad, zog sich aus, wusch sich und streifte ihr Nachthemd über. Dann stieg sie die steile Treppe zum Schlafzimmer hinauf und legte sich ins Bett.

Es war eine warme, unruhige Vollmondnacht. Louise hatte das Fenster geöffnet und auch das Oberlicht gekippt. Immer wieder schreckte sie aus dem Halbschlaf auf. Mal hörte sie, wie ein Vogel auf dem Dach landete und mit seinen Krallen über die Schieferziegel kratzte. Etwas später lauschte sie erneut und nahm ein lautes Scharren wahr. Sie vermutete, dass der Dachs, der in der Nähe seinen Bau hatte, im Hang hinterm Haus nach Regenwürmern suchte. Dann wieder brandete eine Welle der Aufregung durch den Hühnerstall, wie es manchmal geschah, wenn auch nur eine Maus eines der Tiere erschreckte, die anderen sich anstecken ließen und für einen Moment alles gackerte und flatterte.

Um zwei Uhr stand sie wieder auf, um nach den Jungen zu sehen. Sie lagen noch genau so da, wie sie am Abend zu Bett gegangen waren. Nur dass beide jetzt ihre Daumen im Mund hatten.

Um kurz nach vier schaute sie noch einmal auf die Uhr. Das Letzte, was sie hörte, war der laute Schrei eines Nachtvogels. Dann endlich hatte ihre Müdigkeit die Aufregungen des Tages übermannt, und Louise Manderscheid fiel in einen tiefen Schlaf.

VIER

«Nimm die Strecke über Pézenas Richtung Norden!», hatte Rudi Ferres noch gesagt. «Es ist eine der wenigen gebührenfreien Autobahnen. Sonst müsstest du an jeder Mautstation deinen kranken Arm aus dem Fenster strecken, um ein Ticket zu ziehen oder deine Kreditkarte einzuschieben. Außerdem kommst du so durchs Zentralmassiv, du wirst sehen, da ist es wunderschön. Und Geld sparst du obendrein.»

Robert Marthaler war dem Rat seines ehemaligen Kollegen gefolgt. Nach vier Stunden hatte er Clermont-Ferrand erreicht, eine kleine Pause eingelegt, sich zwei doppelte Espressi aus dem Automaten an der Tankstelle gezogen und war anschließend über die Landstraße weitergefahren, um erst kurz vor Mulhouse wieder auf die Autobahn zu wechseln.

Als er in Frankfurt ankam, war es fast sechs Uhr morgens. Seine Augen brannten, und der Arm schmerzte. Marthaler war erschöpft und müde. Er stellte den Wagen vor dem Haus ab, nahm nur seine Reisetasche und stieg die Treppen zu seinem Apartment hinauf. Im Bad schluckte er noch eine Schlaftablette, dann legte er sich ins Bett und schlief fast augenblicklich ein.

Geweckt wurde er durch ausdauerndes Klingeln. Zuerst versuchte er noch, das Geräusch in seinen Traum einzubauen, bis er schließlich die Augen öffnete und leise schimpfend in den Flur trottete. Er drückte auf den Öffner und wollte sich gerade den Bademantel holen, als es bereits an der Wohnungstür klopfte.

«Bin ich einfach reingeschlüpft mit andere Mieter.»

Vor ihm stand Tereza und sah ihn lächelnd an.

«Tereza, verdammt, ich …»

«Sollst du doch nicht fluchen. Aber was ist mit dir? Wie schrecklich du aussiehst. Und, Hilfe, was ist mit Arm passiert?»

«Tereza, ich bin die ganze Nacht gefahren. Du hast mich geweckt …»

«Willst du nicht mich hineinlassen?»

«Kannst du nicht später noch mal wiederkommen? Ich stehe hier in Unterhosen und einem verschwitzten Hemd … Wie viel Uhr ist es überhaupt?»

«Nein, kann ich nicht später wiederkommen, weil ich fahre zurück nach Prag. Geht in bisschen über einer Stunde mein Zug. Es ist fast 16 Uhr. Und ich muss reden mit dir, jetzt! Ich hatte dir gesagt, dass ich bin in Frankfurt und dass du Zeit für mich brauchst.»

«Ich war auf einer Dienstreise in Frankreich, und weil du das auch gleich fragen wirst: Du konntest mich nicht erreichen, weil ich mein Telefon und meinen Computer ausschalten musste.»

«Und was ist mit Arm?»

«Ein Fahrradunfall. Tu mir einen Gefallen, geh in die Küche und setz eine große Kanne Kaffee auf. Ich will mir wenigstens die Zähne putzen, mich ein bisschen waschen und ein frisches Hemd anziehen.»

«Und Hose, bitte!», sagte Tereza kichernd. «Soll ich dir nicht helfen?»

Marthaler verdrehte die Augen. «Nein, das sollst du nicht! Ich muss alleine zurechtkommen.»

Er ging ins Bad und bereute fast im selben Moment, dass er Terezas Angebot nicht angenommen hatte. Schon das Ausziehen seines Hemdes bereitete ihm große Mühe und ließ ihn vor Schmerz mehrmals innehalten. Er überprüfte den Verband im Spiegel und war froh, dass die Wunde nicht erneut zu bluten angefangen hatte. Während er sich wusch, überlegte er, warum ihm Tereza anders vorkam als noch die letzten Male, wenn sie sich getroffen hatten. Sie wirkte weicher, ruhiger, auch fröhlicher. Je mehr er darüber nachdachte, desto wütender wurde er.

Als er sich kurz darauf angezogen hatte und in die Küche ging, wo Tereza am Tisch saß und bereits zwei Becher mit Kaffee gefüllt hatte, legte er augenblicklich los. Nur mit Mühe gelang es ihm, seine Stimme unter Kontrolle zu halten. «Tereza, ich weiß, was du mir mitteilen willst. Du willst mir sagen, dass du schwanger bist. Aber diesmal nicht von mir, sondern von deinem tschechischen Freund. Dass du dich jetzt entscheiden musst, dass ihr heiraten wollt und wir uns nun endgültig trennen. Dass unser Arrangement ab sofort nicht mehr gilt.»

Tereza sah ihn erstaunt an. «Robert, wie kannst du wissen …?»

«Ich bin Polizist. Ich habe Augen im Kopf, und ich kann denken. Dass du schwanger bist, sehe ich an deinem Bauch, der ein wenig runder geworden ist, aber mehr noch sehe ich es an deinen Augen. Genauso sahst du damals aus, als …»

«Aber haben wir verloren unser Baby! Und jetzt du bist wütend.»

«Über deine Schwangerschaft war ich damals so glücklich wie nie zuvor in meinem Leben. Und einen Heiratsantrag habe ich dir ebenfalls gemacht. Soll ich mich freuen, dass du dein Glück jetzt mit einem anderen Mann in einer anderen Stadt findest? Und sag bitte jetzt nicht, dass wir Freunde bleiben können! Es stimmt alles, was ich gesagt habe, nicht wahr? Auch, dass ihr heiraten wollt und wir uns trennen!»

Tereza war verwirrt. Sie schlug die Augen nieder und nickte. Er sah ihr an, dass sie nicht wusste, was sie sagen sollte, und dass sie noch immer erstaunt war, dass Marthaler ihre Erklärung vorweggenommen hatte. Und er merkte, dass er seinen Ton mäßigen musste, wenn er nicht wollte, dass sie anfing zu weinen.

«Tereza, es hat dir immer gefallen, mich ein wenig naiver zu machen, als ich bin. Und ich gebe zu: Mir hat es gefallen, dieses Spiel mitzuspielen. Es hat gut zu uns gepasst. Trotzdem hat es nie ganz gestimmt.»

Sie hob ihre Tasse, und es sah aus, als wolle sie sich dahinter verstecken. «Was meinst du, hat nicht gestimmt?»

«Du hast sicher mehr Erlebnisse mit Männern gehabt als ich mit Frauen. Trotzdem habe ich nie geglaubt, dass es darauf ankommt.» Als er ihren skeptischen Blick sah, fragte er nach: «Was?»

«Ein bisschen kommt doch darauf an», erwiderte sie.

Er lachte. «Gut. Aber weißt du, ich habe in meinem Beruf so viele Fälle gehabt, wo die Leute sich gequält und manchmal gegenseitig umgebracht haben, wo es um Liebe, Eifersucht und um die merkwürdigsten Spielarten von Sex ging. Ich muss nicht alles mitmachen, um zu wissen, was es gibt. Wenn ich eins gelernt habe, dann, dass man nicht jede Erfahrung selbst machen muss. Auch nicht in der Liebe. Du hast mir genügt, Tereza! Ich wäre gerne mit dir alt geworden.»

Wieder schien sie unsicher, ob sie das, was sie sagen wollte, auch sagen durfte.

«Komm schon!», forderte er sie auf. «Es kann nicht schlimmer werden.»

«Trotzdem hat am Ende gefehlt ein bisschen die Leidenschaft bei uns.»

«Ja», sagte er. «Das finde ich auch. Aber wir hätten beide etwas dafür tun können, dass sie wiederkommt. Wir hätten reden können. Für dich hätte ich sogar nackt am Kronleuchter geschaukelt, wenn du das verlangt hättest.»

Nun war es Tereza, die lachte. Aber es war ein bitteres Lachen. «Du sagst, wir hätten reden können. Aber warst du nie da, wenn ich reden wollte. Immer warst du bei deine Mörder und bei deine Leichen.»

Jetzt merkte Marthaler, dass es sinnlos war weiterzureden. Ihr Vorwurf stimmte, und sie hatte ihn unendlich oft wiederholt, ohne dass er in der Lage gewesen wäre, sich zu ändern.

«Und jetzt ich muss los, weil meine Zug geht bald. Aber muss ich noch eine Sache fragen, weil ich verstehe überhaupt nicht.»

«Na los, dann frag schon!»

Sie sah ihn traurig an. «Warum nicht wir können Freunde bleiben?»

«Nein, Tereza», erwiderte er belustigt über das Missverständnis. «Ich wollte nur, dass du diesen Satz nicht sagst, weil er klingt wie aus einem schlechten Film. Natürlich können wir Freunde bleiben ... Jedenfalls, wenn meine Wut und mein Neid weniger geworden sind. Du wirst jetzt aber nicht mehr so oft nach Frankfurt kommen.»

«Aber ich muss immer noch manchmal in die Städel-Museum. Und vielleicht ich habe auch mal Sehnsucht nach meine Robert mit seine Waschbärbauch.» Sie war aufgestanden und stand an der Wohnungstür.

«Hast du kein Gepäck dabei?», fragte er.

«Ist schon in Schließfach an Bahnhof, und Taxi wartet bestimmt schon auf Straße. Wenn du dich runterbeugst ein wenig, kriegst du Kuss auf Stirn.»

Er musste ein paarmal um den Block fahren, bevor er in der Martin-Luther-Straße einen freien Parkplatz fand. Obwohl es sich um einen Platz für Anwohner handelte, stellte Marthaler den Wagen dort ab. Er hoffte, dass die Mitarbeiter des Ordnungsamtes sich durch den Aufkleber der Gewerkschaft der Polizei, welcher sich auf der Windschutzscheibe befand, davon abhalten ließen, ihm einen Strafzettel unter den Scheibenwischer zu klemmen.

Wenige Minuten später hatte er das Weiße Haus in der Günthersburgallee erreicht, in dem die Erste Frankfurter Mordkommission seit vielen Jahren untergebracht war.

Seine Sekretärin schaute nur kurz auf, als er das Vorzimmer zu seinem Büro betrat, dann hämmerte sie weiter auf das Keyboard ihres Computers ein.

«Was ist, Elvira?», fragte er. «Wird hier nicht mehr gegrüßt?»

«Was? Doch! Mann, Robert, endlich bist du wieder da. Du ahnst nicht, was hier los ist.»

«Kannst du dir jemanden besorgen, der dir hilft, die Akten aus dem grünen Mercedes zu holen?», fragte er.

Es dauerte eine Weile, bis Elvira reagierte, dann schaute sie ihn mit offenem Mund an.

«Nein», fuhr er fort. «Ich kann das nicht selbst machen. Ich habe eine Verletzung am Arm.» Er legte den Autoschlüssel auf ihren Schreibtisch. «Der Wagen steht um die Ecke in der Martin-Luther-Straße.»

Als er in sein Büro ging, um das Notebook und sein Handy abzulegen, hörte er seine Sekretärin leise fluchen.

«Hast du was gesagt, Elvira?», fragte er, nun wieder auf den Ausgang des Vorzimmers zusteuernd.

«Ich hab gesagt, dass ich gerne mal wieder pünktlich Feierabend machen würde … Wo willst du hin?»

«Ich geh kurz zu Carlos.»

«Es wird nie kurz, wenn du zu Carlos gehst. Warte, ich hatte vorhin einen Mann vom ZDF am Telefon, der dich sprechen wollte. Du sollst ihn möglichst rasch zurückrufen. Er hat es auch gestern schon versucht und war ziemlich sauer, weil du nicht zu erreichen warst.»

Marthaler nahm den Zettel, den Elvira ihm hinhielt, und steckte ihn in seine Hosentasche. Dann ging er in den Keller des Weißen Hauses, wo Carlos Sabato sich sein Labor eingerichtet hatte. Der Kriminaltechniker war über einen Meter neunzig groß und einer der eigensinnigsten Menschen, die Marthaler kannte. Sabato hatte sowohl in Biologie als auch in Chemie promoviert und galt inzwischen als einer der Besten seines Fachs weltweit. Obwohl man immer wieder Headhunter auf ihn angesetzt hatte, um ihn für eines der großen Industrielabore abzuwerben, hatte er jedes Mal abgelehnt mit den Worten: «Ich gehe nicht nach Pittsburgh, Mumbai oder Leverkusen. Was soll ich in einer Stadt, in der es keine grüne Soße gibt?» Sabato aß nicht nur gerne und gut, sondern auch übermäßig viel. Besuchte man mit ihm ein Restaurant, lehnte er es grundsätzlich ab, sich einladen zu lassen, weil er sich sonst nicht frei fühlte, so viel zu essen, wie er wollte. Es konnte passieren, dass er nach der Vorspeise zwei Hauptgerichte verzehrte und, wenn ihm der Nachtisch geschmeckt hatte, noch einen weiteren bestellte.

Marthaler hatte sich vor langer Zeit nicht nur mit ihm, sondern auch mit seiner Frau Elena angefreundet, und so waren es diese beiden, welche die vielen Wendungen der Beziehung zu Tereza immer mit Ermahnungen, Ratschlägen oder Trost begleitet hatten.

«Schön, dass du auch mal wieder vorbeischaust», sagte Sabato, als Marthaler die Tür zum Labor öffnete. «Während du an den Stränden des Mittelmeers weilst, ersaufen hier alle in Arbeit.»

«Bitte, lass gut sein, Carlos!», sagte Marthaler. «Ich bin gerade etwas dünnhäutig. Tereza hat sich vor einer Stunde endgültig von mir getrennt. Sie ist schwanger und will den anderen heiraten.»

Sabato schien die Neuigkeit erst auf sich wirken zu lassen, ehe er antwortete. Schließlich lächelte er. «Ich finde das gut, Robert.»

«Danke! Du bist ein wahrer Freund!»

«Nein, hör mir zu! Klar, das ist erst mal ein Tiefschlag.

Aber ich finde, Tereza hat sich in letzter Zeit ein bisschen zu viel herausgenommen. Sie hat dich am langen Arm verhungern lassen, weil sie wusste, dass du es mit dir machen lässt. Weil du zu bequem warst oder zu wenig Interesse hattest, an dem Zustand etwas zu ändern. Eure Übereinkunft mit der Fernbeziehung und dem anderen Mann war vielleicht eine Zeitlang in Ordnung, aber ich finde, sie hat es überstrapaziert. Und jetzt bist du wenigstens gezwungen, dir eine andere Frau zu suchen oder dir einzugestehen, dass du am liebsten alleine lebst. Das wäre ja ebenfalls in Ordnung.»

Marthaler, der sich inzwischen auf seinen Stammplatz neben Sabatos Arbeitstisch gesetzt hatte, legte den Kopf in den Nacken und schloss die Augen. «Vielleicht hast du recht», sagte er. «Ich möchte auch gar nicht weiter drüber reden. Ich wollte nur, dass du und Elena die Ersten seid, die es erfahren.»

«Gut, Robert, und ich möchte, dass du etwas von mir zuerst erfährst: Die Kollegen sind alle ziemlich sauer, weil du dich ausgerechnet in dem Moment nach Frankreich absetzt, um einen fünfzehn Jahre alten Fall zu bearbeiten, wenn hier elf Menschen erschossen werden und jeder gebraucht wird. Dafür hat niemand wirklich Verständnis, mich eingeschlossen. Wir sind eine riesige SoKo, aber dass ausgerechnet du nicht dazugehörst, will und kann niemand einsehen.»

«Was soll das, Carlos? Ich habe meinen Urlaub unterbrochen, um eine Dienstreise anzutreten. Charlotte hat mir grünes Licht gegeben, als klarwurde, dass die Amerikaner das Ding im ‹Wintergarten› an sich ziehen.»

«So war es auch zunächst», sagte Sabato. «Secret Service

und FBI haben uns behandelt, als seien wir Beamte eines feindlichen Staates oder irgendwelche Trottel, die man bestenfalls als Dienstpersonal gebrauchen kann. Ich hab ja auch nichts dagegen, dass man misstrauisch ist gegenüber deutschen Polizisten – ich bin es auch geworden, je mehr ich von ihrer Sorte kennengelernt habe. Viele von ihnen sind ziemlich einfach gestrickt, haben ein Problem mit der Demokratie, manche sind feige und faul und einige sogar korrupt ...»

«Okay», sagte Marthaler, «der spanische Anarchist hat gesprochen und sein Urteil über die deutsche Polizei gefällt, der er selbst seit vielen Jahren angehört. Was ist mit den Amerikanern?»

«Robert, das war, als würde uns ein Bulldozer überrollen. Sie waren überzeugt, dass die beiden Agenten des Secret Service Ziel des Anschlags waren. Eine andere Möglichkeit wurde nicht in Betracht gezogen. Der amerikanische Präsident war in Gefahr, Amerika war in Gefahr. Das alles war extrem unprofessionell. Sie sind wie eine Horde Elefanten über den Tatort getrampelt. Haben sämtliche Asservate eingesammelt und ins amerikanische Konsulat an der Gießener Straße verfrachtet. Du weißt, dass dort die europäische Zentrale der amerikanischen Geheimdienste ihren Sitz hat?»

Marthaler verzog den Mund. «Gibt es einen Polizisten, der das nicht weiß?»

«Okay, dann wurde durch die Berichte der Augenzeugen und durch die Videos der Überwachungskameras immer deutlicher, dass es nicht so war, wie sie dachten. Die beiden Secret-Service-Agenten waren nicht Ziel des Anschlags, sondern haben die Sache erst dadurch eskalieren lassen, dass sie ziemlich dilettantisch eingegriffen haben. Die Amerikaner haben genau den Fehler begangen, der viel zu oft begangen wird, auch bei uns: Sie haben geglaubt, sie kennen das Motiv oder jedenfalls das Ziel der Attacke, und haben jede andere These beiseitegeschoben.»

«Aber das ist normal, Carlos», sagte Marthaler. «Wenn bei einem Staatsbesuch der Kanzlerin im Ausland zwei hochrangige deutsche Sicherheitsbeamte erschossen würden, gingen wir auch zunächst davon aus, dass es etwas mit uns zu tun hat. Wenn wir als Polizisten im Nebel stochern, müssen wir das wahrscheinlichste Motiv zuerst untersuchen.»

«Genau das unterscheidet euch Ermittler von uns Naturwissenschaftlern. Wir untersuchen das, was da ist. Wir haben keine Thesen, keine Täterversionen, keine Hirngespinste, die uns in die Irre führen. Wir haben DNA-Spuren – Blut, Haare, Gewebe, Speichel, Sperma – und Fingerabdrücke; wir haben die Kleidung der Opfer, manchmal ihre Brieftaschen, ihre Ausweise oder Visitenkarten; wir haben Patronenhülsen, Schmauchspuren und ab und zu auch die Tatwaffe.»

«Gut», erwiderte Marthaler, der ähnliche Diskussionen schon öfter mit Carlos Sabato geführt hatte. «Wir spekulieren, ihr habt die Fakten. Was ist also passiert?»

«Wie gesagt, sie haben das gesamte Material im Wintergarten einkassiert und dann offensichtlich sehr hastig und ohne jede Rücksicht auf spätere Ermittlungen untersucht. Als sie merkten, dass der ganze Fall nichts mit dem Präsidentenbesuch zu tun hat, haben sie ihn fallenlassen wie eine heiße Kartoffel und haben uns alle weiteren Ermittlungen aufgebürdet. Sämtliche Spuren, die am Tatort gesichert wurden, sind bei mir gelandet.»

Sabato zeigte auf die grauen Plastikkisten, die sich vor der Wand seines Labors stapelten, und auf den langen Arbeitstisch, auf dem unzählige am Tatort sichergestellte Gegenstände ausgebreitet waren. Marthaler stand auf, ging eine Weile davor auf und ab, dann seufzte er, warf seinem Kollegen einen mitleidvollen Blick zu und setzte sich wieder hin.

«Die Asservate sind vielfach kontaminiert. Zuerst ist eine ganze Armee von Rettungskräften über den Tatort gefegt. Sie sind durch Glassplitter und Blutlachen getrampelt, haben dabei Gewebeteile und Knochensplitter verschleppt. Um die Verletzten an Ort und Stelle behandeln zu können, haben sie sich Platz am Boden freigeräumt, haben die Kleidung der Opfer zerschnitten, die Wunden versorgt, haben Spritzen verabreicht und am Ende einen riesigen Müllhaufen hinterlassen. Du kannst dir sicher sein, dass schon zu diesem Zeitpunkt der Tatort keine Ähnlichkeit mehr hatte mit dem ‹Wintergarten›, den die beiden Täter verlassen haben. Dann sind die Amerikaner gekommen, haben den ganzen Müll zusammengekehrt und mitgenommen. Spuren, die nicht mit den beiden toten Agenten oder mit den Tätern zu tun hatten, waren ihnen egal. Ich weiß nicht, wer alles daran herumgefingert hat, jedenfalls hat nicht jeder von ihnen Handschuhe getragen. Oftmals kann ich nicht unterscheiden, ob es sich um den Fingerabdruck oder die DNA eines Opfers, eines Sanitäters oder eines FBI-Mannes handelt.»

Marthaler runzelte die Stirn. «Wie, meinst du, kommt es

zu solchen Schlampigkeiten? Die amerikanische Polizei hat eigentlich nicht den Ruf, nachlässig zu sein, oder?»

«Sie hatten es eilig, es waren keine Experten vor Ort, und sie meinten, die Wahrheit vorab zu kennen», brummte Sabato. «Die haben einen riesigen Haufen Mist produziert, den sie mir auf den Schreibtisch gekippt haben und mit dem wir jetzt für Wochen beschäftigt sind. Offen gesagt, ich finde es auch deshalb zum Kotzen, weil es mich so unendlich langweilt, die Fehler von Leuten ausbügeln zu müssen, die ihr Handwerk eigentlich verstehen sollten.»

«Was sagen die Kollegen?», fragte Marthaler. «Gibt es schon eine Vermutung, welches Motiv hinter dem Anschlag steckt?»

«Döring und Liebmann haben gute Arbeit geleistet. Der ‹Wintergarten› wird von mehreren Kameras überwacht. Die beiden haben aus diesen Aufzeichnungen und den Handyvideos einiger Gäste einen kleinen Film montiert, der den Tatablauf ziemlich gut rekonstruiert. Es ist nicht sehr angenehm, was man dort zu sehen bekommt, aber du solltest dir das Video auf jeden Fall anschauen, sofern du – und davon gehen wir alle aus – uns in diesem Fall unterstützen wirst.»

«Das werde ich», sagte Marthaler.

«Das Problem ist, dass erst neun der elf Opfer identifiziert sind. Bei zwei Frauen, die keine Ausweispapiere bei sich hatten, wissen wir noch nicht, wer sie waren. Sie saßen an einem Tisch gemeinsam mit einem Mann, der jetzt ebenfalls tot ist. Er war Rechtsanwalt und hatte unter seinen Klienten offenbar viele Asylsuchende und Geflüchtete. In seiner Kanzlei kennt ebenfalls niemand die Namen der beiden Frauen. Wenn die Kollegen den Film richtig deuten, waren diese drei Personen das Hauptziel des Anschlags. Aber wie gesagt …»

«Ich weiß», sagte Marthaler, «das sind nur Theorien und keine exakt analysierbaren Körpersäfte.»

Sabato lachte. «Ich wollte es nur noch mal erwähnt haben. Warst du wenigstens erfolgreich in Frankreich?»

Marthaler schlug sich mit der rechten Hand an die Stirn, dann zog er den Zettel aus der Hosentasche. «Mist, Carlos! Kann ich dein Telefon benutzen? Ich sollte dringend beim ZDF anrufen.»

«Dann geh ich nach nebenan und knabbere an meinem Pausenbrot. Was ist mit deinem Arm?»

«Erzähl ich dir nachher!», rief Marthaler, während er bereits die Nummer eintippte. Er landete kurz in einer Warteschleife, dann meldete sich eine mürrische Männerstimme.

«Redaktion Infotainment-Sondersendungen. Sie sprechen mit Jasper von Arnsberg.»

«Marthaler, Kripo Frankfurt, ich sollte Sie …»

«Herr Marthaler, wo sind Sie? Sie sollten auf dem Weg nach Mainz sein. Um 19 Uhr geht es los.»

Marthaler geriet ins Stottern. «Was … ich wusste nicht, dass … dass Sie schon heute …»

«So ist es aber. Wir mussten die Sendung vorziehen, da uns ein anderer Beitrag ausgefallen ist. Wir erwarten Sie hier, damit Sie die Zuschauerhinweise entgegennehmen.»

«Das ist völlig ausgeschlossen, ich hatte einen schweren Unfall, ich kann unmöglich …»

«Dann schicken Sie einen Ihrer Mitarbeiter! So ist es mit Ferres ausgemacht. Er hat darauf bestanden, dass keine Nummer der Polizei, sondern nur die Nummer der Redaktion eingeblendet wird. Deshalb ist es unabdingbar, dass jemand von Ihnen vor Ort ist.»

«Sie wissen doch, was hier los ist. Sie haben von dem Anschlag im ‹Wintergarten› gehört. Hier arbeiten im Moment alle Tag und Nacht. Sie müssen die Hinweise schon selbst aufnehmen. Tut mir leid, aber es geht nicht anders.»

Am anderen Ende herrschte kurz Stille. Dann meldete sich die schneidende Stimme des Redakteurs. «Wenn Sie glauben, dass meine Sekretärin oder ich Ihretwegen eine Nachtschicht einlegen, haben Sie sich getäuscht. Um spätestens 22 Uhr werden unsere Telefone abgeschaltet. Und richten Sie Ferres aus, dass diese Sendung der absolut letzte Gefallen ist, den ich ihm tue. Neue Insiderinformationen habe ich von ihm ja sowieso nicht mehr zu erwarten.»

Als Marthalers Gespräch beendet war, kam Sabato zurück ins Labor. In der Hand hielt er ein riesiges, dick belegtes Pastramisandwich.

«Was guckst du so gierig, Robert? Du hast nicht etwa Hunger, oder?»

«Und wie, Carlos, ich kann mich schon nicht mehr daran erinnern, wann ich zuletzt etwas zu essen bekommen habe.»

Sabato verdrehte die Augen. «Ich hab noch so eins nebenan im Kühlschrank. Wenn es gar nicht anders geht, darfst du es dir holen.»

Keine Minute später war Marthaler zurück und hatte bereits den ersten Bissen verspeist: «Das ist der Hammer, Carlos. Wo gibt es dieses Pastrami?»

Sabato lächelte. «Elena hat es selbst gemacht, zum ersten Mal. Nicht schlecht, oder? Dabei müssen wir jetzt mit der kalten Variante vorliebnehmen. Warm schmeckt es noch ein bisschen besser. Ich schätze, du musst uns bald mal wieder besuchen. Und jetzt weiter: dein Arm?»

«Irgendwer hat mich in Marseillan heimgesucht. Ist während meiner Abwesenheit in das kleine Haus eingedrungen, in dem ich gewohnt habe, ohne etwas zu stehlen. Derselbe Irgendwer hat kurz darauf versucht, mich umzubringen. Das Seltsame ist nur: Außer Charlotte und Ferres wusste niemand, wo ich bin.»

«Jemand wollte dich umbringen?»

«Ja, wahrscheinlich mit einer Stahlrute. Es war Nacht. Er wollte mich am Hals treffen, hat mich aber nur am Oberarm erwischt.»

«Du hast es nicht angezeigt», sagte Sabato, «und bist nicht zum Arzt gegangen, nehme ich an.»

«Und warum nimmst du das an?»

«Weil ich dich kenne, Robert. Weil du nie zum Arzt gehst und immer alles selbst regeln willst.»

«Ich wollte erst mit dir reden. Das Problem ist, ich habe mit einer nichtregistrierten Waffe auf den Unbekannten geschossen und bin mir nicht sicher, ob ich ihn verletzt habe oder nicht.»

Sabato schüttelte den Kopf. «Du bist wirklich ein Esel, Robert. Mach, was du willst, ich werde dir keinen Rat geben. Soll ich mir wenigstens deine Wunde ansehen?»

«Ich glaube, das ist nicht nötig. Ferres hat sie desinfiziert und geklammert. Er scheint das ordentlich gemacht zu haben. Er meint aber, dass es noch eine Weile ziemlich weh tun wird und dass ich später eine große Narbe mit mir herumtragen werde.»

«Die hast du dir verdient für so viel Unvernunft», sagte

Sabato. «Wenn man bei dir eingebrochen hat, ohne etwas zu stehlen, heißt das, dass der Eindringling auf etwas anderes aus war. Willst du, dass sich unsere IT-Leute mal deinen Computer anschauen.»

«Ja, und mein Mobiltelefon. Genau darum wollte ich dich bitten, Carlos. Beides liegt oben in meinem Büro. Ihr könnt es euch holen, wann immer ihr Zeit dafür habt.»

Marthaler ging noch einmal in das Vorzimmer seines Büros. Elvira war nicht an ihrem Platz. Entweder hatte sie bereits Feierabend gemacht oder war im Haus unterwegs. Er nahm den Autoschlüssel von ihrem Schreibtisch und steckte ihn in seine Jackentasche.

Als er in der Martin-Luther-Straße ankam, sah er, dass seine Sekretärin tatsächlich, allein oder mit der Hilfe eines Kollegen, die Akten aus dem Wagen geladen hatte. Es steckte zwar kein Strafzettel unter dem Scheibenwischer, aber ein Brief, den er auffaltete und an Ort und Stelle las: *Du drekkiges Bullenschwein pakkst auf einem Anwohnerpakkplatz. Ihr verlausten Sesselfuzzer glaubt, dass ihr die Herrn der Weld seit. Wenn mann euch brauchd seit ihr nich da. Man sollde eure fetten Beamtenfressen in ein Fass voller Jauche dunken. Ich wünsche dir hunnerttausend Kamelflöhe innen Arsch. Die sollen deine Gedärme mit Lufd aufbumpen bis er dir um deine schmalzigen Orn fliecht.*

Zuerst war Marthaler entsetzt über die unglaubliche, haltlose Wut, die aus diesem Brief sprach. Er las das Schreiben ein zweites und ein drittes Mal. Dann schüttelte er den Kopf und begann schallend zu lachen.

FÜNF

Als Louise Manderscheid am nächsten Morgen aus schweren Träumen erwachte, war es bereits hell. Sie hatte im Schlaf ihren Vater gesehen, der sich über ihr Kinderbett beugte, ihre Mutter, die ihr ein hilfloses Lächeln schenkte, dann die Silhouette eines Mannes, der auf einer nebligen Lichtung stand, eine dunkle Limousine, die lautlos und langsam über eine staubige Landstraße glitt, bis sie hinter einer Kurve verschwand. Und schließlich eine Krähe, die sinnlos krächzend über das Schieferfeld vor der Grube Kreuzberg hüpfte, immer wieder schimpfend aufflatterte und schließlich auf der Schulter eines schwarzhaarigen Jungen landete, der seinen Kopf ein wenig neigte und Louise mit einem hässlichen Grinsen entgegensah.

Ihr Nachthemd war feucht, und ihre Haare klebten an der Kopfhaut. Sie schob die klamme Decke beiseite und stand auf. Als sie im Spiegel ihre geröteten Augen sah, legte sie einen Handrücken auf die Stirn und merkte, dass sie ein wenig Fieber hatte.

«Gut, aber schlecht», sagte sie zu ihrem Spiegelbild und beschloss, zunächst nach den Jungen zu sehen.

Sie warf rasch ihre Kittelschürze über, zog die Hausschuhe an und lief nach unten. Als sie die Tür zum Schlafsaal des Kleinen Hauses öffnete, sah sie, dass die Brüder nicht mehr in ihrem Bett lagen und dass die hintere Tür offen stand.

Sie rief mehrmals die Namen der Jungen, begab sich zurück ins Haupthaus, stellte Teller und Besteck, Butter, Brot und Käse auf den Esstisch und beeilte sich anschließend, die Tiere zu versorgen. Während sie das schmutzige Heu und Stroh entfernte und frisches Futter und Wasser in die Tröge gab, redete sie besänftigend auf sie ein, wie sie es immer tat.

Dann durchsuchte sie alle Räume des Hauses, sah ebenfalls in den Nebengebäuden nach, in der langgestreckten, leerstehenden Scheune, im Schuppen und in den alten, bereits verfallenen Toiletten- und Waschhäuschen, die zweihundert Meter entfernt am Ende der Wiese lagen – aber nirgends waren die Jungen zu sehen.

«Mirsad, Bislim, wo versteckt ihr euch?» Auch diesmal erhielt sie keine Antwort.

Noch einmal warf sie einen Blick in den Schlafsaal, und erst jetzt bemerkte sie, dass die Schuhe der Kinder noch genau so neben der Tür standen, wie die beiden sie gestern Abend abgestellt hatten.

Sofort befiel Louise eine heftige Unruhe. Niemand käme auf die Idee, sich auf dem schrundigen Gelände der Grube Kreuzberg, das überall von scharfkantigen Schieferplatten durchsetzt war, freiwillig ohne Schuhe fortzubewegen. Und jeder, der es versuchen würde, würde sofort eines Besseren belehrt werden.

«Verdammt, was hat das zu bedeuten?» Louise merkte, wie sich ihre Unruhe zur Panik steigerte. Sie rannte hinters Haus, kletterte den Hang zwischen den Bäumen hinauf, lief mal nach rechts, mal nach links in den Wald, immer aufs Neue die Namen der Jungen mehr schreiend als rufend.

Nachdem sie fast eine halbe Stunde in der näheren Umgebung der Grube Kreuzberg umhergeirrt war, musste sie sich eingestehen, dass sie so nicht weiterkam.

Sie ging zurück zum Haus, setzte sich unter die Walnuss und überlegte, was zu tun sei. Schließlich hatte sie eine Idee. Sie holte den Caddy aus dem Schuppen, setzte sich hinters Steuer und fuhr los.

Zehn Autominuten von der Grube Kreuzberg entfernt lag auf einer einsamen Hochebene oberhalb des Rheins der Reiterhof «Gut Donnersberg». Louise kannte den Besitzer, der oft mit seinen Pensionsgästen durch die Wälder der Umgebung ritt und gelegentlich bei ihr vorbeikam. Ein jedes Mal, ausnahmslos, hielt er kurz an, erkundigte sich nach ihrem Befinden und ermunterte sie, sich bei ihm zu melden, wenn sie mal männliche Hilfe brauche. So wortkarg Friedrich Neubert war, so zuvorkommend war er andererseits – wobei sich Louise sicher sein konnte, dass er es nicht auf sie abgesehen hatte, denn er vergaß nie, ihr auch einen Gruß von seiner Frau auszurichten, die an multipler Sklerose litt und die er seit Jahren pflegte. Der schwere, kleine Mann, dessen Augen in seinem roten Gesicht meist freundlich, selten aber auch zornig blitzten, war nicht nur Krankenpfleger, Pferdebauer und Pensionswirt, sondern hatte sich vor einem Jahr, wenn auch widerstrebend, zum Schriftführer seiner Kreisgruppe im Landesjagdverband wählen lassen.

«Fritz, jetzt brauch ich deine Hilfe!», sagte sie, als sie den Caddy vor dem Pferdestall geparkt hatte, aus dem ihr Neubert in Arbeitskleidung und mit Mist verklebten Gummistiefeln schon entgegenkam.

Der Mann sah sie aufmerksam an. Dann nickte er: «Was gibt's?»

«Du musst mir Arco leihen.»

Sie meinte, ein spöttisches Lächeln über sein Gesicht huschen zu sehen. «Was machen wir mit ihm?»

Louise hatte gehofft, dass er nicht fragen würde, war aber auch darauf gefasst, ihm eine Antwort zu geben. «Ich hab die Kinder einer Freundin zu Besuch. Die beiden Jungen sind seit heute Morgen verschwunden. Arco muss sie finden!»

Wieder schaute ihr Friedrich Neubert direkt in die Augen. «Gut», sagte er schnaufend. «Aber du musst mich in deinem Wagen mitnehmen und später zurückbringen. Unserer ist in der Werkstatt.»

«Nein, Fritz, du musst nicht mitkommen, du hast genug zu tun, ich kann selbst …»

«Kannst du nicht! Ich komm mit! Geh rein und sag ihr guten Tag!»

Louise verschwand kurz im Haus, begrüßte Neuberts Frau, entschuldigte sich für ihre Eile und stand kurz darauf wieder im Hof, wo der Mann sich bereits auf dem Beifahrersitz des Caddys niedergelassen hatte. Louise setzte sich ans Steuer, schaute in den Rückspiegel und sah den Hund auf der Ladefläche liegen.

«Und du meinst, der kann das?», fragte sie. «Er hat wirklich ein schönes Fell: rostbraun.»

Neubert räusperte sich. «Arco ist eine Dachsbracke. Die Farbe seines Fells nennt man Hirschrot. Er ist ein ausgebildeter Schweißhund und in der Nachsuche trainiert. Wie schon seine Eltern und Großeltern hat er eine sehr gute

Nase, kann sich bestens konzentrieren und ist extrem fährtentreu. Gibt es ein Pirschzeichen?»

Für Friedrich Neuberts Verhältnisse war das, was er gerade gesagt hatte, so etwas wie ein abendfüllender Vortrag. Als Louise ihm einen ratlosen Seitenblick zuwarf, merkte sie, dass er sie mit seiner Jägersprache hatte auf den Arm nehmen wollen und sich zu freuen schien, dass ihm das gelungen war.

«Ich meine, hast du etwas, womit der Hund Witterung aufnehmen kann?», fragte er nun. «Vielleicht ein Kleidungsstück, das die Kinder anhatten?»

«Es gibt die Bettwäsche, in der sie geschlafen haben, und ihre Schuhe. Meinst du, das wird Arco genügen?»

«Wird es!», brummte Neubert. «Aber warum bist du so … aufgelöst, Louise? Vielleicht toben die beiden irgendwo durch den Wald. Wenn sie sich hier nicht auskennen, haben sie sich vielleicht einfach verirrt. Womöglich sind sie schon wieder zurück, wenn wir gleich bei dir ankommen.»

«Nein, Fritz. Sie haben jeder nur dieses eine Paar Schuhe dabei. Und niemand tobt hier barfuß durch den Wald.»

Friedrich Neubert schwieg. Seine Äuglein hatten sich weiter verengt und waren fast nicht mehr zu sehen. «Verstehe», sagte er schließlich.

«Wie geht es deiner Frau?», fragte Louise nach einer Weile, um irgendetwas zu reden und sich nicht ganz ihrer Unruhe zu ergeben.

Neubert atmete lange und schwer. «Niemand kann oder niemand will uns etwas sagen. Die Schübe kommen häufiger, und die Symptome verschlechtern sich.» Er schwieg einen Moment, und Louise spürte, wie er mit sich kämpfte. «Wir glauben nicht, dass es noch lange dauert.»

«Seid ihr im Reinen mit euch?», fragte sie.

«Ganz und gar», erwiderte er. Und nach einer Pause: «Aber wir sind nicht bereit.»

Louise nickte. «Es macht nichts besser, wenn man länger lebt – das hat mein Großvater immer gesagt. Ich weiß, nicht, ob das stimmt, aber ich kann den Satz auch nicht vergessen.»

«Kann sein, dass dein Großvater recht hatte, aber ich liebe sie. Und ich liebe jeden Tag, an dem ich sie noch pflegen darf. Es werden nicht mehr viele sein.»

«Und dann?», fragte Louise.

Friedrich Neubert räusperte sich. «Ich habe keine Ahnung. Ich habe nicht einmal die Kraft, es mir vorzustellen.»

Als sie auf der Grube Kreuzberg angekommen waren, sprang Louise aus dem Wagen und begann, auf dem Gelände erneut nach den Jungen zu suchen und ihre Namen zu rufen, blieb aber abrupt stehen, als Neubert sie von hinten anherrschte.

«Louise, komm sofort her! Wenn du dich weiter so aufführst, kann Arco seine Arbeit nicht tun. Ich sehe es ihm an: Er ist verunsichert, er riecht förmlich, wie du verrücktspielst. Hast du eine Taschenlampe?»

Louise nickte.

«Hol sie, und dann zeigst du mir, wo die Kinder sich zuletzt aufgehalten haben!»

Als sie kurz darauf mit der schwarzen Maglite aus dem Haus kam, hockte Friedrich Neubert neben dem Hund und streichelte ihm über den Kopf. Dann stand er auf, holte ein Brustgeschirr aus der seitlichen Beintasche seiner Hose, legte es Arco an und schnallte die lange orangefarbene Kunststoffleine daran fest.

Louise ging zum Kleinen Haus und zeigte Neubert die Schuhe von Mirsad und Bislim und das Bett, in dem sie gelegen hatten.

«Eins noch, Louise: Gleich wird der Hund Witterung aufnehmen und mit seiner Arbeit beginnen, das heißt, er wird an der Leine vor uns herlaufen, um der Fährte zu folgen. Wenn du uns begleiten willst – und ich nehme an, das willst du –, wirst du ab sofort kein Wort mehr sagen, keine Fragen stellen und mindestens zwei Meter hinter mir bleiben. Wenn jemand redet, bin ich das, ist das klar?»

Louise nickte und deutete auf den Hinterausgang: «Ich denke, sie sind dort hinten raus. Die Tür stand offen, als ich heute Morgen nach ihnen sehen wollte.»

Neubert legte noch einmal den Zeigefinger auf die Lippen, zum Zeichen, dass er jetzt beginnen wolle. Er nahm zuerst die Bettdecke und ließ den Hund ausführlich daran schnuppern; dann tat er dasselbe mit beiden Paar Schuhen. Arco schaute sein Herrchen erwartungsvoll an.

«Such verwundt!» Das war der Befehl, die Fährte aufzunehmen.

Sofort begann der Hund, den Boden des gesamten Raumes zu beschnüffeln, strebte zur Hintertür und ins Freie und lief, mal kurz nach rechts, mal nach links ausweichend, die Nase dabei immer dicht am Grund und unablässig mit dem Schwanz wedelnd, den Abhang hinauf und in den Wald. Dabei legte er ein so großes Tempo vor, dass die Leine sich mehrmals spannte und Friedrich Neubert das Tier ermahnte: «Langsam, Arco, langsam!», um es gleich darauf, wenn der Hund gehorchte, zu loben. «So ist gut, Arco, so ist gut!»

Auf der Kuppe angekommen, bewegte sich der Hund plötzlich schnüffelnd im Kreis herum. Friedrich Neubert straffte die Leine, bis Louise und er die Stelle ebenfalls erreicht hatten.

«Siehst du das?», fragte er.

Aber Louise wusste nicht, was er meinte, sie konnte nichts Ungewöhnliches erkennen.

«Hier hat etwas oder jemand längere Zeit gelegen. Auf der Oberfläche des Waldbodens hat sich eine Mulde gebildet. Das Moos und die Blätter wurden zusammengedrückt. Wie alt sind die Jungen?»

Louise schaute ihn unsicher an.

«Du darfst mir antworten», sagte er lächelnd.

«Der eine ist elf, der andere dreizehn Jahre alt», antwortete sie flüsternd.

«Das passt. Die Mulde hat die Größe eines Kinderkörpers. Vielleicht hat einer der Jungen hier für eine Weile geschlafen. Lass uns weitermachen!»

Schon kurze Zeit später scheuchte der Hund eine Wildsau mit ihren Frischlingen auf, die eilig das Weite suchten. Arco schaute sich kurz nach seinem Herrn um, der den Kopf schüttelte und ihm den Befehl gab, auf der Fährte zu bleiben.

Sie hatten Mühe, dem Hund in dem unwegsamen, von Sträuchern und Büschen überwucherten Gelände zu folgen. Aber immer wieder wies Neubert Louise durch einen

Fingerzeig auf Spuren hin, die darauf schließen ließen, dass hier kürzlich jemand entlanggekommen war: niedergetretenes Gras, abgebrochene Äste, zerriebenes Laub, Abdrücke großer, schwerer Schuhe.

Sie mochten etwa 150 Meter zwischen den Bäumen hindurchgelaufen sein, als Neubert plötzlich stehen blieb und den Hund zurückrief. Er beugte sich hinab und pflückte ein kleines Büschel schwarzer Haare aus den Nadeln einer jungen Fichte, schaute es sich lange an und hielt es sich unter die Nase.

«Das ist kein Fell», sagte er schließlich schnaufend. «Das ist das Haar eines Menschen.»

Anders als Louise, die immer wieder strauchelte und die Arme ausbalancierend strecken musste, um nicht das Gleichgewicht zu verlieren, bewegte sich Friedrich Neubert trotz seiner Korpulenz sicher und behände durch den Wald – auch wenn es ihn hörbar anstrengte. Man merkte ihm an, dass er nicht nur in seinem Revier war, sondern auch in jener Welt, in der er sich am meisten zu Hause fühlte. Seine Sinne wirkten, wie die seines Hundes, aufs äußerste angespannt und konzentriert. Er schien seine Umgebung und alles, was um ihn herum passierte, gleichzeitig zu sehen, zu hören und zu riechen. Louise hatte den Eindruck, als sei seine Wahrnehmung so geschärft, dass er jedes fallende Blatt, jede kleine Veränderung des Lichts, jeden Ruf eines Vogels und jedes Rascheln im Laub bemerkte, ohne sich jedoch davon ablenken zu lassen.

Sie selbst hatte den Wald in ihren ersten Jahren auf der Grube Kreuzberg ein paarmal durchstreift, aber mehr wie eine Spaziergängerin, eine Besucherin aus der Stadt, die sie ursprünglich ja auch war. Mit der Zeit hatte sie gelernt, ihre Hühner und Kaninchen zu begreifen und das Handwerk einer Bäuerin zu lernen, der Wald aber, so gern sie es mochte, von ihm umgeben zu sein, war ihr fremd geblieben, zu vielfältig, zu unübersichtlich, um das zu verstehen, was in ihm geschah.

Neubert ließ das Büschel Haare in seiner Hosentasche verschwinden und gab Arco die Anweisung, seine Arbeit fortzusetzen.

Der Hund schlug, weiter seiner Fährte folgend, einen Bogen nach rechts, und Louise mutmaßte, dass sie sich jetzt in südöstlicher Richtung um die Grube Kreuzberg herum bewegten. Arco, so kam es ihr vor, erhöhte sein Tempo aufs Neue und wirkte noch nervöser, wedelte noch aufgeregter mit dem Schwanz.

Friedrich Neubert drehte sich zu ihr um, als habe er ihre Gedanken erraten, und nickte ihr zu: «Es ist nicht mehr weit, wir haben sie bald.»

Noch einmal drehte Arco nach rechts ab und führte sie einen steilen Abhang hinab. Neubert straffte die Leine und zwang so den Hund, seinen Eifer zu bändigen.

Unten angekommen, wusste Louise, wo sie sich befanden: Sie hatten den tiefsten und am weitesten im Südosten gelegenen Punkt des ehemaligen Schieferbergwerks im Kreuzwald erreicht. Sie standen vor dem inzwischen nahezu vollständig überwachsenen Eingang zum dritten Stollen, aus dem ein stetiges Rinnsal Wasser ins Freie floss. Arco lief aufgeregt vor der geschlossenen Metalltür auf und ab.

Neubert befreite den Hund von der Leine, bog das Gestrüpp am Eingang beiseite, stemmte sich mit den Füßen gegen den gemauerten Rahmen und zerrte die verrostete Tür schließlich so weit auf, dass der Hund ins Innere des Stollens konnte.

Es dauerte nicht länger als eine Minute, bis Arco wieder am Eingang auftauchte. Er setzte sich direkt vor Friedrich Neuberts Füße und schaute erwartungsvoll zu ihm auf.

Neubert nickte. «Gut gemacht, mein Hund.» Dann griff er in die Seitentasche seiner Hose und gab dem Tier eine Belohnung.

«Er hat sie gefunden, Louise. Gib mir die Taschenlampe. Du wartest hier, bis ich zurück bin!»

Auch Friedrich Neubert brauchte nicht lange, bis er wieder vor Louise stand. Sie schaute ihn erstaunt und zugleich entsetzt an. Sie hatte niemals erlebt, dass sich das Äußere eines Menschen binnen so kurzer Zeit so stark veränderte. Sein eben noch rosiges Gesicht war nahezu bleich geworden. Sein gesamter massiger Körper bebte, die Äuglein irrten unruhig hin und her, er atmete schwer und schien unfähig zu sprechen.

«Was ist?», fragte Louise aufgeregt. «Brauchen wir einen Arzt?»

Er schluckte mehrmals, bevor er in der Lage war zu antworten. Er hatte sich wie ein Wächter vor dem Eingang des Stollens postiert.

«Nein, Louise. Sie brauchen keinen Arzt mehr. Wir müssen die Polizei rufen.»

Louise heulte auf. «Lass mich sofort da rein!», schrie sie. «Ich will sehen, was mit ihnen passiert ist.»

«Nein», sagte er jetzt leise und mit großer Bestimmtheit, «du kannst machen, was du willst, das werde ich um nichts in der Welt zulassen.»

Friedrich Neubert hatte die Arme ausgebreitet und den Oberkörper nach vorne geschoben. Als Louise mit den Fäusten auf seine Brust einhämmerte, wie sie am Tag zuvor auch Richard Kantereit attackiert hatte, begann Arco, wütend zu bellen.

«Sag mir, was mit ihnen ist!», schrie sie. «Ich will wissen, was man ihnen angetan hat.»

Friedrich Neuberts dicker Kopf schien auf seinen Schultern zu wanken. «Du wirst es ja sowieso erfahren», sagte er schließlich. «Sie liegen im Wasser des Stollens. Man hat ihnen die Kehle durchgeschnitten, und man … man hat sie verstümmelt.»

SECHS

Noch einmal hatte Marthaler lange geschlafen. Widerwillig drehte er sich um und schaute auf den Wecker. Sofort bekam er ein schlechtes Gewissen. Es war schon kurz nach neun, und er durfte sicher sein, dass seine Kollegen bereits alle an ihren Schreibtischen saßen oder im Einsatz waren.

Als er sich gewaschen und angezogen hatte, warf er einen Blick in den Kühlschrank. Die Milch roch sauer, die Wurst trug bereits einen Pelz aus Schimmel, und das Haltbarkeitsdatum der Eier war abgelaufen. Schimpfend ging er zum Telefon und wählte die Nummer des Lesecafés.

«Carola, hier ist Robert. Kannst du mir einen doppelten Espresso macchiato machen, einen Orangensaft und ein Schinkenbrötchen? Ah ja, und bitte noch ein Käsebrötchen zum Mitnehmen. Ich hab's eilig. Bin in spätestens fünf Minuten da.»

Er nahm den Autoschlüssel vom Buffet im Flur und verließ sein Apartment. An der Haustür angekommen, sah er, dass sein Briefkasten mit Werbeprospekten vollgestopft war. Ohne den Inhalt noch einmal zu kontrollieren, nahm er alles heraus und warf es in die Papiertonne.

Als er sein Stammcafé in der Diesterwegstraße betrat, sah ihn die Bedienung besorgt an. Carola war seit langem mit Tereza befreundet, die selbst während ihrer ersten Zeit in

Frankfurt für eine Weile hier gearbeitet hatte. So, wie Marthaler Carolas Blick deutete, wusste sie Bescheid.

Kaum hatte er sich an seinen Tisch im helleren, hinteren Teil des Raumes gesetzt und einen ersten Schluck von dem immer noch zu heißen Kaffee getrunken, stand sie bereits neben ihm.

«Kommst du damit klar, Robert?», fragte sie.

«Habe ich mir gedacht, dass du es schon weißt. Also hast du von Terezas Entscheidung erfahren, bevor sie es mir mitgeteilt hat.»

«Ich bin ihre Freundin. Sie darf mit mir reden, über was sie will. Außerdem wollte sie zuerst mit dir sprechen, aber du warst, wie so oft, nicht zu erreichen. Aber ich habe dir eine Frage gestellt.»

«Ich weiß nicht, wie es mir damit geht», sagte Marthaler mürrisch. «Ich hatte noch keine Zeit, darüber nachzudenken. Und ich habe auch jetzt keine.»

«Entschuldige», erwiderte Carola beleidigt. «Es war nur nett gemeint.»

«Kann sein.»

«Was meinst du damit?»

«Vielleicht war deine Frage nach meinem Befinden nett gemeint, vielleicht auch nicht», sagte er, nahm den letzten Bissen seines Schinkenbrötchens und spülte ihn mit einem Schluck Orangensaft herunter und wischte sich mit der Serviette über den Mund.

Einen Moment stand Carola sprachlos vor ihm. «Du bist wirklich ein unfassbar ungehobelter Trampel», sagte sie schließlich. «Je länger ich darüber nachdenke, umso mehr finde ich Terezas Entscheidung richtig.»

«Du bist nicht der erste Mensch, der mir das sagt. Ich zahle vorne.»

Er war aufgestanden und ging an Carola vorbei zum Tresen. Er nahm sein Käsebrötchen, das dort, in eine Serviette gewickelt, bereitlag, platzierte einen Zwanzig-Euro-Schein auf dem Zahlteller und verließ ohne ein weiteres Wort den Raum.

«Danke», sagte Marthaler. «Danke, Elvira, dass du die Akten in mein Büro geschafft hast. Ich hoffe, es hat dir jemand geholfen.»

Seine Sekretärin, die gerade dabei war, neues Papier in den Drucker einzulegen, sah ihn weder an, noch reagierte sie auf seine Worte.

«Was ist mir dir? Ich hab das gestern schon gemerkt. Warum bist du so sauer auf mich?»

Elvira ließ ein paar lange Sekunden vergehen, bevor sie mit ruhiger Stimme antwortete: «Dass ich dich gestern nicht gegrüßt habe, lag einzig daran, dass ich mich konzentrieren musste. Warum musst du mich dann sofort so dumm anmachen?»

«Entschuldige bitte …»

Elvira ließ ihn nicht ausreden. «Dann knallst du mir den Autoschlüssel auf den Tisch, kommandierst mich rum und machst mich zu deinem Packesel. So haben wir bislang nicht zusammengearbeitet, und ich möchte auch keinesfalls, dass es künftig so wird.»

Wieder wollte Marthaler etwas sagen, wieder unterbrach sie ihn schon im Ansatz.

«Du wirfst mir vor, ich sei sauer auf dich. Die Wahrheit

ist: Während du in Frankreich warst, waren alle anderen hier empört über deine Abwesenheit. Ich war die Einzige, die dich verteidigt hat. Damit auch das gesagt ist.»

Marthaler stand einen Moment sprachlos vor ihr. «Ich weiß nicht genau, was ich sagen soll. Es tut mir leid, Elvira, und ich werde versuchen, mich zu ändern. Okay?»

Sie zuckte mit den Schultern und sah ihn an, als sei sie nicht sicher, ob sie nicht lieber noch eine Weile schmollen sollte.

Schließlich lächelte Marthaler. Er griff in die Innentasche seiner Jacke und zog den Schmähbrief hervor, den er am Vortag von seinem Wagen gepflückt hatte. «Das hat mir gestern jemand hinter den Scheibenwischer geklemmt. Lies mal! Es wird dir gefallen.»

Er gab Elvira den Brief, dann ging er in sein Büro. Fast augenblicklich hörte er das zunächst unterdrückte Kichern seiner Sekretärin, das sich bald zu einem lauten Lachen steigerte.

«Das ist ja großartig, Robert! Das werde ich kopieren und an alle Kollegen verteilen.»

Als sie ein paar Minuten später vor seinem Schreibtisch stand, hatte sie noch immer Lachtränen in den Augen.

«Draußen wartet eine sehr aparte Frau», flüsterte sie. «Sehr groß, sehr blond, tolles Kostüm, tolle Tasche.» Dann schaute sie auf die Notiz, die sie in der Hand hielt. «Henriette Fendel, Redaktionsassistentin. Sie sagt, sie kommt vom ZDF. Willst du sie sprechen?»

Marthaler nickte. «Lass sie rein!»

«Soll ich Kaffee machen?»

«Gerne», erwiderte Marthaler. «Alles wieder gut?»

Elvira lächelte kurz, wandte sich aber sofort ab und ging hinaus.

Apart ist das richtige Wort, aber nicht die ganze Wahrheit, dachte Marthaler, als die Redaktionsassistentin ihm jetzt die Hand entgegenstreckte und ihre weißen Zähne zeigte. Sie war gut eins achtzig groß, schien sich aber kleiner machen zu wollen, indem sie ein wenig in die Knie ging und sich leicht nach vorne beugte. Ihr unruhiges Mienenspiel drückte eine vage Unsicherheit und zugleich große Entschlossenheit aus. Wie bei einer Vernehmung versuchte Marthaler, sämtliche Signale, die von dieser Frau ausgingen, sofort einzuordnen. Er hielt sie für freundlich, für neugierig, aber auch für überaus durchsetzungsfähig. Er beschloss abzuwarten, was sie von ihm wollte. Nachdem er ihr die Hand gegeben hatte, bat er sie, Platz zu nehmen.

«Viel Zeit habe ich nicht», sagte sie, «aber da ich gestern Ihretwegen länger in der Redaktion bleiben musste, darf ich heute etwas später anfangen.»

Marthaler hörte den ironischen Unterton, doch sein Gesicht blieb unbewegt. Mit einer Kopfbewegung forderte er sie auf weiterzusprechen.

«Mit meinem Chef hatten Sie ja bereits zu tun. Ich war dabei, als er mit Ihnen telefoniert hat. Sie dürfen ihm seinen Ton nicht übelnehmen. Wir sind sehr an einem guten Verhältnis zur Kriminalpolizei interessiert, auch nach seiner Pensionierung.»

«Dann hätte ich nichts dagegen, wenn Sie seinen Posten übernehmen würden.»

Sie schien geschmeichelt, ohne es zeigen zu wollen.

«Das bleibt abzuwarten. Jedenfalls leben unsere Reportagen davon, dass wir nicht nur Zugang zu den Pressestellen der Polizeipräsidien haben, sondern auch einen guten Draht zu den Ermittlern vor Ort. Sie haben unsere Sendung gestern Abend gesehen?», fragte Henriette Fendel.

«Ja», sagte er. «Obwohl ich einige Mühe hatte, das richtige Programm zu finden. Ich dachte eigentlich, sie würde im ZDF ausgestrahlt.»

Nach Ferres' Schilderungen hatte Marthaler angenommen, es handele sich um eine große Einzelreportage über den Fall Tobias Brüning. Stattdessen hatte man vier ältere Beiträge über offene Mordfälle gekürzt und unter dem Titel «Noch immer ungeklärt» zusammengefasst. Und anders, als man es Rudi Ferres versprochen hatte, war die Sendung nicht im Hauptprogramm der Mainzer Fernsehanstalt, sondern in einem der Nischenkanäle gezeigt worden, die nur eine kaum erfassbare Minderheit der Zuschauer einschaltete.

Elvira kam herein und stellte ein Tablett mit Zucker, Milch und zwei Tassen Kaffee auf den Schreibtisch. Schon wieder an der Tür drehte sie sich noch einmal um und warf Marthaler einen vielsagenden Blick zu.

«Das alles ist nicht optimal gelaufen», gab die Redaktionsassistentin zu. «Aber mehr konnten wir im Haus nicht durchsetzen.» Aus ihrer Handtasche zog sie eine Sichthülle, in der ein dünner Stoß beschriebener DIN-A4-Blätter steckte. «Immerhin haben wir es ja nicht bei dem alten Phantombild belassen, sondern noch eine neue Computersimulation gezeigt, wie der Zopfmann heute, nach fünfzehn Jahren, aussehen könnte.»

Marthaler nahm an, das diese Maßnahme Henriette

Fendels Idee gewesen war, denn sie schaute ihn an, als erwarte sie ein Lob.

«Ja», sagte er nur, «das sollte man immer machen, wenn man nur alte Fahndungsbilder zur Verfügung hat.»

«Trotzdem, viel ist nicht dabei herausgekommen. Die Hinweise der Zuschauer waren eher mager. Ich fürchte, eine heiße Spur wird sich daraus nicht ergeben. Ich hab meine Telefonprotokolle heute Morgen abgetippt, noch ein wenig überarbeitet und für Sie ausgedruckt.» Erst jetzt überreichte sie Marthaler die Sichthülle.

Seine Verblüffung war echt. «Nachdem Sie gestern Abend meinetwegen Überstunden machen mussten, haben Sie heute Morgen schon wieder für mich gearbeitet und sind extra aus Mainz nach Frankfurt gekommen, um mir die Protokolle der Zuschauerhinweise zu bringen?»

Henriette Fendel lachte laut. «Wie kommen Sie darauf, dass ich aus Mainz …? Nur weil mein Arbeitsplatz sich dort befindet? Nein, ich wohne hier gleich um die Ecke. Kennen Sie Harry, den Bäcker?»

«In der Rohrbachstraße? Natürlich, wir alle gehen dort oft hin, um unser Frühstück zu holen.»

«Meine Wohnung liegt direkt über Harrys Laden! Und da dachte ich, bevor ich Ihnen eine Mail schreibe oder wir lange telefonieren müssen, bring ich Ihnen die Sachen rasch vorbei.»

Henriette Fendel war aufgestanden, um sich zu verabschieden. Marthaler wollte ihr gerade die Tür öffnen, als sie sich ihm noch einmal zuwandte.

«Darf ich Ihnen eine Frage stellen?»

«Bitte!»

«Taxieren Sie jeden Menschen so unverhohlen?»

«Mein Beruf!», antwortete er und schenkte ihr zum Abschied ein unverstelltes Lächeln.

«Man sieht sich», rief sie Marthaler aus dem Vorzimmer noch zu. «Wahrscheinlich bei Harry!»

Marthaler hatte gerade erst angefangen, in den Protokollen der Zuschauerhinweise zu blättern, als Elvira bereits vor ihm stand.

«Und?», fragte sie.

«Was?»

«Wie findest du sie?»

«Apart», brummte Marthaler, ohne aufzuschauen.

«Und ihr seid bereits verabredet?»

«Elvira, du hast doch gehört, was sie gesagt hat.»

«Aber wieso sieht man sich bei Harry?»

«Du nervst! Weil sie im selben Haus wohnt, in dem Harry seine Bäckerei hat.»

«Ach komm, das ist ja ein Ding! Frau Fendel wohnt so nah am Weißen Haus?»

«Verschwinde jetzt, ich will arbeiten!»

«Was ist eigentlich mit Tereza?»

«Hat mich gestern endgültig verlassen – stopp – ist schwanger von dem anderen – stopp – heiratet ihren Prager Freund – stopp. Ende!»

«Na, dann passt doch alles», sagte Elvira und schloss die Tür hinter sich.

Mehrmals überflog Marthaler das gesamte Dossier mit den Telefonprotokollen. Dann begann er, gründlich zu lesen.

Er las es einmal, zweimal, und immer versuchte er, sich ein Bild zu machen aus den wenigen Informationen, die sich aus den kurzen Telefongesprächen ergaben. Ein Bild von dem Anrufer und ein Bild von dem, den der Anrufer als den Gesuchten wiedererkannt zu haben meinte. Nur so würde er eine Rangliste erstellen können, nach der er die Hinweise abarbeiten wollte.

Aber je weiter er in der Lektüre fortschritt, umso größer wurde seine Enttäuschung. Das alles las sich genau wie die anderen zahllosen unzusammenhängenden Hinweise aus dem letzten Jahrzehnt. Und Marthaler war sicher, dass er einige der jetzt Verdächtigten in den Akten wiederfinden würde. Sie waren längst überprüft, ihre Alibis geklärt, ihre Unschuld festgestellt worden.

Die meisten Zuschaueranrufe auf die gestrige Sendung hin waren aus Frankfurt und Umgebung gekommen, einige aber auch aus weiter entfernten Teilen der Republik. Ein Rentner aus Idar-Oberstein war sich sicher, in dem Gesuchten einen ehemaligen Kollegen wiedererkannt zu haben, mit dem er in einer Schuhfabrik gearbeitet hatte. Der Mann sei ein Eigenbrötler gewesen, der mit niemandem gesprochen und in der Kantine immer den Platz gewechselt habe, wenn sich jemand zu ihm an den Tisch setzen wollte.

Der Chirurg einer Klinik am Bodensee gab an, er habe mit seinem Team im Zeitraum von 1998 bis heute sicher fünf Patienten mit einer Lippenspalte behandelt, die dem Phantombild ähnlich sehen; selbstverständlich könne und werde er aber aufgrund des Arztgeheimnisses deren Daten nicht preisgeben.

Eine Finanzbeamtin aus Wunsiedel berichtete, der

Zopfmann sei ein Arbeitsloser, der seit dreißig Jahren in der Nachbarwohnung lebe und ein so starker Raucher sei, dass das gesamte Treppenhaus nach seinen Zigaretten stinke. Und dass sie im Sommer nicht mehr ihren Balkon betrete, der an den seinen grenze, weil der Herr dort den ganzen Tag nackt in der Sonne liege und qualme. Jeder Versuch der Wohnungsbaugesellschaft, ihn als Mieter loszuwerden, sei bislang an der deutschen Justiz gescheitert. Mehrmals hatte die Finanzbeamtin gefragt, ob für die Ergreifung des Täters eine Belohnung ausgesetzt sei. Und Marthaler war sich sicher, dass sie wusste, dass darauf keine Steuern zu entrichten wären.

Und so weiter und so weiter.

Das also sind die neuen Spuren, die Ferres versprochen hat, dachte Marthaler. Für diese magere Ausbeute habe ich meinen Urlaub unterbrochen, bin mehr als 2000 Kilometer durch Deutschland und Frankreich gefahren, habe mir fast die Halsschlagader zerfetzen lassen, um dann mit einem verletzten Arm nach Frankfurt zurückzukehren und erfahren zu müssen, dass ich den Unmut sämtlicher Kollegen auf mich gezogen habe.

Er schreckte auf, als sein Telefon klingelte.

«Robert, du kommst nicht drauf, wer dich sprechen will», sagte Elvira. «Dreimal darfst du raten!»

«Marlene Dietrich? Schweinchen Dick? Ein Kamelfloh? Elvira, bitte, sprich!»

«Es ist deine neue Freundin vom ZDF, die aparte Henriette Fendel. Sie hat schon jetzt Sehnsucht nach dir. Ich nehme an, ich soll sie durchstellen.»

«Elvira, mach!»

«Herr Hauptkommissar, entschuldigen Sie, dass ich noch einmal störe», sagte die Redaktionsassistentin. «Haben Sie schon in die Protokolle geschaut?»

«Habe ich», erwiderte Marthaler.

«Enttäuschend, nicht wahr?»

«Kein Problem, das ist unser Alltag. Sie haben getan, was Sie konnten.»

«Eben erreichte mich noch der Anruf einer alten Frau aus Ransel. Kennen Sie den Ort?»

«Nie gehört», sagte Marthaler.

«Ein kleines, von Weiden, Feldern und Wäldern umgebenes Dorf, das zehn Kilometer oberhalb des Rheins liegt, jetzt aber zu Lorch gehört. Direkt hinter dem Ort verläuft die Grenze zwischen Rheinland-Pfalz und Hessen.»

«Von Lorch aus bin ich einmal mit dem Rennrad durch das Wispertal bis nach Miehlen gefahren», erinnerte sich Marthaler.

«Respekt!», sagte Henriette Fendel. «Umgekehrt wäre es einfacher gewesen … Okay. Also, was diese alte Frau – sie heißt Waltraud Schlenzer – zu berichten hatte, hat mich aufmerken lassen. Sie hat unsere Sendung gesehen, hat es wohl gestern Abend schon mehrfach auf unserer Telefonnummer versucht, ist aber nicht durchgekommen. Sie sagt, sie sei sich sicher, den Gesuchten vor kurzem getroffen zu haben. Das alte Phantombild habe zwar keine Ähnlichkeit mehr mit ihm, aber auf unserer Computersimulation meint sie ihn wiedererkannt zu haben, ohne Zopf und ohne Narbe. Das Ganze klingt ziemlich merkwürdig, aber genau deshalb hat es mich alarmiert. Die alte Frau war eher zurückhaltend und nicht gerade redegewandt. Es war recht schwierig, ihr das zu entlocken, was sie mir mitteilen wollte.»

«Das ist meist ein Zeichen von Glaubwürdigkeit», sagte Marthaler. «Die Flinken, die Wortgewandten sind oft die Wichtigtuer. Und die Zeugen, die jemanden beschuldigen, weil sie irgendeinen persönlichen Groll gegen ihn hegen, kann man getrost ganz hinten einordnen.»

«Waltraud Schlenzer besitzt ein altes Schäferhäuschen auf einem Feld in einer Senke außerhalb von Ransel, das sie vor geraumer Zeit von einem Verwandten geerbt hat. Vor drei Tagen sei ein Mann bei ihr aufgetaucht, der dieses Häuschen habe mieten wollen. Für einen Monat hat er ihr 300 Euro angeboten. Als sie den Schlüssel für das Haus nicht finden konnte, hat der Mann gesagt, sie solle ihn suchen, er komme später wieder, um ihn abzuholen. Das sei jedoch nie geschehen. So, und jetzt kommt's!»

Marthaler wartete und erlöste sie beide von der langen Kunstpause, die Henriette Fendel eingelegt hatte, indem er fragte: «Was kommt jetzt?»

«Die alte Dame hat den Mann gefragt, was er denn in dem halbverfallenen Häuschen wolle. Daraufhin hat er geantwortet, er sei Fotograf und wolle dort und in der Umgebung mit zwei Kindern Aufnahmen für eine Zeitschrift machen zum Thema ‹Kinder in der Natur›.»

«Scheiße!», sagte Marthaler.

«Das riecht nicht gut, oder, Herr Hauptkommissar?», fragte die Redaktionsassistentin.

«Nein, das stinkt gewaltig!»

SIEBEN

Dass Kizzy Winterstein sich näherte, merkten die Kolleginnen und Kollegen, wenn das Klackern ihrer Absätze auf den Gängen des Polizeipräsidiums Westhessen lauter wurde. Sie war Mitglied des Fachkommissariats OK – «Organisierte Kriminalität» – und wurde sowohl bei Drogendelikten als auch bei der Bekämpfung des Menschenhandels eingesetzt. Sie schnappte sich kleine Dealer und bemühte sich, an Informationen über deren Hintermänner zu kommen. Sie durchkämmte Saunaclubs und Bordelle und versuchte, Zwangsprostituierte zu einer Aussage vor Gericht zu bewegen. Sie beobachtete die Bahnhöfe, die Club- und die Partyszene, und da sie selbst gerne tanzte und gelegentlich ins Casino ging, fand sie sich in ihrer beruflichen Rolle gut besetzt. Auch ihre Kollegen und Vorgesetzten wussten ihre Kenntnisse des Milieus durchaus zu schätzen, waren sich aber einig, dass man Winterstein nicht zu lange aus den Augen lassen durfte.

Irgendwann auf einem Fest im Präsidium hatte sie sich geoutet. «Okay», hatte sie gesagt, «ich bin Jüdin und Romni. Für alle, die nicht wissen, was das zweite Wort bedeutet, ich bin Jüdin und Zigeunerin. Und damit das klar ist: Das darf nur ich zu mir sagen.»

Schon vorher hatte sie gewusst, dass sie nicht von allen in ihrer Umgebung gemocht wurde. Aber nach ihrem öffentlichen Bekenntnis kam es ihr vor, als würden jetzt weniger Portemonnaies auf den Tischen liegen bleiben, wenn sie in die Kantine kam, und als würden mehr Gespräche verstummen, wenn sie sich näherte.

«Das bildest du dir ein», hatte ihr Kollege Bruno Tauber gesagt. «Du liegst dauernd auf der Lauer, und das ist nicht gesund.»

«Kann sein, kann nicht sein», hatte Kizzy erwidert und sich vorgenommen, das Thema nicht mehr anzusprechen.

Kizzy Winterstein war nicht sehr groß, aber schlank und schrill. Über ihren Stiefeletten mit den hohen Absätzen trug sie fast immer enge dunkle Hosen. Das schwarze Haar hatte sie zu einem üppigen Bienenkorb hochgesteckt. Ihre Lider waren dunkel geschminkt, ein Strich Kajal führte bis zum äußeren Ende der Augenbrauen, und an ihren Ohren baumelten riesige Kreolen.

Sie stand lieber, als dass sie saß. Und am liebsten stand sie im Türrahmen, so als sei sie gerade gekommen und wolle gleich wieder gehen. Die Hüfte an das Holz gelehnt, die Beine verschränkt, kaute sie meist am Rand eines leeren Trinkbechers.

Kizzy Winterstein ging nicht, sie stöckelte, sie tänzelte. In jeder Sekunde schien sie sich ihres Körpers und dessen Wirkung auf Männer wie Frauen bewusst. Mit ihrem Aussehen und ihren Bewegungen lenkte sie die Aufmerksamkeit auf sich, die sie sich mit ihren Blicken verbat.

Als sie an diesem Morgen kurz die Tür zum Büro ihres Chefs öffnete, um sich dafür zu entschuldigen, dass sie verschlafen hatte, schaute Paul Rademacher sie aufmerksam an.

Sie hatte das matte Rouge auf ihren Wangen noch dicker aufgetragen als sonst; trotzdem waren das Hämatom und die leichte Schwellung über ihrem Jochbein nicht zu übersehen.

«Was ist mit dir, Winterstein? Bist du durch den Wind? Du hast wieder diesen irren Blick. Hast du was genommen? Hat er dich geschlagen? War er eifersüchtig, weil du gestern mit uns ausgegangen bist? Du musst nicht antworten, ich will nur sagen, man merkt's dir an, und das ist nicht gut.»

«Vielleicht war's ja ein Unfall beim Sex. Du solltest dich auch mal schlagen lassen, Paul. Ich kann dir eine Adresse geben, wo du …»

«Winterstein, to be honest, that's not funny!»

Sie nickte. «Ich hab ihn heute Nacht rausgeschmissen. Alles in Ordnung.»

Sie zeigte ihrem Chef ein schiefes Lächeln, dann ging sie in ihr Büro, stellte sich vors Waschbecken und wiederholte für ihr Spiegelbild dasselbe Gesicht: «Alles in Ordnung», sagte sie noch einmal, um dann hinzuzufügen: «Na ja, fast.»

Kizzy schaltete die Espressomaschine ein, wartete, bis das Lämpchen Bereitschaft signalisierte, legte eine Kapsel ein und zapfte sich einen Lungo. Auf ihrem Schreibtisch lag ein Zettel: «Bin kurz im LKA, spätestens in einer Stunde wieder da, Gruß Bruno.» Ja, dachte Kizzy, aber wie soll ich wissen, wann eine Stunde um ist, wenn ich nicht weiß, wann du gegangen bist?

Bruno Tauber, der wegen seiner Körpergröße von den meisten im Präsidium nur Täubchen genannt wurde, bewunderte Kizzy Winterstein. Manche behaupteten, er sei in sie verliebt. Jedenfalls arbeiteten die beiden gerne und gut zusammen, wohl auch deshalb, weil sie vollkommen gegensätzliche Charaktere waren und sich im Alltag oft ergänzten.

Wie jeden Morgen, bevor sie mit der Arbeit begann, setzte sich Kizzy in ihren Schreibtischsessel, schloss die Augen und atmete dreimal tief ein, hielt die Luft jedes Mal lange in den Lungen und stieß sie schließlich mit einem lauten Schnauben wieder aus. Sie wollte gerade nach der Akte greifen, die vor ihr lag, als ihr Handy läutete. Das Display zeigte die Nummer von Louise Manderscheid an.

«Warum hast du gestern Abend nicht mehr abgenommen?», fragte Kizzy. «Direkt nachdem wir telefoniert haben, habe ich noch dreimal versucht, dich zu erreichen. Heute Morgen genauso. Warum nimmst du nicht ab?» Und als auf der anderen Seite nichts als ein tiefes, langes Schluchzen zu hören war: «Was ist mit dir, was ist passiert?»

«Kannst du ... sprechen?», brachte Louise endlich hervor.

«Ja, ich bin alleine. Du kannst reden.»

«Sie sind tot. Die Jungen sind tot. Man hat sie ...»

«Was redest du da, Louise?»

«Bitte, du musst kommen! Kizzy, bitte, lass mich nicht alleine!»

«Jetzt reiß dich zusammen und erzähl mir, was los ist!»

Mit Mühe und immer wieder durch heftiges Schluchzen unterbrochen, berichtete Louise, was geschehen war, seit sie gestern die Jungen in der Kabeltrommel entdeckt hatte; bis zum heutigen Vormittag, als der Hund ihres Nachbarn Friedrich Neubert sie zu dem Stollen geführt hatte.

«Okay, Louise, lass mich einen Moment nachdenken ... Ist dein Nachbar noch da?»

«Ja, er sitzt draußen unter der Walnuss.»

«Sag ihm, dass er bei dir bleiben soll … Und jetzt hör mir gut zu: Wir müssen den offiziellen Weg gehen. Die Grube gehört zu Weisel. Dort ist die Polizeiinspektion St. Goarshausen zuständig. Wir hatten schon oft mit denen zu tun. Da rufst du jetzt an und sagst, was passiert ist. Die Kollegen werden in spätestens einer Viertelstunde bei dir sein. Du betonst ausdrücklich, dass es sich um zwei Roma-Jungen handelt, du erzählst ihnen auch sofort, dass die Kinder unbegleitet waren und nur gebrochen Deutsch gesprochen haben. Du sagst ebenfalls, dass ihr sexuelles Verhalten auffällig war. Nur mich erwähnst du bitte mit keinem Wort! Und wenn wir uns im Laufe der Ermittlungen begegnen, kennen wir uns nicht. Ist das klar?»

«Ist klar, Kizzy.»

«Weißt du, ob der Stollen, wo ihr sie gefunden habt, noch in Rheinland-Pfalz oder schon auf der hessischen Seite liegt?»

«Ich glaube, das ist genau an der Grenze.»

«Wenn wir Glück haben, gehört er zu Hessen, dann sind wir sowieso für den Fall zuständig. Aber das müssen die Kollegen entscheiden. Und jetzt ruf die Polizei und mach alles so, wie ich dir gesagt habe. Schaffst du das?»

«Ich weiß nicht, Kizzy», sagte Louise kleinlaut. «Denke schon.»

Eine gute halbe Stunde später riss Bruno Tauber die Tür zum Büro auf: «Komm, Kizzy! Rademacher ruft alle ins Konferenzzimmer. Ich bin ihm gerade auf dem Gang begegnet. Scheint ein großes Ding passiert zu sein.»

Im Laufe der nächsten anderthalb Minuten versammelten sich die Mitglieder des Fachkommissariats OK in dem großen quadratischen Raum: vier Frauen und sieben Männer. Sie alle hatten zuvor in anderen Kommissariaten gearbeitet und brachten Erfahrungen aus sämtlichen Bereichen der Kriminalpolizei mit. Sie kamen aus Raub-, Betrugs-, Drogen- oder Morddezernaten, hatten in Fällen ermittelt, wo die körperliche Unversehrtheit oder die sexuelle Selbstbestimmung verletzt worden war.

Und alle standen in diesen Tagen unter Hochspannung, weil sie gemeinsam mit den Kollegen in Frankfurt, Mainz und Offenbach für den frühen Morgen des nächsten Tages die Durchsuchung einer großen Zahl von Privatwohnungen und Vereinsräumen eines sogenannten Motorradclubs geplant hatten. Die Mitglieder der «Victorious Peregrines» standen im Verdacht, nicht nur Waffen- und Drogenhandel im großen Stil zu betreiben, sondern auch Schutzgelder im Rotlichtmilieu zu erpressen.

Anders als bei der Durchsuchung einer Bankzentrale oder des Firmensitzes eines Großunternehmens musste man als Polizist in so einem Fall immer auf die direkte körperliche Auseinandersetzung, auf den Einsatz von Waffengewalt gefasst sein. Sie alle erinnerten sich gut an den Fall eines Kollegen, der bei einer ähnlichen Aktion vor gut drei Jahren erschossen worden war. Das Ganze hatte sich in einer kleinen Gemeinde im Westerwald ereignet. Ein SEK-Mann hatte versucht, die Haustür eines Mitglieds der «Hells Angels» aufzubrechen, und war von diesem durch die geschlossene Tür mit zwei Schüssen aus einer Pistole getötet worden. Der Bundesgerichtshof hatte den Schützen schließlich freigesprochen, da dieser sich in einer Notwehrsituation gesehen habe – er habe vermutet, er werde von Mitgliedern der rivalisierenden «Bandidos» angegriffen.

Kizzy hatte ihren Lieblingsplatz eingenommen, von dem aus sie den gesamten Raum überblicken konnte. Sie stand in der Nähe der Fenster und lehnte mit der Schulter an dem schweren Aktenregal. Die verstohlenen Seitenblicke, die man ihr wegen des blauen Flecks unter ihrem Auge zuwarf, bemerkte sie wohl, zwinkerte aber jedem, den sie dabei erwischte, einfach freundlich zu.

Rademacher betrat als Letzter den Raum und setzte sich auf seinen angestammten Stuhl. Wie beinahe jeden Tag trug er sein Country-Sakko von Charles Robertson und eine Weste von Beaver's. Er hatte während seiner Ausbildung ein Jahr bei New Scotland Yard verbracht und seitdem eine Vorliebe für englische Kleidung und Lebensart. Er bevorzugte rahmengenähte Schuhe aus Kalbsleder, bestand täglich auf seinem Five o'Clock Tea samt Früchtebrot und hatte Kizzy am Vorabend gefragt, ob er sich einen Single Malt bestellen dürfe. Eine Kollegin behauptete sogar, sie habe ihn während eines Kongresses im gestreiften Seidennachthemd über den Hotelflur huschen sehen.

Paul Rademacher, der nichts dagegen hatte, wenn man seinen Vornamen englisch aussprach, war ein wenig sonderlich, aber ein überaus effektiver Ermittler. Und ein Chef, der nie versuchte, seine Mitarbeiter kraft seiner Position auf die eigene Linie zu trimmen, sondern der immer klar argumentierte und verstand, die Qualitäten jedes Einzelnen zu fördern und seine Eigenheiten zu nutzen.

«Es tut mir leid», begann er jetzt seine Ansprache, «euch alle aus eurer Arbeit reißen zu müssen. Ich habe soeben einen Anruf der Kollegen aus St. Goarshausen erhalten. Sie sind zu einem ehemaligen Schieferbergwerk gerufen worden, das zur Verbandsgemeinde Loreley gehört, genauer gesagt zur Ortschaft Weisel. Die Gebäude der Grube Kreuzberg werden jetzt bewohnt von einer gewissen Louise Manderscheid, die dort eine Art Bauernhof betreibt. Sie hat gestern in der Umgebung des Bergwerks zwei Kinder entdeckt, offensichtlich zwei unbegleitete Roma-Jungen.»

Kizzy spürte, wie die Kollegen sich beherrschen mussten, nicht den Kopf zu ihr zu drehen.

«Die beiden», fuhr Rademacher fort, «sprachen nur ungenügend Deutsch und sind, nach ihrem Verhalten zu schließen, vermutlich Opfer schweren sexuellen Missbrauchs. Frau Manderscheid hat den beiden ausgehungerten Jungen zu essen gegeben und sie in einem Nebengebäude übernachten lassen. Als sie am Morgen nach ihnen schauen wollte, waren die beiden verschwunden. Frau Manderscheid hat einen Nachbarn alarmiert, und die beiden haben gemeinsam mit Hilfe eines Jagdhundes nach den Kindern gesucht. In einem Stollen haben sie nur noch die Leichen der beiden Kinder entdeckt. Man hat den Jungen die Kehlen durchgeschnitten, und ihre Körper wurden, so sagen die Kollegen, verstümmelt. Das Bergwerk wurde im Jahr 1868 gegründet, also lange bevor es die Bundesländer Hessen und Rheinland-Pfalz gab. So kommt es, dass die Gebäude der Grube Kreuzberg zwar zu Rheinland-Pfalz gehören, der vermutliche Tatort aber auf hessischer Seite liegt. Ich weiß, dass wir uns eigentlich alle auf den morgigen

Zugriff konzentrieren müssen. Deshalb schlage ich vor, dass wir heute nur zwei Kollegen mit der Leitung des Falles betrauen. Sie sollten sich sofort an den Tatort begeben und sich selbst ein Bild machen, welchen Umfang die Ermittlungen haben und was zu tun ist. Die Staatsanwaltschaft ist informiert. Ein Großaufgebot der Spurensicherung und einen Gerichtsmediziner für die erste äußere Leichenschau habe ich bereits losgeschickt. Die Kollegen aus St. Goarshausen haben uns ihre Unterstützung für den ersten Angriff und die Tatortsicherung zugesagt.»

Perfekt, dachte Kizzy Winterstein. Rademacher hatte den gesamten Sachverhalt in zwei Minuten zusammengefasst, ohne etwas Wesentliches wegzulassen und ohne ein Wort zu viel zu sagen.

«Gibt es Einwände?», fragte er jetzt.

Kizzy räusperte sich. «Ich kenne die Grube Kreuzberg. Ich habe mal für ein paar Wochen dort gewohnt.»

Jetzt drehten sich wirklich alle zu ihr um und schauten sie erstaunt an.

«Ach. Erklär uns das, bitte!», sagte Rademacher. «Kennst du auch Louise Manderscheid?»

«Der Name sagt mir nichts», antwortete Kizzy. «Das Ganze war vor meiner Zeit bei der Polizei, während meines Studiums. Damals war die Grube eine Art Landkommune. Da sind ständig Leute ein und aus gegangen, Hippies, Punks, Rastafaris. Besonders im Sommer, während der Open-Air-Konzerte auf der Loreley-Bühne, war die Grube ein regelrechter Bienenschwarm.»

«Wenn ich dich und Bruno bitten würde, den Fall fürs Erste zu übernehmen, würdest du dich dann wieder beklagen, als Staatsbeauftragte für Roma-Angelegenheiten gehandelt zu werden?»

Kizzy lächelte und schüttelte den Kopf.

«Bruno, bist du ebenfalls dabei?»

Tauber nickte.

«Noch einmal meine Frage», sagte Paul Rademacher, «mit der Bitte um schnelle Antwort: Hat irgendwer einen Einwand?»

«Ich weiß nicht», meldete sich jetzt Yasin Bayrak zu Wort, ein junger Kollege, über den man munkelte, er gehöre zu den aufstrebenden Kräften des Präsidiums. «Wir werden für unsere Durchsuchungen alle Leute brauchen. Ich finde nicht, dass wir auf Kizzy und Täubchen verzichten können. Warum müssen *wir*, warum kann nicht eine Mordkommission den Fall in diesem Bergwerk übernehmen?»

«Weil es sich», wandte Rademacher ein, «nach allem, was wir bis jetzt wissen, um einen Fall von Menschenhandel und von massivem sexuellem Missbrauch handelt. Und damit um einen Fall von organisierter Kriminalität. Das heißt, die Sache würde sowieso irgendwann bei uns landen. Deshalb halte ich es für sehr viel klüger, wenn wir von Anfang an dran sind.» Er machte eine kurze Pause und schaute noch einmal in die Runde, aber niemand schien mehr etwas sagen zu wollen. «Gut, damit ist die Sache beschlossen. Winterstein, Tauber, ihr habt freie Hand! Stopp … ein Wort noch an euch: Die Kollegen aus St. Goarshausen haben gesagt, wir sollen Scheinwerfer und Gummistiefel mitbringen … Und sehr starke Nerven.»

ACHT

Die Adresse, die Waltraud Schlenzer angegeben hatte, lag im alten Ortskern von Ransel, wo die Fachwerkhäuser dicht an dicht standen und im Laufe der Jahrhunderte vielfach umgebaut oder aufgestockt und mit Schieferverkleidungen versehen worden waren. Nichts wirkte hier großzügig, alles war klein, dunkel, bescheiden und eng.

Marthaler hatte den Wagen in der Nähe des Friedhofs abgestellt, war an der Kirche vorbeigelaufen und stand jetzt vor der Gittertür aus Metall zwischen den beiden Betonpfosten, die man zusammen mit dem hässlichen Zaun offenbar nachträglich als Barriere dicht vor das Haus gepflanzt hatte. Marthaler begriff nicht, warum jemand sich freiwillig so einpferchte. Das alles diente höchstens dazu, fremde Katzen oder Hunde vom Grundstück fernzuhalten. Ein Einbrecher würde sich jedenfalls nicht dadurch abhalten lassen. Vielleicht sollte es einfach den Nachbarn signalisieren: *Lasst mich in Ruhe! Besuche unerwünscht! Kommt mir nicht zu nahe!* Marthaler war sich sicher, dass so etwas nur einem Mann einfallen konnte. Eine Frau mochte auch das Bedürfnis haben, sich zu isolieren, aber sie hätte andere Mittel, das zu signalisieren. Sie würde nicht auf die Idee kommen, Gitter, Pfosten und Zäune zu errichten.

Und tatsächlich, als er klingelte, musste er zwar lange warten, bis sich im Haus etwas regte, aber dann hörte er die Stimme einer Frau aus dem offenen Fenster im Erdgeschoss: «Is' sowieso alles auf, komme' Se rein!»

Marthaler hatte Waltraud Schlenzer angerufen, um ihr seinen Besuch anzukündigen. «Komme' Se nur», hatte sie gesagt, «wenn Se meinen, dasses sich lohnt! Ich bin immer daheim.»

Er stieg die wenigen Stufen zur Haustür hinauf, zögerte kurz, drückte dann aber die Klinke und betrat den dunklen Korridor.

«Erste Tür rechts», rief Waltraud Schlenzer, «bin in der Küche.»

Sie war eine schwere Frau. Als Marthaler eintrat, blieb sie in ihrem Sessel nah am Fenster sitzen und schaute ihn mit wachen Augen an. Er schätzte sie auf Anfang, Mitte achtzig. Ihr graues Haar wirkte wie frisch frisiert, als habe sie es extra für den Besuch des Polizisten aus der Großstadt noch rasch herrichten lassen. Auch ihr geblümtes Kostüm sah ein wenig wie eine Verkleidung aus, die sie sonst vielleicht für einen Gang über die Kirmes oder für ein Familienfest angelegt hätte. Es war, als wolle sie sagen: Ich bin zwar alt, aber ich weiß mich zu halten.

«Darf ich mich setzen?», fragte Marthaler.

Sie deutete auf den Stuhl, der ihrem Sessel am nächsten stand. «Hier war mal Leben, jetzt is' hier tot», sagte sie.

«Was meinen Sie?»

Sie wiegte den Kopf mehrmals hin und her. «Wir war'ne Familie. Jetzt sin' alle weg oder tot.»

Marthaler nickte. Er spürte seine Hilflosigkeit und versuchte, sich zu retten, indem er sofort zur Sache kam.

«Sie glauben, dass der Mann auf dem Phantombild derselbe ist, der das Schäferhäuschen von Ihnen mieten wollte.»

«Meine Augen un' mein Kopp sin' gut. Sonst is' nix mehr gut», sagte sie. «Wenn's Bild aus'm Fernsehen stimmt, dann war er's.»

«Sie sind sich ganz sicher, Sie glauben nicht, dass Sie sich auch täuschen könnten?»

Sie bewegte eine Weile ihren geschlossenen Mund, ohne etwas zu sagen. Ihr Gesicht drückte Unwillen aus.

«Wenn ich mich täusch, ruf ich ned an.»

«Der Mann hat Ihnen 300 Euro angeboten, um das Häuschen einen Monat zu mieten?»

«Hab's ja schon, das Geld. Hat's mir ja gleich gegeben. Hab ihm gesacht, dafür kann er's Haus kaufen und behalten. Is' ja nur noch Schrott, die Hütte. Er hat gesacht, er braucht's nur kurz, aber ich hab den Schlüssel ned gefunde', deshalb wollt' er später noch mal wiederkomme'. Hat er aber ned gemacht.»

Erst jetzt, als er bemerkte, wie die alte Frau während ihres Gesprächs immer wieder einen raschen Blick in den rechten oberen Winkel des Fensters warf, fiel Marthaler auf, dass an der Außenseite des Rahmens ein großer Spiegel angebracht war. Mit dessen Hilfe konnte Waltraud Schlenzer sehen, was auf der Straße geschah, ohne aufstehen zu müssen.

«Hat er irgendwas angefasst hier? Kann es sein, dass es Fingerabdrücke von ihm gibt? Hat er irgendwo gesessen, vielleicht auf meinem Stuhl?»

«Nee, hat die ganze Zeit gestande'. War 'n komischer Kerl. Hat weiße Handschuh' angehabt, so Kranke'hausdinger. Hat 'ne Allergie, hat er gesacht. Ich hab mir ja sein' Ausweis zeige' lasse' und 'nen kleine' Vertrach gemacht.»

«Sie haben seinen Ausweis gesehen?»

«Ich bin ned dumm. Er hat alles auf'n Zettel geschriebe'.»

«Diesen Zettel müssen Sie mir bitte geben!», sagte Marthaler. «Wir müssen ihn in unserem Labor auf Spuren untersuchen lassen.»

Waltraud Schlenzer streckte die Hand in Richtung des kleinen Beistelltischs aus, der neben ihrem Sessel stand.

«Stopp! Lassen Sie mich das machen!», sagte Marthaler.

Er zog eine Pinzette aus seiner Jackentasche, nahm damit das karierte DIN-A5-Blatt auf und ließ es in einen durchsichtigen Asservatenbeutel gleiten. Erst dann las er, was darauf stand: *«Ich, Jean-Christophe Ohlmann, wohnhaft 2, Rue Bannacker, 67160 Wissembourg, Frankreich, miete für die Dauer eines Monats von Waltraud Schlenzer, Oberstraße 12, 65391 Ransel, Deutschland, zum Preis von 300 Euro ihr Schäferhaus. Die Miete wird sofort in bar entrichtet, der Schlüssel in Kürze übergeben.»* Der Text war in großen Druckbuchstaben verfasst. Darunter befanden sich zwei Unterschriften und das Datum.

«Und Sie haben die Angaben in diesem Vertrag mit seinem Ausweis verglichen?»

Sie schaukelte mit dem Kopf und rümpfte die Nase. «Sicher! Ich bin ned dumm.»

«Hat er Ihnen gesagt, was er mit dem Schäferhäuschen wollte?»

«Fotografieren, für die Zeitung. Kinder in der Natur.»

Zweimal entließ sie deutlich hörbar den Atem aus ihrer Nase. «Ich mein, hier, bei uns, wo nix is'.»

«Sie haben ihm nicht geglaubt?»

«Ich glaub gar nix. Noch ned ma' unserm Pfarrer. Un' dem komische' Kerl schon gar ned. Er hat zwei Jungs in sei'm Auto gehabt.»

«Was? Das haben Sie gesehen?»

Sie zeigte auf den Spiegel an ihrem Fenster.

«Er hat vorm Haus geparkt. Zwei Jungs war'n auf der Rückbank. Er hat sie eingeschlosse'.»

«Woher wissen Sie, dass er sie eingeschlossen hat?»

«Wie er gekomme is', hat er auf sein' Schlüssel gedrückt, dann ham die Lichter kurz geblinkt. Un' wie er wieder weg is', dasselbe. Un' einmal is' er zwischendurch raus, weil die Jungs randaliert ham. Wolle' Sie ned die Nummer von dem Auto?»

«Sie haben sich das Kennzeichen des Wagens aufgeschrieben?»

«Im Kopp hab ich's. KO – KK 786.»

Marthaler zog sein Notizbuch hervor und trug die Nummer ein. «Haben Sie den Schlüssel für das Häuschen inzwischen gefunden?», fragte er.

Wieder griff sie kurz neben sich. «Hier is' er, ja.»

«Geben Sie ihn mir bitte, Frau Schlenzer, ich muss mir das Gebäude ansehen.»

«Dann könne' Sie den Schuppe' auch gleich behalte'.»

Marthaler schaute ihr in die Augen und sah den kleinen Spott, der darin funkelte. Offensichtlich gefiel es der alten Frau, ihn, den Hochdeutsch sprechenden Beamten, mit ihrer holprigen Bauernschläue zu konfrontieren.

«Un' was mach ich mit dem Geld? Gehört mir ja eigentlich ned», fragte sie.

«Das müssen Sie mir ebenfalls für unsere Kriminaltechniker geben. Sie bekommen es später zurück. Danach können Sie es behalten. Ich glaube nicht, dass der Mann wiederkommt.»

Die alte Frau sah Marthaler noch einmal aufmerksam an. Sie merkte wohl, dass das Gespräch zu Ende ging und damit der Höhepunkt ihres Tages überschritten war.

«Kann sein, dass wir Sie noch einmal befragen müssen, Frau Schlenzer. Auch möglich, dass wir Sie diesem Mann gegenüberstellen müssen, wenn wir ihn finden.»

«Komme' Se nur. Sin' ja sowieso alle weg.»

«Ich hab den Namen der Frau vergessen, mit der wir sprechen müssen», sagte Bruno Tauber, als er den Passat den steilen Waldweg zur Grube Kreuzberg hinabsteuerte.

Kizzy Wintersein warf ihrem Kollegen einen Blick zu. «Manderscheid», sagte sie.

«Nein, ich meine den Vornamen.»

«Louise», sagte Kizzy.

«Hat dich nicht gestern Abend, als wir auf deinen Geburtstag angestoßen haben, eine Louise auf deinem Handy angerufen?»

Kizzy bekam einen Schrecken. Sie hatte vergessen, dass sie in Anwesenheit ihrer Kollegen Louise mit ihrem Vornamen angesprochen hatte und erst dann auf die Straße gegangen war, um weiter mit ihr zu telefonieren.

«Täubchen, was soll die Frage?», erwiderte Kizzy, um Zeit zu gewinnen.

«Nichts, mir fällt nur auf, dass mir der Name in den letzten 24 Stunden schon zum zweiten Mal begegnet.»

«Gestern hat meine Nichte angerufen, um mir zu gratulieren. Heutzutage heißen die jungen Frauen ja wieder so: Louise, Magdalene, Paula, Katharina …»

«Und was ist mit deinem Auge passiert?»

Normalerweise hätte sich Kizzy die Frage verbeten, jetzt war sie froh, das Thema wechseln zu können.

«Wir hatten Zoff. Ich hab ihm ebenfalls eine verpasst. Es ist vorbei, Täubchen, und ich bin erleichtert. Für mich ist jetzt Fastenzeit, was Männer angeht.»

Bruno Tauber nickte. Dann stoppte er den Passat, weil ein quergestellter Streifenwagen ihnen die Zufahrt zum Hof des ehemaligen Bergwerks verwehrte. Ein paar Meter weiter hatten sich im Wald bereits die ersten Reporter mit ihren Kameras postiert.

Ein uniformierter Kollege kam auf Kizzy und Tauber zu, ließ sich ihre Ausweise zeigen und machte anschließend den Weg frei. «Seht mal zu, ob ihr noch einen Platz findet.»

«O Gott, was ist denn hier los?», sagte Kizzy, als sie um die Ecke bogen. Mehrere Streifenwagen parkten auf dem Gelände, zwei Kleintransporter des Erkennungsdienstes, einige Zivilfahrzeuge, und vor dem Haupthaus stand ein Rettungswagen des Roten Kreuzes mit eingeschaltetem Blaulicht. Man sah Polizisten in Uniform, Frauen und Männer in Straßenkleidung und Kollegen der Spurensicherung in ihren weißen Schutzanzügen.

Kizzy stieg aus und wartete, bis Tauber den Wagen vor der Scheune abgestellt hatte. Sofort merkte sie, wie sie die Blicke der Leute auf sich zog. Ihre Stiefeletten hatte sie noch im Präsidium gegen die schwarzen Nike Air Max getauscht, aber allein ihre Frisur und ihr Augen-Make-up machten sie in dieser Umgebung zu einem Wesen wie von einem anderen Stern.

«Machen wir die Runde!», forderte sie ihren Kollegen auf. Sie beide wussten, dass es fast immer ein wenig heikel war, an einen Tatort zu kommen und die Leitung der Ermittlungen zu übernehmen, mit denen andere bereits begonnen hatten.

Abermals zogen sie ihre Dienstausweise hervor und stellten sich reihum vor. Den Leiter der Polizeiinspektion St. Goarshausen kannten sie bereits von anderen Einsätzen. Horst Breitkreutz war ein kräftig gebauter Mittvierziger mit einem runden Kopf, Stoppelfrisur und Brille, der ihnen jetzt schweigend und mit ernstem Gesicht die Hand gab.

«Was ist los?», fragte Kizzy.

Breitkreutz schüttelte den Kopf und verzog das Gesicht. «Noch nie war ich so froh, die Leitung eines Falles abgeben zu können, wie heute.»

Breitkreutz sprach mit leiser, fast flüsternder Stimme. Wie überhaupt auf dem gesamten Gelände trotz der zahlreichen Einsatzkräfte eine geradezu gespenstische Ruhe herrschte.

«Wo sind Frau Manderscheid und ihr Nachbar?», fragte Kizzy schließlich.

«Friedrich Neubert … Für eine ausführliche Vernehmung war noch keine Zeit. Allerdings haben wir ihn gebeten, uns mit seinem Hund noch einmal den Weg entlangzuführen, auf dem die Jungen vermutlich in den Stollen gelangt sind. Anschließend haben wir Herrn Neubert nach

Hause gefahren. Er hat eine kranke Frau, die dringend seine Pflege braucht. Er steht jederzeit für eure Fragen zur Verfügung, möchte aber, dass ihr zu ihm kommt. Dass er etwas mit dem Tod der Jungen zu tun hat, können wir getrost ausschließen.»

«Habt ihr schon irgendeine Idee, was dahintersteckt? Ein Motiv? Eine Ahnung, wer so etwas tun könnte?»

«Nichts», sagte Breitkreutz, dem man anmerkte, wie tief seine Erschütterung saß. «Ich bin vollkommen blank. Ein solches Verbrechen kann man sich nur in der Hölle ausdenken.»

Kizzy warf einen Blick auf Bruno Tauber. «Dann sprechen wir jetzt mit Louise Manderscheid.»

«Sie ist vor einer halben Stunde während der Vernehmung kollabiert. Wir haben einen Sanitäter bestellt. Sie hat eine Spritze bekommen, jetzt geht es ihr schon etwas besser.»

Die Türen des Rettungswagens standen offen. Louise Manderscheid saß auf dem Boden; ihre Füße schaukelten im Freien. Kizzy ging zügig auf ihre Freundin zu, schaute sie mit festem Blick an und streckte ihr die rechte Hand entgegen.

«Frau Manderscheid, mein Name ist Kizzy Winterstein. Ich komme vom Polizeipräsidium Westhessen in Wiesbaden.» Kizzy trat einen Schritt beiseite. «Und das ist mein Kollege Bruno Tauber. Wir beide würden jetzt gerne die Befragung fortsetzen. Fühlen Sie sich dazu in der Lage?»

Louise Manderscheid nickte.

«Dann schlage ich vor, dass wir ins Haus gehen. Dort sind wir hoffentlich ungestört.»

Während Tauber und Louise Manderscheid sich an den Tisch in der Wohnküche setzten, blieb Kizzy stehen und lehnte sich an den hohen Kühlschrank. Tauber zog ein kleines Aufnahmegerät hervor und schaltete es ein. Dann gab er seiner Kollegin ein Zeichen, dass sie, wie auf der Herfahrt verabredet, beginnen solle.

«Frau Manderscheid, zunächst möchte ich wissen, wie die Jungen hierhergekommen sind.»

«Na, sie sind mir zugelaufen, sie …»

«Katzen und Hunde laufen einem zu, Frau Manderscheid», sagte Kizzy mit scharfer Stimme. «Aber keine Kinder! Kennen Sie die Namen der beiden?»

«Mirsad und Bislim.»

«Nachname?», fragte Kizzy.

«Den weiß ich nicht. Ich hatte den Eindruck, dass sie ihn nicht sagen wollten. Aber sie haben mehrmals ‹Mama Sophie› gesagt. Ich hab die beiden oben bei den großen Kabeltrommeln entdeckt, da haben sie sich versteckt. Sie hatten Angst.»

«An den Kabeltrommeln sind wir vorbeigekommen», sagte Kizzy mit einem Seitenblick zu Tauber. «Allerdings war dort niemand vom Erkennungsdienst zu sehen. Das muss sich schleunigst ändern! Okay, warum haben Sie nicht umgehend die Polizei verständigt, als Sie die beiden dort entdeckt haben?»

«Sie haben immer gesagt ‹Nix Polizei, nix böse Männer›. Sie hatten großen Hunger … Aber das hab ich ja alles schon den anderen Polizisten erzählt.»

«Sie werden sich damit abfinden müssen, Frau Manderscheid, dass Sie diese Geschichte noch einige Male erzählen müssen. Wann haben Sie die Jungen zum letzten Mal gesehen?»

«So gegen zwei Uhr heute Nacht. Ich hab noch mal nach ihnen geschaut, da haben sie ruhig geschlafen.»

«Und was haben Sie selbst in der Zeit gemacht, als die Jungen vermutlich verschwunden sind und getötet wurden?»

«Irgendwann bin ich dann endlich auch eingeschlafen», sagte Louise Manderscheid.

«Und es gibt jemanden, der das bezeugen kann?»

Louise sah Kizzy entsetzt an. «Nein, ich meine, ich leb doch hier alleine.»

«Das heißt, Sie haben kein Alibi für den Tatzeitraum. Sie könnten, statt geschlafen zu haben …»

In diesem Moment meldete Kizzy Wintersteins Smartphone, dass eine Nachricht eingetroffen war. Sie schaute kurz auf das Display, entschuldigte sich und verließ den Raum.

«Gut», sagte Bruno Tauber, «dann machen wir halt eine kurze Pause. Hätten Sie vielleicht ein Glas Wasser für mich?»

Louise stand auf und stellte drei Gläser auf den Tisch. «Oder mögen Sie lieber eine selbstgemachte Limonade?», fragte sie.

Tauber lächelte. «Gerne.» Er schaute zu, wie die Bäuerin einen Krug aus dem Kühlschrank nahm und jedem einschenkte. Sie hatte das schöne, volle Gesicht einer Frau, die ganz mit sich im Reinen ist. Ein Gesicht, das nun von Schmerz gezeichnet war.

Als Kizzy auch nach drei Minuten nicht wieder zurück

war, ging Tauber nach draußen, um nachzuschauen. Sie stand im dunklen Flur, hatte ihr Telefon noch in der Hand und schaute ins Leere.

«Sag mal, Kizzy, was ziehst du eigentlich für eine Show ab? Warum attackierst du die Frau dermaßen? Wenn du Louise Manderscheid aus irgendwelchen Gründen für verdächtig hältst, dann musst du sie darüber aufklären, dass sie das Recht hat, zu schweigen und sich einen Anwalt zu nehmen. Wenn du sie hingegen als Zeugin siehst, die uns bei der Aufklärung dieses Falles helfen soll, dann ist deine Böse-Bullen-Nummer denkbar ungeeignet. Und dann finde ich es …»

«Du hast recht, Täubchen. Entschuldige, das war unprofessionell. Meine Nerven sind heute nicht die besten.»

«Und ich finde es mehr als unangemessen, dass du während einer Vernehmung auf dein Handy schaust und dann auch noch rausrennst, um zu telefonieren.»

Kizzy nickte. «Weißt du was, vielleicht ist es besser, wenn ich das hier abbreche. Ich werde mich darum kümmern, dass die Kabeltrommeln abgesperrt und auf Spuren untersucht werden. Danach frage ich, ob die Kollegen schon so weit sind, dass ich einen Blick in den Stollen werfen kann. Mach du da drin alleine weiter – was hältst du davon, Täubchen?»

«Ich halte das für eine ganz ausgezeichnete Idee», antwortete Bruno Tauber.

NEUN

Die gesamte Strecke im Wald, von der Rückseite des Kleinen Hauses bis zum dritten Stollen, war mit rot-weißem Plastikband abgesperrt. Alle zwanzig, dreißig Meter sah Kizzy einen der uniformierten Polizisten stehen, die verhindern sollten, dass Schaulustige oder Journalisten sich Zugang zum Gelände verschafften.

Überall zwischen den Bäumen leuchteten die weißen Schutzanzüge der Leute vom Erkennungsdienst. Die Beamten hockten oder knieten auf dem Waldboden, meist einen Kunststoffkoffer mit ihrem Werkzeug hinter sich, und suchten nach Spuren.

Kizzy stapfte in ihren Gummistiefeln, die sie aus dem Kofferraum des Passats geholt hatte, immer an der Außenseite der Absperrung entlang, die ihr den Weg wies. Ab und zu grüßte sie stumm einen Kollegen.

Am Fuße des Abhangs hatte sie den Waldrand erreicht. Sie sah einen weiteren Materialwagen des Erkennungsdienstes stehen. Daneben hatte der Leiter der Spurensicherung einen kleinen Klapptisch aufgebaut. Er saß auf einer Art Regiestuhl und tippte auf dem Keyboard seines Notebooks.

«Ja, Kizzy. Grüß Gott!», sagte Sepp Huber, als sie jetzt auf ihn zukam.

Huber war ein hagerer, großer Mann, der vor zehn Jahren von der Kripo München zum Polizeipräsidium Westhessen gekommen war und den man dort rasch und ohne dass es Widerspruch gegeben hätte, zum Chef seiner Abteilung befördert hatte. Huber spielte Trompete in einer Volksmusikkapelle, und Kizzy hatte sich gewundert, wie gut ihr die Musik gefiel, als sie ihn und seine Gruppe im letzten Sommer auf dem Wilhelmsstraßen-Fest gehört hatte. Sepp Huber hatte, wie jeder wusste, eine Vorliebe für kurze Sätze und, wie man ihm nachsagte, für korpulente Frauen. Schon allein aufgrund dieses Gerüchts hatte Kizzy Winterstein ein ganz und gar unbefangenes Verhältnis zu ihm.

«Wo ist es?», fragte sie.

Er wies mit der knappen Bewegung seines Daumens auf ein dichtes Gebüsch, hinter dem Kizzy eine halbgeöffnete Metalltür erkannte. Sie hatte zwar gewusst, dass es diesen Stollen gab, konnte sich aber nicht erinnern, während ihres Aufenthalts auf der Grube Kreuzberg je hier gewesen zu sein.

«Ist es so schlimm, wie alle sagen?»

«Ich war nicht drin. Hab nur die Fotos der Dok-Truppe gesehen. Grauslig. Willst du sie dir anschauen?»

«Nein», sagte Kizzy. «Ich muss es in echt sehen.»

«Es waren nicht viele drin. War für uns auch nicht viel zu holen. Wirst sehen.»

«Kann ich rein?»

«Der Gerichtsmediziner ist noch im Stollen. Er wartet schon auf dich. Dr. Martius, ein unangenehmer Zeitgenosse. Es war wohl kein anderer aufzutreiben. Paul Rademacher hatte heute Morgen versucht, Martius zu Hause zu erreichen. Seine Frau meinte, ihr Mann sei auf einem Kongress. Da war er aber auch nicht. Und so hat sie wohl spitzgekriegt, dass er im Bett seiner Geliebten liegt. Weißt du, der Mann ist so ein scharfer Nickelbrillentyp. Ich hab ihm gesagt, er soll die Leichen nicht umdrehen. Nicht bevor du dir den Tatort angesehen hast. Hat ihm gar nicht gefallen. Er scheint es eilig zu haben. Wo immer er danach auch hinwill. Zu seiner Gattin oder seinem Gspusi.»

«Kannst du mir einen Overall geben?»

«Nicht nötig, Kizzy. Wir sind fertig da drin. Ich fürchte aber, dass der Kerl einen anhatte.»

«Der Täter? Einen Schutzanzug?»

«Ja», sagte Huber. «Sieht nicht so aus, als würden wir große Beute machen.»

«Wieso sagst du ‹der Kerl›?»

«Vergiss es, Kizzy! Eine Frau kommt für diesen Mist nicht in Frage.»

«Sonst noch etwas, was du mir sagen kannst?»

«Wir haben überall auf dem Waldboden Schleifspuren gefunden. Es scheint, als habe er die Jungen zum Teil getragen, zum Teil hinter sich hergezogen.»

«Du meinst, er hat sie im Stollen getötet?»

«Hundertpro!», sage Huber.

«Aber er kann sie ja schlecht beide auf einmal dorthin verfrachtet haben», wandte Kizzy ein.

«Richtig!»

«Das würde heißen, er hat die Jungen in ihrem Bett außer Gefecht gesetzt und dann einen nach dem anderen abtransportiert.»

«Er wird sie wohl betäubt haben. Dann hat er einen der beiden in den Wald geschafft und dort erst mal abgelegt.

Der Mann, der die Kinder im Stollen gefunden hat, hat uns auf eine Spur aufmerksam gemacht. Eine Kuhle im Waldboden. Wie von einem Kinderkörper.»

«Du meinst Friedrich Neubert.»

«Genau», erwiderte Huber. «Ein aufgeweckter Typ, ein echter Fährtenleser. Könnten wir bei uns gut gebrauchen. Ein Büschel Haare hat er uns auch noch übergeben. Er hat es von den Nadeln einer Fichte gepflückt und gesichert. Es stammt wohl von einem der Jungen.»

«Sind dir die großen Kabeltrommeln oben auf dem Feldweg aufgefallen?»

Huber nickte.

«Die Jungen haben sich gestern darin versteckt. Ich denke, es wäre gut, wenn dort abgesperrt würde und du einen deiner Leute hinschickst.»

«Du bist der Boss!», sagte Huber. «Hier machen alle, was du willst.»

Kizzy lächelte. «Für diesmal», erwiderte sie.

Dann schloss sie die Augen, atmete mehrmals tief durch und stiefelte mit ungelenken Schritten auf den Eingang des Stollens zu.

Obwohl sie sich seitlich näherte, hatte Kizzy schon zwei Meter vor dem Eingang Mühe, Halt zu finden auf dem rutschigen Boden. Schwemmlöss und zermahlener Schiefer wurden durch das aus dem Inneren austretende Wasser unentwegt benetzt und in einen glitschigen Untergrund verwandelt. Fast alle verlassenen Stollen, die man nicht mehr aktiv entwässerte, wurden im Laufe der Zeit durch das Grundwasser oder durch von oben eintretendes Quellwasser geflutet, sodass irgendwann unweigerlich der Einsturz drohte.

Abwechselnd stemmte Kizzy den rechten und den linken Fuß in den schlammigen Boden, immer mit den Armen rudernd, bis sie schließlich mit einer Hand die Eingangstür des Stollens zu fassen bekam.

Sie merkte, wie ihr Herz pumpte und sich kalter Schweiß auf ihrer Stirn bildete. Es war immer dasselbe, wenn sie an einen Tatort kam. Sie wusste, dass sie sich dem Anblick der Opfer aussetzen musste, um eine Ahnung von dem Verbrechen zu bekommen, das hier geschehen war. Zugleich schreckte sie davor zurück. Sie beruhigte sich mit den alten Polizistensprüchen: Ich bin ein Profi, ich halte das aus, ich kann Distanz wahren, ich werde auch in der folgenden Nacht gut schlafen können und am nächsten Morgen voll einsatzfähig sein.

Der Eingang des Stollens war knapp zwei Meter hoch und etwa ebenso breit. Kizzy schlüpfte durch die halboffene Tür hindurch und stellte fest, dass auf dem Boden, der etwas tiefer lag als die Tür, das Wasser auf fünfzehn Zentimeter Höhe stand. Alle paar Sekunden ergoss es sich mit einem kleinen Schwall ins Freie. Über die grob behauenen Wände zogen sich rostig braune Schlieren, und auch hier tröpfelte unablässig Wasser in die Tiefe. Der Stollen war eine nasse, muffige, dunkle Höhle.

Doch schon hinter der nächsten Biegung war die Szenerie hell erleuchtet. Zwei FoxFury-Scheinwerfer auf Stativen, zwischen denen der drahtige Gerichtsmediziner stand, tauchten das gesamte Umfeld im 360-Grad-Winkel in grelles Licht.

Dr. Martius schaute Kizzy mit unbewegter Miene entgegen. Die Finger seiner rechten Hand trommelten ungeduldig gegen den Oberschenkel. Das heftige Spiel seiner Wangenknochen ließ darauf schließen, dass er mit den Zähnen knirschte. Wenn man einen Menschen verbissen nennen kann, dachte Kizzy, dann diesen.

«Ist es bei Ihnen üblich, dass die Einsatzleitung zuletzt am Tatort erscheint?», fragte er.

«Bei uns ist es üblich, dass man sich begrüßt. Mein Name ist Kizzy Winterstein. Und wenn Sie das besänftigt: Ich brauche nicht lange.»

«Das kenne ich», sagte Martius.

«Was kennen Sie?»

«Obwohl ihr aus dem Anblick der Opfer keine Schlüsse ziehen könnt, seid ihr scharf darauf, sie zu sehen. Aber bitte immer nur kurz.»

«Was soll das heißen? Meinen Sie etwa, das hier bereitet mir Vergnügen?»

«Ja, das meine ich. Ihr heftet euch jeden Mord wie einen Skalp an den Gürtel. Wie Schaulustige am Straßenrand glotzt ihr auf die Leichen, aber erst durch meinen Bericht über deren Zustand bekommt ihr verwertbare Informationen.»

«Wissen Sie was, Herr Doktor?», sagte Kizzy. «Machen Sie einfach Platz, sodass ich meinem Vergnügen nachgehen kann!»

Dr. Martius lächelte. Er trat einen Schritt beiseite und gab ihr mit einer gespielt galanten Armbewegung den Blick auf die Opfer frei.

Es traf Kizzy heftiger als befürchtet.

Fast symmetrisch lagen die Leichen der Jungen im Wasser des Stollens. Der Kleinere an der rechten, der Größere an der linken Wand. Beide befanden sich in Rückenlage. Ihre blutleeren Körper waren nackt, die Köpfe fast vollständig vom Rumpf abgetrennt.

Kizzy Winterstein wandte sich einen Moment lang ab, um wieder Fassung zu erlangen. Langsam zählte sie bis zehn, dann schaute sie erneut auf die toten Kinder.

Die Münder standen halb offen. Penis und Hoden waren bei beiden nicht mehr vorhanden. Zwischen ihren Beinen klaffte eine blutleere Wunde.

Eines, da war sich Kizzy augenblicklich sicher, würde sie nie wieder vergessen: dass sich die Haare der Jungen im abfließenden Wasser des Stollens bewegten wie bei Kindern, die in einem See schwammen. So hatte sie für einen Moment die Illusion, die beiden würden noch leben.

Sie wandte sich von den Leichen ab und schaute Dr. Martius an. Seine Augen zeigten Genugtuung, dass ihr der Anblick der Opfer zu schaffen machte.

«Sagen Sie mir, was Sie wissen», forderte Kizzy den Rechtsmediziner auf.

«Ich weiß gar nichts, da ich dank Ihrer Verspätung noch nicht einmal mit der äußeren Leichenschau fertig bin.»

«Sie haben die Temperatur gemessen, also können Sie mir einen ungefähren Todeszeitpunkt nennen.»

«Ich werde in meinem schriftlichen Bericht …»

«Ich will jetzt eine Antwort. Wann sind die Jungen getötet worden?»

«Zwischen fünf und sechs Uhr heute Morgen.»

«Geht doch!», sagte Kizzy. «Weiter, was können Sie sonst noch sagen?»

«Ihre Kehlen wurden mit je einem glatten Schnitt durchtrennt.»

«Mit was für einer Waffe?»

«Wahrscheinlich mit einem großen Messer.»

«Weiter!», trieb Kizzy ihn an.

«Hoden und Penis wurden bei beiden fachgerecht entnommen.»

«Was heißt da fachgerecht?», fauchte Kizzy.

Um den Mund des Rechtsmediziners spielte ein spöttisches Zucken. «Dass ich es ähnlich gemacht hätte, wenn ich diese Organe gesondert hätte untersuchen müssen.»

«Selbes Instrument?»

«Wohl kaum. Es könnte aber ein Labormesser gewesen sein.»

«Sind die … Organe gefunden worden?», fragte Kizzy.

Dr. Martius schüttelte den Kopf. «Meines Wissens bisher noch nicht.»

«Gibt es Spuren am Körper, die darauf hinweisen, dass die Jungen misshandelt oder sexuell missbraucht wurden?»

Martius nickte.

«Könnte es sein, dass dies auf massive Weise und über einen längeren Zeitraum geschehen ist?»

Martius nickte abermals.

«Welche Anzeichen sagen Ihnen das?»

«Es gibt an beiden Körpern Narben unterschiedlichen Alters, die wahrscheinlich von glühenden Zigaretten herrühren. Beide Jungen haben darüber hinaus Fissuren und vernarbte Fissuren in den Mundwinkeln.»

Kizzy schaute ihn fragend an.

«Man hat ihnen etwas in den Mund gesteckt, das zu groß war für einen Kindermund, wenn Sie wissen, was ich sagen will.»

Kizzy merkte, wie ihr übel wurde. Aber sie war nicht sicher, ob diese Übelkeit von der Information herrührte, die sie gerade erhalten hatte, oder von dem schlüpfrigen Unterton, in dem sie vorgetragen wurde.

«Sonst noch was?», fragte sie unwirsch.

«Beiden Jungen wurden die Zungen extrahiert.»

Einen Moment lang schaute Kizzy ihr Gegenüber ungläubig an. «Das ist nicht Ihr Ernst, oder?»

Der Rechtsmediziner reagierte nicht auf diesen Satz. «Mehr habe ich Ihnen im Moment nicht mitzuteilen», sagte er. «Dann darf ich Sie jetzt wohl bitten, den Tatort zu verlassen, damit ich weiter meiner Arbeit nachgehen kann.»

Seine Augen waren vollkommen leblos. Wieder sah Kizzy seine Kiefer mahlen. Sie trat einen Schritt zur Seite, um ihn vorbeizulassen.

«Dr. Martius!»

«Was noch?»

«Sie sollten sich eine Beißschiene verschreiben lassen», sagte Kizzy.

Mit einer schroffen Bewegung wandte er sich ihr noch einmal zu. Das schmale Metallgestell seiner Brille blitzte kurz im Scheinwerferlicht.

Jetzt würde er mich gerne schlagen, dachte Kizzy und lächelte ihn an.

«Ja, Kizzy, da bist ja wieder», sagte Sepp Huber, als sie erneut neben ihm stand. «Schaugst aber ned guad aus. Mogst a Schnapserl?»

Sie schüttelte den Kopf. Huber, der perfektes Hochdeutsch sprechen konnte, verfiel immer mal wieder in den Dialekt seiner Heimat. Meist konnte Kizzy ihm dann nur mit Mühe folgen. Diesmal allerdings hatte sie ihn verstanden.

«Nein, Sepp, ich will keinen Schnaps. Trotzdem danke. Was für ein Kotzbrocken, dieser Dr. Martius!»

«Hob i's ned gsagt, so a aufgstellter Mausdreck.»

«Sepp, bitte!», ermahnte sie ihn.

«So nennen wir einen kleinen Wichtigtuer: aufgstellter Mausdreck.»

Kizzy nickte, ohne zu lachen. «Jedenfalls werde ich dafür sorgen, dass er nicht die Obduktion durchführt. Ich will in diesem Leben kein zweites Mal mit dem Mann zu tun haben.»

«Und sonst, Kizzy?»

Kizzy hob die Schultern und ließ sie wieder fallen. Jeder Ausdruck, um das zu beschreiben, was sie gerade dort im Stollen gesehen hatte, wäre zu schwach oder zu geläufig gewesen.

«Du hast ja selbst schon gesagt, dass ich nicht gut aussehe. Hat Martius es dir erzählt?»

«Was erzählt? Du glaubst doch nicht, dass der mit uns geredet hätt', der Hochgschissne.»

«Der Täter hat den beiden Jungen auch ihre Zungen herausgeschnitten.»

Kizzy sah, wie Hubers Haut noch eine Spur blasser wurde. Er schloss die Augen und verzog sein knochiges Gesicht wie unter Schmerzen. «Dann tragen wir *das* jetzt auch noch mit uns herum.»

«Ich muss mich bewegen», sagte sie, «ich zieh mir andere Schuhe an, dann schau ich mich ein wenig in der Gegend um.»

«Pfiat di, Kizzy!»

ZEHN

Nachdem Robert Marthaler das Haus der alten Frau Schlenzer verlassen hatte, ging er zurück zu dem grünen Mercedes, öffnete den Kofferraum, nahm Schutzhandschuhe und ein paar Druckverschlussbeutel aus der Tatortkiste und fluchte leise, als er sah, dass es keine Überschuhe mehr gab. Er zog das Ersatzhandy, das er sich hatte geben lassen, aus der Tasche und wählte Elviras Büronummer.

«Robert, wo bist du? Sowohl Charlotte als auch die Kollegen fragen nach dir. Du bist schon wieder verschwunden, ohne irgendwem Bescheid zu geben.»

«Ja, lass sie fragen! Ich habe einen, nein, zwei Aufträge für dich: Mach bitte rasch eine Halteranfrage zu einem Fahrzeug aus Koblenz. Ich muss wissen, wem der Wagen mit dem Kennzeichen KO – KK 786 gehört.»

«Jetzt der zweite Auftrag», sagte Elvira.

«Du musst die Polizei in Wissembourg um etwas bitten. Das ist eine kleine Stadt im Elsass – soll ich den Ortsnamen buchstabieren?»

«Ich habe zwanzig Jahre lang im Elsass Urlaub gemacht. Ich kenne Wissembourg besser als Frankfurt. Sag mir einfach, was du von den Kollegen dort willst.»

«Ich brauche Informationen über einen gewissen Jean-Christophe Ohlmann – mit h und mann wie Mann. Er wohnt in der Rue Bannacker, Hausnummer 2. Er ist angeblich Fotograf, aber das muss nicht stimmen. Sie sollen uns alles geben, was sie über ihn haben. Alter, Beruf, soziale Verhältnisse, verheiratet oder nicht, eventuelle Vorstrafen. Ist er in einem Verein aktiv? Singt er in einem Chor? Spielt er Fußball? Geht er auf die Jagd? Wenn möglich, sollen sie auch unter einem Vorwand mit den Nachbarn und Kollegen sprechen, um etwas über ihn in Erfahrung zu bringen. Wichtig ist, dass er von diesen Nachforschungen auf keinen Fall etwas mitbekommt. Hast du das verstanden, Elvira?»

«Nö!»

«Was? Willst du mich …?»

«Du musst mich nicht immer fragen, ob ich etwas begriffen habe oder nicht. Ich habe Ohren und ein Hirn, um zu verstehen.»

«Gut, dann diktiere ich dir jetzt noch mal die Daten.»

«Ich habe bereits mitgeschrieben, Robert. Willst du sonst noch etwas?»

«Nein … doch! Sag den Kollegen in Wissembourg bitte, dass wir …»

«… die Informationen so schnell wie möglich benötigen», vervollständigte Elvira seinen Satz.

«Danke! Du bist der beste Hilfssheriff zwischen Hanau und den Rocky Mountains. Du meldest dich!»

Die Hauptstraße solle er überqueren, hatte Waltraud Schlenzer gesagt, den Weiseler Weg bis zum Ende entlang, dann immer dem Feldweg runter ins Tal folgen. «Hinter dem Wäldchen vor dem Wald» befinde sich das Schäferhäuschen. Er könne es gar nicht verfehlen, weil weit und breit kein anderes Gebäude stehe.

Marthaler hatte trotzdem einige Mühe, das winzige Fachwerkhaus zu finden, da es sich am Ende einer Wegbiegung hinter einer dichten Hecke aus Hartriegel und Schwarzem Holunder und am Rand eines kleinen Buchenhains befand. Dennoch war die Beschreibung der alten Frau treffend gewesen, denn etwa zweihundert Meter von dem Hain entfernt, auf der anderen Seite der Senke, lag ein weiteres ausgedehntes Waldgebiet: «Hinter dem Wäldchen vor dem Wald».

Marthaler fragte sich, wie ein Fotograf aus dem Elsass dieses versteckte Gebäude hatte finden können und warum er ausgerechnet hier für seine Reportage «Kinder in der Natur» fotografieren wollte. Als gäbe es nicht auch in der Nähe seines Wohnortes ausreichend Wiesen und Wälder und zahlreiche Kinder, die für eine solche Geschichte als Motiv zur Verfügung stünden.

Wie er es meistens tat, wenn er sich einem fremden Ort näherte, ging Marthaler nicht direkt auf sein Ziel zu, sondern umkreiste es vorab, als müsse er zunächst Witterung aufnehmen, als wolle er sich vertraut machen mit der Umgebung, mit den Gerüchen, mit den Gegebenheiten des Bodens, mit den Farben, dem Licht. Er streifte mit seinen Handflächen über die Rinde der Bäume, hob ein rostiges Stück Metall auf und rieb es zwischen Daumen und Zeigefinger. Er pflückte einen Tropfen Harz vom Stamm einer Lärche, hielt ihn lange unter seine Nase und hatte schließlich Mühe, den klebrigen Sirup wieder loszuwerden.

Je näher er dem Schäferhaus in dem kleinen Wäldchen kam, desto mehr zeugte das, was er wahrnahm, davon, dass hier einmal ein Mensch gelebt hatte. Es gab einen kleinen von Schieferplatten umgrenzten Müllplatz, dessen Inhalt zum großen Teil kompostiert war, aus dem aber immer noch Teile eines blauen Plastikeimers, eines zerbrochenen Holzstuhls und einer verrosteten Eisenpfanne hervorragten. Er stieß mit dem Fuß gegen das mit Laub bedeckte Skelett eines Schafes, entdeckte unter einem kleinen bemoosten Hügel ein Depot ausgeglühter Kohle und traf auf einen in sich zusammengefallenen Holzverschlag, der einmal als Latrine gedient haben mochte. Auch die Hundehütte am östlichen Giebel des Hauses und der drei Meter entfernte Holzschuppen waren durch keine Sanierung mehr zu retten.

Das Häuschen selbst, an dessen Rückseite er jetzt angekommen war, erwies sich aber als längst nicht so marode, wie es Waltraud Schlenzer beschrieben hatte. Es stimmte zwar: Die Fensterläden waren verwittert und hingen schief in ihren Angeln. Die Balken des Fachwerks waren angegriffen von der Feuchtigkeit und hätten dringend einer Behandlung bedurft. Der Verputz war längst unansehnlich geworden, und an vielen Stellen rieselte der Lehm darunter hervor. Dennoch wirkte das kleine Haus keineswegs, als würde es der nächste Windstoß einreißen.

Das Unkraut war hochgeschossen; Brennnesseln und Disteln, Gänsefuß und Labkraut standen fast mannshoch. Man sah jedoch, dass die Pflanzen vor dem rechten der beiden Fenster niedergedrückt worden waren, als sei jemand erst kürzlich aus der Fensteröffnung gestiegen und habe sich vom Haus entfernt.

Als Marthaler auf der Vorderseite des Gebäudes angekommen war, griff er nach dem Schlüssel, den Waltraud Schlenzer ihm gegeben hatte, bemerkte jedoch im selben Moment, dass er ihn nicht brauchte. Das kleine Vorhängeschloss, das den Riegel am Eingang des Hauses hatte sichern sollen, war aufgebrochen worden und lag auf dem Boden im Gras. Marthaler zog einen dünnen Schutzhandschuh aus seiner Jackentasche, streifte ihn mit einiger Mühe über die rechte Hand, hob das Schloss auf und schaute es sich an. Die Schnittstelle am Rundbügel war frisch, wahrscheinlich stammte sie von einem Bolzenschneider. Marthaler ließ das Schloss in eines der Plastiktütchen gleiten und steckte es ein.

Er öffnete die Haustür, machte zwei Schritte in das Haus hinein, dann blieb er stehen. Im Inneren bestand es nur aus einem einzigen ebenerdigen Raum. Marthaler schätzte ihn auf drei mal fünf Meter.

Es gab einen gusseisernen Herd, der zugleich als Ofen gedient haben mochte, einen Tisch mit zwei Stühlen und einer kleinen Sitzbank, einen schmucklosen eintürigen Kleiderschrank aus Fichtenholz, ein Regal für Töpfe, Geschirr und Vorräte sowie eine Schlafstelle, deren Matratze deutliche Stockflecken aufwies. Ecken und Winkel waren mit Spinnweben überzogen, die Oberflächen mit einer dicken, aber keineswegs geschlossenen Staubschicht bedeckt. Überall sah Marthaler Spuren, die zeigten, dass sich hier vor kurzer Zeit eine oder sogar mehrere Personen aufgehalten hatten.

Auf dem Boden, in der Mitte des Raums, war die Staubschicht großflächig verwischt, vielleicht weil man hier einen zusätzlichen Schlafplatz in Form einer Luftmatratze oder einer Isomatte geschaffen hatte. Tisch, Bank und Stühle waren erst kürzlich benutzt worden.

Ohne einen Schritt weiterzugehen, bückte sich Marthaler und schaute unter die Sitzbank, die nur zwei Meter rechts von ihm stand. Dort lag eine Plastikflasche, in der sich noch ein Rest Erdbeermilch befand, eine Kinderunterhose mit aufgedrucktem Mickey-Mouse-Motiv, das Papier eines Kinder-Schokoriegels und eine leere Blisterverpackung, in der sich acht Mignon-Batterien befunden hatten.

Er überlegte kurz, auch diese Gegenstände zu sichern, entschied dann aber, dies seinen Kollegen vom Erkennungsdienst zu überlassen. Ohne Schutzanzug und Überschuhe bestand die Gefahr, dass er zu viele Spuren kontaminierte und dadurch der Kriminaltechnik unnötig Arbeit machte.

Plötzlich horchte Marthaler auf. Er meinte, von draußen ein Geräusch gehört zu haben.

«Ist da jemand?», fragte er. Und als er den Schutzhandschuh abgestreift und in seiner Tasche hatte verschwinden lassen, noch ein zweites Mal: «Hallo! Ist dort draußen jemand?»

Er stieß die angelehnte Haustür mit einem kräftigen Ruck seines Ellbogens auf, sodass sie krachend gegen die Außenwand flog.

Er wartete einen Augenblick, dann machte er vorsichtig zwei Schritte ins Freie.

Ein Tritt von hinten in seine Kniekehlen brachte ihn ins Taumeln, ein zweiter gegen seine Füße ließ ihn fallen. Fast ungebremst ging er zu Boden. Der Schmerz in seinem Oberarm war so stark, dass er aufschrie. Er lag auf dem Rücken wie ein hilfloses Insekt. Über ihm, in zwei Meter Entfernung, stand eine junge Frau, die eine Pistole auf seinen Kopf gerichtet hielt.

«Polizei», sagte die Frau. «Sie bleiben liegen und nehmen die Hände vom Körper!»

Marthaler hatte Mühe zu sprechen. «Ich … kann nicht», presste er schließlich durch die Zähne.

«Sie machen, was ich sage!», herrschte die Frau ihn an.

«Mein … Arm ist verletzt. Ich bin auch Polizist.»

Marthaler sah, dass die Frau sich ein wenig entspannte, trotzdem schien sie jeden Lidschlag von ihm zu registrieren.

«Wer sind Sie? Und was machen Sie hier?»

«Marthaler, Kripo Frankfurt. Ich ermittle in einem Mordfall.»

«Zeigen Sie mir Ihren Dienstausweis. Stopp, keine eiligen Bewegungen, ganz langsam!»

Vorsichtig griff er in die Innentasche seines Jacketts und zog das dünne Mäppchen mit dem Ausweis hervor.

«Ziehen Sie ihn aus der Mappe und werfen Sie ihn hierher!»

Er gehorchte. Sein Dienstausweis landete vor den Füßen der Frau. Ohne Marthaler aus den Augen zu lassen, ging sie in die Knie und fischte das Kärtchen mit der linken Hand vom Boden auf. Sie warf einen kurzen Blick auf Vorder- und Rückseite, dann hielt sie den Ausweis gegen das Licht, um zu überprüfen, ob er das Wasserzeichen des hessischen Löwen enthielt.

Die Frau lächelte und ließ ihre Waffe im Schulterholster verschwinden.

«Okay, Robert Marthaler. Mein Name ist Kizzy Winterstein, PP Westhessen. Du kannst jetzt aufstehen, wenn du kannst. Oder soll ich dir helfen?»

Er wollte ihr Angebot bereits ablehnen, besann sich aber anders.

«Ja, Kizzy Winterstein», sagte er. «Hilf mir! Und zieh mir bitte auch die Jacke und das Hemd aus und sieh nach, ob meine Wunde wieder aufgeplatzt ist!»

Zwei Minuten später stand er mit nacktem Oberkörper in dieser ihm unbekannten Gegend vor dem Schäferhäuschen inmitten von Feldern und Wäldern und ließ seinen Arm von einer fremden jungen Frau begutachten, die gerade noch ihre Waffe auf seinen Kopf gerichtet hatte.

«Sieht gut aus», sagte Kizzy, nachdem sie einen Blick unter den Verband geworfen hatte. «Da blutet nichts. Wir können dich wieder anziehen. Was hast du angestellt?»

«Das erzähle ich dir vielleicht, wenn ich etwas mehr von dir weiß … Falls es dazu kommen sollte. Zum Beispiel wüsste ich gerne, was du hier machst.»

«Du jedenfalls ermittelst im Fall Tobias Brüning, nicht wahr?»

Marthaler sah seine Kollegin direkt an. Er wurde blass, sein Mund stand offen. «Das kann nicht sein …», sagte er schließlich, «du kannst nicht wissen …»

Kizzy verzog kurz die Mundwinkel, dann erlöste sie Marthaler aus seiner Verblüffung. «Du hast noch nichts gehört von den beiden toten Kindern, die heute Morgen ein paar hundert Meter von hier in einem alten Schieferstollen gefunden wurden?», fragte sie.

Marthaler runzelte die Stirn. «Nein, habe ich nicht.»

«Obwohl wir noch keine Meldung rausgegeben haben, sind schon erste Details an die Agenturen durchgesickert. Seit etwa einer Stunde berichten alle Nachrichtensender darüber. Eine Bekannte von mir ist Mitarbeiterin beim ZDF und dort für die Dokumentation von Kriminalfällen verantwortlich …»

«Henriette Fendel?», sagte Marthaler.

«Ja, ich arbeite schon lange mit ihr zusammen. Sie hat mich vor einer halben Stunde angerufen und mich darauf aufmerksam gemacht, dass es nach einer Sendung über den Fall Tobias Brüning einen Hinweis auf dieses Schäferhäuschen gab. Das ist der Grund, warum wir beide hier zusammengetroffen sind.»

Marthaler hatte noch immer Mühe, die Zusammenhänge zu begreifen. «Aber was hat das eine mit dem anderen zu tun? Und wie konnte Henriette Fendel wissen …»

«Sie kennt die Gegend, und sie meinte, die Nähe der beiden Orte kann kein Zufall sein. Sie hat eins und eins zusammengezählt. Genau wie du es tun wirst, wenn ich dir jetzt sage, dass man den beiden Jungen im Stollen die Kehlen durchtrennt und ihre Körper verstümmelt hat.»

Marthaler schloss für einen Moment die Augen. Dann stieß er hörbar die Luft zwischen den Zähnen aus.

«Was hast du in dem Häuschen vorgefunden?», fragte Kizzy Winterstein.

«Ich bin sicher, dass sich hier kürzlich Kinder aufgehalten haben. Wir müssen das Gebäude bewachen und ein Team des Erkennungsdienstes reinschicken. Die Umgebung muss ebenfalls untersucht werden. Das heißt also, wir …» Marthaler hielt einen Moment inne.

«Ja», setzte Kizzy seinen Gedanken fort, «sieht ganz so aus, als ob wir an demselben Fall arbeiten und denselben Mann suchen.»

DRITTER TEIL

EINS

«Warum starrst du mich auf einmal so an?», fragte Kizzy Winterstein.

«Entschuldige», sagte Marthaler. «Aber kann es nicht sein, dass wir uns früher schon mal begegnet sind, ich meine, bevor du mir die Füße weggetreten hast? Vielleicht auf der Polizeiakademie, vielleicht im Landeskriminalamt?»

«Nicht dass ich wüsste.»

«Aber du kommst mir bekannt vor. Nein, jetzt fällt es mir ein …»

«Ich weiß schon, was du gleich sagen wirst. Ich sehe aus wie …»

«Genau, du siehst aus wie diese Sängerin …»

«Okay», sagte Kizzy, «ich sehe aus wie die Zwillingsschwester von Amy Winehouse. Das hat man mir oft genug gesagt. Ich mochte sie und ihre Musik, aber sie ist tot, und ich lebe. Das ist der Unterschied.»

«Und was ist mit deinem Auge passiert?», fragte Marthaler.

«Selbe Antwort!»

«Was meinst du damit?»

«Dass ich dir das vielleicht erzähle, wenn ich etwas mehr von dir weiß … Falls es dazu kommen sollte.»

«Das sieht ja nun ganz danach aus», sagte Marthaler.

«Und jetzt? Wie gehen wir weiter vor? Begleitest du mich zu meinem Wagen? Der steht oben im Dorf.»

Kizzy nickte. «Du hast einen Fall, der fünfzehn Jahre alt ist und so kalt wie das Eis der Antarktis. Wir haben eine zweifache Kindstötung, die heute Morgen stattgefunden hat, und somit einen glühend heißen Fall. Andererseits hast du wahrscheinlich 50 Aktenordner, die gefüllt sind mit euren Ermittlungsergebnissen.»

«Es sind deutlich über 300 Ordner», sagte Marthaler, «mit insgesamt 150000 Seiten.»

«Uff», sagte Kizzy. «Das ist eine Menge Holz. Wir hingegen haben nichts außer den Aussagen von der Besitzerin des ehemaligen Bergwerks und ihres Nachbarn. Die beiden haben die toten Kinder gefunden. Wir haben nicht die geringste Ahnung, wer der Täter sein könnte und was er für ein Motiv hatte. Wir kennen die Vornamen der getöteten Jungen, wissen aber nicht, wer oder wo ihre Eltern sind. Auch von ihrer Mutter kennen wir nur den Vornamen: ‹Mama Sophie›, diese zwei Worte haben die Kinder mehrmals wiederholt. Das ist alles.»

«Aber ich habe einen Namen», sagte Marthaler. «Waltraud Schlenzer, die alte Frau, der das Schäferhäuschen gehört, hat sich den Ausweis des angeblichen Fotografen zeigen lassen. Er heißt Jean-Christophe Ohlmann und wohnt in Wissembourg. Das Städtchen liegt …»

«Ich weiß, wo die Stadt liegt», unterbrach ihn Kizzy. «Die Eltern meines Vaters kamen aus Baerenthal und aus Wingen, zwei Dörfer in den nördlichen Vogesen, nicht weit von Wissembourg entfernt.»

«Anscheinend bin ich der einzige Mensch, der bis heute

nie von dieser Stadt gehört habe. Jedenfalls haben wir die französischen Kollegen gebeten, den Mann so schnell wie möglich zu überprüfen. Außerdem kennen wir die Nummer des Wagens, mit dem er gefahren ist. Die alte Frau hat übrigens gesehen, dass sich zwei Jungen auf der Rückbank befanden. Ohlmann hatte sie in dem Fahrzeug eingeschlossen.»

Kizzy pfiff durch die Zähne. «Das ist aber mehr als nichts», sagte sie. «Mir scheint, ich sollte mich rasch in den Fall Brüning einarbeiten. Wobei ich sicher nicht alle 300 Ordner werde studieren können.»

«Das ist auch nicht nötig», sagte Marthaler. «Rudi Ferres, der die Ermittlungen von Anfang an geleitet hat und selbst nach seiner Pensionierung noch nicht aufgeben wollte, hat die Unterlagen sorgfältig aufbereitet. Die wichtigsten Ordner lagern seit kurzem in meinem Büro. Du kannst sie jederzeit einsehen. Dazu müsstest du dich aber wohl eine Weile in Frankfurt einquartieren.»

«Ich denke, das können wir nur gemeinsam mit den Kollegen entscheiden. Lass uns zur Grube Kreuzberg fahren und mit ihnen reden.»

Sie waren gerade an Marthalers Wagen angekommen, als sein Handy läutete.

«Robert, wo bist du?»

«Elvira, willst du das jetzt jedes Mal fragen, wenn du mit mir sprichst? Ich stehe an derselben Stelle wie vorhin, neben dem grünen Mercedes. Allerdings ist zwischendurch eine Menge passiert. Haben sich die Franzosen gemeldet? Gibt es schon Ergebnisse?»

«Die gibt es. Was willst du zuerst hören?»

«Die Halteranfrage», sagte er.

«Das Kennzeichen gehört zu einem silbergrauen Opel Zafira. Angemeldet wurde er von der Inhaberin einer Leihwagenfirma in Koblenz. Der Mann, der das Fahrzeug gemietet hat, hat sich als Jean-Christophe Ohlmann ausgewiesen und den Wagen heute Vormittag ordnungsgemäß zurückgegeben.»

«Ein Mietwagen, so was Ähnliches habe ich befürchtet», sagte Marthaler. «Weiter, Elvira, was sagen die Kollegen in Wissembourg?»

«Es wird dich nicht freuen, Robert. In der Rue Bannacker Nummer 2 wohnt niemand und hat nie jemand gewohnt, dort befindet sich ein riesiger Supermarkt.»

Marthaler unterdrückte einen Fluch und gab dem Autoreifen einen Kick mit der Fußspitze.

«Einen Jean-Christophe Ohlmann gibt es zwar in Wissembourg», fuhr Elvira fort, «aber der ist ein unbescholtener Apotheker, der bald neunzig wird und das Geschäft schon vor sechzehn Jahren an seine Tochter übergeben hat.»

«Das heißt, der Mann, den wir suchen, heißt nicht so, wie wir dachten, und er wohnt wahrscheinlich auch nicht in Wissembourg. Wir stehen also wieder vor dem Nichts.»

«Tut mir leid, Robert», sagte Elvira.

«Du kannst mir noch einen Gefallen tun. Ruf im ZDF an und bitte Henriette Fendel, uns das neue Phantombild des gealterten Zopfmanns ein paarmal auszudrucken. Sie kann die Bilder entweder im Weißen Haus abgeben, oder ich hol sie mir bei ihr in der Rohrbachstraße ab.»

«Robert, dieses Phantombild ist bestimmt auf einem

Computer erstellt worden. Es liegt also in digitaler Form vor. Frau Fendel könnte es uns einfach als Anhang einer Mail zuschicken. Danach können wir es beliebig oft ausdrucken. Aber wenn du sie lieber zu Hause besuchen möchtest, werde ich das so für dich arrangieren.»

«Elvira, nerv bitte nicht! Mach es einfach so, wie es am einfachsten ist!»

Marthaler beendete das Gespräch und schaute Kizzy Winterstein an: «Du hast alles mitbekommen?»

«Das Auto war gemietet, und der Mann benutzt einen falschen Ausweis.»

«So ist es.»

«Trotzdem stehen wir nicht vor dem Nichts», sagte Kizzy. «Bislang hattest du eine alte Frau, die einen Mann wiedererkannt haben will, der möglicherweise vor fünfzehn Jahren Tobias Brüning getötet hat. Jetzt wissen wir, dass dieser Mann seine Identität verschleiert und wahrscheinlich in ein Haus eingedrungen ist, wo er sich gemeinsam mit den Kindern aufgehalten hat, die in seinem Auto gesehen wurden. Dass es sich bei diesen Kindern um unsere Opfer aus dem Stollen gehandelt hat, wird immer wahrscheinlicher.»

«Du hast recht. Ich hatte einfach kurz die Illusion, der Täter könnte uns seinen Namen und die Adresse hinterlassen haben.» Marthaler hielt inne, als er sah, dass Kizzy Winterstein mit ihrer rechten Hand über die Motorhaube des Mercedes strich. «Was machst du da?», fragte er.

«Ich streichle den Lack deines Dienstwagens. Ein W 123 aus den späten Siebzigern, stimmt's? Und dann auch noch in eibengrün. Ist je ein schöneres Auto gebaut worden?

Hätte ich so einen, ich würde ihn jeden Tag mit Eselsmilch einreiben.»

Marthaler schüttelte den Kopf. Er kannte die Verzückung angesichts dieses Wagens, ohne dass er sie nachvollziehen konnte. Er zog den Autoschlüssel aus der Tasche und hielt ihn hoch. «Magst du vielleicht fahren? Du kennst den Weg und hast zwei gesunde Arme.»

«Gerne», sagte Kizzy lächelnd und nahm den Schlüssel aus seiner Hand.

Louise Manderscheid stand auf dem Wäscheplatz hinter der Walnuss und hängte Laken, Bettbezüge und Handtücher auf die Leinen.

«Warte kurz!», sagte Kizzy zu Marthaler, dann nahm sie die Gelegenheit wahr und verschwand zwischen den großformatigen Wäschestücken, um ihrer Freundin rasch eine Hand auf die Schulter zu legen und ihr zuzuraunen: «Wir finden ihn, Louise. Sei dir sicher, den holen wir uns! Wo ist Bruno Tauber?»

Louise wies mit einer stummen Kopfbewegung in Richtung Haupthaus.

Keine dreißig Sekunden später stand Kizzy Winterstein wieder neben ihrem Frankfurter Kollegen: «Lass uns reingehen!», sagte sie.

Während Horst Breitkreutz und Sepp Huber vor ihren Notebooks am Esstisch saßen, lehnte Bruno Tauber an der Spüle und tippte auf seinem Smartphone. Alle drei schauten verwundert zwischen Winterstein und Marthaler hin und her, als die beiden den Raum betraten.

«Das ist Kriminalhauptkommissar Robert Marthaler

von der Ersten Mordkommission in Frankfurt. Wir werden euch gleich erklären, wie wir uns getroffen haben und warum er hier ist.»

«Ja mei, a Kollege vom Sabato», rief der Chef der Spurensicherung. «Griaß eahm schee vom Huber Sepp. Aber sog, Kizzy, wo hast'n du dei Hirnkastl glassn?»

«Bitte, Sepp, rede so, dass dich alle sofort verstehen!», ermahnte sie ihn. «Was willst du mir sagen?»

Sofort schaltete der Chef der Spurensicherung um und sprach nun ein so übertrieben artikuliertes Hochdeutsch, dass Kizzy sich fragte, ob er sie womöglich veralbern wolle.

«Du wolltest dafür sorgen, dass Dr. Martius nicht die Obduktionen vornimmt, aber du hast dich offenbar nicht darum gekümmert ...»

«O Mist», schimpfte Kizzy, «das hab ich tatsächlich vergessen. Heißt das, wir müssen jetzt mit diesem ...»

Huber übernahm wieder das Wort: «Nennen wir ihn einen Hundsbeutel. Nein, wir müssen ihn nicht weiter ertragen. Ich habe Paul Rademacher angerufen und ihm gesagt, dass das gesamte Team in einen unbefristeten Streik tritt, wenn er uns das elendige Gscheidhaferl Dr. Martius nicht vom Leib hält. Rademacher hat noch mal mit dem Frankfurter Institut für Rechtsmedizin telefoniert. Bei denen ist eigentlich wegen der Sache im ‹Wintergarten› Land unter; aber Thea Hollmann hat inzwischen zugesagt, eine Nachtschicht einzulegen. Die Leichen der Jungen sind schon auf dem Weg dorthin.»

Marthaler musste lächeln, als er den Namen Thea Hollmann hörte. Er war befreundet mit ihr, hatte aber lange nichts von ihr gehört, und freute sich, sie womöglich bald wiederzusehen.

«Danke, Sepp. Gut gemacht!»

«Aba ollaweil, Kizzy.»

«Es gibt wahrscheinlich einen weiteren Tatort, was auch immer dort passiert ist. Ein altes Schäferhäuschen, nicht weit von hier im Feld. Wir vermuten, dass der Täter sich mit seinen späteren Opfern in dem Haus aufgehalten hat. Ich weiß, dass all eure Leute im Einsatz sind, trotzdem: Auch dort muss abgesperrt werden, auch dort müssen im Gebäude und auf dem Außengrundstück Spuren gesichert werden.»

«Und noch etwas», sagte nun Marthaler. «Wir brauchen die Fingerabdrücke von Waltraud Schlenzer für den Abgleich.»

Horst Breitkreutz und Sepp Huber nickten. Dann begannen beide zu telefonieren.

Wenige Minuten später ergriff Kizzy erneut das Wort. Sie schilderte kurz, was sie von Dr. Martius erfahren hatte, dann wandte sie sich an ihren Frankfurter Kollegen: «Robert Marthaler, dann fass du jetzt bitte die wichtigsten Fakten im Tötungsdelikt Tobias Brüning zusammen. Ihr anderen werdet rasch begreifen, dass ein Zusammenhang mit den toten Jungen im Stollen mehr als wahrscheinlich ist. Und wenn Täubchen sein Aufnahmegerät noch einmal einschaltet, lassen wir später eine Abschrift von Marthalers Referat anfertigen, die jeder Kollege, der neu zu unserem Fall stößt, zu lesen bekommt. Dann müssen wir uns nicht lange mit Erklärungen aufhalten.»

Marthaler brauchte einen Moment, um sich zu sammeln, dann begann er mit seinem Bericht. Tatsächlich gelang es ihm, die aus seiner Sicht wichtigsten Schritte aus den letzten fünfzehn Jahren der Ermittlungen so knapp wie möglich darzulegen. Er erläuterte die Besonderheiten des Tatorts, den vermutlichen Ablauf des Verbrechens und das Verletzungsbild, das man an Tobias' Leichnam vorgefunden hatte, um schließlich auf all die Spuren, Hinweise und Täterbeschreibungen einzugehen, die zum ersten und nun zum zweiten Phantombild des Zopfmanns geführt hatten.

Auch wenn er sich auf die wesentlichen Details konzentrierte, benötigte er am Ende eine halbe Stunde, um die Kollegen mit den wichtigsten Informationen zu versorgen.

Als er seinen Bericht beendet hatte, sah er sich drei Männern gegenüber, die seinen Ausführungen mit großer Aufmerksamkeit gefolgt waren, die aber noch Zeit brauchten, um all die neuen Informationen zu verarbeiten. Sie waren ganz offensichtlich verwundert, welche Wendung der Fall der beiden getöteten Jungen in so kurzer Zeit genommen hatte. Entsprechend groß war ihre Skepsis vor allzu raschen Schlussfolgerungen.

«Ich weiß nicht», sagte Horst Breitkreutz, der Leiter der Polizeiinspektion von St. Goarshausen, «ich bin hier geboren und aufgewachsen. Ich habe den größten Teil meines Lebens in dieser Gegend verbracht, zwischen dem breiten Wasser des Rheins mit seinen schweren Lastkähnen, den steilen Felsen der Loreley, zwischen den Weinbergen und den Burgen an den Hängen …»

«Und was, bitte, willst du uns damit sagen?», fragte Kizzy, ohne einen leichten Spott unterdrücken zu können.

«Dass die Leute hier anders sind. Sie keltern ihren Wein, sie bewirten die Touristen, sie haben einen Andenkenladen oder einen kleinen Handwerksbetrieb. Andere sind vielleicht arbeitslos, geschieden und verzweifelt. Es gibt hier das meiste, was es auch anderswo gibt. Aber ein solches Verbrechen ist hier noch nie geschehen. Und es passt nicht in die Gegend. Es ist zu ... ich weiß nicht, wie ich es nennen soll ...»

«Zu monströs?», fragte Bruno Tauber.

«Das ist es», sagte Breitkreutz. «Schon das Wort monströs hat eigentlich nichts mit den Menschen hier zu tun. Hier kann man geizig und gierig sein, eifersüchtig, niederträchtig und auf Rache sinnend. Es gibt auch hier schlechte Menschen und zahlreiche Motive, um jemanden zu töten. Und es kommt ja auch immer mal wieder vor, dass wir einen Totschlag oder Mord zu bearbeiten haben, aber glaubt mir, was in dem Stollen geschehen ist, steht im Widerspruch zu dieser Landschaft.»

«Aber was hat das zu bedeuten?», fragte Tauber. «Es ist nun einmal hier passiert. Meinst du, das Böse ist von außen in deine schöne Heimat eingedrungen? Das ist ein Argument, das man fast immer hört, wenn ein ungewöhnlich brutales Verbrechen geschieht: In unserem Dorf, in unserem Viertel sind alle freundlich und friedlich; der Täter kann keiner von uns gewesen sein; der Unfriede, die Gewalt kommt von den anderen, von den Fremden.»

Breitkreutz schien zu merken, dass er sich in einer Verteidigungsposition befand, die er nur mit Schwierigkeiten würde halten können, trotzdem beharrte er auf seiner Meinung. «Ja, so etwas Ähnliches meine ich wirklich. Denkt von mir, was ihr wollt.»

«Es ist ja auch gar nicht gesagt, dass unser Mann aus der Umgebung stammt», gab Marthaler zu. «Es gab im Fall Tobias Brüning über all die Jahre Spuren, die nach Frankreich wiesen. Aber meine Erfahrung sagt mir, dass ein Täter immer irgendetwas mit seinen Tatorten zu tun hat. Und am Ende stellt sich eben doch meist heraus: Die Mörder sind unter uns.»

Kizzy nickte: «Ich denke auch, der Mörder von Tobias muss den Fußgängertunnel im Frankfurter Gallusviertel gekannt haben, bevor er den Jungen umgebracht hat. Genau wie der Täter hier den Stollen und das Schäferhäuschen gekannt haben muss.»

«Gut», sagte Sepp Huber, «es gibt überraschend viele Übereinstimmungen zwischen den beiden Fällen. Die Opfer sind Jungen in einem ähnlichen Alter. Das Verletzungsbild bei Tobias Brüning und bei den Brüdern Mirsad und Bislim ist vergleichbar. Der Tatort ist in beiden Fällen eine tunnelartige Röhre, die von Wasser geflutet wurde. Die Opfer sind alle drei ausgeblutet. Die Spurenlage gibt fast keine Hinweise auf den oder die Täter her. Das heißt, hier ist jemand sehr umsichtig vorgegangen.»

«Du hast angesetzt, als wolltest du dir gleich selbst ins Wort fallen», sagte Kizzy.

Huber nickte. «Genau das will ich auch. Mag sein, dass es derselbe Täter war, mag aber auch nicht sein. Immerhin kann es sich auch um eine Nachahmungstat handeln.»

Marthaler hatte sich ans Fenster gestellt und schaute nach draußen. «Ja», sagte er, mit dem Rücken zu seinen Kollegen, «daran habe ich auch schon gedacht. Zumal inzwischen nahezu alle Fakten über die Todesumstände im

Fall Brüning öffentlich zugänglich sind. Ein exklusives Täterwissen gibt es nicht mehr.»

«Und immerhin gibt es ein paar markante Unterschiede», setzte Sepp Huber nach. «Anzeichen für körperliche Misshandlung oder sexuellen Missbrauch gab es bei Tobias Brüning nicht. Stimmt's, Marthaler?» Dieser nickte.

«Die Brüder wurden in ländlicher Abgeschiedenheit im Morgengrauen getötet, Tobias Brüning am Nachmittag in einer belebten Großstadtsiedlung.»

Jetzt schaltete sich Bruno Tauber ein: «Außerdem waren Mirsad und Bislim, soviel wir bislang wissen, unbegleitete Flüchtlingskinder, die nur wenig Deutsch sprachen. Tobias war integriert in sein Frankfurter Viertel, er ging zur Schule, hatte aufmerksame Lehrer, hatte einen Vater, der sich um ihn kümmerte, hatte Freunde. Jedenfalls habe ich das Roberts Bericht entnommen.»

«So ist es», sagte Marthaler. «Wobei das Bild von Tobias selbst nicht ganz eindeutig ist. Die zahlreichen Zeugenaussagen, die es über ihn in den Ermittlungsakten gibt, sind durchaus widersprüchlich. Mal zeigen sie einen freundlichen, hilfsbereiten, eher ruhigen Jungen, der Konflikten aus dem Weg ging, dann wieder ein Straßenkind, einen Herumtreiber, der sich gerne prügelte und vor Ladendiebstählen nicht zurückschreckte.»

«Andererseits», sagte Bruno Tauber, «die Tötung der beiden Brüder zeigt einen gewaltigen psychischen Druck. Dieselbe Intensität, dasselbe kaltblütige Wüten haben wir auch bei dem Mord an Tobias Brüning.»

«Nur dass eben zwischen den beiden Verbrechen fünfzehn Jahre liegen», wandte Kizzy ein.

«Das ist es, was ich meine», fuhr Tauber fort. «Glaubt ihr wirklich, dass ein Mensch, der innerlich dermaßen unter Strom steht, anderthalb Jahrzehnte vergehen lässt, bevor er seine Phantasien erneut auslebt? Ich denke, dass es sich um zwei Täter handelt. Der Mörder von Tobias Brüning ist vielleicht längst tot. Oder er lebt und sitzt wegen einer anderen Straftat im Gefängnis oder in der Psychiatrie. Aber er hat jemanden gefunden, der ihn für seine Tat verehrt, nicht einfach einen Nachahmer, sondern einen Erben.»

«Geh, Tauberl, was meinst etz mit am Erben?», fragte Sepp Huber.

«So nennen die amerikanischen Kollegen einen Täter, der eine große Seelenverwandtschaft zu einem früheren Verbrecher fühlt. Ein Erbe studiert alle Artikel und Bücher über seinen Vorgänger, er schaut sich Fernsehdokumentationen an und versucht, so viele Informationen zu bekommen wie möglich. Aber der Erbe ist kein Copycat, er ahmt sein Vorbild nicht nach, sondern er adaptiert dessen Taten, er verwandelt sie sich an. Und damit lässt er Raum für seine eigenen Bedürfnisse. Statt das schon Dagewesene einfach zu kopieren, will er es perfektionieren. Er sieht sich als Vollender.»

«Klingt ziemlich psycho», sagte Kizzy. «Aber kann natürlich sein. Das Problem ist: Wir wissen nichts über ihn. Vielleicht hat Täubchen recht. Die Wahrscheinlichkeit, dass so jemand noch einmal zuschlägt, ist groß. Nur wissen wir nicht, wann. In fünf Jahren, in fünf Monaten oder in fünf Tagen. Solange wir ihn nicht haben, tickt die Uhr.»

«Und genau deshalb brauchen wir mehr Leute», forderte Tauber jetzt. «Wir werden eine größere SoKo bilden müssen. Ein solcher Fall ist nicht von einer Handvoll Ermittler zu knacken.»

«Langsam, Täubchen!», sagte Kizzy. «Dass wir Verstärkung brauchen werden, ist klar. Aber du siehst auch, wie viele Leute sich hier schon jetzt gegenseitig auf die Füße treten. Da wird mir angst und bange, wenn ich an eine größere SoKo nur denke. Lass uns vorerst straff und mit kleiner Mannschaft arbeiten! Erweitern können wir unseren Kreis bei Bedarf immer noch.»

Marthaler musste lächeln. Kizzy Wintersteins Worte hätten von ihm selbst kommen können. Auch er plädierte immer für kleine, bewegliche Arbeitsgruppen. Und auch wenn er Bruno Tauber diesen Vorwurf nicht machen wollte, er wusste, dass es meist die faulen Kollegen waren, die über zu viel Arbeit und zu wenig Personal klagten.

Kizzy ergriff erneut das Wort. «Machen wir es so: Ich fahre mit Robert Marthaler nach Frankfurt und wühle mich, so gut und so schnell es geht, in den Fall Tobias Brüning. Du, Täubchen, agierst von Wiesbaden aus. Rademacher hat uns freie Hand gegeben, also holt sich jeder die Verstärkung, die er für nötig hält. Wichtig ist, dass wir uns ständig gegenseitig auf dem Laufenden halten. Wir bilden zwei gleichberechtigte Teams, und wir ermitteln ergebnisoffen. Wir recherchieren, als könnte es ein und derselbe, aber auch, als könnten es unterschiedliche Täter gewesen sein. Wäre das für dich in Ordnung?»

Bruno Tauber zögerte einen Moment. Er war es gewohnt, und er mochte es, nach Kizzys Vorschlägen und Anweisungen zu arbeiten. Er konnte ihre Gedanken erahnen, wusste oft im Voraus, welchen Schritt sie als Nächstes gehen würde, und er war perfekt darin, ihr den Weg dafür zu ebnen. Gleichzeitig fühlte er sich geschmeichelt, neben Kizzy nun ein eigenes Team aufbauen zu dürfen und ihr zum ersten Mal beruflich auf Augenhöhe zu begegnen.

«Was ist, Täubchen? Ist dir das nicht recht?», fragte Kizzy. «Dann finden wir eine andere Lösung.»

In Taubers Gesicht arbeitete es. Schließlich schien er sich durchgerungen zu haben. «Doch», sagte er. «So machen wir's.»

Kizzy schaute in die Runde: «Gut, dann lasst uns jetzt die nächsten Schritte besprechen. Sepp, was meinst du, wie lange ihr noch brauchen werdet?»

«Mei, Kizzy, bis morgen Mittag bestimmt», sagte der Chef der Spurensicherung. «Wenn ihr noch weitere Schäferhäuschen findet, wird's länger dauern.»

Kizzy wandte sich an Horst Breitkreutz: «Meinst du, ihr schafft es, die Tatortsicherung bis dahin zu gewährleisten?

«Nicht allein mit meinen Leuten, aber ich werde ein wenig herumtelefonieren!»

«Gut, dann danke ich dir und dir, Sepp; den Rest können wir im kleinen Kreis besprechen.»

Im selben Moment kam einer der Mitarbeiter der Spurensicherung herein, reichte seinem Chef eine Plastikhülle und flüsterte ihm etwas ins Ohr. Huber nickte mehrfach, dann schaute er in die Runde. «Das hier haben meine Leute außerhalb des Stollens gefunden: eine Art bedruckte Karteikarte. Sie ist am oberen Rand gelocht und war mit einer Kordel am Ast eines Baumes nicht weit vom Eingang befestigt.»

«Dann sag uns, was draufsteht!», forderte Kizzy ihren Kollegen auf.

«Der Text lautet: ‹Ihr werdet mich sehen, und ihr werdet von mir hören.›»

Vor Anspannung hatte Tauber beide Fäuste geballt. «Das ist es, was ich meine. Der Typ kündigt uns seinen nächsten Coup an. Und wir tun so, als könnten wir die Sache im engsten Familienkreis klären.»

Huber lächelte: «Was auch immer dieser Satz zu bedeuten hat, das müsst ihr herausfinden. Meine Leute und ich werden das Papier derweil nach Spuren untersuchen. Ich denke, alles andere ist eure Sache.»

Kizzy wartete, bis Breitkreutz und Huber den Raum verlassen hatten, dann forderte sie Bruno Tauber auf, in groben Zügen die Ergebnisse seiner Vernehmung von Louise Manderscheid zu schildern.

Kurz nachdem er seinen Bericht beendet hatte, ergriff er noch einmal das Wort: «Eine Sache gibt es, die ich für dringend halte und die ich eben ausgelassen habe. In ihrer Aussage hat Frau Manderscheid erzählt, dass sie gestern Nachmittag Besuch von einem Bekannten hatte. Offensichtlich handelt es sich dabei um einen Callboy aus Mainz, den sie schon seit langem kennt und mit dem sie sich einmal im Jahr trifft. Der Mann, er heißt Richard Kantereit, ist mit den beiden Jungen heftig aneinandergeraten, nachdem sie ihn und seinen Jaguar mit Steinen beworfen haben. Dabei ist auch die Heckscheibe des Wagens zu Bruch gegangen. Auch zwischen Frau Manderscheid und diesem Kantereit ist es daraufhin zum Streit gekommen, der dann in einem Zerwürfnis mündete …»

Marthaler runzelte die Stirn und schaute zweifelnd zwischen Tauber und Kizzy hin und her. «Und das erzählst du erst jetzt?», fragte er ungehalten. «Der Mann muss sofort vernommen und erkennungsdienstlich behandelt werden. Wenn er kein Alibi hat, brauchen wir möglicherweise sogar einen Haftbefehl …»

Bruno Taubers linker Mundwinkel zuckte mehrfach. Hilfesuchend sah er Kizzy an, die ihm nun beisprang: «Robert, ich glaube, Täubchen war noch nicht fertig. Lass ihn einfach ausreden, ja!»

«Ich habe sofort die Kollegen in Mainz benachrichtigt», sagte Tauber, «und sie gebeten, zwei Leute bei Kantereits Wohnadresse vorbeizuschicken. Allerdings ist er weder dort zu erreichen noch auf seinem Mobiltelefon. Einen Festnetzanschluss gibt es nicht. Alle weiteren Schritte wollte ich mit euch besprechen. Um eine interne Fahndung, auch nach seinem Wagen, habe ich für die Stadtgebiete von Mainz und Wiesbaden bereits gebeten.»

Anstatt sich für seine vorschnelle Attacke auf den Kollegen zu entschuldigen, stimmte Marthaler nun dessen Vorgehen zu. «Gut, wir sollten weiter versuchen, mit Kantereit in Kontakt zu treten, ohne ihn vorzuwarnen.»

«Außerdem muss dringend Friedrich Neubert vernommen werden, der Nachbar von Louise Manderscheid», sagte Kizzy. «Sepp Huber hat ihn als einen begnadeten Fährtenleser beschrieben. Ohne ihn und seinen Hund hätten wir die Jungen sicher noch lange nicht gefunden.»

«Nachdem das neue Phantombild des gealterten Zopfmanns offensichtlich einen Treffer erzielt hat», sagte Marthaler, «sollten wir es offensiv, aber nicht öffentlich einsetzen. Meine Assistentin hat es mir gerade geschickt. Auch wenn der Mann nicht Jean-Christophe Ohlmann heißt, müssen wir die Aufnahme ab sofort immer in der Tasche haben. Louise Manderscheid und die Angestellten der Mietwagenfirma müssen das Bild so rasch wie möglich sehen, damit sie sich dazu äußern können. Auch Breitkreutz und seine Kollegen sollten das Bild hier in der Umgebung herumzeigen.»

«Und warum nutzen wir es nicht gleich zur großen öffentlichen Fahndung über alle Kanäle?», fragte Bruno Tauber.

«Weil wir dann das Ganze nicht mehr unter Kontrolle haben. Weil dann die Ermittlungen explodieren und wir uns damit beschäftigen müssen, die 98 Prozent Wichtigtuer von den zwei Prozent ernsthaften Zeugen zu trennen. Und weil das Bild ja gestern Abend schon im Fernsehen ausgestrahlt wurde und noch Hinweise abzuarbeiten sind. Nein, lasst uns den Unbekannten intern ausschreiben.»

«Trotzdem müssen wir uns bald überlegen, wie wir mit den Medien umgehen», fuhr Tauber fort. «In den Gasthäusern der umliegenden Dörfer hat sich bereits ein halbes Dutzend Kamerateams eingemietet. Die Journalisten haben Blut gewittert, und das Interesse der Öffentlichkeit ist enorm. Die Kollegen von der Pressestelle haben schon zweimal angerufen, die werden mit Anfragen bombardiert. Wenn wir nicht bald ein paar Fakten rauslassen, werden die sozialen Netzwerke in Kürze von Gerüchten geflutet. Und mit jeder Falschinformation steigt der Druck auf uns. Außerdem haben die Heiligen Schwestern der Barmherzigkeit schon jetzt begonnen zu zetern, dass in Deutschland zwar marode Banken gerettet werden, dass man aber nicht in der Lage ist, die Schwachen zu schützen.»

Kizzy schnippte mit Mittelfinger und Daumen der rechten Hand, dann streckte sie kurz den Zeigefinger in Richtung ihres Kollegen aus: «Ich möchte nicht, dass du so redest, Täubchen. Die Heiligen Schwestern der Barmherzigkeit sind eine Scheiß-Bullen-Erfindung für die Leute von Amnesty International, von Greenpeace, Attac oder Pro Asyl, überhaupt für jeden, der noch einen Rest Anstand im Leib hat und sich gegen den dumpfen Volkswillen stellt. So redet vielleicht jeder mickrige Bullen-Spießer. So redet aber bitte nicht mein Täubchen, okay?»

Bruno Tauber schlug die Augen nieder und schwieg lange. Schließlich sah er Kizzy mit einer Mischung aus Trotz und Unterwürfigkeit an. «Ist in Ordnung, Kizzy.»

«Okay, Täubchen, eine Bitte noch: Bevor Robert und ich jetzt nach Frankfurt fahren, kannst du uns die Aufnahme von Louise Manderscheids Vernehmung auf unsere Handys übertragen?»

Tauber grinste. «Kann ich machen.»

«Und bevor du dich zu früh freust, noch eins: Würdest du bitte die ersten Minuten löschen, als ich unsere Zeugin befragt habe? Ich möchte nicht gleich am Anfang meiner Zusammenarbeit mit dem Frankfurter Kollegen dermaßen dumm dastehen.»

Tauber grinste noch breiter. «Das ist zwar Zensur und lässt dich besser aussehen, als du bist, aber okay, ich habe Frau Manderscheid alle Fragen, die du ihr gestellt hast, sowieso noch mal stellen müssen.»

«Täubchen», sagte Kizzy, «damit fälschst du offizielle

Dokumente, machst dich strafbar und zeigst, dass du im Grunde doch ein guter Kerl bist.»

ZWEI

«So langsam bekomme ich Hunger», sagte Marthaler, als sie in der Mosbacher Straße vor der Villa ankamen, wo Kizzy die Einliegerwohnung im Souterrain bewohnte.

«Kennst du dich ein wenig aus in Wiesbaden? Um die Ecke in der Moritzstraße gibt es einen äthiopischen Imbiss. Lass dir einfach eine Ladung gefüllter Teigtaschen geben. Für mich die vegetarischen. Ich pack in der Zeit ein paar Klamotten ein. Essen müssen wir allerdings im Wagen. In meine Wohnung kann ich dich nicht einladen, dort herrscht das große Schlampen-Chaos.»

Als Marthaler zurückkam, saß Kizzy bereits wieder hinter dem Steuer.

«Bist du Vegetarierin?», fragte er.

«Wenn ich an einem Tatort wie heute war, dann schon. Sonst bin ich eine schmerzfreie Allesfresserin.»

Als er seine Portion frittierte Dreiecke aufgegessen hatte, sah Marthaler seine Kollegin lange von der Seite an.

«Was ist, du glotzt schon wieder so?», sagte Kizzy.

«Ja», erwiderte Marthaler, «weil es nicht nur wegen deiner Ähnlichkeit mit Amy Winehouse ist, dass ich das Gefühl habe, dich schon vorher einmal gesehen zu haben.»

«Vor kurzem hat die Mitgliederzeitschrift der Gewerkschaft der Polizei einen Bericht mit Foto über mich gebracht. Vielleicht hast du das gesehen.»

«Ahhhh, genau! Den Artikel habe ich gelesen. Dort stand, dass du Romni bist und zugleich Jüdin.»

Kizzys Augen blitzten. «Hast du ein Problem damit?»

«Sag mal, was soll die Frage?»

Sie lachte bitter. «Glaub mir, es gibt nicht ganz so viele Menschen, die *kein* Problem damit haben.»

«Ich jedenfalls habe keins», sagte Marthaler. «Ich wusste nur einfach nicht, dass es das gibt: Jüdin und Romni in einer Person.»

«Warum nicht? In Deutschland ist es selten. Aber in Rumänien, Bulgarien und Ungarn hat es gar nicht so wenige Hochzeiten zwischen Roma und Juden gegeben. Beide lebten am Rande der Gesellschaft, beide waren meist arm. Und beide mochten dieselbe Musik. Bei meinen Eltern lag die Sache allerdings anders.»

«Erzähl!»

Kizzy schaute kurz zu ihm rüber: «Willst du das wirklich wissen? Es hat noch nie ein Kollege nachgefragt.»

«Noch nie?»

«Wenn ich es dir sage.»

«Erzähl!», forderte Marthaler sie noch einmal auf. «Lass uns die Autofahrt nutzen.»

Kizzy wischte sich mit der Papierserviette über den Mund und ließ sie in die Plastiktüte fallen, die Marthaler ihr hinhielt. Dann startete sie den Motor und fuhr los.

«Ich hab dir ja gesagt, dass die Eltern meines Vaters aus zwei Dörfern in den Nordvogesen kamen. Sie waren beide Manouches, so nennen sich dort die Roma, die Sinti, die Gitanes oder Zigeuner, welchen Namen auch immer man uns gibt. Ihre Familien waren schon lange sesshaft. Beide wurden von den Nazis ins KZ Natzweiler gebracht. Meine Großmutter kam kurz darauf mit vielen jüdischen Frauen ins Außenlager Geislingen, wo sie als Zwangsarbeiterin für WMF arbeiten musste. Als man merkte, dass sie schwanger war, wurde sie nach Auschwitz deportiert, dort aber nicht im sogenannten Zigeunerlager, sondern in einer Baracke des Frauenlagers untergebracht. Mein Vater kam an Weihnachten 1944 zur Welt. Er wog anderthalb Kilo bei seiner Geburt. Meine Großmutter und die Frauen um sie herum haben Kartoffelschalen gestohlen, damit sie genug Milch hatte, um ihn am Leben zu halten. Im Januar 1945 sind sie und ihr Sohn von den Soldaten der Roten Armee befreit worden. Ihr Mann war schon ein Vierteljahr vorher bei einem Fluchtversuch aus Natzweiler erschossen worden. Das einzige Foto, das es von ihm gibt, zeigt ihn, wie er vor meiner Großmutter kniet und seiner Angebeteten ein Ständchen auf der Gitarre bringt. So», sagte Kizzy Winterstein, «hast du jetzt genug von meiner hübschen Familiengeschichte?»

«Nein», sagte Marthaler, «wir leben zwar im Jahr 2013, aber an deiner Aufgeregtheit merke ich: Es ist alles noch da. Jedenfalls für dich. Dann erzähl mir jetzt von deiner jüdischen Seite!»

Marthaler sah den Zweifel in ihrem Gesicht, als könne sie sein Interesse noch immer nicht recht glauben. Gleichzeitig schien sie froh zu sein, mit jemandem über ihre Herkunft sprechen zu können.

«Die Eltern meiner Mutter waren Kunst- und Antiquitätenhändler aus Mainz. Sie waren in die Niederlande emigriert und hatten in Amsterdam eine Galerie eröffnet. Nach der Besetzung durch die Deutschen konnten sie bei einer Bauernfamilie auf dem Land untertauchen, wurden aber von einem der damals zahlreichen Kopfgeldjäger verraten und schließlich deportiert. Meine Großmutter, Dora Reiling, war ebenfalls schwanger, als sie in Auschwitz ankam. Am 4. November 1944 wurde meine Mutter geboren. Beide Eltern kamen ins Gas. Das Baby wurde von Mitgefangenen versteckt und gerettet.»

«Das heißt, deine beiden Eltern haben als Babys Auschwitz überlebt?»

«Ja, mein Vater, der Manouche-Sprössling aus einem Dorf im Elsass, und meine Mutter, das jüdische Kind aus dem Mainzer Bürgertum, das dann bei Verwandten aufwuchs, die aus dem Exil zurückgekehrt waren.»

«Eine verrückte Geschichte», sagte Marthaler.

«Es ist, wie es ist», sagte Kizzy. «Kennengelernt haben die beiden sich aber erst mehr als 35 Jahre später auf einer Tagung des Internationalen Auschwitz-Komitees, wo mein Vater als Musiker engagiert war und meine Mutter als Referentin aufgetreten ist. Neun Monate danach wurde ich geboren. Und heute bin ich bei der deutschen Polizei die Fachfrau für Randgruppendelikte. Ist das nicht zum Kreischen?»

«Meinst du, man hat dir deshalb die Leitung des Falls anvertraut, weil die Opfer Roma-Jungen sind?»

«Glaub mir, Robert Marthaler, ich werde immer dann gerufen, wenn die Kollegen der Kragen kratzt, wenn sie sich nicht zu verhalten wissen, wenn es um eine heikle Angelegenheit geht, wie sie das nennen. Die meisten haben schon Schiss, das Wort ‹Roma› oder ‹Jude› überhaupt auszusprechen, weil sie immer befürchten, irgendwas falsch zu machen. Sie winden sich und eiern rum, und im kleinen Kreis beschweren sie sich, dass man ja nicht mal mehr offen reden dürfe.»

«Kennst du die Geschichte von Heinrich Bergmann?», fragte Marthaler. «Ich habe neulich über ihn gelesen. Er war ein SS-Mann und Kriminalpolizist aus Kassel. In Estland war er an der Ermordung von mindestens 240 Roma beteiligt. Später wurde er vom Bundeskriminalamt übernommen, wo er für Ausbildungsfragen zuständig war. Er ist 1980 im Ruhestand gestorben, ohne jemals verurteilt worden zu sein.»

«Ich weiß», sagte Kizzy, «die gesamte Führungsebene des BKA bestand fast ausschließlich aus Nazis, die Hälfte von ihnen waren Kriegsverbrecher. Und wer vor 1945 Zigeuner gejagt hat, wurde auch nach dem Krieg gerne zum Zigeunerjagen eingesetzt. Bei dieser Tradition brauchen wir uns also nicht über all die verdrucksten Typen zu wundern, von denen wir in unserem Job umgeben sind.»

«Aber es gab auch die anderen», sagte Marthaler.

Kizzy schnaufte: «Willst du mir jetzt von dem Kriminalbeamten Paul Kerber aus Wuppertal erzählen, der ein paar Sinti vor der Deportation bewahrt hat?»

«Das wollte ich.»

«Es gab ihn, er war mutig, und er hat es verdient, dass man ihn ehrt. Aber er war unter Hunderten Schurken in der Kripo der eine Anständige, den man lange suchen musste.»

«Hi, mein Name ist Kizzy Winterstein, ich gebe Ihnen die Hand, wenn ich abgelegt habe!»

Elvira saß an ihrem Platz, Mund und Augen vor Staunen weit geöffnet.

Kizzy, die Lippen tiefrot, Lider und Wimpern frisch geschminkt, ging mit schwankendem Haarturm an ihr vorbei, mit der einen Hand einen großen Rollkoffer hinter sich herziehend und in der anderen eine Hobo Bag schwenkend. Wie Marthaler sie angewiesen hatte, durchquerte sie das Vorzimmer, ging direkt in sein Büro, stellte den Koffer neben den Schreibtisch und warf ihre Tasche auf einen der Besuchersessel.

Kurz darauf stand sie wieder vor Elvira und streckte ihr lächelnd die Hand entgegen: «Meinen Namen habe ich ja schon gesagt. Robert kommt auch gleich, er musste nur rasch auf die To. Duzen wir uns, oder siezen wir uns? Ich bin für Duzen.»

«Ich bin Elvira. War das eben eine echte Jackie Bag von Gucci?»

«Meine Handtasche? Glaub schon … Andererseits, wenn ich an den falschen Fuffziger denke, der sie mir geschenkt hat …» Statt den Satz zu Ende zu führen, zog Kizzy eine Grimasse, indem sie schielte, die Nase rümpfte und mit den Schneidezähnen wie ein Hase mümmelte. «Ich geh wieder rein», sagte sie. «Kann mich ja schon mal ein wenig einrichten.»

Kizzy verschwand erneut im Büro ihres Frankfurter Kollegen und schloss diesmal die Tür hinter sich.

«Robert, du bleibst stehen!», sagte Elvira, als Marthaler hereinkam. «Wer ist dieses Wesen, das gerade im Begriff ist, bei dir einzuziehen?»

«Hat sich Kizzy nicht bei dir vorgestellt?»

«Ich dachte im ersten Moment, Amy Winehouse sei wiederauferstanden.»

«Nein, Elvira. Amy ist tot, und Kizzy lebt. Das ist der Unterschied.»

«Sie sagt, sie will sich in deinem Büro einrichten.»

Marthaler lächelte. «Dann soll sie das machen.»

«Und wo hast du die Hammerbraut aufgetrieben?»

«Elvira, was hast du gerade gesagt?»

«Nichts, ich wollte nur das Wort mal benutzen. Mein Neffe hat dieselbe Frage neulich seinem Freund gestellt, um zu erfahren, wo der seine neue Freundin kennengelernt hat.»

«Du hast schon von den beiden toten Kindern im Stollen gehört?»

Elvira nickte.

«Kizzy leitet die Ermittlungen. Und sie ist hier, weil einiges dafür spricht, dass es sich um denselben Täter handelt wie im Fall Tobias Brüning.»

«Ja, das haben alle heute Mittag sofort gesagt, als die ersten Meldungen von der Grube Kreuzberg kamen! Dass es nur einen anderen Fall gibt, an den sie das erinnert.»

Marthaler stand vor Elvira, schaute über ihre Schulter hinweg an die Zimmerwand und überlegte, was der letzte Satz seiner Sekretärin zu bedeuten hatte.

«Heißt das, die Agenturen wissen bereits über die Verstümmelungen Bescheid?»

«Ja, es wurde berichtet, dass man den Jungen die Kehlen durchgeschnitten und ihre Geschlechtsteile entfernt hat. Ist das nicht grauenhaft?»

Marthaler schloss kurz die Augen, dann hieb er mit der Handfläche seiner Rechten gegen die Seitenwand des Aktenregals und begann zu brüllen: «So ein verdammter Mist. Wer gibt solche Informationen raus? Das ist wertvolles Täterwissen! Was für eine elende Gurkentruppe ist hier eigentlich am Werk?»

Kizzy streckte den Kopf aus der Tür: «Elvira, tut er dir was an?»

Elvira legte eine Hand auf den Rücken ihres Chefs und schob Marthaler in Richtung seines Büros. «In meinem Zimmer wird nicht gebrüllt, Robert, das weißt du. Kizzy, geh aus dem Weg und lass ihn rein! Sorg dafür, dass er sich benimmt! Es sind alle Mittel erlaubt.»

Während Kizzy auf der Couch Platz nahm und die Stehlampe einschaltete, blieb Marthaler in der Mitte des Raums stehen. Als er sich ein wenig beruhigt hatte, erzählte er seiner Kollegin, was passiert war.

«Dass man den Kindern die Zungen herausgeschnitten hat, ist in den Medienberichten also nicht erwähnt worden?», fragte Kizzy.

«Offensichtlich nicht.»

«Trotzdem tippe ich auf den Gerichtsmediziner als Quelle für diese Berichte. Du wirst sehen, dass morgen das Foto von Dr. Martius in allen Zeitungen der Region zu sehen sein wird. Man wird ihn überall zitieren mit den Worten, dass er leider zum Zustand der von ihm begutachteten Opfer keine Auskunft geben dürfe und deshalb die Verstümmelungen weder bestätigen noch dementieren könne. Und dass er sehr bedauere, dass derlei Gerüchte überhaupt den Weg in die Öffentlichkeit gefunden hätten. Er ködert die Medien mit Informationen, stellt sich selbst unter Quellenschutz, dann spielt er den seriösen Mediziner. Es kommt ihm nur darauf an, dass sein Name genannt und sein Bild gezeigt wird.»

«Entschuldige, Kizzy», sagte Marthaler, «aber wenn er das war, dann darf dieser Martius damit nicht durchkommen, dann muss er dafür büßen.»

«Vergiss es! Damit sollten wir uns nicht befassen, das sind Nebenschauplätze; wir würden uns nur verzetteln. Du darfst sicher sein, dass wir ihm nichts nachweisen können … Sag mir lieber, wo ich heute Nacht schlafen werde.»

«Du kannst hier im Büro übernachten», sagte Marthaler. «Die Couch, auf der du sitzt, ist völlig in Ordnung. Es gibt auf dem Gang eine Dusche, und die Teeküche steht zu deiner Verfügung. Du kannst aber auch bei mir zu Hause im Wohnzimmer schlafen, dann halt mit Familienanschluss und gemeinsamem Frühstück.»

«Du hast Familie?»

«Nein, es war bildlich gemeint. Wenn du lieber in ein Hotel oder eine Pension gehen möchtest, kann Elvira das für dich organisieren.»

«Nein, hier bei den Akten, das finde ich okay. Dann kann ich arbeiten, bis ich einschlafe und auch, wenn ich nachts aufwache. So, und jetzt lass uns anfangen. Gib mir zuerst den Ordner, von dem du gesprochen hast!»

Marthaler suchte die Akte heraus, in der Rudi Ferres den Fall Tobias Brüning zusammengefasst hatte.

«Ferres hat vorbildliche Arbeit geleistet. Auf dreihundert Seiten hat er die wichtigsten Fakten aufgelistet. Du findest eine Chronologie des Falles, eine Zusammenfassung des Obduktionsberichtes, den detaillierten Ablauf des letzten Tages im Leben von Tobias und die wichtigsten Hinweise und Spuren, denen die ‹SoKo Tunnel› im Laufe der Jahre nachgegangen ist. Und vor allem findest du ein gutes Inhaltsverzeichnis aller anderen Ordner.»

Es klopfte an der Tür, kurz darauf stand Elvira im Raum. «Hast du dich beruhigt, Robert?»

«Habe ich, was willst du?»

«Ich wollte nur sagen, dass ich jetzt Feierabend mache.»

«Sonst kommst du auch nicht, um dich zu verabschieden», sagte Marthaler. «Also, was willst du?»

«Stimmt», sagte Elvira und kicherte leise. «Es war nur ein Vorwand. Ich wollte Kizzy bitten, dass sie noch mal ihre Grimasse schneidet.»

«Du meinst den schielenden Hasen?», fragte Kizzy. Ohne auf Elviras Antwort zu warten, zeigte sie wieder ihre Schneidezähne, ließ Nase und Oberlippe auf und ab hüpfen und beide Augäpfel nach innen rollen.

Elvira stieß ein kurzes zufriedenes Glucksen aus, dann war sie verschwunden.

DREI

Während Kizzy sich in die Akten vertiefte, hatte Marthaler Kopfhörer aufgesetzt und hörte sich die Audiodatei mit der Vernehmung von Louise Manderscheid an. Ab und zu stoppte er die Aufnahme, um etwas zu notieren.

Bruno Tauber war es gelungen, die Frau zum Erzählen zu bringen, ohne sie allzu oft unterbrechen zu müssen. Ab und zu ermunterte er sie durch Nachfragen, stärker ins Detail zu gehen, besonders wenn es um die beiden Brüder Mirsad und Bislim ging, was sie gesagt und getan hatten. «Versuchen Sie, sich an den genauen Wortlaut zu erinnern!», forderte er Louise Manderscheid auf. «Schildern Sie bitte noch etwas genauer, was die beiden in diesem Moment getan haben und was für einen Eindruck das auf Sie gemacht hat.» Und einmal fragte er völlig unvermittelt: «Halten Sie diesen Herrn Kantereit für den Mörder der Jungen?» Louise Manderscheid ließ sich Zeit mit ihrer Antwort. «Ich weiß es nicht», sagte sie schließlich. «Ich denke bereits den ganzen Tag darüber nach, aber ich komme zu keinem Ergebnis. Die Wahrheit ist, ich kenne Richard Kantereit nicht gut genug.»

Einige Male während der Vernehmung hatte ihre Stimme gezittert, und gegen Ende ihrer Erzählung, als sie von der Ankunft am Stollen berichtete, war Louise Manderscheid in Schluchzen ausgebrochen. Dennoch hatte Marthaler ein klares Bild davon, was auf der Grube Kreuzberg zwischen dem Auftauchen der beiden Jungen und ihrem Verschwinden am nächsten Morgen geschehen war. Die Frau war um Genauigkeit bemüht gewesen, hatte ruhig gesprochen, hatte sich im Zweifel korrigiert und keine Scheu gehabt, Unsicherheiten zuzugeben. All das sprach dafür, dass es sich bei ihr um eine glaubwürdige Zeugin handelte.

Bruno Tauber hatte das Aufnahmegerät abgeschaltet, aber zu einem späteren Zeitpunkt noch eine kurze Nachbemerkung ins Mikrophon gesprochen: «Kleines Postskriptum für die Kollegen: Eine Abfrage des Ausländerzentralregisters und ein Telefonat mit dem ‹Bundesamt für Migration und Flüchtlinge› ergab zwar eine ganze Reihe Treffer für die männlichen Vornamen Mirsad und Bislim, aber keinen für ein Brüderpaar im Alter der Opfer. Wir müssen also davon ausgehen, dass die beiden unerlaubt eingereist sind und keinen Aufenthaltstitel besaßen.»

Wir brauchen ihre Identität, dachte Marthaler. Wir müssen ihre vollen Namen in Erfahrung bringen, das Land und den Ort, aus dem sie kommen, müssen wissen, wer ihre Eltern sind und was die beiden hier gemacht haben. Wenn schon der Täter wie ein Phantom kaum Spuren hinterlässt, müssen wir wenigstens etwas über die Opfer herausfinden, sonst haben wir keine Chance.

Ohne darüber nachzudenken, was er eigentlich vorhatte, war Marthaler aufgestanden. Er stand bereits an der Tür, als Kizzy aufschaute.

«Was hast du vor?», fragte sie.

«Das weiß ich auch nicht. Jedenfalls war ich im Begriff, zu Carlos Sabato in den Keller zu gehen, ohne zu wissen, was ich von ihm will.»

Kizzy runzelte die Stirn. «Schon vorhin, als Sepp Huber ihn erwähnte, hab ich überlegt, woher ich den Namen kenne. Ist Sabato vielleicht dieser riesige Kriminaltechniker mit der tiefen Stimme, den ich vor Jahren mal auf der Polizeiakademie kennengelernt habe?»

Marthaler nickte. «Deine Beschreibung passt.»

«Ich mochte ihn echt leiden und hab abends fürchterlich viel Wein mit ihm getrunken. Wir haben ihn El Oso genannt, der Bär. Grüß ihn von mir und frag, ob er eine Flasche Roten im Schreibtisch hat! Ich könnte einen Schluck vertragen. Sag ihm, dass ich mich morgen bei ihm melde!»

«Was willst du, Robert?», fragte Sabato, ohne von seinem Mikroskop aufzusehen.

«Woher weißt du, dass ich es bin?»

«Weil niemand sonst es wagen würde, mein Labor zu betreten, ohne vorher anzuklopfen.»

«Gut, dass du noch da bist.»

«Wird auch noch eine Weile dauern. Und ich weiß schon jetzt, dass ich auch morgen früh wieder der Erste im Haus sein werde.»

«Ich soll dich grüßen von Sepp Huber und Kizzy Winterstein!»

Sabato nickte. «Ja, hab schon gehört. Beide PP Westhessen. Eure Fälle hängen zusammen, nicht wahr? Schon irre, dass nach fünfzehn Jahren noch mal Bewegung in den Fall Tobias Brüning kommt, oder?»

«Vielleicht, vielleicht auch nicht», erwiderte Marthaler. «Habt ihr euch schon mein Notebook und das Handy angeschaut?»

«Ist gerade in Arbeit, Robert. Frag morgen noch mal nach!», erwiderte Sabato. Und als Marthaler auch nach einer weiteren Minute weder etwas gesagt noch von der Stelle gewichen war: «Ist sonst noch was?»

«Ja, aber ich weiß nicht, was. Ich hab mir gerade anderthalb Stunden lang die Vernehmung der wichtigsten Zeugin im Fall der beiden getöteten Jungen angehört, und ich hatte mehrfach das Gefühl, dass ihre Aussage etwas zu tun hat mit dem, was wir besprochen haben, als ich gestern bei dir war.»

Sabato verdrehte die Augen und zuckte mit den Schultern. «Du hast immer Gefühle, Robert. Und meistens sind sie ziemlich unspezifisch. Wenn es etwas genauer ginge, könnte ich dir vielleicht helfen.»

«Gestern habe ich dir nur unaufmerksam zugehört, als du von dem Überfall auf den ‹Wintergarten› erzählt hast, weil ich dachte, dass alles geht mich nichts an. In meinem Kopf hat nichts geklingelt, bei allem, was ich von dir gehört habe. Heute ist ein neuer Fall hinzugekommen, und plötzlich kommt mir unser gestriges Gespräch wichtig vor. Nur komme ich partout nicht drauf, worin der Zusammenhang bestehen könnte.»

«Jedenfalls habe ich dir gesagt, dass wir alle darauf hoffen, dass du ab sofort ebenfalls in die ‹Wintergarten›-Ermittlungen einsteigst. Aber das können wir jetzt wohl vergessen. Und ich habe dich gebeten, dir den Film anzuschauen, den die Kollegen zusammengeschnitten haben. Was du wahrscheinlich bislang nicht getan hast und wofür du nach den jüngsten Entwicklungen auch keine Zeit mehr haben wirst.»

«Das ist es!», sagte Marthaler. «Das hatte ich vergessen. Und ob ich dafür Zeit habe. Ich werde es sofort nachholen. Kizzy fragt übrigens, ob du eine Flasche Rotwein für sie hast.»

«Kizzy ist im Haus?», fragte Sabato lächelnd.

«Ja», antwortete Marthaler. «Sie sitzt in meinem Büro auf der Couch und studiert die Akten im Fall Tobias Brüning. Eigentlich liegt sie bereits mehr auf der Couch, als dass sie sitzt.»

«Hast du gesehen, wie sie sich bewegt?», fragte Sabato. «Ich habe selten einen so geschmeidigen Menschen erlebt. Dabei ist sie kein bisschen kokett. Ein wenig durchgeknallt kam sie mir vor, aber überhaupt nicht selbstgefällig. ‹La Pantera› hab ich sie damals genannt, die Pantherin.»

«Das passt!», sagte Marthaler. «Und sie sagt, du warst der Bär.»

Sabato lachte. «Stimmt! Das hatte ich längst vergessen. Niemand hat mich später je wieder so genannt.»

Er ging zu dem schweren Holzschrank, nahm zwei Flaschen Rotwein heraus und drückte sie Marthaler in die Hand. «Ein St. Emilion Grand Cru aus dem Jahr 2005, noch kein Spitzenwein, aber ein echtes Leckerchen. Macht 100 Euro!», sagte Sabato. «Pro Flasche!»

Marthaler sah Sabato ungläubig an: «Das meinst du nicht ernst!»

«Wenn ich es dir sage! Natürlich will ich kein Geld von euch. Ihr seid meine Gäste. Ich will nur, dass ihr das Tröpfchen zu schätzen wisst. Bestell Kizzy, dass ich mich morgen bei ihr melde, wenn sie dann noch da ist!»

Die Arbeitszimmer der Ersten Mordkommission im Weißen Haus waren dunkel und leer. Alle Kolleginnen und Kollegen hatten inzwischen Feierabend gemacht oder waren nach Hause gegangen, um dort weiterzuarbeiten. Marthaler betrat die Teeküche, entkorkte eine der beiden Flaschen, holte zwei Gläser aus dem Schrank und nahm alles mit in sein Büro.

«Willst du doch keinen Wein mehr?», fragte er, als er sah, dass Kizzy bereits dabei war, die Besuchercouch zum Bett umzubauen. «Soll ich dir helfen?»

«Du glaubst nicht, wie viele von diesen Dingern ich schon ausgeklappt habe. Es macht dir hoffentlich nichts aus, wenn ich mich schon mal hinlege. Du kannst ja trotzdem weiterarbeiten. Gibt es irgendwo ein Kissen und eine Decke?»

«An der Wand in der Holztruhe. Soll ich dir jetzt einschenken oder nicht?»

«Auf jeden Fall!», sagte Kizzy. «Und stell mir die Flasche auf den Couchtisch.»

Als das Bett fertig war, nahm sie ihr Glas, trank es in einem Zug leer und füllte es sofort wieder auf.

Marthaler saß an seinem Schreibtisch und beobachtete sie.

«Stört es dich, wenn ich mich vor dir ausziehe?», fragte Kizzy.

«Stört es dich, wenn ich dir zuschaue?»

«Kommt drauf an, wie du dabei guckst … Aber ich hab dich ja auch schon nackt gesehen. Na, sagen wir halbnackt.»

Sie setzte sich auf einen der Sessel, löste die Schleifen ihrer Schuhbänder, streifte Sneaker und Socken ab, stand wieder auf, öffnete ihre Bluse, warf sie nach hinten über die Schultern, schüttelte sie von den Armen und ließ sie hinter sich zu Boden fallen. Um Knopf und Reißverschluss ihrer schwarzen Jeans zu öffnen, zog sie kurz den Bauch ein, zerrte dann abwechselnd an beiden Hosenbeinen und schaukelte mit den Hüften, bis sie schließlich ihren Hintern und die Oberschenkel von dem engen Stoff befreit hatte.

Als sie nur noch Slip und Shirt anhatte, wandte sie ihre Augen prüfend in Marthalers Richtung und lächelte ihm zu.

«Und …? Mein Blick?», fragte er.

«Völlig in Ordnung», sagte sie, während sie unter die Bettdecke glitt. «Weder notgeil noch abschätzig. Jedenfalls kein Schneckenblick.»

«Sondern?»

«Ich würde sagen: sachlich interessiert», antwortete Kizzy, stopfte sich das Kissen in den Rücken, angelte mit der Linken den Aktenordner vom Tisch und legte ihn sich auf den Schoß.

Marthaler nickte, dann schaltete er seinen Computer ein. Während er wartete, bis der Bildschirm das Startbild zeigte, hob er sein Weinglas, schwenkte es kurz, steckte die Nase hinein, roch den Duft und nahm schließlich schlürfend einen kräftigen Schluck. Den ließ er mit geschlossenen Augen in seinem Mund kreisen.

Kizzy kicherte. «Was machst du, Robert Marthaler? Spielst du den Connaisseur? Das passt nicht zu dir!»

«Wir kennen uns noch nicht mal vierundzwanzig Stunden, und du willst mir bereits erklären, was zu mir passt?»

«Aber du selbst kennst dich gut genug, um zu wissen, dass ich sehr wohl recht habe.»

Treffer, dachte Marthaler, die Dame ist flink.

«Bist du verheiratet oder in einer festen Beziehung?», fragte Kizzy überraschend.

«Erstens nein, zweitens gerade nicht mehr», antwortete Marthaler. «Und du?»

«Gleiche Antwort.»

«Und da wir uns ja bereits so nahegekommen sind, noch mal meine Frage: Was ist mit deinem Auge?»

Kizzy zögerte, dann reckte sie das Kinn. «Nichts. Ich hab ihn rausgeworfen.»

«Wen hast du rausgeworfen?»

«Meinen Mec.»

«Er hat dich geschlagen?»

Sie zuckte mit den Schultern.

«Und das war nicht das erste Mal?»

Sie zuckte noch einmal mit den Schultern. «Und was, wenn ich es mag?», fragte sie schließlich.

«Geschlagen zu werden?»

Kizzy nickte. «Oder wenn ich zuerst zugeschlagen habe?»

«Was auch immer es war, du willst mir offensichtlich klarmachen, dass es mich nichts angeht.»

«Vielleicht. Vorerst», sagte sie, um dann nach einer langen Pause gähnend hinzuzufügen: «So übel siehst du doch gar nicht aus … finde ich.»

Wieder hatte sie Marthaler überrumpelt mit ihrer Bemerkung. Er konnte nur raten, was gerade in Kizzys Gedanken vorgegangen war. Es hörte sich an, als sei der letzte Satz das Ergebnis eines inneren Selbstgesprächs. Da er nicht wusste, was er antworten sollte, schüttelte Marthaler den Kopf.

«Was ist?», fragte sie. «Du siehst mich an, als wäre ich verrückt.»

«Und?»

«Ich bin verrückt. Aber es ist nicht so schlimm.»

«Weißt du was, Kizzy, vielleicht solltest du jetzt besser schlafen.»

«Ich will aber noch ein wenig arbeiten.»

«Dann tu das! Und lass mich bitte dasselbe tun.»

VIER

Er loggte sich ins Intranet der Kriminalpolizei ein, tippte das Stichwort «Wintergarten» in die Suchmaske und sah Sekunden später, dass die Kollegen bereits ein umfangreiches Dossier angelegt hatten.

Für jedes Opfer, das noch am Tatort gestorben war, hatte man eine Datei erstellt, die alle verfügbaren Informationen enthielt: Name, Geburtsdatum, Wohnort, Beruf, eventuelle Vorstrafen, Grund des Aufenthalts im «Wintergarten» und – soweit bereits von der Rechtsmedizin bekanntgegeben – Art der Verletzungen und Todesursache. Tatortfotos zeigten jeden Leichnam in der Totalen und im Detail. Digitalisierte Fingerabdrücke und die Ergebnisse der DNA-Analyse waren beigefügt. Darunter hatte man die Gegenstände und Kleidungsstücke gelistet, die dem Opfer zugeordnet werden konnten. Eine weitere, viele Seiten umfassende Aufstellung enthielt sämtliche Asservate, deren Eigentümer noch nicht feststand. Carlos Sabato hatte sie mit einer wütenden Anmerkung in roten Großbuchstaben versehen: «Sortiert euren Mist doch alleine! Dafür habe ich nicht studiert! – CS»

Ähnliche Dateien wie für die Todesopfer hatte man auch für die Verletzten angefertigt. Direkt hinter deren Namen fand sich jeweils ein Vermerk, in welchem Krankenhaus sie behandelt wurden, ob sie vernehmungsfähig, nicht vernehmungsfähig oder an den Folgen ihrer Verletzungen verstorben waren.

Einen großen Teil des Dossiers nahmen die Protokolle der Gespräche ein, die mit den zahlreichen Augenzeugen geführt worden waren. Trotz ihres Umfangs erwiesen sich die Aussagen als wenig ergiebig. Zumeist liefen sie auf die immer gleichen Formulierungen hinaus: dass man sich selbst habe «in Sicherheit bringen» müssen, dass «alles sehr schnell gegangen» sei und man die Täter unter ihrer Maskierung nicht habe erkennen können.

Am Ende fast aller Dokumente fand sich das Kürzel «n. u.» – noch unvollständig. Es wies darauf hin, dass die Ermittlungen nicht abgeschlossen und viele Ergebnisse noch unsicher waren.

Die Motorräder, auf denen die Täter laut Augenzeugen geflohen waren, hatte man inzwischen identifiziert. Sie waren von einer Kamera der Verkehrsüberwachung aufgenommen worden, als sie sich vom Platz der Republik aus über die Mainzer Landstraße stadtauswärts bewegten. Zwei Maschinen, die erst vor wenigen Tagen gestohlen worden waren: eine nahezu neue BMW F 800 Scrambler und eine zehn Monate alte Triumph Rocket III Roadster. Beide Krafträder waren zudem mit gefälschten Kennzeichen ausgestattet worden.

Noch während Marthaler das las, blinkte auf dem Bildschirm eine Meldung: «Dieser Eintrag wurde soeben aktualisiert.» Er rief die neue Version auf und erfuhr, dass die Motorräder am frühen Abend in einem stillgelegten Steinbruch in der Nähe von Waldsolms im Hintertaunus gefunden worden waren.

Fest stand inzwischen ebenfalls, welche Waffen die Täter benutzt hatten: Es handelte sich um zwei Sturmgewehre vom Typ AK-74M der russischen Firma Ischmasch, landläufig bekannt als Kalaschnikow.

Nachdem er das gesamte Dossier einmal überflogen hatte, beschloss Marthaler, sich als Nächstes den Film über den Tatablauf anzuschauen, den seine Kollegen Sven Liebmann und Kai Döring erstellt hatten. Obwohl der Überfall auf das Restaurant «Wintergarten» nur wenige Minuten gedauert hatte, war die Dokumentation der beiden fast eine halbe Stunde lang. Wie sie in einem kurzen Vortext erläuterten, hatten sie dieselben Ereignisse aus den Blickwinkeln unterschiedlicher Kameras hintereinandergeschnitten. Wenn ihnen von den Augenzeugen private Handyaufnahmen zur Verfügung gestellt worden waren, hatten sie auch diese an passender Stelle einmontiert.

Wie fast immer auf den Bildern von Überwachungskameras sah man die Personen in Schwarzweiß, von schräg oben und in mangelhafter Qualität. Das Video war mit kurzen Kommentierungen versehen, die sich auf die Ermittlungsergebnisse stützten und die verdeutlichen sollten, was zu sehen war. Der Film trug den Titel «Wintergarten, 28. August 2013 – 14:28 bis 14:36 Uhr».

In einer Totalen aus der Vogelperspektive sah man den großen, lichtdurchfluteten Saal, die Tische mit den Gästen, die ihre Mahlzeit einnehmen, dazwischen andere mit einem Tablett in den Händen, nach einem Platz suchend, das Service-Personal, das benutztes Geschirr einsammelt, alle winzig. – Schnitt, draußen, Mainzer Landstraße: Auch hier, vor dem Haupteingang zur DZ-Bank, kleine Gruppen, einzelne

Personen, manche ein wenig abseits, einige rauchend, viele telefonierend. Passanten, die achtlos vorbeilaufen an der zwölf Meter hohen Krawatte aus Stahl, Beton und Kunstharz, einer Skulptur auf dem Vorplatz des Hochhauses, die Marthaler immer ein wenig albern gefunden hatte. Auf der vierspurigen Straße Auto an Auto, der Verkehr immer wieder stockend, einmal ein Einsatzfahrzeug der Feuerwehr, das sich den Weg bahnt.

Das alles wirkte fast ein wenig niedlich, so als würde man von oben auf eine Modellbahnlandschaft schauen, die man sich auf dem Dachboden aufgebaut hatte.

14:28 Uhr: Auf dem Bürgersteig nähern sich zwei Männer zu Fuß dem Haupteingang, beide dunkel gekleidet, beide tragen Basecaps und Sonnenbrillen. Zoom auf die Köpfe, das Bild hält kurz an. – Kommentar: *Die beiden Schützen auf dem Weg zum Tatort. Der rechte, Täter A, etwa 175 cm groß, ca. 80 Kilo, zwischen 35 und 45 Jahre alt. Der linke, Täter B, etwa 180 cm groß, ca. 80 Kilo, zwischen Ende zwanzig und Anfang dreißig.* – Schnitt, draußen: Dieselben Männer biegen nach links ab in die Westendstraße und gehen auf den Seiteneingang des Restaurants zu. Am Straßenrand steht ein dunkles SUV. – Kommentar: *Schwarzer Chevrolet Tahoe V8 LTZ, US-Modell. Kennzeichen gestohlen.* – Als die Männer die Höhe des SUV erreicht haben, öffnet sich die Heckklappe des Wagens, und die beiden werden kurz durch eine Gruppe Passanten verdeckt. Als man sie wieder sieht, haben die Täter ihre Kappen und die Sonnenbrillen abgelegt. Stattdessen tragen sie Sturmhauben, und jeder hält ein Schnellfeuergewehr in den Händen. Im selben Moment löst sich der Tahoe vom Straßenrand und verschwindet zügig aus dem Blickfeld der Kamera.

14:29 Uhr: Die Männer steuern nun direkt auf die Tür des ‹Wintergartens› zu. Zwei Sicherheitsleute stellen sich ihnen in den Weg. Es folgen zwei kurze Feuerstöße aus der Waffe des kleineren der beiden Vermummten. Beide Security-Männer gehen sofort zu Boden. – Kommentar: *Erstes Opfer: Erkut Diker, 36 Jahre, am Tatort verstorben. Zweites Opfer: Kevin Fischer, 22 Jahre, zunächst schwerverletzt, nicht vernehmungsfähig, inzwischen verstorben.*

Schnitt, drinnen, «Wintergarten», 14:30 Uhr: Aufgrund der Schüsse am Eingang kommt Bewegung in den Innenraum des Restaurants. Die Gäste zucken zusammen, wenden sich dem Lärm zu wie Metallspäne einem Magneten. Einige werfen sich auf den Boden, kriechen unter die Tische oder verschanzen sich hinter den Tablettwagen. Täter B, der größere der Angreifer, reißt seine Kalaschnikow hoch, schießt in die gläserne Decke des Restaurants und scheint etwas zu rufen. Einige Gäste verschränken die Arme über den Köpfen, um sich vor den herabregnenden Glassplittern zu schützen. – Kommentar: *Befehl der Angreifer an alle, sich sofort wieder auf ihre Plätze zu begeben.*

14:31 Uhr: Ein junges Paar, das der Aufforderung nicht nachkommt, sondern weiter unter einem Tisch Schutz sucht, wird auf der Stelle von Täter B erschossen. Auf dem Boden breitet sich in wenigen Sekunden stoßartig eine riesige Blutlache aus. – Kommentar: *Drittes und viertes Opfer: Kate und Eric Babcock, sie 24 Jahre, er 25 Jahre alt, Touristen aus Kanada, nicht deutschsprachig, beide sofort tot.*

14:32 Uhr: Täter A geht auf einen Tisch zu, an dem ein Mann und eine Frau sitzen. Er dreht sich zu seinem Komplizen um, als wolle er fragen: ‹Sind wir hier richtig?›, schießt aber auf die beiden, bevor er eine Antwort erhält. Der Mann sackt über dem Tisch zusammen, die Frau wird durch die Wucht des Feuerstoßes von ihrem Stuhl gerissen. Täter B geht zu der leblos auf dem Boden Liegenden, bückt sich, dreht sie so, dass er ihr Gesicht sehen kann, und schüttelt den Kopf. – Kommentar: *Fünftes Opfer: Peter Engel, 42 Jahre, Angestellter der DZ-Bank, lebensgefährlich verletzt, nicht vernehmungsfähig. Sechstes Opfer: Jayani Kapoor, 36 Jahre alt, Angestellte der DZ-Bank, am späten Abend des Überfalls in der Klinik verstorben.*

14:33 Uhr: Täter B wendet sich einer Gruppe zu, die an einem Tisch nicht weit vom Buffet im hinteren Teil des Restaurants sitzt – ein Mann, dessen Rücken der Kamera zugewandt ist, ihm gegenüber zwei Frauen. Der Zoom fährt auf die Köpfe der Frauen, das Bild gefriert. Links erkennt man eine Anfang bis Mitte Zwanzigjährige mit schulterlangem hellem Haar, neben ihr eine Mittdreißigerin mit dunklen Haaren, ebenfalls schulterlang. Als Täter B nur noch vier Meter von der Gruppe entfernt ist, nickt er in Richtung seines Komplizen und winkt ihn mit dem Kopf heran. B reißt die Kalaschnikow hoch, feuert zunächst auf die dunkelhaarige, dann auf die blonde Frau. Bei beiden hält er aus nächster Nähe auf die Gesichter. Es sieht aus, als würden die Schädel der Frauen explodieren. Der zur Gruppe gehörende Mann springt auf, wird aber im selben Moment von Täter A niedergestreckt, zuckt noch einmal und bleibt dann reglos am Boden liegen. – Kommentar: *Siebtes Opfer: Weiblich, Mitte dreißig, Identität unbekannt, sofort tot. Achtes Opfer: Weiblich, Anfang zwanzig, Identität unbekannt, sofort tot. Neuntes Opfer: Dr. Johannes Westhoff, 49 Jahre, Rechtsanwalt aus Frankfurt, spezialisiert auf Asyl- und Aufenthaltsrecht, sofort tot.*

Das war die Szene, auf die ihn Carlos Sabato hingewiesen und die Marthaler hatte sehen wollen. In der nächsten Einstellung kamen die beiden Männer vom Secret Service mit gezückten Pistolen durch den Haupteingang in das Restaurant. Sie verwickelten die Täter in eine Schießerei, die sofort außer Kontrolle geriet, ohne dass es gelang, einen der Angreifer zu treffen. In den folgenden zwei Minuten wurden weitere elf Menschen getötet oder verletzt. Mindestens zwei Gäste wurden durch Schüsse oder Querschläger der amerikanischen Sicherheitsbeamten getroffen, bevor diese selbst von den beiden Angreifern erschossen wurden. Kurz darauf verschwanden die Täter durch den Seiteneingang des «Wintergartens». Etwa vier Minuten später waren sie auf ihren Motorrädern ein letztes Mal von der Kamera der Verkehrsüberwachung am Platz der Republik aufgenommen worden. Ob der schwarze Chevrolet Tahoe auch bei ihrer Flucht eine Rolle gespielt hatte, war bislang nicht zu ermitteln gewesen.

Die Stehlampe neben der Schlafcouch war ausgeschaltet, und Kizzy Winterstein hatte die Augen geschlossen. Der Ordner, in dem sie gelesen hatte, war ihr aus den Händen geglitten und lag auf dem Boden.

«Schläfst du, Kizzy?», fragte Marthaler. Nach einer Weile wiederholte er seine Frage. «Kizzy, bist du noch wach? Wir müssen etwas besprechen.»

Mühsam schien sie sich an die Oberfläche kämpfen zu

müssen. Ihre Stimme klang matt und belegt. «Ich bin todmüde, gleichzeitig flattert mein Herz», sagte sie. «Weder kann ich schlafen, noch kann ich arbeiten. War alles ein bisschen viel heute. Und gestern auch schon. Was müssen wir denn besprechen?»

«Du musst dir unbedingt den Film anschauen. Kann sein, dass die Mutter von Mirsad und Bislim unter den Todesopfern im ‹Wintergarten› ist.»

Kizzy klappte ihre Lider kurz auf und legte die Stirn in Falten: «Wie kommst du denn darauf?»

«Eines der Opfer ist eine dunkelhaarige Frau, die keine Papiere bei sich hatte. Ihre Identität ist bis jetzt ungeklärt. Vom Alter her würde es passen. Sie wird auf Mitte dreißig geschätzt. Mit ihr erschossen wurde ein Rechtsanwalt, der sich um Flüchtlinge und Asylbewerber gekümmert hat, und eine jüngere Frau, von der man ebenfalls nicht weiß, wer sie ist.»

«Und was, wenn die Frau die Geliebte dieses Anwalts ist oder eine Bekannte, vielleicht eine Kollegin, die einfach ihren Ausweis vergessen hat? Schleppst du ständig deine Papiere mit dir rum? Wenn du ein weiteres Indiz für deine Vermutung hättest, Robert, wäre das hilfreich.»

«Es gibt ein weiteres Indiz, aber ich komme nicht drauf. Es hat etwas mit dem zu tun, was du erzählt hast, und mit einem Gegenstand, den ich gestern bei Sabato im Labor gesehen habe.»

«Werden wir das heute Nacht klären?», fragte Kizzy.

«Eher nicht», gab Marthaler zu.

«Könntest du dir vorstellen, dich stattdessen auszuziehen, zu mir zu kriechen und eine Hand zwischen meine Beine zu legen?»

Marthaler war zu überrascht, um reagieren zu können.

«Sag einfach ja oder nein! Beides ist in Ordnung und hat keine Folgen. Hauptsache, du schweigst nicht so lange, bis es mir peinlich wird.»

«Ja», sagte Marthaler, ohne weiter zu überlegen, «das könnte ich mir vorstellen. Aber ich weiß nicht, ob ich auch mit dir schlafen möchte.»

«Alles ist unsicher», sagte Kizzy. «Das ist normal. Eben noch ‹ja› kann jetzt schon ‹nein› heißen. Damit müssen wir immer rechnen. Komm einfach her, ich möchte nicht länger reden!»

Sie lag auf dem Rücken und hatte die Augen geschlossen. Marthaler musste sie ein wenig zur Seite drängen, um noch Platz neben ihr zu haben. Er legte sein Gesicht an ihren Hals und sog den Geruch ihrer Haut ein. Nachdem er seine Finger fünf Minuten lang über ihren Körper hatte gleiten lassen, merkte er, dass ihr Atem ruhiger wurde.

«Du bist ganz schön mager, Kizzy», sagte er flüsternd, als er ihren Hüftknochen an der Innenseite seines Handgelenks spürte.

«Ich weiß», sagte sie. «Das ändert sich, wenn's mir wieder bessergeht ... Ich glaub, ich kann jetzt einschlafen, Robert. Bleib einfach so neben mir liegen! Morgen früh sehen wir weiter, ja?»

«Ja», sagte Marthaler. «Gute Idee!» Dann schloss er die Augen.

Am frühen Morgen schliefen sie dann doch noch miteinander.

«Ganz schön eng, diese Bettcouch», hatte Kizzy mit

kratziger Stimme in Marthalers Ohr geraunt, als sie merkte, dass er ebenfalls im Begriff war, wach zu werden. «Vielleicht sollten wir's mal übereinander versuchen.»

Es war kaum mehr als ein kurzes, hitziges Aufbäumen ihrer schlaftrunkenen Körper. Nach nicht einmal zehn Minuten lagen sie bereits wieder – schnaufend, schweigend, Rücken an Rücken – nebeneinander.

«Es war völlig okay, Robert», sagte Kizzy nach einer Weile. «Du weißt nicht, was ich mag. Ich weiß nicht, was du magst. Woher auch? Deshalb ist das erste Mal eigentlich nie so der Superhit.»

«Ah ja?»

«Ja, glaub mir, es liegt an dieser seltsamen Mischung: Man ist interessiert und misstrauisch, nervös und gierig zugleich. Manchmal hat man auch das Gefühl, es hinter sich bringen zu müssen. Und dass man danach ein wenig befangen und schwermütig an die Wand glotzt, ist auch normal.»

Marthaler lachte. «Du scheinst dich auszukennen, Kizzy Winterstein.»

«Mit den Männern? Ja, ich denke, das tue ich. Aber es hat mir noch nie etwas genützt. Ich bin trotzdem immer barfuß von einem in den nächsten Misthaufen getappt.»

«Danke!», sagte Marthaler.

«Nein, so war das nicht gemeint. Was *du* bist, kann ich noch nicht einschätzen.»

Marthaler hatte seine Unterhose übergestreift, sich in den Sessel gesetzt und sah Kizzy an. «Soll ich uns einen Kaffee machen?»

«Gleich», sagte Kizzy. «Erst möchte ich, dass du noch etwas weißt.»

«Nämlich?», fragte Marthaler.

«Ich mache, was ich will. Ich denke, es ist besser, dir das gleich zu sagen. Ich mache immer, was ich will …»

Marthaler nickte. «Das sagt man mir ebenfalls nach.»

«Nein, bitte nick nicht einfach, ich …»

«Kizzy, ist gut! Wir haben miteinander geschlafen, das ist alles. Du hast Angst, dass ich mich in dich verliebe, aber das wird nicht passieren. Also musst du mir auch keine Bedienungsanleitung für ein Zusammenleben mit dir geben!»

Kizzy hatte die Stirn in Falten gelegt. «Und warum wirst du dich nicht in mich verlieben? Weil ich … nicht liebenswert bin?»

Marthaler geriet kurz ins Stottern. Erst als Kizzy ihn spöttisch anlächelte, merkte er, dass sie die Frage nicht ernst gemeint hatte.

FÜNF

Zu spät, dachte Marthaler, der gehofft hatte, noch duschen und sich anziehen zu können, bevor Elvira den Dienst antrat. Jetzt hörte er sie im Vorzimmer bereits telefonieren. Er wartete, bis sie ihr Gespräch beendet hatte, dann öffnete er die Tür, ohne Rücksicht darauf, dass er noch immer nichts als seine Unterhose anhatte und Kizzy hinter ihm gerade nackt durchs Büro huschte.

Elvira sah ihn mit großen Augen an: «Robert, was …?»

«Wir haben lange gearbeitet und beide in meinem Büro übernachtet. Alles andere geht dich nichts an. Und komm mir jetzt bitte nicht wieder mit der aparten Redaktionsassistentin Henriette Fendel!»

In Elviras Mundwinkeln zeigte sich ein feines Lächeln. «Genau das wollte ich tun – sie hat gerade angerufen. Sie lässt dir ausrichten, dass sie gerne einen Kaffee mit dir trinken möchte.»

«Wenn sie sich wieder meldet, sag ihr, dass ich dafür im Moment keine Zeit habe.»

«Also gibst du ihr einen Korb wegen …» Elvira machte eine Kopfbewegung, die auf Kizzy hindeuten sollte.

«Ich war noch nicht fertig, Elvira. Sag Frau Fendel bitte, dass ich mich sehr freuen würde, wenn ihr Angebot in drei Wochen noch gilt. Und jetzt schau bitte, ob die Luft rein ist auf dem Flur, dann kann ich rasch unter die Dusche flitzen.»

«Und wieder hast du nicht angeklopft», sagte Carlos Sabato und drehte sich auf seinem Arbeitsstuhl um. «Ist Kizzy noch da?»

Marthaler nickte.

Sabato lächelte ihn mit fast lüsterner Neugier an. «Und?»

Marthalers Erwiderung klang unwirsch und irritiert zugleich, da er Anzüglichkeiten von Sabato nicht kannte. «Was soll die Frage, Carlos? Du willst nicht wirklich wissen, ob ich mit Kizzy …?»

«Ob du mit ihr den Wein getrunken hast. Und wie er euch geschmeckt hat.»

Marthaler schloss kurz die Augen, dann lächelte er. «Wir haben eine deiner beiden Flaschen geleert. Kizzy hat zwei Gläser eher gekippt als getrunken und ist darüber eingeschlafen. Ich will nicht den Connaisseur spielen, aber von dem Glas, das ich getrunken habe, habe ich jeden Schluck genossen. Die zweite Flasche bring ich euch als Gastgeschenk mit, wenn ich demnächst von Elena und dir zum Essen eingeladen werde.»

Sabato nickte zufrieden. «Dein Mobiltelefon ist in Ordnung», sagte er. «Deinen Rechner hat man geklont. Unser IT-Mann sagt, dass du wohl nicht ganz auf der Höhe der Zeit bist.»

«Warum sagt er das?»

«Weil er festgestellt hat, dass du deinen Computer offenbar nicht häufig benutzt.»

«Euer Mann hat recht, trotzdem ist das ganz allein meine Sache.»

«Du bist abgesaugt worden, Robert. Unser Mann sagt, du bist dupliziert worden.»

«Heißt?»

«Nicht nur sämtliche Daten auf deinem Rechner, sondern dein ganzes System wurde auf einen externen Speicher kopiert.»

«Weiß man, wann das passiert ist?»

«Wir können den Zeitraum auf die Sekunde genau eingrenzen.»

«Lass mich raten!», sagte Marthaler. «Es war am 31. August, vormittags.»

Sabato nickte. «Hast du jetzt ein Problem, nachdem du dupliziert worden bist?»

«Nicht ich bin dupliziert worden, Carlos, sondern der Inhalt meines Computers. Und … nein, ich weiß nicht, ob ich jetzt ein Problem habe. Aber dass ich nicht ganz auf der Höhe der Zeit bin, könnte sich nun als Glücksfall erweisen, stimmt's?»

Sabato lächelte. «Je weniger sensible Daten du gespeichert hast, umso besser. Lass dir am besten ein anderes, schnelleres Notebook geben, auf dem unsere neuesten Sicherheitsprogramme installiert sind.»

«Ja», sagte Marthaler, «oder ich kaufe mir einen Füllfederhalter und ein neues Notizbuch.»

«Hast du dir den Film inzwischen angeschaut?», fragte Sabato.

Marthaler nickte.

«Und? Was sagst du dazu?»

«Ich sage, dass ihr recht habt mit euren Schlussfolgerungen: Die beiden Wachleute wurden erschossen, damit die Angreifer ungehindert ins Innere des ‹Wintergartens› gelangen konnten. Das junge Paar aus Kanada, Kate und

Eric Babcock, musste wahrscheinlich sterben, weil die beiden kein Deutsch konnten. Sie haben einfach die Aufforderung der Täter nicht verstanden, dass sie sich wieder auf ihre Plätze begeben sollen. Dann die beiden Angestellten der DZ-Bank – sie sind offensichtlich Opfer einer Verwechslung geworden. Gibt es Neuigkeiten über den Mann?»

«Sein Zustand ist weiterhin kritisch. Die Ärzte sagen, dass er auf absehbare Zeit keinesfalls vernehmungsfähig ist.»

«Ich bin ganz eurer Meinung», sagte Marthaler. «Es sieht so aus, als ob zunächst sechs Menschen erschossen oder schwer verletzt wurden, bevor die Angreifer dort waren, wo sie hinwollten. Man kann den Film nicht anders deuten: Hauptziel des Anschlags waren das siebte, achte und neunte Opfer, der Anwalt Johannes Westhoff und die beiden Frauen. Ihr habt sie noch immer nicht identifiziert?»

Sabato presste kurz die Lippen aufeinander. «Mierda, nein! Und das ist das Dringendste, was passieren muss, sonst kommen wir nicht weiter.»

«Die DNA-Analyse?»

«Ist sofort beim BKA gemacht worden, weil die Frankfurter Rechtsmedizin überlastet war, hat aber keinen Treffer erzielt. Niemand scheint die beiden zu vermissen. Döring und Liebmann sind der Auffassung, dass es sich um geflüchtete Frauen ohne Aufenthaltsgenehmigung handeln könnte.»

«Ja», sagte Marthaler, «und ich gehe noch einen Schritt weiter: Ich behaupte, das siebte Opfer, die Frau Mitte dreißig mit den dunklen Haaren, ist die Mutter der beiden Jungen, deren Leichen im Stollen der Grube Kreuzberg gefunden wurden.»

Carlos Sabato sah seinen Freund und Kollegen lange an. Mit jeder Sekunde wurde sein Blick skeptischer. «Ich nehme an, das ist wieder so ein Gefühl von dir.»

«So ist es, aber das Gefühl hat einen Grund. Es hat mit einem Wort zu tun, dass ich vorgestern hier bei dir gelesen habe, als du mich auf die Asservate aus dem ‹Wintergarten› aufmerksam gemacht hast. Aber erst seit gestern ist mir klar, dass dieses Wort etwas zu bedeuten haben muss.»

«Natürlich fällt dir das Wort nicht ein!»

Marthaler überhörte den spöttischen Unterton: «Nein, obwohl ich mir den Kopf zermartere. Und leider hast du inzwischen hier alles verräumt.»

Sabato stöhnte: «Lass mich kurz in mein Arbeitsbuch schauen, dann weiß ich, welche Asservate ich seit vorgestern untersucht habe.»

Marthaler sah zu, wie der Kriminaltechniker die grauen, an den Wänden gestapelten Plastikkisten in eine neue Reihenfolge brachte, wie er einzelne Gegenstände von dem langen Arbeitstisch nahm und andere darauf verteilte. Nach fünf Minuten gab Sabato mit einer Handbewegung zu verstehen, dass er fertig war. «So ungefähr müsste der Raum ausgesehen haben, als du vorgestern hier warst. Und jetzt sieh zu, dass du das Wort findest und dass aus deinem Gefühl Gewissheit wird!»

Marthaler zog das Paar Schutzhandschuhe über, das Sabato ihm wortlos hinhielt. Dann ging er langsam vor dem Tisch auf und ab und studierte sorgfältig die Asservate. Dabei konzentrierte er sich auf jene Objekte, die auf die eine oder andere Weise beschriftet waren.

Er hob einen blau- und orangefarbenen Kugelschreiber auf, der die Aufschrift «DZ Bank – Zusammen geht mehr» trug, legte ihn aber gleich wieder zurück. Als Nächstes schaute er sich einen beschädigten und mit Blutspritzern befleckten Boarding-Pass der Air Canada an, der auf den Namen Kate Babcock ausgestellt war. Dann die zerfetzte Titelseite einer Theaterzeitschrift, auf der ein Abonnenten-Etikett klebte mit der Adresse des Frankfurter Verlags der Autoren, der seinen Sitz nur wenige hundert Meter vom Tatort entfernt in der Taunusstraße hatte. Weder die bedruckte Jutetasche einer Supermarktkette noch eine angebrochene Packung «Fisherman's Friend» löste bei Marthaler die Erinnerung an ein bestimmtes Wort aus. Genauso wenig wie die Schachtel eines Blutdruckmittels und der Werbeprospekt einer Immobilienfirma.

Er schüttelte den Kopf.

«Was ist?», fragte Sabato.

«Nichts! Es zündet nichts!»

Er ging ein paar Schritte weiter, blieb vor den gestapelten Kisten stehen, warf einen Blick in die oberste und stutzte im selben Moment. Er fischte einen kleinen Druckverschlussbeutel hervor und betrachtete lange den Inhalt. Es handelte sich um ein kleines Stück rot gefärbter Pappe, auf dem ein einziges Wort zu erkennen war.

«Wo ist das gefunden worden?», fragte Marthaler mit brüchiger Stimme.

«Das weiß ich nicht», antwortete Sabato. «Es ist einer der Gegenstände, denen die amerikanischen Kollegen keinen Fundort zugeordnet und den sie am Tatort nicht fotografiert haben. Das heißt, sie haben den Schnipsel irgendwo im ‹Wintergarten› aufgelesen, haben ihn dann mitgenommen und später an uns abgegeben. Offensichtlich handelt es sich um das Stück einer Visitenkarte, das in einer Blutlache gelegen hat. Untersucht hab ich es noch nicht ... Aber Robert, was ist plötzlich mit dir? Hat jetzt doch etwas gezündet?»

«Und ob», erwiderte Marthaler. «Das einzige Wort, das man auf dieser Visitenkarte noch lesen kann, ist der Name ‹Soffie›. Und das ist der Name, den die Brüder Mirsad und Bislim mehrfach wiederholt haben. Sie haben gesagt: ‹Mama Sophie›.»

«Ich bin mir nicht sicher, ob es sich wirklich um einen Namen handelt», wandte Sabato ein. «Siehst du den großen Leerraum hinter dem Wort ‹Soffie›? Dort hätte längst der zugehörige Nachname beginnen müssen.»

«Tu mir einen Gefallen, Carlos: Überlass mir das Tütchen! Ich nehm es nachher mit in die Rechtsmedizin. Die sollen so schnell wie möglich feststellen, ob es sich um das Blut der dunkelhaarigen Unbekannten handelt. Und darf ich kurz deinen Rechner benutzen?»

«Täubchen hat gerade angerufen», sagte Kizzy, die vor Marthalers Schreibtisch stand und auf den Bildschirm des Computers schaute. «Er hat Louise Manderscheid das alte und das neue Phantombild des Zopfmannes gezeigt. Sie sagt, beide Porträts hätten keine Ähnlichkeit mit dem Callboy, der sie gestern besucht hat.»

«Okay, Kizzy», erwiderte Marthaler mit aufgeregter

Stimme, «das ist jetzt nicht so wichtig. Ich habe gerade eine Entdeckung gemacht …»

«Nein, erst lässt du mich ausreden. Hubers Leute haben heute Morgen auf der Grube Kreuzberg das Mobiltelefon von diesem Callboy, von Richard Kantereit, gefunden.»

Marthaler hob die Brauen und sah Kizzy fragend an.

«Es lag auf dem Waldboden, nicht weit vom Eingang des Stollens entfernt. Es war zwar eingeschaltet, aber der Akku war leer, deshalb haben wir es nicht orten können.»

Marthaler brauchte einen Moment, um die Informationen zu verarbeiten. «Verdammt, das hieße …»

«Vorgestern Nachmittag, als er seinen Zusammenstoß mit den beiden Jungen hatte, hat er sich ausschließlich in der Nähe des Hauses aufgehalten. Er muss also später am Stollen gewesen sein und dabei sein Telefon verloren haben. Wenn Kantereit nicht der Zopfmann ist, dann hieße das, wir hätten es womöglich doch mit zwei Tätern zu tun.»

«Und es fehlt immer noch jede Spur von diesem Mann?»

Kizzy nickte. «Ja, und dass er abgetaucht ist, spricht nicht für seine Unschuld. Seine Wohnung wird überwacht, nach seinem Wagen wird gefahndet, sämtliche Jaguar-Werkstätten sind benachrichtigt, für den Fall, dass er bei einer von ihnen die Rückscheibe seines Wagens austauschen lassen will.»

«Gut», sagte Marthaler. «Mehr können wir im Moment nicht tun … Du hast dir den Film angesehen?»

Kizzy nickte. «Bin gerade durch. Es stimmt, alles spricht dafür, dass der Anwalt und die unbekannten Frauen das Hauptziel des Anschlags im ‹Wintergarten› waren. Aber ob die ältere der beiden wirklich die Mutter der Jungen …»

«Warte, Kizzy!», unterbrach Marthaler seine Kollegin. Er hielt ihr das Tütchen mit der blutigen Visitenkarte hin. «Das hier ist in dem Restaurant gefunden worden. Erinnert dich das an etwas?»

Kizzy zögerte lange. «Die Jungen haben gesagt, dass ihre Mutter Sophie heißt. Aber ich hätte es anders buchstabiert.»

«Komm», sagte Marthaler, «lass uns bei Harry Frühstück holen. Unterwegs erzähle ich dir, was ich herausgefunden habe, als ich das Wort durch ein paar Suchmaschinen habe laufen lassen.»

«Soffie ist auch in dieser Schreibweise ein weiblicher Vorname», sagte Marthaler. «Unter anderem nennt sich eine Schauspielerin so, die in einigen Pornofilmen mitgespielt hat. In der polnischen Stadt Opole gibt es einen ‹Night Club Soffie› und in Kopenhagen eine ganz seriöse Tanzschule mit diesem Namen. Soffie heißt auch ein Süßwasserfisch, eine nicht sehr große Karpfenart, die vom Aussterben bedroht und deshalb ganzjährig geschützt ist. Die Fische leben in den Unterläufen kleinerer, klarer Flüsse. Es gibt sie nur noch in der Schweiz, im Süden Frankreichs und in Spanien.»

Marthaler merkte, dass Kizzy ungeduldig wurde. «Gut, Robert. Und was schließt du jetzt aus deiner Recherche?»

«Warte, es gibt auch noch einen Verein, der sich den Namen SOFFIE gegeben hat, der seinen Sitz in Bad Ems hat. Hier sind die Buchstaben eine Abkürzung für ‹Soziale Offensive für flüchtende Frauen in Europa›.»

Kizzy tippte sich mit den Fingerspitzen an die Stirn.

«Na klar, Mensch. Dass ich da nicht gleich dran gedacht habe! Mit denen hatte ich schon zu tun. SOFFIE ist eine Supersache. Eine gemeinnützige Organisation, die sich um Migrantinnen kümmert, die in Not geraten sind, um die Frauen und um ihre Kinder. Dort arbeiten neben Psychologinnen auch Juristen, die bei Fragen zum Aufenthaltsrecht weiterhelfen oder den Frauen Rechtsbeistand geben, wenn sie vor Gericht gegen Schleuser aussagen sollen, die sie mit falschen Versprechungen nach Deutschland gelockt haben. Sie bieten in gewissem Rahmen finanzielle Unterstützung, und eines ihrer größten Anliegen ist es, den geflüchteten Frauen beim Ausstieg aus der Prostitution zu helfen.»

«Kizzy Winterstein, du bist wirklich ein Herzchen», sagte Marthaler, als sie jetzt vor Harrys Bäckerei in der Schlange standen. «All diese Informationen hab ich mir mühsam aus der ziemlich umfangreichen und ebenso chaotischen Internetseite von SOFFIE e.V. zusammengesucht, und du hältst mir hier in freier Rede ein perfektes Referat über den Verein. Dann hätte ich mir die Arbeit auch sparen können.»

«Entschuldige, Robert Marthaler, aber ich war vernagelt. Ich hab auch nur an den Vornamen gedacht, an Sophie Marceau, Sophie Scholl oder Miss Sophie aus ‹Dinner for One›.»

«Bitte schön, was darf es sein?», fragte die junge Verkäuferin mit dem breiten Gesicht und dem flackernden Lächeln, das eine gewisse Ungeduld signalisierte angesichts der vielen Kunden, die inzwischen hinter ihnen warteten.

«Darf ich einfach für dich entscheiden?», fragte Marthaler. «Lieber süß oder deftig?»

«Gerne beides», sagte Kizzy. «Ich hab Hunger wie eine Schwangere.»

Marthaler sah sie an und beließ es dabei, die Augen zu verdrehen. Er bestellte vier Maisbrötchen, vier Laugencroissants, vier Buttercroissants und vier Quarkbrötchen. «Ach ja, und zwei Knusperstangen», fügte er hinzu, als die Verkäuferin bereits alles in die Kasse getippt hatte.

Er brauchte beide Arme, um die zwei prall gefüllten Tüten mit Gebäck entgegenzunehmen.

Kizzy schaute ihn ungläubig an: «Selbst wenn ich tatsächlich schwanger wäre, könnte ich nicht die Hälfte davon verdrücken», sagte sie.

Marthaler lachte. «Elvira und Sabato werden uns helfen. Und im Gegensatz zu dir wird Carlos eher skeptisch sein, ob das für uns vier auch ausreichen wird.»

Wieder auf der Straße, kam Kizzy auf ihr eigentliches Thema zurück. «Es gibt übrigens Kollegen, die nicht ganz so gut auf SOFFIE zu sprechen sind.»

«Das heißt?»

«Der Verein ist oft ein wenig störrisch, wenn es um die Zusammenarbeit mit den Behörden geht. Wie auch andere Hilfsorganisationen misstrauen sie der Polizei. Sie vertreten die Auffassung: Wir sind für die geflüchteten Frauen und ihre Kinder da und nicht für die Einhaltung des Aufenthaltsrechts.»

«Du meinst, sie schützen auch Illegale?»

«Na ja – kein Mensch ist illegal, sagen sie. Und: Wer seine Heimat verlässt, hat immer triftige Gründe, so oder so. Also gewähren sie fast allen Schutz, die bei ihnen anklopfen, und gelegentlich weigern sie sich, die Personalien der Geflüchteten herauszugeben. Täubchen würde den Verein wohl zu den Heiligen Schwestern der Barmherzigkeit zählen.»

«Wir müssen mit SOFFIE Kontakt aufnehmen, was denkst du?»

«Ja», sagte Kizzy. «Lass uns so schnell wie möglich nach Bad Ems fahren.»

«Allerdings werden wir einen kleinen Umweg über die Kennedyallee nehmen. Das Zentrum für Rechtsmedizin muss rasch eine Analyse der blutigen Visitenkarte vornehmen. Und ich möchte wissen, ob Thea Hollmann uns bereits erste Ergebnisse über die Obduktion der Jungen mitteilen kann.»

«Und was ist mit unserem Frühstück?», fragte Kizzy.

«Es gibt noch Käse und Schinken in der Teeküche», sagte Marthaler. «Wir belegen uns einfach die Brötchen und fahren dann los. Wir haben ja bereits Übung darin, unsere Mahlzeiten im Wagen einzunehmen.»

SECHS

«Sie ist gerade gegangen», sagte Thea Hollmanns Sekretärin und warf einen skeptischen Blick auf Kizzy Winterstein. «Meine Chefin hat die ganze Nacht durchgearbeitet, jetzt will sie endlich ins Bett. Wenn ihr sie noch kriegen wollt, müsst ihr euch beeilen. Soviel ich weiß, steht ihr Wagen im Parkhaus an der Einfahrt zur Uniklinik.»

«Also müssen wir das gesamte Krankenhausgelände durchqueren», wandte Marthaler ein.

«Thea muss das auch, Herr Hauptkommissar, und sie hat nicht geschlafen – im Gegensatz zu Ihnen, nehme ich an.»

Marthaler winkte ab und legte ihr das Tütchen mit der Visitenkarte auf den Schreibtisch. «Davon brauchen wir eine DNA-Analyse. Und es muss schnell gehen!»

Mit vollkommen ausdruckslosen Augen sah ihn die Frau durch ihre dicken Brillengläser an. Dann bedachte sie Marthaler mit einem leblosen Lächeln. Schließlich wandte sie sich ohne ein weiteres Wort von ihren Besuchern ab und ihrem Bildschirm zu.

«Komm», sagte Marthaler, «lass uns spurten.»

Sie verließen die alte Villa an der Kennedyallee, in der das Institut der Rechtsmedizin untergebracht war, und liefen zwischen den zahllosen kleinen und großen Gebäuden des Klinikums Richtung Main.

«Das ist doch kein Ort, wo sich ein Kranker erholen kann», meinte Kizzy, die plötzlich stehen geblieben war, «das ist die Hölle.»

Sie zeigte mit beiden Händen auf die Baustellen, die rechts und links von ihnen die Straße säumten. Überall um sie herum wurden alte Häuser zertrümmert und neue gebaut. Abrissbirnen brachten Gebäude zum Einsturz, Presslufthämmer zertrümmerten Betonfundamente, und riesige LKW kippten Kies und Sand auf die abgesperrten Areale und in die Baugruben. Raupen, Bagger und Kräne bestimmten das Bild.

Es herrschte ein so undurchdringlicher, pausenloser Lärm, dass sie schreien mussten, um einander zu verstehen.

«Das ist seit Jahren die größte Baustelle Hessens», rief Marthaler. «Und es wird noch einige Zeit so weitergehen. Am Ende wird das Land hier mindestens 700 Millionen Euro ausgegeben haben.»

«Soll man das gut finden? Ist solcher Größenwahn nicht selbst krank?», fragte Kizzy.

Marthaler hob die Schultern. «Ich weiß es nicht», sagte er. «Wenn es nötig ist, möchte jeder optimal und nach den neuesten Standards der modernen Medizin versorgt werden. Und jeder würde am liebsten in einem ruhigen, geräumigen und geschmackvoll eingerichteten Einzelzimmer seiner Genesung entgegensehen und dabei nur Vogelgezwitscher und Blätterrauschen aus dem Park hören … Komm, lass uns ein wenig Tempo machen, da vorne ist Thea Hollmann!»

Direkt neben der größten Baustelle erreichten sie die Rechtsmedizinerin. Marthaler tippte ihr auf die Schultern, sodass sie erschrocken herumfuhr.

«Entschuldige, Thea! Ich hab zweimal deinen Namen gerufen, aber du hast mich nicht gehört.»

Sie lächelte gequält. «Schon okay. Ich bin so erschöpft, dass mich das Geräusch eines fallenden Blattes erschrecken würde.»

Sie fassten sich gegenseitig an die Oberarme und küssten einander auf beide Wangen. Dann schaute Marthaler ihr für einen Moment besorgt in die Augen. «Aber sonst geht's dir gut?», fragte er.

Sie gingen ein paar Meter weiter, um wenigstens dem allergrößten Lärm zu entkommen.

«Ja», sagte sie. «Sonst geht's mir gut. Noch besser ginge es mir, wenn ich mal wieder ein paar Tage Urlaub nehmen und mit dir einen Schnaps oder ein Bier trinken könnte. Aber dafür schleppt ihr uns gerade zu viele Leichen ins Haus.»

Thea musterte Kizzy Winterstein, zwar nur aus dem Augenwinkel, aber doch mit großer Aufmerksamkeit. Kizzy ihrerseits starrte die Rechtsmedizinerin, die von ihrem Frankfurter Kollegen so vertraulich begrüßt wurde, mit unverhohlener Neugier an. Aber ihre Blickwechsel waren eher von Wohlwollen als von Misstrauen geprägt, wie Marthaler feststellte, als er die beiden miteinander bekannt machte.

«Wir lassen dich gleich wieder in Ruhe», sagte er zu Thea Hollmann. «Sag uns nur, ob dir bei der Obduktion der Jungen etwas aufgefallen ist, das wir unbedingt wissen müssen.»

Sie atmete tief durch: «Muss das wirklich sein? Könnt ihr nicht warten, bis mein Assistent euch den Bericht schickt? Er wird ihn noch heute Vormittag fertigstellen. Wirklich … mir fallen die Augen im Stehen zu.»

«Nur ganz kurz, Thea, bitte! Ich verspreche dir, dass wir keine Nachfragen stellen. Es gibt einen Grund, dass wir es so eilig haben … Die Opfer aus dem ‹Wintergarten› hast du ebenfalls auf dem Tisch gehabt?»

«Nicht ich alleine, aber ich bin auf dem Laufenden. Das war übrigens deine erste Nachfrage.»

«Wir nehmen an», sagte Marthaler, «dass es sich bei den toten Kindern um die Söhne einer der beiden unbekannten Frauen aus dem Restaurant handelt.»

Thea Hollmann legte die Stirn in Falten. «Ist das euer Ernst? Dann kann es nur die dunkelhaarige Tote sein, die ihr als siebtes Opfer bezeichnet habt.»

Marthaler nickte.

«Die Ergebnisse der äußeren Leichenschau der Kinder kennt ihr?»

«Ja», sagte Kizzy, «ich hab sie Dr. Martius aus der Nase gezogen.»

«Was für ein Armleuchter!», rief Thea Hollmann. «Die DNA der Jungen wird jedenfalls auch heute Vormittag analysiert, dann habt ihr spätestens am frühen Nachmittag Gewissheit … Die Jungen wurden vor ihrem Tod mit Ketamin betäubt, ich habe Reste davon in beiden Leichnamen gefunden. Besonders an den Fußsohlen und den Fersen beider Jungen gibt es starke Hautabschürfungen …»

«Sie sind wohl über den Waldboden in den Stollen geschleift worden», bestätigte Kizzy. «Das sagen uns auch die Spuren am Tatort.»

«Beide Körper weisen zahlreiche Hämatome und Quetschmale auf, was darauf hindeutet, dass der Täter nicht zimperlich mit seinen Opfern umgegangen ist. Der Tod ist bei beiden nach dem Schnitt durch die Kehle eingetreten. Die Entnahme von Penis und Hoden und die Extraktion der Zungen hat post mortem stattgefunden. Die Jungen haben sich jahrelang mangelhaft ernährt – die Zähne von beiden sind schadhaft. Dass sie wohl über längere Zeit sexuellem Missbrauch ausgesetzt waren, hat euch Martius berichtet?»

Kizzy nickte. «Meinen Sie, dass auch der Täter …?»

«Das war die zweite Nachfrage!», sagte Thea Hollmann. «Nein, ich habe keine Hinweise dafür gefunden, dass man sich kurz vor ihrem Tod oder danach an ihnen vergangen hat. Überhaupt habe ich an den Körpern nichts entdeckt, was auf den Täter hinweist oder gar auf einen Kampf mit ihm. Kein fremdes Haar, keine fremden Schuppen, keine Hautpartikel unter den Fingernägeln der Jungen. Aber wie gesagt, sie wurden vor ihrer Tötung sediert. Das ist aber auch schon das einzig Tröstliche, was man über das Schicksal dieser armen Wesen sagen kann.»

Marthaler sah Thea Hollmann erstaunt an, ohne etwas zu erwidern.

«Was ist, Robert?», fragte sie. «Wenn ich am Tisch stehe, habe ich ein professionelles Verhältnis zu den Toten – ich kann sachlich registrieren, was ich dort sehe. Aber wenn ich den Sektionssaal verlasse, denke ich trotzdem darüber nach, was das für Menschen waren, die ich da gerade zerteilt habe. Und ich frage mich, welches Leben sie führen mussten, das sie bei mir hat enden lassen. Warum wundert dich das?»

Darauf hatte Marthaler keine Antwort. Er schaute Thea Hollmann nach, die sich jetzt Richtung Parkhaus entfernte. Er hatte den Eindruck, sie würde vor Müdigkeit wanken.

Es war 11:21 Uhr, als sie in die Villenpromenade von Bad Ems einbogen. Der Sitz von SOFFIE befand sich in der Villa Rosa, einem Haus auf der rechten Seite der schmalen Sackgasse. Weil sie dort keinen Parkplatz fanden, wendeten sie, fuhren zurück zum Anfang der Straße und stellten den Wagen auf einem großen Brachgrundstück vor der Ruine eines ehemaligen Luxushotels ab, wo noch zahlreiche andere Autos parkten.

Die Glanzzeit der kleinen Kurstadt an der Lahn war das 19. Jahrhundert, als hier Kaiser, Könige und Zaren, berühmte Musiker und Schriftsteller Erholung in den Heilbädern und Ablenkung in der Spielbank suchten. Später wurden vor allem von den Krankenkassen Gäste geschickt, und als auch diese nach und nach ausblieben, war der Niedergang kaum noch aufzuhalten. Durch ein paar ausländische, vor allem russische Investoren, die auf den alten Ruf spekulierten, hatte es in den letzten beiden Jahrzehnten einen gelinden Aufschwung gegeben, der die Tristesse hinter den Fassaden und die Resignation vieler Bewohner nur mühsam überdeckte. Immer wieder eröffneten kleine Boutiquen und Galerien, zu deren Einweihungsfesten mit Schnittchen und Prosecco geladen wurde, die aber schon wenig später kaum mehr als einen oder zwei Besucher am Tag zählten. Und wie überall im Land gab es auch hier die Wellness-Berater, Psycho-Coaches und Mental-Fitness-Trainer, die versuchten, ihre eigene Verzweiflung wenigstens zu kleinem Geld zu machen, indem sie sich den Verzweifelten als Fachleute anpriesen.

Die Villa Rosa war ein dreigeschossiges spätklassizistisches Haus, das im Jahr 1870 entstanden war. Es gehörte nicht zu den aufwendig sanierten, aber keineswegs zu den heruntergekommenen Gebäuden der Stadt. Auch wenn der helle Verputz und die Fensterrahmen einen neuen Anstrich hätten gebrauchen können und das Grundstück die Pflege eines Gärtners.

Kizzy und Marthaler standen vor der hohen Holztür, über der eine Kamera angebracht war. Auf ihr Klingeln hin meldete sich in der Gegensprechanlage die Stimme einer Frau. Die beiden Polizisten stellten sich vor und wurden gebeten, ihre Ausweise in die Kamera zu halten.

Keine Minute später stand ihnen eine schwarze Frau gegenüber, die sie freundlich anschaute, zugleich aber die Brauen hob: «Mein Name ist Nala Omondi. Angemeldet sind Sie nicht – zu wem möchten Sie?»

«Ich hatte vor längerer Zeit schon einmal mit der Leiterin Ihres Vereins zu tun», sagte Kizzy, «habe aber den Namen vergessen.»

«Sie meinen Frau Wada-Schreiber.»

«Genau, Gunilla Wada-Schreiber, nicht wahr?»

«Ich werde schauen, ob sie Zeit hat. Darf ich fragen, um was es geht?»

«Das würden wir gerne zunächst mit Frau Wada-Schreiber selbst besprechen. Sagen Sie ihr aber bitte, dass es sehr dringend ist.»

«Kommen Sie rein.» Frau Omondi öffnete die Tür zu einem kleinen Besprechungszimmer. Sie winkte ihre Gäste durch und schenkte ihnen ein breites Lächeln. «Nehmen Sie Platz!»

«Süß, oder?», fragte Kizzy, als sie mit ihrem Kollegen alleine war. «Und sie hat einen prächtigen Arsch, was meinst du?»

«Wenn ich mich trauen würde, das über eine Frau zu sagen, würde ich dir recht geben», antwortete Marthaler.

Kizzy kicherte. «Ich musste mich selbst überwinden, es auszusprechen, aber erstens habe ich genau das gedacht, und zweitens wollte ich sehen, wie du reagierst.»

«Kizzy Winterstein, du bist eine Nudel.»

«Warum nennst du mich manchmal mit meinem vollen Namen, wenn du mit mir sprichst? Das hat vorher noch niemand getan.»

«Weil mir sowohl dein Vorname als auch dein Nachname gut gefallen und ich sie gerne ausspreche. Aber du machst es mit meinen Namen auch gelegentlich. Dann sagst du: ‹Robert Marthaler, wir müssen uns beeilen› oder etwas in der Art.»

«Ja, aber ich mache es nur, weil du es machst. Und aus reinem Übermut.»

«Wir kennen uns?», fragte Gunilla Wada-Schreiber, als sie zuerst Kizzy und dann Marthaler die Hand reichte. Die Frau, die Mitte vierzig sein mochte, hatte ihr weizenblondes Haar zu einem seitlichen Zopf gebunden. Sie war nicht sehr groß, wirkte kompakt und sportlich zugleich. In den Winkeln ihrer blauen Augen zeigten sich Lachfalten, und die Sommersprossen auf Nase und Wangen schienen zu funkeln, wenn sie lächelte. An den Füßen trug sie flache Ledersandalen, über den dunklen Jeans eine weiße Leinenbluse. Sie strahlte eine aufmerksame Offenheit aus, die von einer Spur Schwermut unterlegt war, so als habe sie zu viel Unglück gesehen, um noch ganz unbefangen in die Welt blicken zu können.

«Kennen ist zu viel gesagt. Wir haben zwei- oder dreimal miteinander telefoniert», antwortete Kizzy.

Die Frau nickte. «Ich hoffe, es ist nichts allzu Unerfreuliches, was Sie zu uns führt.»

«Aber Sie befürchten das?», fragte Marthaler.

«Ein gutes Zeichen ist es selten, wenn die Polizei uns besucht», sagte sie. «Und ich könnte im Moment eher ein paar gute Nachrichten gebrauchen. Aber darauf brauchen Sie keine Rücksicht zu nehmen – sagen Sie einfach, warum Sie hier sind!»

«Sagen Ihnen die Namen Mirsad und Bislim etwas?», fragte Kizzy.

Gunilla Wada-Schreibers Blick gefror, dann schloss sie die Augen. Ihre Haut schien eine Spur blasser zu werden, die Sommersprossen wirkten wie erloschen.

«Was ist mit Ihnen?», fragte Marthaler.

Sie schüttelte den Kopf. «Das war die Frage, die ich befürchtet hatte, als Nala in mein Büro gekommen ist und gesagt hat, dass zwei Kriminalpolizisten auf mich warten. Und es war die Frage, die ich mir stelle, seit ich die Nachrichten über die beiden toten Jungen in dem Stollen gehört habe. Ich wollte nicht wahrhaben, dass es Mirsad und Bislim sind, aber ich habe es geahnt.»

«Das heißt», sagte Kizzy, «Sie kannten die Jungen?»

«Ich kannte sie, und wir haben uns nicht das erste Mal um sie gekümmert. Sie waren mit ihrer Mutter schon einmal in Deutschland, von 2008 bis 2010. Dann wurden sie abgeschoben in den Kosovo. Voriges Jahr sind sie zum zweiten Mal gekommen, und wieder haben wir ihnen Obdach gewährt.»

Kizzy nahm ihr Smartphone und legte es auf den Tisch. Sie hatte eine kleine Sequenz aus dem ‹Wintergarten›-Film kopiert, die sie jetzt abspielen ließ. Das Video zeigte die siebte Zeugin in dem kurzen Moment, bevor sie erschossen wurde. «Erkennen Sie hier die Mutter der Jungen?», fragte Kizzy.

«Ja», sagte Gunilla Wada-Schreiber, ohne lange zu zögern, «das ist Edina Krasnici. Wo ist sie?»

«Sie ist ebenfalls tot.»

«Das alles habe ich kommen sehen.»

«Warum?», fragte Kizzy. «Warum haben Sie die drei nicht schützen können?»

«Weil wir niemanden bei uns halten können, der nicht bleiben will. Es ist immer das gleiche Spiel. Die Frauen, die bei uns landen, werden nach Deutschland gelockt. Man sagt ihnen, dass sie hier einen wohlhabenden Mann finden können, oder verspricht ihnen einen Job als Kellnerin oder Tänzerin. Dann sollen sie für die Reise und für gefälschte Aufenthaltspapiere zahlen. Die Ausweispapiere hat man ihnen oft noch in ihrer Heimat abgenommen. Sie kommen hier an, haben riesige Schulden und werden unter Druck gesetzt. Also zwingt man sie, sich zu prostituieren. Wenn sie bei uns Schutz suchen, versuchen wir, sie abzuschirmen, aber das gelingt inzwischen nur noch selten. Alle haben Mobiltelefone und sind in den Netzwerken unterwegs. Oft werden sie von ihren Peinigern aufgespürt und zurück ins Bordell gebracht. Und da sie weder eine Aufenthaltsgenehmigung haben noch einen Asyltitel, gehen die Frauen fast nie zur Polizei. Sie sind rechtlos, und sie wissen das. Sie versuchen sich, so gut es eben geht, durchzuschlagen. Wir sind dabei nur eine Möglichkeit, die mal Erfolg hat, mal nicht. Wir müssen damit leben, dass wir im Kalkül der Verzweifelten nicht der sichere Hafen sind, sondern nur ein Versuch, der sich lohnen könnte oder auch nicht. Ihnen ist es egal, ob sie auf legale oder illegale Weise hierbleiben können. Und jeder, der eine Weile mit Geflüchteten gearbeitet hat, versteht das.»

«Das heißt, Sie liefern niemanden aus, der sich ohne behördliche Genehmigung im Land aufhält?», fragte Marthaler.

«Gefährlichen Kriminellen gewähren wir keinen Unterschlupf, wenn es das ist, was Sie wissen wollen.»

«Aber Frau Krasnici war keine Verbrecherin.»

«Nein, sie war eine arme Haut, eine Romni aus dem Kosovo. Sie hat mit ihren Jungen dreißig Kilometer nordwestlich von Pristina gelebt. Die drei bewohnten eine Hütte am Rand einer Müllkippe. Wenn diese Frauen ihren Kindern ein besseres Leben bieten wollen, müssen sie weggehen.»

«Und um die Flucht zu finanzieren, verkaufen sie ihre Körper. Und SOFFIE hat es sich wiederum zur Aufgabe gemacht, das zu verhindern?», fragte Marthaler.

«Wir können nichts verhindern», erwiderte Gunilla Wada-Schreiber. «Unser Prinzip beruht auf Freiwilligkeit. Wir bieten Hilfe zum Ausstieg an: Wohnplätze auf Zeit, Überbrückungsgeld, Rechtsberatung. Aber wir können niemanden festhalten. Wenn eine Frau hier ankommt und sagt, sie hat 10000 oder 20000 Euro Schulden bei einer sogenannten Ehevermittlung oder Künstleragentur, dann können und werden wir diesen Betrag nicht ablösen. Aber wenn sie selbst den Mut findet, gegen diese Leute vorzugehen, werden wir sie dabei unterstützen.»

«Edina Krasnici hat sich prostituiert?»

Gunilla Wada-Schreiber nickte.

«Wissen Sie, wo das war? Können Sie uns Namen nennen?»

Die Leiterin von Soffie schüttelte den Kopf. «Sie wollte nicht darüber reden. Sie hat sich geschämt. Vor etwa zwei Monaten ist sie gemeinsam mit ihren Söhnen aus einem unserer Häuser verschwunden. Wo sie sich seitdem aufgehalten hat, weiß ich nicht.»

«Wussten Sie, dass auch die Jungen missbraucht wurden?»

«Nein, verdammt, das ist … Nein, das wusste ich nicht.»

«Sagt Ihnen der Name Johannes Westhoff etwas?», fragte Kizzy.

«Nein, nicht dass ich wüsste.»

«Ein Anwalt, der häufig Geflüchtete berät und vertritt. Edina Krasnici hat sich mit ihm getroffen. Das hat sie vermutlich das Leben gekostet. Und kennen Sie diese Frau hier?» Wieder hatte Kizzy ihr Smartphone auf den Tisch gelegt. Diesmal um das Bild der anderen Toten zu zeigen, die im «Wintergarten» bei Dr. Westhoff am Tisch gesessen hatte.

Einen Moment lang schien Gunilla Wada-Schreiber zu zögern, dann schaute sie auf die Uhr. «Nein, nie gesehen. Wer ist das?»

Kizzy lächelte. «Nicht so wichtig, wenn Sie sie sowieso nicht kennen.»

«Werden wir noch länger brauchen? Ich erwarte gleich wichtigen Besuch.»

Marthaler schaute Kizzy an. «Ich denke, wir sind durch. Wenn wir weitere Fragen haben, dürfen wir uns wieder melden?»

«Jederzeit. Und wenn Sie vorher kurz Bescheid geben, kann ich mir auch etwas mehr Zeit nehmen. Sie finden alleine raus?»

Gunilla Wada-Schreiber gab ihnen zum Abschied die Hand. Ihre Miene blieb ernst.

Auf dem Weg zur Haustür klopfte Marthaler noch einmal an die Bürotür von Nala Omondi. «Vielen Dank von uns beiden und auf Wiedersehen», sagte er.

Die schwarze Frau schaute ihn über die Schulter hinweg an und schenkte ihm ein strahlendes Lächeln.

«Du hattest von Anfang an recht!», sagte er, als sie die Villa Rosa verließen und wieder auf der Straße standen.

«Was meinst du damit?», fragte Kizzy.

«Sie ist echt süß!»

«Robert Marthaler, du bist eine Nudel!»

Ein paar Minuten später hatten sie die Brache vor der Ruine des alten Luxushotels erreicht und saßen wieder in dem grünen Daimler – Kizzy hinterm Steuer, Marthaler auf dem Beifahrersitz.

«Was denkst du?», fragte er. «Hat sich unser Ausflug nach Bad Ems gelohnt? Außer dass wir die freundliche Leiterin einer verdienstvollen Hilfsorganisation und ihre süße Assistentin kennengelernt haben?»

«Auf jeden Fall», sagte Kizzy.

«Aber im Laufe des heutigen Tages hätten wir durch die DNA-Analyse sowieso erfahren, dass Mirsad und Bislim die Söhne von Elina Krasnici waren. Und über deren Tätigkeit als Prostituierte und den Missbrauch der Jungen haben wir noch immer keine Informationen.»

«Immerhin wissen wir jetzt, dass Gunilla Wada-Schreiber uns belogen hat.»

Marthaler stutzte. «Was redest du, Kizzy?»

«Hast du es nicht bemerkt? Als ich ihr das Bild des achten Opfers gezeigt habe, hat sie einen Moment gezögert, so als habe sie Zweifel, ob sie die Frau kenne, dann aber viel zu entschieden reagiert, indem sie gesagt hat: ‹Nein, nie gesehen.› Ich schwöre dir, das war eine glatte Lüge. Sie wollte nicht, dass wir auch diese Frau mit SOFFIE in Verbindung bringen.» Plötzlich wurde Kizzys Stimme heiser. «Robert …!»

«Was?»

«Mach dich klein in deinem Sitz und schau in den Rückspiegel!»

Eine Frau lief eilig hinter ihrem Wagen vorbei und steuerte auf einen weißen Porsche zu, der zwanzig Meter entfernt von ihnen in derselben Reihe stand.

«Das ist sie, oder?»

«Und ob sie das ist», sagte Kizzy. «Und gerade hat sie noch behauptet, sie würde wichtigen Besuch erwarten.»

«Findest du ein solches Auto angemessen für die Leiterin einer Hilfsorganisation?»

«Robert, das ist nicht die Frage. Vielleicht mag sie einfach hübsche Autos. Aber sie zeigt uns gerade, dass sie uns nicht nur einmal, sondern mindestens zweimal belogen hat. Nicht nur, dass sie das achte Opfer kannte, sie hat auch keinen wichtigen Besuch erwartet.»

Der Porsche setzte zurück und fuhr dann mit solcher Wucht an, dass der Motor aufheulte und der Schotter wütend unter den Reifen hervorspritzte.

«Sollten wir ihr nicht folgen?», fragte Marthaler.

«Keine Chance, Robert», erwiderte Kizzy. «Unsere grüne Wanne ist gegen den weißen Targa ein rollendes Verkehrshindernis …»

«Was ist mit dir?», fragte Marthaler, als sie eine Weile gefahren waren und schweigend nebeneinandergesessen hatten.

«Ich grüble, Robert.»

«Willst du mir sagen, über was?»

«Ich glaube nicht an das ganze Psychogetöse», sagte Kizzy. «Ich glaube nicht an die Nummer mit dem Schächten im Fall Tobias Brüning. Ich glaube nicht, dass die entnommenen Körperteile etwas zu bedeuten haben. Und auch der Spruch auf der Karteikarte, die vor dem Stollen gefunden wurde … Ich halte das alles für Nebelbomben. Genauso wie ich nicht an Täubchens Theorie vom ‹Erben› glaube, der das Werk seines Vorgängers vollenden will. Das ist alles Kinderkacke.»

«Und warum denkst du das?», fragte Marthaler.

«Es wirkt mir alles zu glatt, zu ausgedacht. Ich denke, der Täter will uns durch diesen Hokuspokus in die Irre führen. Er lässt uns rätseln, damit wir das Offensichtliche nicht sehen.»

«Und was wäre das Offensichtliche?»

«Ich kenne sein Motiv nicht, Robert Marthaler. Aber ich bin überzeugt, es ist ein hartes Motiv. Er hatte gute Gründe, genau diese drei Kinder aus dem Weg zu räumen.»

SIEBEN

Der Anruf seiner Chefin Charlotte von Wangenheim erreichte ihn, als er gerade die Autobahn verlassen hatte und über die Miquelallee in die Stadt fuhr.

Mit Kizzy hatte Marthaler vereinbart, dass sie den Rest des Tages getrennt arbeiten und sich erst am nächsten Vormittag wiedertreffen würden. Er hatte sie in Wiesbaden abgesetzt, wo sie in ihren eigenen Wagen gestiegen war, um ebenfalls weiter nach Frankfurt zu fahren.

«Ist es dringend, Charlotte?»

«Das ist es, Robert, sonst würde ich nicht anrufen.»

«Bist du im Präsidium? Dann kann ich in fünf Minuten bei dir sein.»

«Ich bin im Präsidium, aber ich muss hier unbedingt raus. Seit einer Woche habe ich dieses Bullenkloster nur noch zum Schlafen und zum Duschen verlassen. Lass uns uns in einer halben Stunde am Bahnhof treffen. Vielleicht können wir ein paar Schritte am Mainufer laufen. Ich muss mit dir reden.»

Schon zwanzig Minuten später stand Marthaler vor dem kleinen Tabakladen auf der B-Ebene des Hauptbahnhofs und sah Charlotte auf sich zukommen. Sie nickte kurz und verschwand im Inneren des Geschäfts. Als sie wieder herauskam, hatte sie eine Schachtel Zigaretten in der Hand.

«Ich wusste nicht, dass du rauchst», sagte er anstelle einer Begrüßung.

«Tue ich eigentlich auch schon lange nicht mehr. Aber jetzt habe ich das dringende Bedürfnis. Wir setzen uns am Main auf eine Bank und paffen gemeinsam eine, was hältst du davon?»

Sie hatten das Ende der Rolltreppe fast erreicht, als Marthaler auf die dunklen Wolken am Himmel zeigte. «Ich fürchte, am Main werden wir einen nassen Hintern bekommen. Kennst du das ‹Moseleck›?»

Charlotte verneinte.

«Eine gemütliche Kneipe, nur dreihundert Meter weiter. Dort dürfen wir paffen.»

Eine Bettlerin mit rotem Kopftuch kniete auf dem Bürgersteig und hielt ihnen stumm einen leeren Pappbecher entgegen. Als Marthaler einen Euro hineinfallen ließ, warf die alte Frau ihm einen scheelen Blick zu.

Sofort als sie die Tür zu dem Lokal öffneten, schlug ihnen dichter Qualm entgegen.

Der Wirt, ein hagerer Zappler, dem ein Schneidezahn fehlte, zeigte auf Marthaler: «Marina, stimmt's?»

Die drei Männer am Tresen wandten sich zu den Neuankömmlingen um.

Marthaler lachte. «Stimmt, so habt ihr mich am Ende genannt. Und du bist Freddy.»

Vor geraumer Zeit hatte er im «Moseleck» einen langen Abend mit viel Alkohol und Zigaretten verbracht. Immer wieder hatte der Wirt die Musikbox gefüttert, und immer wieder musste auf Marthalers Wunsch Rocco Granata den alten Schlager «Marina» singen.

In Freddys rechtem Mundwinkel unter dem zusammengekniffenen Auge hing eine Kippe, während deren Vorgängerin im Aschenbecher verglühte.

Sie hatten sich noch keinen Platz gesucht, als bereits zwei kleine Bier auf dem Tresen standen. Marthaler trug die Gläser zu dem Ecktisch, auf den Charlotte jetzt zusteuerte. Sie setzten sich unter den stummgeschalteten Fernseher, der an der Wand hing und auf dessen Bildschirm ein Fußballspiel lief.

«Das nennst du gemütlich?», fragte sie flüsternd. «Ich hoffe nur, dass ich hier nicht aufs Klo muss.»

«Das hoffe ich auch! Du wirkst abgespannt, Charlotte, so als könntest du ein paar freie Tage brauchen.»

«Das ist wahr, Robert. Seit der Sache im ‹Wintergarten› stehe ich von allen Seiten unter Beschuss. Das Innenministerium spielt verrückt, die Presse bombardiert uns, und sämtliche Kollegen drehen am Rad. Aber jetzt höre ich auf zu klagen.»

Sie hob ihr Glas und prostete Marthaler mit einem schiefen Lächeln zu. «Allein mit dir während der Arbeitszeit hier zu sitzen und zu rauchen, verbessert meine Laune schon. Es kommt mir vor, als würde ich dem Wahnsinn ein Schnippchen schlagen. Wie geht es bei dir?»

«Ich weiß es nicht. Es kommt mir vor, als wäre es nicht eine Woche, sondern ein Jahr her, dass ich zu Ferres ans Mittelmeer gefahren bin. Bis gestern hatte ich nur mit dem Fall Tobias Brüning zu tun. Dann kamen die toten Jungen im Stollen dazu. Und jetzt auch noch der ‹Wintergarten›. Aus drei Fällen ist plötzlich ein einziger geworden. Nur dass wir nicht wissen, wie alles zusammenhängt.»

Charlotte sah ihn kopfschüttelnd an, dann öffnete sie die Zigarettenschachtel und hielt sie ihrem Kollegen hin. «Was hat der Überfall auf den ‹Wintergarten› mit den toten Kindern zu tun?»

«Du weißt, wer das siebte Opfer ist?»

«Du meinst die unbekannte Frau? Robert, es ist mein Job, auf dem Laufenden zu sein.»

«Seit anderthalb Stunden wissen wir, dass sie Edina Krasnici hieß, eine Romni aus dem Kosovo. Die Jungen aus dem Stollen waren ihre Söhne.»

Charlotte von Wangenheim stand der Mund vor Verwunderung offen. «Das musst du mir erklären!»

«Da kann ich dir nicht viel erklären. Wir stehen vor einer dicken Wand aus Nebel. Es kommt ein Rätsel zum anderen … Hast du Feuer?»

Als Charlotte den Kopf schüttelte, stand er auf und ging an die Theke.

«Soll ich die Musikbox anwerfen?», fragte Freddy. «Rocco Granata? Geht aufs Haus.»

«Das ist nett», sagte Marthaler. «Aber lieber nicht. Wir müssen reden.»

Freddy verzog das Gesicht: «Ernste Probleme?»

Marthaler nickte und ging mit einer Schachtel Streichhölzer und zwei neuen Gläsern Bier zurück zum Tisch.

Einen Moment lang saßen Charlotte und er sich schweigend gegenüber, jeder eine Zigarette im Mund.

«Dann kommt jetzt wohl noch ein weiteres Rätsel hinzu», sagte sie schließlich. «Was wollte Martin Klattenburg von dir?»

«Wer?», fragte Marthaler. «Wovon sprichst du?»

«Du kennst ihn überhaupt nicht?»

«Wer ist das, Charlotte? Ich habe diesen Namen noch nie gehört.»

«Das gibt's nicht ... Er ist Staatsanwalt beim Landgericht Koblenz. Wir hatten in einem größeren Fall miteinander zu tun. Als du mich vor einer Woche angerufen hast, um mir zu sagen, dass du nach Frankreich fährst, saß er bei mir im Büro. Er hat mich nach deiner Handynummer gefragt und wollte auch deine Mailadresse und deine Postadresse in Marseillan. Er hat gesagt, er wollte dir etwas zuschicken, das mit dem Fall Tobias Brüning zu tun hat.»

«Und du hast ihm alle meine Daten gegeben?»

«Ich hatte weder einen Grund nachzufragen, noch, dem Mann zu misstrauen.»

«Ich kenne diesen Martin Klattenburg nicht», sagte Marthaler, «und er hat sich nie bei mir gemeldet. Außerdem kann ich mich nicht erinnern, in der Akte Brüning gelesen zu haben, dass ein Jurist mit diesem Namen je in den Fall involviert war.»

«Das ist seltsam. Und es wird nicht klarer dadurch, dass der Mann sich das Leben genommen hat. Er ist gestern Abend von seiner Putzfrau gefunden worden. Die Kollegen aus Koblenz haben mich heute Vormittag sofort benachrichtigt, weil in seiner Hosentasche ein Zettel mit meinem Namen und meiner Dienstnummer entdeckt wurde.»

«Und es ist sicher, dass kein Fremdverschulden vorliegt?», fragte Marthaler.

«So, wie sie sagen, ist es eindeutig ein Suizid. Er hat sich wohl mit Hilfe eines Medikamentencocktails verabschiedet.»

«Charlotte, es könnte sein, dass Martin Klattenburg in Frankreich einen Anschlag auf mich hat verüben lassen.»

«Was redest du? Warum sollte jemand …»

«In Marseillan hat mir jemand aufgelauert und versucht, mich umzubringen. Ich war mir sicher, dass niemand außer Rudi Ferres und dir meine Adresse kannte. Und jetzt erfahre ich, dass auch dieser Staatsanwalt wusste, wo ich war.»

«Also ist meine Sorglosigkeit der Grund dafür, dass du fast umgekommen wärst …»

«Es geht nicht um Schuld, es geht nur darum, dass wir herausfinden, was hier passiert ist. Erzähl mir, was du sonst noch über Klattenburg weißt!»

«Nicht viel. Der Mann ist wohl ein ziemlicher Einzelgänger gewesen, ein blasser Typ, war nicht verheiratet, hatte keine Kinder. Seine Sekretärin hat gesagt, er hätte ihr verboten, seinen Geburtstag auch nur zu erwähnen, geschweige denn, ihm Blumen auf den Schreibtisch zu stellen. Ein guter Jurist, der aber keinerlei außerdienstliche Kontakte zu seinen Kollegen unterhalten hat. Seine Wohnung soll vollkommen clean gewesen sein.»

«Was soll das bedeuten?», fragte Marthaler.

«Dass es aussah wie im aufgeräumten Apartment einer Ferienanlage. Er hat wohl so gut wie keine privaten Spuren hinterlassen. Fotos, Tagebücher, Briefe – alles Fehlanzeige. Auch keinen Abschiedsbrief. Allerdings haben sie einen registrierten Sicherheitsschlüssel gefunden, der zu einer Schließanlage in Frankfurt gehört. Er befand sich an einem kleinen Ring mit zwei weiteren Schlüsseln.»

«Den muss ich haben», sagte Marthaler.

Charlotte öffnete ihre Handtasche und legte ein kleines Etui auf den Tisch. «Robert ...»

Marthalers Gesicht wirkte angespannt. «Was ist?», fragte er in schroffem Ton.

«Du bist extrem alarmiert, nicht wahr?»

«Das bin ich! Ich weiß nicht, wer der Mann war und was er von mir wollte. Das alles ist mir unheimlich.»

«Da ist der Schlüssel», sagte Charlotte und deutete auf das Etui. «Die Kollegen haben gefragt, ob wir das Objekt, wie sie es genannt haben, überprüfen können. Es kann sich um alles handeln: ein Büro, einen Lagerraum, eine Wohnung. Ich hatte das Gefühl, die Koblenzer wollten die Sache auf uns abwälzen, und hätte ihnen den Wunsch fast abgeschlagen. Dann fiel mir gerade noch ein, dass du daran Interesse haben könntest.»

«Worauf du dich verlassen kannst. Und dann haben die einen Polizeihubschrauber geschickt, der dir den Schlüssel ins Präsidium gebracht hat?»

«Witzbold!»

«Charlotte!»

«Was?»

«Kannst du dieses Wort bitte wiederholen? So hat mich noch nie jemand genannt.»

«Sie haben keinen Hubschrauber geschickt, aber einen Boten.»

«Das heißt, ich muss jetzt herausfinden, wo sich dieses Objekt befindet, zu dem der Schlüssel gehört.»

«Ein Zettel mit der Adresse steckt in dem Etui. Es ist in der Taunusstraße 19.»

«Glück gehabt», sagte Marthaler, «das ist gleich um die Ecke.»

«Das ist kein Glück, Robert, sondern Absicht. Deshalb habe ich als Treffpunkt den Hauptbahnhof vorgeschlagen. Einen Durchsuchungsbeschluss konnte ich allerdings noch nicht besorgen.»

«Brauche ich nicht.»

Charlotte verzog das Gesicht. «Ich wusste, dass du das sagen würdest. Und das ist das Problem mit dir.»

«Willst du mitkommen?», fragte Marthaler.

«Du bist echt ein Witzbold!»

«Tschüs, Freddy», sagte Marthaler, als sie ihre Zeche bezahlt hatten und das «Moseleck» kurz darauf verließen.

«Tschüs, Marina», sagte der Wirt und zeigte seine Zahnlücke. Dann nahm er die gerade angesteckte Zigarette zwischen Daumen, Zeige- und Ringfinger und beschrieb in der Luft einen Kreis wie ein Magier mit seinem Zauberstab. «Tschüs, ihr beiden.»

In den Schlaglöchern stand noch das Wasser, aber der Regen hatte sich bereits wieder verzogen. Marthaler schaute auf und sah, wie das Licht der Nachmittagssonne die feuchten Fassaden der Häuser zum Leuchten brachte.

Wie in vielen Stadtteilen Frankfurts hatten auch im Bahnhofsviertel die Bombardements in den letzten beiden Jahren des Zweiten Weltkriegs viele Gebäude zerstört. So standen die alten vier- und fünfstöckigen Bürgerhäuser neben hässlichen Betonbauten, die man nach dem Krieg rasch hochgezogen hatte, um wieder Wohnraum zu schaffen für die mehr als 100 000 obdachlos Gewordenen. Marthaler überquerte die Münchener Straße und lief durch die Moselstraße in Richtung Westend. Fünfhundert Meter weiter erhob sich vor seinen Augen der riesige Wolkenkratzer, in dessen Erdgeschoss das Restaurant «Wintergarten» untergebracht war.

Und nun tauchte er ein in das Viertel, das von Sexshops, Nachtbars und Bordellen bestimmt war, deren Leuchtreklamen auch am Tag schon blinkten. Dazwischen hatten sich Spielsalons und Fastfood-Restaurants angesiedelt, Sonnenstudios, Wettbüros und Pfandhäuser. Man sah Obdachlose in den Hauseingängen und Innenhöfen liegen, Drogensüchtige, die auf den Bordsteinen zwischen den parkenden Autos hockten, und betrunkene Prostituierte, die in den schummrigen Fluren der Laufhäuser verschwanden. Aber seit alle großen Banken rund um das Quartier ihre Türme gebaut hatten, kam dessen alte Klientel immer mehr in Bedrängnis. Viele der Häuser wurden teuer saniert; heruntergekommene Absteigen wandelten sich zu Luxuswohnungen, ehemalige Fabriketagen zu Großraumbüros. Broker und Banker, Werber und Designer begannen, das Viertel zu fluten. Was vor kurzem noch ein Schnitzelrestaurant war, nannte sich jetzt In-Location. Und wo sich einst Stripperinnen vor müden Handelsvertretern auf der Bühne gerekelt hatten, trafen sich nun die jungen, gut verdienenden Clubbesucher zwischen denselben geblümten Tapeten und denselben plüschbezogenen Sesseln, als wollten sie an der Verruchtheit nippen, ohne sich von ihrem Elend anstecken zu lassen.

Als Marthaler das Haus in der Taunusstraße erreicht hatte, fluchte er. Er hatte gehofft, möglichst unbemerkt in das Gebäude gelangen zu können, musste jetzt aber feststellen, dass zwei große Möbelwagen vor dem Eingang standen, die von einer ganzen Reihe muskulöser Männer entladen wurden. Ein weiterer Mann, älter als die anderen und im grauen Kittel – wahrscheinlich eine Art Hausmeister –, tat so, als würde er die Möbelpacker dirigieren, machte aber eher den Eindruck, als stehe er ihnen im Weg.

Marthaler postierte sich auf der gegenüberliegenden Straßenseite, lief schließlich langsam vor den beiden Automatencasinos auf und ab und beobachtete eine Weile das Geschehen vor dem Haus, in dem sich ein oder mehrere Räume befanden, zu denen der Staatsanwalt Martin Klattenburg einen Schlüssel gehabt hatte.

Als Marthaler befürchten musste, dass man in Kürze auf ihn aufmerksam würde, beschloss er, seinen Plan vorerst aufzugeben und entweder in ein paar Stunden wiederzukommen oder tatsächlich zu warten, bis er einen Durchsuchungsbeschluss in der Tasche hatte. Jedenfalls machte er sich auf den Weg zurück zum Bahnhof.

Die alte Frau mit dem roten Kopftuch kniete jetzt auf dem Boden vor der Rolltreppe im Kaisersack. Marthaler machte einen Schlenker, um ihr auszuweichen. Aber sie hatte ihn bereits entdeckt. Und wieder bedachte sie ihn mit einem Blick aus ihren dunklen Augen, den er nicht zu deuten vermochte.

ACHT

Zu dritt saßen sie traurig in diesem traurigen Innenhof, einer mit Waschbetonplatten gepflasterten Fläche zwischen den Rückseiten der Häuser. Kizzy Winterstein hatte sich anstecken lassen von dem offenkundigen Schmerz, den der jüngere Partner Johannes Westhoffs und die Rechtsanwaltsgehilfin der kleinen Kanzlei über den Tod ihres Kollegen empfanden.

Kizzy hatte ihren Wagen auf dem nahegelegenen Parkplatz eines Supermarktes abgestellt und war zu Fuß in die Petterweilstraße gelaufen. Man hatte sie auf einen der drei weißen Plastikstühle gesetzt, und nahezu augenblicklich war sie mit der Verzweiflung der beiden Hinterbliebenen konfrontiert worden. Und was sie um sich herum in dieser Betonwüste sah, trug nicht zu ihrer Aufmunterung bei: Drei Topfpflanzen – ein Olivenbäumchen, ein Kirschlorbeer und eine Rose –, für die niemand Zeit zu haben schien, standen an der Wand wie Delinquenten, die auf ihre Erschießung warteten.

«Wir können bis jetzt nicht fassen, was geschehen ist, und wir wissen nicht, wie es weitergehen soll», sagte Sebastian Knauf, ein Mittdreißiger, der konfirmandenhaft pausbäckig wirkte, dessen Kopf aber nur noch von einem Kranz rötlicher, kurzgeschorener Haare gesäumt wurde. Sein Gesicht war blass und die Augen gerötet.

Du bist zu gut für diese Welt, dachte Kizzy für einen Moment, zu gut und zu brav, um bestehen zu können in dem Haifischbecken, in dem du dich befindest. «Warum empfangen Sie mich hier draußen», fragte sie, «und nicht in Ihrem Büro?»

«Wir sitzen hier, weil *er* gerne hier saß», sagte Sybille Schilling. Sie hatte das Wort ‹er› ausgesprochen wie ein Pfarrer, wenn er von Gott spricht. Die Anwaltsgehilfin war eine kleine, runde, agil wirkende Frau, mit lebhaften graugrünen Augen hinter einem dunklen Brillengestell. «Der Platz, den Sie jetzt eingenommen haben, war seiner.»

Kizzy wusste nicht, was sie dazu sagen sollte. Sie wartete ab, schaute ins Leere und rieb sich mit Zeige- und Mittelfinger der rechten Hand über die Schläfe.

«Johannes … Dr. Westhoff war der Gründer unserer Kanzlei. Er war ein guter, ein gütiger Mensch. Ohne ihn ist es leer hier, und es wird leer bleiben. Ihm verdanken wir, dass wir im Wettkampf mit den großen Kanzleien bestehen konnten.»

Einen Moment ließ Kizzy die Anwaltsgehilfin noch weiterreden, dann hakte sie ein: «Dann lassen Sie uns jetzt bitte über den Tag seines Todes sprechen.»

«Wir haben schon gesagt, dass wir nicht wissen, wer die beiden Frauen waren, mit denen sich Johannes getroffen hat», sagte Sebastian Knauf. «Es ist unser Prinzip, dass wir uns gegenseitig nichts anvertrauen, was die Sicherheit unserer Mandantinnen und Mandanten gefährden könnte.»

«So können wir sichergehen», ergänzte Sybille Schilling, «dass wir nicht lügen müssen. Auch jetzt nicht, Ihnen gegenüber.»

«Ja», sagte Kizzy, «ich glaube zu verstehen, was Sie meinen. Dennoch scheint es mir nur wenige Gründe für Sie zu geben, allzu diskret zu sein. Ihr Kollege ist tot, ebenso die beiden Frauen, mit denen er sich getroffen hat und die wahrscheinlich seine Mandantinnen waren – das haben Sie gerade eben selbst nahegelegt. Geben Sie mir so weit recht?»

Sebastian Knauf und Sybille Schilling schauten sich an, dann nickten sie.

«Gut. Um das klarzustellen: Mich interessiert nicht, ob sich Ihre Mandanten in Deutschland aufhalten dürfen oder nicht. Ich komme nicht von der Ausländerbehörde, sondern von der Kriminalpolizei. Wir versuchen, eine Reihe von Tötungsdelikten aufzuklären.»

«Dennoch gibt es ein Anwaltsgeheimnis, an das wir gebunden sind. Es gehört zu unseren Berufspflichten …»

«Ich will nur, dass Sie mir die Wahrheit sagen, wenn Sie antworten!», unterbrach ihn Kizzy in zu lautem Ton, den sie sofort bereute, als sie die erschrockenen Augen des Anwalts sah. «Und dass Sie schweigen, wenn Sie nicht lügen wollen. Wenn ich mich darauf verlassen kann, bin ich schon zufrieden.»

«Ich denke», sagte Sybille Schilling, «wir haben begriffen. Und werden uns bemühen.»

«Gut. Hat Sie irgendein amerikanischer oder deutscher Polizist während der bisherigen Ermittlungen zu einer Hilfsorganisation befragt, die den Namen Soffie trägt?»

Schilling und Knauf schauten sich erneut vielsagend an, dann schüttelten beide entschlossen den Kopf.

«Aufgrund Ihrer Reaktion gehe ich aber davon aus, dass

der Verein Ihnen nicht fremd ist», sagte Kizzy. «Auch wenn niemand Sie danach gefragt hat.»

«Nein», sagte der Anwalt, «der Verein ist uns natürlich keineswegs fremd. Das ist eine sehr große Organisation. Manche der Frauen, die wir betreuen, haben schon in Häusern von SOFFIE gewohnt. Und dort gibt es eine eigene Rechtsabteilung.»

«Sie stehen also in Konkurrenz zueinander?»

«Nein, so würde ich das nicht nennen.»

Kizzy nickte, aber sie merkte, wie ihre Ungeduld größer wurde. «Sondern? Wie würden Sie es nennen? Arbeiten Sie mit SOFFIE zusammen?»

«Wir geraten gelegentlich miteinander in Kontakt», antwortete Sebastian Knauf.

«Sie *geraten* mit dem Verein in Kontakt? Das klingt, als wollten Sie sagen, Sie geraten gelegentlich mit ihm in Konflikt.»

Weder der Anwalt noch Sybille Schilling reagierten auf diese Vermutung.

«Sagen Sie mir doch einfach offen, was Sie von SOFFIE halten», forderte Kizzy die beiden auf.

Wieder ergriff der Anwalt das Wort: «SOFFIE ist eine Organisation, die überall größtes Lob erntet und die bereits viele, sehr hohe Auszeichnungen für ihr Engagement erhalten hat. Sie wird von Landes- und Bundesministerien gefördert, und die Liste der privaten Spender und Stifter ist schier endlos. Große Banken, Handelsketten und Medienhäuser sind darunter, und auch prominente Schauspieler, Politiker, Fernsehmoderatoren und mindestens drei Gattinnen ehemaliger Bundespräsidenten gehören zu den Unterstützern.»

Kizzy stieß ein kurzes, bitteres Lachen aus: «Nennen Sie das eine Antwort auf meine Frage?»

Sebastian Knauf warf einen hilfesuchenden Blick in Richtung seiner Kollegin. Fast wirkte es, als bitte er sie, die Gesprächsführung zu übernehmen. Aber Sybille Schilling kniff die Lippen zusammen und schaute geradeaus.

Einen Moment lang herrschte Schweigen. Noch einmal brach ein Strahl Sonne durch die Wolken und fiel in einem spitzen Dreieck durch die Lücke zwischen den Häusern. Kizzy stand auf, um für einen Moment der Trostlosigkeit dieses Gesprächs zu entgehen. Sie stellte sich ins Licht, legte den Kopf in den Nacken, schloss die Augen und badete ihr Gesicht in der letzten Wärme des Tages. Das hohe Nest ihrer Haare schwankte, und die Kreolen schaukelten sacht an ihren Ohren.

«Sie sind eine schöne Frau», sagte Sybille Schilling unvermittelt. «Schön und besonders.»

Kizzy reagierte verwirrt. Eine solche Äußerung hatte sie von dieser Frau nicht erwartet. Gleichzeitig fühlte sie sich in ihren Gedanken gestört und brauchte einen Moment, um sich wieder zu sammeln. Dann wandte sie sich brüsk an ihre Gesprächspartner.

«Und Sie machen mir Komplimente, um von unserem Thema abzulenken. Sie und Ihr Kollege eiern hier rum, Sie beide weichen meinen Fragen aus. Und den Grund dafür kann ich Ihnen nennen, weil ich ihn in Ihren Augen sehe und am Zittern Ihrer Hände erkenne: Sie haben Angst. Sie wissen etwas, und Sie haben Angst, es mir mitzuteilen. Sie haben Angst, genau so zu enden wie Dr. Johannes Westhoff.»

In den Gesichtern der beiden zeigte sich Resignation. Sie hatten den Blick gesenkt und schwiegen.

Volltreffer, dachte Kizzy und setzte nach: «Sie haben zwei Möglichkeiten. Entweder Sie reden mit mir und händigen mir die Unterlagen aus zu den letzten Fällen, an denen Westhoff gearbeitet hat …»

Die Frage nach dem Oder konnte sie Sybille Schilling von den Augen ablesen.

«Oder ich werde mit einem Durchsuchungsbeschluss wiederkommen.»

Die Anwaltsgehilfin schaute ihren Kollegen fragend an. Als dieser nickte, begann sie zu sprechen: «Ein Durchsuchungsbeschluss wird Ihnen nichts nützen. Wir haben die gesamte Kanzlei auf den Kopf gestellt, aber es gibt hier keine Unterlagen zum Fall SOFFIE. Und dass Johannes die in seiner Wohnung aufbewahrt hat, halten wir für unwahrscheinlich.»

Kizzy atmete durch. Es ging ihr wie vielen Kollegen, wenn es nach langen Ermittlungen endlich einen Durchbruch gab. Dann stellte sich bei den meisten Kriminalpolizisten eine untrügliche körperliche Reaktion ein. Die einen spürten tiefe Entspanntheit, andere bekamen eine Gänsehaut, und die nächsten registrierten ein Kribbeln im Nacken. Bei Kizzy war es das Auge. Als sie jetzt merkte, wie ihr linkes Augenlid zu zucken begann, war sie sicher: Dies war der Durchbruch.

Ihre Stimme klang leise und konzentriert: «Sie sprechen von einem ‹Fall SOFFIE›. Was meinen Sie damit?»

Jetzt war es wieder Sebastian Knauf, der antwortete: «So hat es Johannes genannt. Es ist etwa ein halbes Jahr her, dass er zum ersten Mal gesagt hat: ‹Bei SOFFIE stinkt es.› Er wollte uns nichts Näheres verraten, aber damals hatten sich kurz hintereinander einige Frauen gemeldet, die von SOFFIE betreut worden waren und die jetzt von Johannes vertreten werden wollten.»

«Wissen Sie, warum diese Frauen einen Anwalt gesucht haben, obwohl sie sich in der Fürsorge einer Hilfsorganisation befanden?»

«Zunächst hatten wir keine Ahnung, aber Johannes wurde im Laufe der Wochen immer aufgekratzter. Man merkte, er hatte sich in etwas verbissen. Irgendwann sagte er, einem Verein wie SOFFIE die Obhut über schutzbedürftige Frauen anzuvertrauen, das sei so, als würde man einen Fuchs den Hühnerstall bewachen lassen.»

Sie überlegte eine Weile, dann verengten sich Kizzys Katzenaugen zu schmalen Schlitzen, und sie pfiff leise durch die Zähne. Als sie merkte, dass sie von Sybille Schilling beobachtet wurde, nickte sie kurz in deren Richtung, um sie zum Sprechen aufzufordern. «Sie wollen mir erklären, was das bedeutet, nicht wahr!»

«Können Sie es sich nicht selbst denken?», fragte die Anwaltsgehilfin.

«Doch», sagte Kizzy. «Das bedeutet, man hätte auch einen Zuhälter zum Direktor des Mädchenpensionats machen können. SOFFIE, der Verein, der öffentlich gegen die Prostitution kämpft, ist in das Sexgeschäft verwickelt.»

«Das ist wahrscheinlich noch freundlich ausgedrückt», meinte Sebastian Knauf. «Vor vier Wochen hat Johannes erzählt, dass er anonyme Drohanrufe bekommt, und vor drei Wochen ist sein Schlafzimmerfenster durch einen Pflasterstein zertrümmert worden.»

«Aber auf die Idee, zur Polizei zu gehen, ist der kluge Jurist Dr. Westhoff nicht gekommen?», fragte Kizzy.

«Doch, das wollte er», sagte Knauf. «Auch weil wir ihn dazu gedrängt haben. Aber er hat gesagt, er braucht noch ein wenig Zeit. Er wollte die Sache wasserdicht machen, damit die Polizei es nicht versiebt.»

Kizzy verdrehte die Augen. «Die Polizei versiebt weniger Sachen, als der Zuschauer von Kriminalfilmen sich vorstellt … Egal, erzählen Sie weiter!»

«Vor vierzehn Tagen kam Johannes bester Laune ins Büro», fuhr Sybille Schilling fort. «Es ist so weit, hat er gesagt, wir können die Eröffnung des Verfahrens planen. Er hatte zwei seiner Mandantinnen, deren Namen er uns nicht genannt hat, dazu gebracht, eine Erklärung zu unterschreiben. Weder Sebastian noch ich haben die Protokolle gelesen. Aber in diesen Erklärungen schildern die beiden Frauen offensichtlich die Verbindungen zwischen SOFFIE und dem Milieu, das der Verein angeblich bekämpft. Das ist alles, was wir wissen. Wir vermuten, dass die beiden Frauen, die mit Johannes erschossen wurden, diese Mandantinnen waren. Aber die Protokolle haben wir nicht gefunden. Also haben wir nichts. Mit den Körpern dieser drei Menschen wird wohl auch die Wahrheit begraben worden sein.»

«Kennen Sie die Leiterin von SOFFIE, Gunilla Wada-Schreiber?»

«Sie ist eine Legende, aber niemand von uns hat sie je getroffen. Johannes hat allerdings in den letzten Wochen mindestens zweimal in meiner Gegenwart mit ihr telefoniert. Einmal hat er sich dabei als Journalist ausgegeben. Er wollte ihr auf den Zahn fühlen, wie er sagte. Beide Telefonate sind wohl nicht sehr freundlich verlaufen. Die Frau ist nervös, hat er gesagt. Die Frau merkt, dass sich die Schlinge zuzieht.»

«Das ist alles?», fragte Kizzy und schaute von einem ihrer beiden Gesprächspartner zum anderen.

«Ja, das ist alles, was wir wissen. Jedenfalls ist es viel mehr, als wir Ihnen eigentlich sagen wollten», erwiderte Sebastian Knauf. «Trotzdem sind wir jetzt erleichtert, auch wenn wir nicht wissen, was daraus wird. Es kann sein, dass wir in Gefahr sind, nicht wahr?»

Kizzy lächelte. «Ja», sagte sie, «das kann sein. Jeder ist in Gefahr, der die Wahrheit sagt.»

«Ich wollte nicht ablenken», sagte Sybille Schilling, «als ich gesagt habe, dass Sie eine schöne und besondere Frau sind. Es war genau das, was mir in dem Moment in den Sinn kam, als Ihr Gesicht so im roten Abendlicht lag. Ich mag Ihre Nase.»

Kizzy schaute freundlich und schüttelte dennoch den Kopf. «Sie wollten ablenken, und mein Gesicht ist Ihnen aufgefallen. Beides trifft zu. Es kommt selten vor, dass nur die eine Wahrheit stimmt. Wir werden sicher noch Fragen haben. Lassen Sie uns dann bitte ohne Zeitverlust zur Sache kommen!»

Als Kizzy sich auf den Weg zu ihrem Wagen machte, fragte sie sich, was jetzt mit den beiden geschehen würde. Würden der pausbäckige Anwalt mit dem rötlichen Haarkranz und seine runde Gehilfin noch länger in dem traurigen Innenhof sitzen und sich fragen, ob sie alles richtig gemacht hatten? Würden sie weiter in Erinnerungen an Johannes Westhoff schwelgen? Würde womöglich jeder von ihnen in seine leere Wohnung zurückkehren, um dort den Abend zu verbringen? Oder würden sie ihr nächtliches Bett miteinander teilen, wie sie ihr tägliches Büro teilten – vertraut, zufrieden, aber ohne Leidenschaft?

NEUN

«Ich mag nicht alleine einschlafen heute Abend», sagte Kizzy. Sie stand in Marthalers Büro und schaute in sein erstauntes Gesicht. «Und zurück nach Wiesbaden in mein Schlampen-Chaos mag ich auch nicht. Wenn du nichts dagegen hast, lege ich mich wieder auf deine Besuchercouch, während du noch am Schreibtisch sitzt. Aber vorher muss ich dir etwas erzählen.»

«Aber ich werde nicht mehr am Schreibtisch sitzen, sondern noch mal ins Bahnhofsviertel fahren. Erzählen muss ich dir ebenfalls was. Und dringend etwas essen. Was hältst du davon, wenn wir zusammen ins ‹Toh-Tong› am Platz der Republik gehen? Es liegt direkt gegenüber vom ‹Wintergarten›. Es ist ein kleines thailändisches Familienrestaurant, das gerade erst eröffnet hat.»

«Und was willst du im Bahnhofsviertel?», fragte Kizzy.

Er erzählte ihr, was er erfahren hatte über den Staatsanwalt, dem Charlotte von Wangenheim Marthalers Kontaktdaten und auch seine Adresse in Frankreich überlassen hatte und der sich dann in seiner Koblenzer Wohnung das Leben genommen hatte. «Ich habe keine Ahnung, was das zu bedeuten hat. Aber in der Taunusstraße gibt es Räume, für die er einen Schlüssel besaß. Und die will ich mir anschauen.»

«Aber du weißt, dass es einen Martin Clattenburg in den

Brüning-Akten gibt? Ich habe seinen Namen im Register gelesen.»

«Nein», sagte Marthaler, «du täuschst dich, Kizzy! Das habe ich bereits überprüft.»

«Clattenburg mit ‹C›, nicht wahr? Ich habe nämlich sofort an den englischen Schiedsrichter gedacht. Aber der heißt Mark Clattenburg, nicht Martin.»

Kizzy lag bereits auf dem Boden und blätterte in dem Ordner, der das Register mit sämtlichen Namen im Fall Tobias Brüning enthielt. Sie fuhr mit dem Zeigefinger über die Seite, hielt schließlich inne und tippte mit der Fingerspitze auf die Stelle: «Hier, Robert! Martin Clattenburg mit ‹C›. Such den Ordner ZV-12 und schlag die Seite 238 auf!»

Marthaler brauchte einen Moment, bis er die Akte in dem Stapel mit Zeugenvernehmungen gefunden hatte, dann legte er sie auf den Schreibtisch und suchte die richtige Seite.

«Verdammt, Kizzy! Hier ist die Vernehmung eines Zeugen mit Namen Martin Klattenburg. Ferres hat offensichtlich einen Fehler gemacht, als er den Namen ins Register übertragen hat. Vielleicht hat er ihn dort mit ‹C› geschrieben, weil er ebenfalls an den englischen Schiedsrichter gedacht hat.»

Marthaler las mit zunehmender Anspannung die Aussage von Martin Klattenburg, die dieser am Montag, dem 4. Mai 1998, im alten Polizeipräsidium in Frankfurt gemacht und unterschrieben hatte. Als Sachbearbeiter war Kriminalhauptkommissar Rudolf Ferres in das Formular eingetragen. Als Geburtsdatum hatte Klattenburg den 27. Dezember 1974 angegeben, als Geburtsort Bad Ems.

«Meine Güte, Kizzy, ich glaub's nicht!», rief Marthaler. «Der Kreis schließt sich!»

«Was ist? Rede, Robert! Was steht da?»

Er schüttelte den Kopf, wehrte mit einer Handbewegung ab und las weiter. Als er mit seiner Lektüre fertig war, klappte er den Ordner zu und starrte Kizzy an. Er atmete laut, sein Gesicht war gerötet. Schließlich lächelte er. «Wir sind ein Stück weiter», sagte er. «Klattenburg ist von Ferres als Zeuge vorgeladen worden und hat gut eine Woche nach dem Tod von Tobias eine Aussage gemacht. Er hat zugegeben, dass er im Frankfurter Rotlichtmilieu verkehrt und dass er gelegentlich sowohl die Dienste von männlichen wie von weiblichen Prostituierten in Anspruch nimmt. Auch den Straßenstrich rund um die Galluswarte hat er von Zeit zu Zeit besucht, jedoch nur mit volljährigen Männern und Frauen verkehrt. Vom Tod Tobias Brünings hat er gehört, allerdings will er den Jungen nicht gekannt haben. Ferres hat ihm einige Fotos von Tobias gezeigt und ihn gebeten, seine Aussage noch einmal zu überdenken. Daraufhin sagte Klattenburg laut Protokoll: ‹Auf Vorlage einiger Lichtbilder des Getöteten räume ich ein, ihn ein- oder zweimal gesehen zu haben, darüber hinaus habe ich ihn jedoch weder gekannt noch je mit ihm gesprochen.› Der Mann war damals 23 Jahre alt. Er ist in Bad Ems geboren, und rate, was er als Beruf angegeben hat?»

Kizzy verdrehte die Augen. «Wir sind nicht beim Fernsehquiz! Nun sag schon!»

«Er war damals Student der Rechtswissenschaften an der Goethe-Universität in Frankfurt.»

«Das heißt, er ist unser toter Staatsanwalt.»

Marthaler war aufgestanden, um den Platz an seinem Computer freizugeben. «Worauf du dich verlassen kannst! Sei so gut, gib bitte seinen Namen in die Suchmaschine ein und schau, ob du ein Foto von ihm findest! Ich will wissen, wie er aussieht und ob er Ähnlichkeit mit unserem Phantombild hat. Auch wenn Ferres sein Alibi überprüft und einen Bestätigungsvermerk gemacht hat.»

Kaum zwei Minuten später sprang Kizzy auf. «Robert, ich werd verrückt.»

«Das bist du, laut eigener Aussage, doch sowieso!», sagte Marthaler.

«Er sieht zwar unserem Zopfmann nicht ähnlich, aber … komm her und schau, was hier steht!»

Marthaler stand hinter ihr und sah auf den Bildschirm. «Ich weiß nicht, was du meinst.»

«Das ist ein Artikel aus der Rhein-Lahn-Zeitung. Auf dem Foto sieht man Klattenburg – hier der Typ im Anzug und mit Arschlochbrille. Er lächelt gemeinsam mit Gunilla Wada-Schreiber in die Kamera. Ich fass es nicht: Der Kerl saß ehrenamtlich im Beirat von Soffie.»

«Also war er ein guter Kerl», sagte Marthaler. «Einer, der sich gegen Prostitution und Menschenhandel engagiert hat.»

Kizzy lachte. «Warte, bis du gehört hast, was ich dir zu erzählen habe.»

«Nein, bitte», hatte Marthaler gesagt, als sie auf dem Weg ins Bahnhofsviertel waren. «Konzentrier dich auf den Verkehr! Wenn jemand anderes am Steuer sitzt als ich, bin ich extrem schreckhaft. Außerdem bin ich so hungrig, dass mir schwindelt. Also kann ich mich sowieso nicht auf deinen Bericht konzentrieren. Das muss warten, bis wir unser Essen bestellt haben.»

Sie parkten den Wagen in der Tiefgarage an der Nordseite des Hauptbahnhofs, überquerten die Straßenbahnschienen auf der Düsseldorfer Straße und liefen noch hundert Meter unter den Arkaden bis zum «Toh-Tong».

Lange studierten sie die Speisekarte und bestellten schließlich eine Vorspeisenplatte für zwei Personen mit Frühlingsrollen, Hähnchenspießen, im Teigmantel frittierten Crevetten und gegrillten Schweinerippchen. Und zusätzlich einen großen Papayasalat.

Als Marthaler seinen ersten Hunger gestillt hatte, nickte er Kizzy zu. «Jetzt kannst du!», sagte er. «Jetzt hab ich ausreichend Kraft, dir zuzuhören. Trotzdem werde ich einfach weiteressen, während du erzählst.»

Sie berichtete ihm von dem traurigen Innenhof der kleinen Kanzlei in der Petterweilstraße und dem zähen Gespräch mit dem Rechtsanwalt Sebastian Knauf und der Anwaltsgehilfin Sybille Schilling.

Irgendwann hörte Marthaler auf zu kauen und ließ sein aus Gabel und Löffel bestehendes Essbesteck sinken. «Also müssen wir davon ausgehen, dass es sich bei der ‹Sozialen Offensive für flüchtende Frauen in Europa› um eine kriminelle Vereinigung handelt. SOFFIE ist ein Schurkenverein, was meinst du?»

«Zumindest in Teilen», sagte Kizzy. «Es scheint, als würden sie das, was sie offiziell bekämpfen, nämlich Prostitution und Menschenhandel, in Wirklichkeit ermöglichen, befördern und organisieren. Eigentlich müssten wir den

Laden sofort hochnehmen. Ich fürchte nur, dass wir ohne die schriftlichen Zeugenaussagen der beiden Frauen dafür keinen richterlichen Beschluss bekommen.»

«Das werden wir sehen», sagte Marthaler. «Ich schlage vor, dass wir für morgen in aller Frühe eine große Runde im Weißen Haus einberufen. Mit allen, die mit den Fällen – vielleicht sollte ich lieber sagen: mit dem Fall – zu tun haben, einschließlich deine Kollegen aus Wiesbaden. Ich werde heute Abend noch mit Charlotte telefonieren. Ruf du bitte Paul Rademacher an. Magst du noch ein Dessert?»

Kizzy schüttelte den Kopf.

«Gut, dann auf zur Taunusstraße 19 – lassen wir uns überraschen, welchen Himmel oder welche Hölle uns der Schlüssel von Staatsanwalt Martin Klattenburg öffnen wird.»

Sie warteten, bis die schwere Metalltür hinter ihnen ins Schloss gefallen war, dann schauten sie sich um. Sie standen in einem langen Durchgang, von dem rechts eine Tür ins Vorderhaus führte. Keines der Klingelschilder trug den Namen Klattenburg.

Kizzy zeigte in den Innenhof, an dessen hinterem Ende man einen mehrstöckigen, weiß verputzten Anbau ausmachen konnte. Sie ging vor und winkte Marthaler zu.

«Hier ist es», sagte sie. «An der untersten Klingel stehen die Initialen M.K. Er scheint seine Räume im Untergeschoss zu haben.»

Sie betraten das Hinterhaus und stiegen die mit einem hölzernen Geländer versehene Steintreppe hinunter. Marthaler hob kurz die Hand, weil er meinte, aus dem oberen

Teil des Gebäudes ein Geräusch gehört zu haben, dann schüttelte er den Kopf und schloss auf. Er tastete nach dem Lichtschalter und betätigte ihn.

Vor ihnen lag ein etwa zwanzig Quadratmeter großer, nun hell erleuchteter Raum, der einmal als Keller gedient haben mochte, irgendwann aber zu einem Apartment umgebaut worden war. Es war ausgestattet mit einer Kochzeile, mit teuersten Geräten, einer schlichten Sitzgruppe aus Kalbsleder und einem großen Bett. An einer der knapp vier Meter hohen Backsteinwände war eine mit Bücherregalen bestückte Galerie angebracht, die man über eine Holztreppe erreichte. Darunter befand sich ein riesiger, eingepasster Wandschrank.

Kizzy öffnete die Tür zu dem einzigen Nebenraum und pfiff durch die Zähne. «Das Badezimmer», rief sie. «Mannomann, hier ist ja wirklich alles vom Feinsten. Whirlpool, Eichendielen, die edelsten Fliesen. Der Mann hat sich seine Rammelbude was kosten lassen.»

«Was hast du gesagt?», fragte Marthaler.

«Na, was denkst du, wofür er die kleine Zweitwohnung hier gebraucht hat? In Koblenz, wo ihn jeder kannte, wird er seine sexuellen Vorlieben nicht ausgelebt haben.»

«Los, Kizzy, wir nehmen uns eine halbe Stunde Zeit und hoffen, dass wir nicht überrascht werden. Wir ziehen Schutzhandschuhe an und durchsuchen die Bude!»

«Um was zu finden?»

«Das weiß ich nicht, aber wenn es so ist, wie du sagst, dann wird er seine schmutzigen Geheimnisse hier verwahrt haben.»

Während Marthaler sich daranmachte, den Wandschrank zu durchsuchen, inspizierte Kizzy den Rest der Wohnung.

«Eine halbe Stunde, nicht länger», mahnte er.

Auch bei seiner Kleidung hatte der Staatsanwalt auf Qualität geachtet. Die Anzüge hatte er sich bei Sons of Savile Row schneidern lassen, die Schuhe waren ebenfalls maßgefertigt von einem Handwerksmeister in der Friedberger Landstraße, und seine Hemden stammten ausschließlich von Luigi Borrelli. Kizzy hatte mit ihrer Einschätzung recht gehabt: Der Mann hatte auf sich und sein Äußeres geachtet. Und dafür war ihm offensichtlich nichts zu teuer gewesen. Dass er das alles mit seinem Gehalt als Staatsanwalt hatte finanzieren können, war eher unwahrscheinlich.

Nachdem Marthaler die Kleidung durchgesehen hatte, nahm er sich die anderen Fächer des Wandschrankes vor. Er fand mehrere Stapel großformatiger Notizbücher mit festem Kartoneinband. Er nahm das oberste Buch in die Hand und schaute sich das Etikett auf dem Umschlag an. Nur zwei Jahreszahlen standen darauf: 1992 und 1993.

Als er es aufschlug und durchblätterte, sah er, dass jede Seite mit vertikalen Linien versehen war. Martin Klattenburg hatte wie ein Buchhalter jeden Geldbetrag, den er ausgegeben oder eingenommen hatte, in diese Tabellen eingetragen und mit einem Datum versehen. Zum Schreiben war offensichtlich durchgängig ein Füller mit brauner Tinte verwendet worden.

Bei den Einnahmen war die Quelle benannt, aus der er das Geld bezogen hatte. Die Kosten, die ihm entstanden waren, hatte er mit einem Verwendungszweck versehen. In den meisten Fällen war dieser deutlich benannt. Am häufigsten standen dort die Begriffe *Lebensmittel*, *Waschsalon*, *Benzin* und *Miete*. Manchmal allerdings verbarg sich die Ausgabe hinter einem Kürzel, das Marthaler nicht zu entschlüsseln wusste.

Als er sich auch die anderen Jahrgänge dieser Journale anschaute, stellte er fest, dass nun die Einnahmen ebenfalls gelegentlich verschlüsselt waren und dass die Beträge im Laufe der Zeit immer größer wurden.

Was auch immer das alles zu bedeuten hat, dachte Marthaler, der Erkennungsdienst wird sich auch mit diesen Büchern beschäftigen müssen.

Er öffnete die nächste Schranktür – und stutzte. Alle Regale, vom Boden bis zur Decke, waren gefüllt mit Fotoalben, die in zwei Reihen hintereinanderstanden. Mit jedem der Alben, das er durchblätterte, steigerte sich seine Verwunderung zur Fassungslosigkeit. Auf den Bildern waren fast ausnahmslos Kinder und Jugendliche zu sehen. Sie zeigten Jungen und Mädchen, wie sie lächelnd in die Kamera winkten, wie sie in Badekleidung am Ufer eines Sees herumtollten, wie sie auf dem Rücken von Pferden saßen oder in einem Freizeitpark vor einem Riesenrad eine Tüte Popcorn in den Händen hielten. Manchmal gab es ganze Serien von Fotos, die am selben Tag, am selben Platz aufgenommen worden waren, manchmal waren es einzelne Aufnahmen, die ebenfalls ein Datum und eine Ortsangabe trugen. Auch hier waren die Eintragungen alle mit Füller gemacht worden. Immer wieder gab es auch Bilder, die Martin Klattenburg mit einem oder mehreren Kindern zeigten, was Marthaler vermuten ließ, dass der Staatsanwalt einen Passanten gebeten hatte, diese Fotos zu schießen. Auch ihn sah man fast immer lächeln und die Kinder freundlich ansehen.

«Kizzy, komm her, das musst du dir anschauen!»

«Unsere halbe Stunde ist gleich um, Robert.»

«Trotzdem, ich verstehe nicht, was ich hier sehe.»

«Also, gib her!», sagte Kizzy, als sie neben ihm stand. Stumm blätterte sie ein paar der Alben durch. Dann schüttelte sie den Kopf. «Es ist unfassbar, oder? Fast finde ich das hier noch widerlicher, als wenn …»

«Was meinst du damit?», fragte Marthaler, als sie ihren Satz nicht zu Ende führte. «Kann es nicht sein, dass der Mann harmloser war, als wir angenommen haben?»

Kizzy sah ihren Kollegen ungläubig an. «Robert Marthaler, bist du so naiv, oder tust du nur so? Von wegen, er hat nur mit volljährigen Männern und Frauen verkehrt. Der Mann war ein Pädophiler, nur dass wir es hier mit einem Mr. Clean zu tun haben.»

«Einem was?»

«Mr. Clean, so nennen sie bei Scotland Yard die Art von Täter, die vor ihrer Umgebung und vor sich selbst so tun, als würde ihre Vorliebe für Kinder aus unschuldiger Zuneigung gespeist. Bei allem, was sie den Jungen und Mädchen sexuell antun, können sie sich selbst nur ertragen, wenn sie das Bild eines liebevollen Erwachsenen aufrechterhalten. Und so verteidigen sie sich oft auch vor Gericht. Warte, bist du siehst, was ich gefunden habe.»

Auf dem Tresen der Küchenzeile hatte Kizzy ihre Entdeckungen ausgebreitet. Das Erste, was Marthaler auffiel, war ein kugelförmiger Gegenstand aus rosafarbenem Kunststoff.

«Kizzy, was ist das?», fragte er mit angewidertem Gesicht.

«Dreh es rum, dann erkennst du, um was es sich handelt. Es ist ein Sexspielzeug, ein sogenannter Pussy-and-Ass-Masturbator.»

Tatsächlich sah es aus, als würde einem ein kniendes Mädchen seinen Hintern und seine Vagina entgegenstrecken. Ein Mädchen ohne Kopf, ohne Arme und ohne Oberkörper. Nur zwei kleine Füße schauten unter dem Hintern hervor.

«Eine Beschreibung für das Ding habe ich auch gefunden», sagte Kizzy. «Dort steht, dass deine kleine Freundin ständig bereit ist, dass du ihr einen Klaps auf den Po geben und, wann immer du willst, in einen ihrer beiden Kanäle eindringen kannst.»

«Und so was kann man frei kaufen?»

«Du kannst es bei Amazon bestellen und bekommst es in diskreter Verpackung geliefert … Schau hier, was ich sonst noch gefunden habe: ein Aufklärungsbuch für Kinder aus den siebziger Jahren mit ziemlich expliziten Fotos nackter Jungen und Mädchen. Im Vorwort wird quasi zur Pädophilie aufgerufen. Das Buch finden wir bei fast jedem Täter, den wir hochnehmen … Dann ein paar Handschellen, so eng, dass auch eine Kinderhand nicht hinausschlüpfen kann … Und Reizwäsche sowohl für Jungen als auch für Mädchen. Ob es die ebenfalls zu kaufen gibt, weiß ich nicht. Vielleicht hat er sie auch extra anfertigen lassen. Jedenfalls können wir uns jetzt ausmalen, was in diesem Raum passiert ist.»

«Und wo hast du den ganzen Plunder entdeckt?»

«Im Bettkasten unter der Decke und den Kissen. Ist dir außer den Fotoalben noch etwas aufgefallen?»

«Ja», sagte Marthaler. «Mir ist aufgefallen, dass der Mann ein penibler kleiner Scheißer war. Auf den Tag genau an seinem 18. Geburtstag, am 27. Dezember 1992, hat er angefangen, all seine Einnahmen und Ausgaben in so eine Art Buchhalter-Journal einzutragen. Allerdings wollte er nicht in jedem Fall, dass man herausbekommt, woher er sein Geld bezogen und wofür er es ausgegeben hat. Das müssen wir später ermitteln ... Was meinst du, sollen wir gehen?»

«Ja», sagte Kizzy, warf noch einmal einen Blick in den Raum und kräuselte plötzlich die Stirn. «Was ist das?»

Sie zeigte auf die dem Bett gegenüberliegende Wand, die über die gesamte Fläche hinter einem Stoffvorhang verborgen war. Kizzy ging zum Fußende des Bettes und schob die beiden Teile des Vorhangs zur Seite.

Die gesamte Wand war mit den Abzügen vergrößerter Fotos bedeckt. Auch diese Bilder zeigten Jungen und Mädchen im Alter zwischen neun und vierzehn Jahren. Alle waren nackt.

«Schau mal an!», sagte Kizzy. «Diese kleine Sauerei wollte sich unser Saubermann dann wohl doch nicht versagen, wenn er abends in seinem Bett lag. Da keinerlei sexuelle Handlungen zu sehen sind, ist wahrscheinlich auch das nicht strafbar. So wenig wie der andere Mist, den wir hier gefunden haben ... Willst du jetzt immer noch behaupten, der Kerl sei harmlos gewesen?»

«Kizzy!», rief Marthaler.

«Was?»

«Siehst du, was ich sehe? Mach die Augen auf! Der zweite Junge von rechts ...»

Kizzy entfernte sich ein Stück von der Wand. «Was ist mit ihm?»

Marthaler schrie jetzt fast: «Erkennst du ihn nicht? Das ist Tobias Brüning.»

«Verdammt, Robert, du ... du hast verdammt noch mal recht.»

Auf dem Foto sah man Tobias in einer Ganzkörperaufnahme, nur mit zwei Boxhandschuhen bekleidet, wie er mit gespielt grimmigem Blick die Fäuste in Richtung Kamera hob. Die Aufnahme war im Freien gemacht worden, offensichtlich auf einem FKK-Gelände. Rechts im Vordergrund war ein Sonnenschirm zu erkennen, etwas entfernt im Hintergrund vor einem Schwimmbecken drei weitere Kinder oder Jugendliche, die ebenfalls nackt waren.

«Und schau da!», rief Kizzy, die sich von der Aufregung ihres Kollegen hatte anstecken lassen. «Erkennst du den hier?» Sie zeigte auf ein Foto in der Mitte der Wand. Ein nackter Junge hielt ein nacktes Mädchen an der Hand, dessen Gesicht hinter einer großen Sonnenbrille zur Hälfte verborgen war.

«Nein, sag! Wer soll das sein?»

«Komm, Robert! Das ist Dennis Schönhals, der beste Freund von Tobias. Von ihm ist ein Porträt in der Akte. Dieses Bild hier muss ungefähr zur selben Zeit entstanden sein, als Tobias ermordet wurde. Hier drüben ist er noch mal zu sehen, allerdings schon ein wenig älter.»

«Komm», sagte Marthaler, «lass uns von hier verschwinden, wir haben fürs Erste genug gesehen.»

Nachdem er den Schlüssel zur Wohnungstür zweimal herumgedreht hatte, verließen sie das Hinterhaus, durchquerten den dunklen Hof und standen kurz darauf wieder in dem Durchgang zur Straße.

Kizzy hatte die schwere Tür bereits einen Spaltbreit geöffnet, als Marthaler sie bat, auf den Lichtschalter zu drücken.

Er ging zu den Briefkästen, die in zwei Reihen übereinander an der Hauswand befestigt waren. Links unten las er wieder das Kürzel M.K. Er zog noch einmal Klattenburgs Schlüssel hervor, öffnete den Kasten, nahm den Inhalt heraus und sah ihn durch. Außer dem Katalog eines Bekleidungsgeschäftes und einem italienischen Modemagazin mit dem Titel «L'Uomo» fand er drei kleine weiße Zettel, die offensichtlich aus einem Taschenkalender herausgerissen worden waren.

«Was Interessantes?»

Marthaler nickte. Er ging zu den Mülltonnen, die an der gegenüberliegenden Hauswand standen, und warf den Katalog und die Zeitschrift hinein.

«Dann lies vor!», forderte Kizzy ihn auf.

«Jemand hat in den letzten drei Tagen dreimal versucht, Martin Klattenburg zu erreichen, und ihm jedes Mal einen Zettel in den Briefkasten geworfen, der mit Datum und Uhrzeit versehen ist. Die erste Nachricht lautet: ‹Du bist überfällig. War hier. Warte auf dich und die Miete.› Auf dem zweiten Zettel wird der Ton schon drängender: ‹Warum gehst du nicht ans Telefon? Werde nervös. Brauche dringend Nachschub. Verdammt, wo bist du?› Und jetzt die dritte Nachricht, die man wohl als Drohung verstehen kann: ‹Alter, versuch nicht, mich zu verarschen! Du weißt, was sonst passiert. I have to get rid of my monkey!› Was der letzte Satz bedeuten soll, weiß ich nicht.»

«Dass der Absender seinen Affen loswerden will – er hat Entzugserscheinungen und braucht neuen Stoff. Blöd, dass wir nicht wissen, wer diese Nachrichten geschrieben hat.»

«Doch, Kizzy. Der Absender der Nachrichten heißt Dennis. Schalt dein Smartphone ein und wähl dich ins Melderegister ein. Schau nach, wo Dennis Schönhals heute wohnt. Wir werden ihm einen Besuch abstatten.»

«Danke, Robert!»

«Für was?»

«Ich liebe es, präzise Anweisungen zu bekommen.»

ZEHN

«Julius-Brecht-Straße Nummer 3», sagte Kizzy, als sie im Wagen saßen.

«Du weißt, wo das ist?», fragte Marthaler.

«Null Ahnung!»

«Die Adresse ist auf dem Frankfurter Berg und gehört zu einer Hochhaussiedlung, die in den sechziger Jahren entstanden ist. Die Nummer 3 hat 25 Stockwerke und ist bis heute eines der höchsten Wohnhäuser der Stadt. Allein in diesem einen Gebäude gibt es 240 Wohnungen, 750 Menschen wohnen dort. Das feine Frankfurt rümpft die Nase, wenn es nur den Straßennamen hört. Hier leben Menschen aus der ganzen Welt. Wahrscheinlich gibt es kein Land der Erde, das unter den Bewohnern nicht vertreten wäre. Kaum ein Fenster oder ein Balkon ohne Satellitenschüssel. Der versoffene deutsche Dackel-Spießer trifft sich an der Kebab-Bude mit dem jungen Kickboxer aus Marokko, der nur Tee trinkt. Das tamilische junge Paar wohnt mit einer riesigen Roma-Familie auf demselben Stockwerk, die Witwe aus Eritrea mit den vietnamesischen Imbissbetreibern. Sie treffen sich beim kurdischen Gemüsehändler und im Netto-Markt, bringen ihre Kinder in dieselbe Kita und lassen sich die Haare beim selben Friseur schneiden, wenn sie dafür überhaupt Geld ausgeben. Denn arm sind dort alle, und jeder schlägt sich irgendwie durch. Es passt also, dass in dieser Siedlung jemand wie Dennis Schönhals wohnt, der offensichtlich ein Junkie ist. Aber dass dieser Junkie Mietforderungen an einen Staatsanwalt stellt, das kann ich nicht glauben.»

Kizzy lachte.

«Was ist daran lustig?», fragte Marthaler.

«In einem Teil des Milieus steht das Wort Miete einfach für das Geld, das man einem anderen schuldet.»

Marthaler nickte. «Aber ich bezweifle, dass wir Dennis Schönhals zum Reden bringen. Wir haben nichts gegen ihn in der Hand.»

«Glaub mir, Robert, der wird reden», sagte Kizzy. «Seine drei Zettel zeigen, dass er enorm unter Druck steht. Ich werde ihn schon zum Reden bringen. Lass mich einfach machen!»

«Dennis Schönhals hat offensichtlich gelogen, als er vor fünfzehn Jahren den Ermittlern weisgemacht hat, die größte Sünde von ihm und Tobias hätte darin bestanden, gelegentlich auf den Gleisen der Güterbahn eine Zigarette zu rauchen. In Wahrheit haben sich beide schon mit dreizehn Jahren an der Galluswarte prostituiert.»

«Okay, Robert», sagte Kizzy, «jeder darf lügen. Niemand muss sich selbst belasten. Wir dagegen haben die Wahrheit herauszufinden, gegen den Willen der Beteiligten. Das ist unser Job. Und wir sind streng genommen nicht viel besser: Der Nächste, der lügen wird, bist du. Es wird eine Sprechanlage am Eingang vom Hochhaus geben. Du wirst deine Stimme verstellen, so tun, als hättest du eine Erkältung, und wirst behaupten, dass du der Martin bist, Martin Klattenburg.»

Wie eine breite, hohe Wand stand das Haus aus schmutzigem Waschbeton vor ihnen. Marthaler legte seinen Kopf in den Nacken und ließ seinen Blick über die Fassade gleiten. Manche Fenster waren beleuchtet, die meisten allerdings waren dunkel. Er sah eine Frau, die im Unterrock durch ihre Wohnung huschte, und ein paar Fenster weiter das Gesicht eines alten dunkelhäutigen Mannes, der reglos nach draußen in den Abend starrte.

Einen Moment ließ Marthaler seine Hand unentschlossen in der Luft kreisen. Dann drückte er auf den Klingelknopf.

Die Wohnungstür von Dennis Schönhals stand eine Handbreit offen, als sie sich über den spärlich beleuchteten Hausflur im ersten Stockwerk näherten.

Kizzys Trick hatte funktioniert.

Im Türspalt erschien das Gesicht eines jungen Mannes, der sie verdutzt anschaute. «Was …? Verdammt!»

Schönhals versuchte, die Wohnungstür zu schließen, aber Kizzy hatte bereits ihren Fuß in den Rahmen gesetzt. Mit einer zweiten Bewegung rammte sie ihre Schulter gegen das Türblatt und brachte den Mann ins Taumeln.

Im nächsten Moment hatte er sich wieder gefangen, rannte durch den dunklen Raum, riss die Balkontür auf und sprang über die Brüstung.

Als er auf dem Boden hinter dem Haus aufkam, hörte man einen dumpfen Aufprall. Dann begann Dennis Schönhals zu brüllen.

«Geh außen rum! Komm hinters Haus!», rief Kizzy Marthaler zu. Sie kletterte über das Balkongeländer, klammerte sich kurz mit beiden Händen daran fest und ließ sich dann fallen.

Sie landete neben Dennis Schönhals, der auf dem Rasen lag und sich vor Schmerzen krümmte. Kizzy setzte den Absatz einer ihrer Stiefeletten auf seinen rechten Handrücken, zog ihren Dienstausweis hervor und hielt ihn dem Mann vors Gesicht.

«Du hast drei Wünsche frei», sagte sie. «Was machen wir? Knast oder reden?»

«Reden», japste er.

«Lüge oder Wahrheit?»

«Wahrheit.»

«Hier oder im Kommissariat?»

«Hier.»

«Dann steh auf!»

«Geht nicht, mein Knöchel …»

Inzwischen war Marthaler bei ihnen angekommen.

«Handschellen?», fragte er.

Kizzy schüttelte den Kopf.

In den Stockwerken über ihnen sowie im benachbarten Hochhaus schauten derweil immer mehr Menschen aus den Fenstern und von den Balkons.

«Mach mal jemand Licht an da unten!», rief einer in die Dunkelheit. «Wir wollen was sehen.»

«Polizei!», antwortete Marthaler mit lauter Stimme. «Gehen Sie in Ihre Wohnungen!»

Allerdings hatte er den Eindruck, dass sich durch seinen Aufruf die Zahl der Schaulustigen eher noch vergrößerte.

«Ihr Bullenärsche, verpisst euch!», hörte man ganz aus der Nähe einen Mann rufen.

Marthaler und Kizzy postierten sich neben Dennis Schönhals, packten ihn an den Armen und halfen ihm auf die Beine. Sie führten ihn zurück ins Haus und an den glotzenden Mitbewohnern vorbei in seine Wohnung.

Das kleine Apartment glich einer Müllhalde. Überall lagen leere Bierdosen und Schnapsflaschen auf dem Boden, alte Pizzakartons stapelten sich in den Ecken des Zimmers. Von der Decke hing eine schwache Glühbirne, sie schien die einzig funktionierende Beleuchtung zu sein. Es roch nach Alkohol, kaltem Rauch und der schmutzigen Kleidung, die auf den Möbeln verteilt war.

«Setz dich», sagte Kizzy und zeigte auf das Sofa. «Du darfst auch das Bein hochlegen.»

«He, warum duzt du mich überhaupt?», fragte Schönhals.

«Setz dich, hab ich gesagt. Ich will mir deine Verletzung ansehen.»

Kizzy zog ihm den rechten Schuh aus und schob sein Hosenbein nach oben. Sie tastete den Knöchel ab und bewegte den Fuß in alle Richtungen.

«Okay», sagte sie, ohne auf das Gejammer des jungen Mannes zu achten. «Verstaucht, aber nicht gebrochen. Wird eine Weile dauern.»

Ein Wrack ist Dennis Schönhals noch nicht, dachte Marthaler, auch wenn er auf dem besten Weg dahin ist. Er ist nervös, zu dünn, und seine Haare sind ungepflegt, seine Haut wirkt angegriffen. Aber das alles scheint noch nicht lange so zu sein. Und immerhin sieht er so aus, als würde er sich noch schämen für seinen Zustand und für den der Wohnung.

Trotzdem fühlte sich Marthaler wie immer, wenn es um die Vernehmung von Drogenkonsumenten ging, auf unsicherem Boden. Er war froh, dass Kizzy das Verhör führen wollte.

«Heroin?», fragte sie.

Schönhals nickte.

«Seit wann?»

«Vier Wochen.»

«Und vorher?»

«Koks.»

«Für was soll Staatsanwalt Martin Klattenburg dir Miete zahlen?», fragte sie unvermittelt.

Dennis Schönhals sah Kizzy mit einem Ausdruck ungläubigen Staunens an. Er schwieg lange und ruckte schließlich mehrmals mit dem Kopf. «Hat er mich etwa angezeigt?»

«Wofür bekommst du Geld von ihm? Bezahlt er dich dafür, dass du mit ihm ins Bett gehst?»

Schönhals kicherte. «Guter Witz ... Ah, jetzt verstehe ich. Ihr habt ihn hochgenommen?»

«Beantworte meine Frage!», sagte Kizzy, die jetzt an der Zimmerwand lehnte, während Marthaler einen Stuhl freigeräumt und sich gesetzt hatte.

«Ich bin mit ihm ins Bett gegangen, aber das ist lange her. Sehr, sehr lange.»

«Du hast Angst, mir zu antworten, weil du befürchtest, dass dann deine Quelle versiegt, nicht wahr? Aber du wirst von ihm sowieso kein Geld mehr bekommen, Dennis. Klattenburg ist tot. Er hat sich das Leben genommen.»

Schönhals schüttelte den Kopf. «Nein, nicht der Martin», sagte er, ohne dass man seinen Gesichtsausdruck hätte deuten können. «Nicht der Martin.»

«Du hast ihn mit Frischfleisch versorgt, oder? Weil er sich selbst in der Szene nicht herumtreiben wollte. Er hat dich bezahlt dafür, dass du ihm neue Jungs und Mädels zugeführt hast.»

Er zuckte mit den Schultern. «Ich hab ihm Bekanntschaften vermittelt.»

«Du und Tobias Brüning ... ihr habt zur selben Zeit mit ihm geschlafen. Ihr wart dreizehn Jahre alt.»

«Er war in Tobi verliebt.»

«Aber Tobi nicht in ihn», ergänzte Kizzy.

«Nee, bestimmt nicht. Tobi war nicht schwul. Der hat Martin gemolken. Er hat ihn erpresst. Ich hab ihm gesagt, dass das zu gefährlich ist, aber er hat immer weitergemacht. Er wollte mehr und mehr Geld von Martin.»

«Und deshalb musste Tobi sterben?»

«Das weiß ich nicht.»

«Was weißt du, Dennis? Was ist passiert an dem Tag, als Tobias ermordet wurde?»

«Martin hat bei mir zu Hause angerufen. Er hat gesagt, ich soll mich mit Tobi an der Röhre verabreden, aber selbst nicht hingehen. Stattdessen wollte er dort auftauchen und Tobi eine Überraschung bescheren.»

«Und das hast du geglaubt?»

«Weiß nicht. Es kam mir komisch vor. Aber Martin ist ein komischer Typ.»

«Und dann ist Tobi ermordet worden. Hast du Martin für den Täter gehalten?»

«Er hatte ein Alibi. Er hat gesagt, dass ihm etwas dazwischengekommen ist und dass er deshalb nicht zur Röhre gehen konnte. Und dass er nicht weiß, wer Tobi das angetan hat. Und genau das hat er all die Jahre immer wiederholt, wenn ich mit ihm darüber gesprochen habe.»

«Was hast du von dieser Behauptung gehalten?»

«Ich denke, ich wollte ihm glauben», sagte Dennis Schönhals, seine langen Wimpern flatterten. «Ich bin nicht sehr stark.»

«Du könntest dir also auch vorstellen, dass etwas ganz anderes stimmt, dass Klattenburg jemanden angeheuert hat, um Tobias zu ermorden, weil er von dem Jungen erpresst wurde.»

«Einmal ist ihm was rausgerutscht. Als ich ihn vor ein paar Jahren um etwas mehr Geld gebeten habe, hat er gemeint, ich soll vorsichtig sein. ‹Du weißt ja, was mit Jungen passiert, die unverschämt werden›, hat er gesagt. Er konnte damit nur Tobi gemeint haben.»

«Und du hast ihn nicht erpresst?»

Schönhals verneinte.

«Und wie soll man deine Nachricht an Klattenburg verstehen, dass er schon weiß, was passiert, wenn er die Miete nicht zahlt?»

«Das war ein Fehler. Das war das erste und einzige Mal, dass ich ihm gedroht habe. Ich hab sogar versucht, den Zettel wieder aus seinem Briefkasten zu fischen.»

«Und du hast in all den Jahren nie das Bedürfnis gehabt, die Wahrheit zu sagen?»

«Wie können Sie so was behaupten? Natürlich. Ich hab mich von Anfang an geschämt für meine Feigheit. Vor mir selbst habe ich so getan, als wollte ich Tobis Ruf nicht beschädigen, und musste deswegen lügen, aber …»

«Aber in Wirklichkeit hattest du Angst, dass dir dasselbe

passiert wie deinem Freund, wenn du die Wahrheit sagst. Und diese Angst ist bis heute geblieben.»

Schönhals hatte die Lider gesenkt und nickte. Seine Hände zitterten.

«Deshalb hast du dich nicht nur erschrocken, als du gehört hast, dass Martin Klattenburg tot ist. Du warst gleichzeitig erleichtert.»

Er nickte abermals. «Was wird jetzt mit mir?»

Kizzy schaute ihren Kollegen an, als wollte sie sagen: Äußere du dich dazu!

«Das werden wir sehen», sagte Marthaler. «Es kommt hoffentlich irgendwann zu einem Prozess. Dann werden Sie aussagen müssen.»

Schönhals nickte kläglich.

«Sollen wir dich in die Unfallklinik bringen?», fragte Kizzy.

«Nein», sagte Dennis Schönhals. «Ich warte bis morgen früh. Ich habe einen Sugardaddy drüben in den Reihenhäusern. Wenn es bis dahin nicht besser ist, wird er mich fahren. Er ist nicht reich, aber er tut alles für mich.»

«Warum hast du ihn eigentlich geduzt?», fragte Marthaler, als sie durch die Dunkelheit in Richtung des alten Daimlers liefen. «Er ist inzwischen ein erwachsener Mann von knapp dreißig Jahren.»

«Erstens weil ich ihn bis eben nur aus der Akte kannte, und da war er ein Kind. Und zweitens weil ich die Hackordnung klarstellen wollte. Ich wollte, dass er kapiert, dass wir hier die Spielregeln bestimmen.»

«Dennis Schönhals hat nicht gerade gut gerochen»,

sagte Marthaler. «Seine Füße waren aufgekratzt und verschorft, trotzdem hast du nicht mal das Gesicht verzogen, als du seinen Knöchel untersucht hast.»

«Das stimmt», sagte Kizzy, «ich kenne weder Stolz noch Ekel. Was meinst du, woran das liegt?»

«Keine Ahnung.»

«Vielleicht an meinen Genen?»

Marthaler blieb unter einer Laterne auf dem Bürgersteig stehen. «Denkst du wirklich?»

«Sag mal, Robert Marthaler, kapierst du nie, wenn man einen Witz macht?»

«Leider selten, Kizzy Winterstein. Aber was auch immer deine Gene oder dein Leben aus dir gemacht haben, ich finde, sie haben es gar nicht so schlecht gemacht.»

Sie hob die Brauen und lächelte. Dann zeigte sie Marthaler den schielenden Hasen. Dass sie sich geschmeichelt fühlte, konnte sie dennoch nicht ganz verbergen.

ELF

Kizzy schreckte hoch, als sie ihr Handy läuten hörte. Die Armbanduhr auf dem Nachttisch zeigte auf 5:15 Uhr.

«Scheiße, Robert, wir haben verpennt. Los, wach auf! Wir müssen raus!»

Erst als Marthaler murrend das Bett verlassen hatte, zog sie ihr Telefon unter den Kleidungsstücken auf dem Boden hervor. Auf dem Display erkannte sie, dass es ihr Kollege Bruno Tauber war.

«Täubchen, entschuldige, ich weiß …»

«Was soll das, Kizzy? Ihr lasst uns hier um fünf Uhr morgens antanzen, aber von euch fehlt jede Spur. Wo bist du überhaupt?»

«Wir machen uns sofort auf den Weg. Wir haben bis weit nach Mitternacht gearbeitet und beide verschlafen. Ich bin bei Marthaler.»

«Hast du nicht gerade noch verkündet, dass bei dir jetzt Fastenzeit ist, was Männer angeht?»

«Täubchen, bitte!»

«Geh du schon vor!», schlug Marthaler vor, als sie eine halbe Stunde später einen Parkplatz in der Nähe des Weißen Hauses gefunden hatten. «Ich lauf rasch rüber zu Harry und klopfe ans Fenster der Backstube. Eine Tüte voller Gebäck wird die Kollegen ein wenig milder stimmen.»

«Absence makes the heart grow fonder», sagte Paul Rademacher mit einem feinen Lächeln, als Kizzy ihm auf dem Gang des Weißen Hauses entgegenkam. «Lange nicht gesehen …»

«War euer Großeinsatz in den Gebäuden des Motorradclubs erfolgreich?»

Rademacher sah selbst um diese Uhrzeit so entspannt aus, als käme er gerade von einem langen Wochenende auf dem Golfplatz, und er war so perfekt gekleidet, als stünde seine Audienz bei der Queen bevor.

«Das weißt du noch gar nicht?», fragte er erstaunt. «Wir haben die ganze Aktion abblasen müssen. Bei den Offenbacher Kollegen scheint es eine undichte Stelle zu geben. Auch deshalb bin ich heute hier. Wir wollen der Sache auf den Grund gehen. Aber jetzt komm! Alle warten darauf, dass ihr endlich Bericht erstattet.»

Noch bevor sie die Sitzung im Konferenzzimmer eröffnet hatten, ergriff Kai Döring das Wort: «Dass ihr euch um diese Tageszeit verspätet, dafür habe ich großes Verständnis. Allerdings kapiere ich nicht, warum man überhaupt ein Treffen um fünf Uhr morgens ansetzen muss.»

«Ich werde es dir erklären», sagte Marthaler, der den Raum gerade betrat, in den Armen drei riesige Tüten mit Brötchen, Croissants und Laugenstangen. «Wir nähern uns der heißen Phase der Ermittlungen. Ich bin überzeugt, dass ein langer Arbeitstag vor uns liegt. Und wir werden am Abend froh sein, jede Minute genutzt zu haben.»

Nachdem er sich gesetzt hatte, schaute Marthaler in die Runde. «Ich bin froh, euch alle wiederzusehen.» Er merkte, wie einige Kollegen sich mühsam ein Grinsen verkniffen, und hörte ein paar Plätze neben sich ein ironisches Hüsteln. «Ich weiß, dass ihr sauer auf mich wart, weil ich nicht da war, als ihr Tag und Nacht an dem Überfall auf den ‹Wintergarten› gearbeitet habt. Aber jetzt sehen wir, dass wir, ohne es zu ahnen, die ganze Zeit mit demselben Fall beschäftigt waren. Der Mord an Tobias Brüning, die Morde an den beiden Roma-Jungen und der tödliche Angriff auf die Gäste des ‹Wintergartens› hängen zusammen. Aus drei Fällen ist einer geworden.»

Kizzy stand am Fenster und nickte Marthaler aufmunternd zu und gab ihm ein Zeichen, dass er zum Wesentlichen kommen und sich nicht länger mit Vorreden aufhalten solle.

«Gut», sagte Marthaler, «Kizzy Winterstein und ich werden euch jetzt abwechselnd über den Gang der Ermittlungen und unsere Ergebnisse berichten. Wenn ihr einen Zusammenhang nicht versteht, unterbrecht uns bitte. Auch dann, wenn ihr selbst zusätzliche Informationen habt, die das Bild abrunden könnten.» Er machte eine kurze Pause. «Noch immer kennen wir die Identität der Täter nicht, aber wir glauben inzwischen die Organisation zu kennen, der diese Täter angehören. Sie trägt den Namen SOFFIE – Soziale Offensive für flüchtende Frauen in Europa.»

Es war 6:30 Uhr, als sie ihre Informationen ausgetauscht hatten. Alle hatten konzentriert zugehört und die richtigen Fragen gestellt.

«Weiß man inzwischen eigentlich, wo dieser Spruch auf der Karteikarte her ist? ‹Ihr werdet mich sehen, und ihr werdet von mir hören›?», fragte Kizzy.

«Ja, freili», meldete sich Sepp Huber zu Wort. «Ausm Karl May hat an aussi. Des hamer überprüft.»

«Was ich nicht verstehe …», sagte Sven Liebmann, «wieso hat der Täter die beiden Roma-Jungen nicht einfach vom Kleinen Haus der Grube Kreuzberg über die Lichtung zum Stollen geschleppt? Warum hat er sich die Mühe gemacht, den viel weiteren Weg durch den Wald zu nehmen? Schließlich war es Nacht.»

«Ja», sagte Tauber, «aber es war eine Vollmondnacht. Und der Täter hätte riskiert, von einem Jäger oder einem frühmorgendlichen Reiter überrascht zu werden. Ich habe auch noch eine Frage: Hat sich denn bestätigt, dass es sich bei der toten Frau im ‹Wintergarten›, bei unserem sogenannten siebten Opfer, tatsächlich um die Mutter der Jungen handelt?»

Sabato nickte. «Ich habe mit der Rechtsmedizin gesprochen. Thea Hollmann hat es nach dem DNA-Abgleich bestätigt. Edina Krasnici war die Mutter von Mirsad und Bislim.»

Als es an der Tür klingelte, stand Kai Döring auf, um zu öffnen. Eine Minute später war er zurück im Besprechungszimmer und hielt einen Umschlag in der Hand. Alle schauten ihn erwartungsvoll an. «Ein Fahrradbote hat das gebracht. Der Brief ist an niemanden persönlich gerichtet, sondern einfach an die ‹Soko Wintergarten›. Als Absender steht die Kanzlei eines Notars auf dem Brief. Und darunter der handschriftliche Vermerk: ‹Bitte umgehend öffnen und sofort lesen!›»

«Dann mach, Kai!», forderte Sven Liebmann ihn auf. «Worauf wartest du? Du gehörst zur ‹Soko Wintergarten›. Oder hast du Angst, dass es eine Briefbombe ist?»

Schließlich nahm Liebmann seinem immer noch zögerlichen Kollegen den Umschlag aus der Hand und öffnete ihn. Es befand sich ein kleiner Stapel DIN-A4-Blätter darin. Schon als er das Anschreiben durchlas, versteiften sich seine Schultern.

«Leute, es könnte sich hier tatsächlich um eine Briefbombe handeln, allerdings um eine, auf die wir gewartet haben. Hört euch an, was dieser Notar schreibt: ‹*Sehr geehrte Damen und Herren, von einem vierwöchigen Urlaub auf den Seychellen zurück, erfahre ich erst jetzt, dass sich mein Kollege und langjähriger Freund Dr. Johannes Westhoff unter den Todesopfern des bewaffneten Angriffs auf das Restaurant ‹Wintergarten› befindet. Dr. Westhoff hat mir kurz vor meiner Abreise diese beiden urschriftlichen Protokolle von Aussagen zweier seiner Mandantinnen gegeben. Er hat mich gebeten, diese Unterlagen unverzüglich an die Kriminalpolizei weiterzuleiten im Falle, dass ihm etwas zustoßen sollte. Dieser Bitte leiste ich hiermit Folge. Hochachtungsvoll …*›»

Die Aufregung im Raum war mit Händen zu greifen. «Los, Sven, lies schon!», wurde Liebmann von allen Seiten aufgefordert. «Was sagen die Frauen?»

Als Liebmann die beiden Protokolle überflogen hatte, schaute er vielsagend in die Runde: «Das dürfte reichen, um den Laden hochzunehmen. Eine Aussage stammt von einer Frau namens Bredica Simion, ich nehme an, es handelt sich um das achte Opfer. Die andere ist von Edina Krasnici. Beide Frauen bestätigen, dass sie immer wieder in verschiedenen Bordellen und sogenannten Hostessenwohnungen gearbeitet haben. Oftmals sind ihnen diese Bordelle von den Mitarbeiterinnen von SOFFIE empfohlen worden. Immer wieder sind in den Wohnunterkünften von SOFFIE Zuhälterinnen aufgetaucht. Edina Krasnici berichtet, dass ihr Gunilla Wada-Schreiber gedroht hat, wenn sie ihre Schulden bei den Schleppern nicht bezahle, könne man nicht mehr für ihre Sicherheit garantieren. Auch ihre Jungen seien jetzt alt genug, um mitzuarbeiten, hat die Leiterin von SOFFIE gesagt. Die beiden Frauen nennen zahlreiche Namen und Adressen. Zu den Kunden haben offensichtlich auch Lokalpolitiker, Polizisten und hohe Beamte gehört. Damit haben wir das, was wir uns in diesem Milieu immer wünschen, aber fast nie bekommen: eine klare Aussage der Opfer.»

«Gut», sagte Marthaler, «für einen Durchsuchungsbeschluss reicht das. Wenn wir nicht schnell genug einen Ermittlungsrichter bekommen, der ihn ausstellt, wird auch die Staatsanwaltschaft genügen. Es kann jede Minute ein neuer Missbrauch geschehen, also gilt Gefahr im Verzug. Da wir nicht wissen, wie sehr die örtlichen Behörden verstrickt sind, sollten wir einen Weg finden, den Einsatz in Bad Ems selbst durchzuführen.»

Paul Rademacher nickte. «All right, für Bad Ems ist das Landeskriminalamt in Mainz zuständig. Ich werde das mit den Kollegen dort sofort abklären.»

«Noch eine Frage, bevor wir loslegen», sagte Kerstin Henschel, eine Kollegin der Ersten Mordkommission. «Was ist eigentlich mit diesem Callboy? Wir haben gehört, dass Richard Kantereit vor den Augen von Louise Manderscheid eine schwere Auseinandersetzung mit den beiden Jungen hatte. Sein Handy ist am Eingang des Stollens gefunden worden. Und der Mann ist kurz nach der Tat abgetaucht. Warum erfahren wir nichts mehr über ihn? Habt ihr ihn ganz aus dem Blick verloren?»

«Okay», sagte Bruno Tauber, «ich habe es bisher nicht erwähnt, weil ich dachte, ihr hättet ihn alle vergessen, und weil wir Wichtigeres zu klären hatten. Tatsächlich haben wir Kantereits Wohnung überwacht. Gestern hat er versucht, dorthin zurückzukehren, dabei haben wir ihn geschnappt. Nachdem sein Rendezvous mit Louise Manderscheid so geräuschvoll geplatzt war, behauptet er, für die Nacht ein Arrangement mit einer anderen Dame vereinbart zu haben. Wir haben ihn stundenlang vernommen, aber er wollte nicht preisgeben, mit wem er sich getroffen hat. Erst als ihm klarwurde, dass er ein Alibi braucht, um seine Haut zu retten, hat er den Namen genannt. Ich weiß, dass sich einige unter euch jetzt freuen werden. Seine Kundin ist die Gattin von Dr. Martius, die wohl schon seit einer ganzen Weile seine Dienste in Anspruch nimmt. Sie hat nach einigem Zappeln bestätigt, dass sie sich in der Tatnacht mit Kantereit in einem Hotel im Rheingau aufgehalten hat. Sein Handy, so meint er übrigens, müsse er hinter dem Kleinen Haus bei dem Gerangel mit den Jungen verloren haben. Der Täter müsse es gefunden und am Tatort abgelegt haben, um den Verdacht auf ihn zu lenken. Kann sein, kann nicht sein. Vielleicht hatte es auch einer der Jungen entdeckt und in die Hosentasche gesteckt.»

Wie aufs Stichwort läutete in diesem Moment Bruno Taubers Mobiltelefon. Er nahm es in die Hand und schaute auf das Display. Kizzy ging ein paar Schritte auf ihn zu und streckte die Hand aus: «Berichte du weiter!», sagte sie. «Ich geh ran!»

«Kizzy, du? Ist Tauber in der Nähe? Ihr müsst herkommen!»

Kizzy lächelte. Sie hatte den Besprechungsraum verlassen und sich auf den Flur des Weißen Hauses zurückgezogen. Sie freute sich, in diesem Wahnsinn der sich überschlagenden Ermittlungen die vertraute Stimme ihrer Freundin zu hören.

«Alles okay, Louise? Geht's dir gut?»

«Er ist da, Kizzy.»

«Wer ist da?»

«Der Mann, den ihr sucht. Der Zopfmann. Er ist hier, auf dem Gelände der Grube Kreuzberg. Ich kenne ihn. Und du kennst ihn auch. Wir waren beide wie vernagelt.»

«Was redest du, Lou?»

«Komm her, dann wirst du mir glauben. Es gibt ein Foto, auf dem wir beide mit ihm zu sehen sind. Ich erinnere mich nicht mehr an seinen wirklichen Namen, wir haben ihn damals Prinz genannt. Kommt schnell! Er schleicht draußen herum, ich bin sicher, es wird nicht mehr lange dauern, bis er versucht, ins Haus einzudringen. Ich habe große Angst, Kizzy.»

Jetzt war auch Kizzy alarmiert. «Bring dich in Sicherheit! Verbarrikadier dich irgendwo! Wir kommen, so schnell es geht. Gibt es ein Versteck, wo du dich halbwegs sicher fühlst?»

«Vielleicht im Keller ...»

«Dass du aber auch immer noch kein Handy hast ... Kannst du bei geschlossener Kellertür dein Telefon hören?»

«Wenn ich nicht runtergehe, sondern auf der Treppe bleibe, dann schon.»

«Mach das! Und stell den Apparat auf höchste Lautstärke. Ich werde es dreimal hintereinander kurz läuten lassen. Dann weißt du, dass wir da sind, und kannst uns öffnen. Wir werden uns dem Haus von der Rückseite aus nähern. Mach einfach das Fenster vom Badezimmer auf.»

Als Kizzy den Besprechungsraum wieder betrat, beriet sie sich kurz mit Marthaler und Paul Rademacher. Unter den Kollegen herrschte bereits Aufbruchstimmung. Sie warteten auf Anweisungen für den bevorstehenden Einsatz in Bad Ems.

Noch einmal ergriff Rademacher das Wort: «Scheint wirklich ein langer Tag zu werden. Und gerade ist eine andere Baustelle hinzugekommen. Wir wissen noch nicht, ob an der Sache was dran ist, aber Winterstein und Marthaler müssen sich drum kümmern. Ich schlage vor, dass Bruno Tauber die Aktion in Bad Ems leitet. Hat jemand Einwände?»

Von allen Seiten war beifälliges Murmeln zu hören. Nur Taubers Miene war schwer zu deuten. Immerhin nickte er nach einer Weile. Als Kizzy seinem Blick begegnete, begriff sie, dass sie einen Fehler gemacht hatte. Sie hätte ihn in ihre kurze Beratung mit Marthaler und Rademacher einbeziehen müssen. Schließlich war er es, den Louise Manderscheid versucht hatte zu erreichen. Sie nahm sich vor, sich später bei ihm zu entschuldigen. Jetzt allerdings blieb keine Zeit, Marthaler und sie mussten los.

Als sich die Tür hinter den beiden schloss, rief Kai Döring: «Also dann! Wie heißt der Andi mit Nachnamen?»

Die Gesichter der Kollegen gefroren zu Masken. Niemand antwortete.

«An die Arbeit heißt er!», sagte Döring. Und als keiner

lachte: «Was habt ihr? Ist doch ein guter Witz, auch wenn er von einem unbeliebten Kollegen stammt, der jetzt tot ist. Wenn etwas von ihm bleiben wird, dann dieser Witz.»

«Kein Witz ist auf Dauer gut, Kai», erwiderte Kerstin Henschel. «Wenn alle die Pointe kennen, ist er tot. Und dieser Witz ist so tot wie sein Urheber. Du riskierst, dass man dich beim nächsten Bullenball wie Troubadix fesselt, knebelt und in einen Baum hängt, damit du Ruhe gibst. Vielleicht solltest du einfach mal ein paar Euro investieren und dir bei Woolworth auf dem Grabbeltisch eine neue Witzesammlung kaufen.»

ZWÖLF

«Was war das letzte Nacht mit uns beiden?», fragte Marthaler, als sie die Stadtgrenze hinter sich gelassen hatten und Kizzy den schwarzen Passat mit hoher Geschwindigkeit über die Autobahn steuerte.

Sie zuckte mit den Schultern und warf ihm einen Katzenblick zu. «Willst du meine Gedanken ablenken von dem bevorstehenden Einsatz?» Und als Marthaler nicht reagierte: «Wir haben ein zweites Mal miteinander geschlafen, obwohl wir das vielleicht nicht vorhatten und obwohl wir todmüde waren. Und trotzdem war es diesmal schon besser, findest du nicht? Muss ich jetzt womöglich doch befürchten, dass du dich in mich verliebst?»

Marthaler ließ sich Zeit mit seiner Antwort. «Jedenfalls kann ich nicht behaupten, dass du mir extrem unsympathisch bist.» Eine halbe Minute später fügte er hinzu: «Aber keine Angst, ich beginne zu ahnen, dass ich nicht für ein Leben mit einer Frau tauge.»

«Und ich beginne zu ahnen», erwiderte Kizzy, «dass ich nicht für ein Leben mit nur einem Mann tauge.»

Marthaler grinste, dann musste er ausgiebig gähnen.

«Willst du mir jetzt, da wir uns ein wenig besser kennen, erzählen, was mit deinem Oberarm passiert ist?», fragte sie.

«Als ich in Frankreich war, hat jemand versucht, mich

umzubringen. Aber nur Rudi Ferres, Charlotte von Wangenheim und Martin Klattenburg wussten, wo ich zu finden war. Mehr kann ich dazu nicht sagen.»

«Verstehe», sagte Kizzy. Und nach einer Weile: «Hast du deine Waffe dabei?»

«Ja, aber Schlafen wäre mir jetzt lieber als Schießen … Und der blaue Fleck unter deinem Auge?»

Sie schnaufte. «Vergiss es! Ich hab ihn ja auch schon vergessen.»

«Wen? Den blauen Fleck?»

Kizzy lachte. «Das hab ich zwar nicht gemeint. Aber ja, den auch.»

«Glaubst du wirklich, es ist der Zopfmann, den Louise Manderscheid gesehen hat?», fragte Marthaler.

«Was soll das, Robert?», zischte Kizzy. «Schon Rademacher schien die Sache nicht ernst zu nehmen. Die Frau ist doch nicht verblödet.» Kizzy schien selbst erschrocken über die Schärfe ihres Tons. «Entschuldige!», sagte sie. «So böse sollte es nicht klingen.»

Schweigend fuhren sie weiter. Gelegentlich warfen sie dem anderen einen Seitenblick zu, und wenn sich ihre Blicke trafen, endete diese Begegnung manchmal in hochgezogenen Brauen, manchmal aber auch in einem Lächeln.

Die meiste Zeit blieben ihre Mienen angespannt. Und obwohl Kizzy viel zu schnell fuhr und mehrfach riskant überholte, wagte Marthaler nicht, sie zu ermahnen.

Sie fuhren den Feldweg hinab und kamen wieder an den großen Kabeltrommeln vorbei, in denen sich Mirsad und Bislim versteckt hatten und um die noch immer das weißrote Absperrband der Spurensicherung flatterte.

«Besser, wir stellen das Auto *hier* irgendwo ab», sagte Kizzy.

Marthaler nickte.

Sie parkte hinter den Baumstämmen, die auf der Rückseite einer zerfallenen Feldscheune zu einem hohen Polter geschichtet waren.

«Wir wissen nicht, wo er steckt und ob er bewaffnet ist», sagte sie, bevor sie den Wagen verließen. «Also lass uns einen Bogen durch den Wald schlagen, wo wir die beste Deckung haben. Ich hoffe nur, dass er uns nicht schon bemerkt hat.»

Alle paar Schritte hielten sie an, um Schutz hinter einem Baum zu suchen, um zu lauschen und sich umzuschauen. Beide hielten ihre Dienstpistolen in der Hand. Nach vierhundert Metern hatten sie den Abhang hinter dem Kleinen Haus erreicht. Um die Balance zu halten, stemmten sie ihre Absätze in den von Schiefer durchsetzten Boden.

Als sie vor dem mit Fensterläden geschützten Badezimmerfenster des Haupthauses standen, schaute Kizzy Marthaler an. Er nickte. Sie zog ihr Smartphone hervor und wählte dreimal kurz hintereinander Louise Manderscheids Nummer. Das Läuten des alten Telefons konnten sie sogar hier draußen hören.

Kurz darauf erschien Louise und ließ sie herein. Sie zitterte am ganzen Körper.

«Alles gut», sagte Kizzy. «Wir sind da, und wir sind beide bewaffnet. Du musst keine Angst mehr haben.»

Marthaler schaute seine Kollegin verwundert an.

«Robert, wir sind alte Freundinnen. Außer uns dreien muss das ja niemand wissen.»

Marthaler zog kurz die Brauen hoch, dann wandte er sich an Louise Manderscheid: «Wissen Sie, wo er sich aufhält?»

«Nein, als ich vorhin die Haustür geöffnet habe, um in den Stall zu gehen, stand er unter der Walnuss, nur ein paar Meter von mir entfernt. Wir haben uns direkt in die Augen geschaut. Er ist sofort auf mich zugespurtet. Zum Glück war ich schneller, und zum Glück waren noch alle Fensterläden verschlossen. Er hat an der Klinke gerüttelt und sich ein paarmal gegen die Tür geworfen. Aber die ist Gott sei Dank sehr stabil.»

«Seitdem hat er sich nicht mehr bemerkbar gemacht? Es kann also sein, dass er längst aufgegeben hat und über alle Berge ist?»

«Vielleicht hat eine Gruppe Wanderer ihn verscheucht. Ich weiß, dass heute Nachmittag ein paar Jugendliche eine große Schnitzeljagd im Wald veranstalten wollten.»

Marthaler nickte. «Wo führt die Metalltreppe hinterm Haus hin?»

«Nach oben, in mein Schlafzimmer», sagte Louise. «Die Tür lässt sich aber nur von innen öffnen.» Sie schloss für ein paar Sekunden die Augen. «Jetzt bin ich mir auch sicher, dass ich ihn neulich schon einmal gesehen habe. Es war am Morgen des Tages, als ich die beiden Jungen entdeckt habe. Drüben auf der Lichtung stand ein Mann, an dem mir irgendetwas vertraut schien.»

«Wenn du ihn gesehen hast», sagte Kizzy, «kann er dich auch gesehen haben. Womöglich hat er schon da befürchtet, dass du ihn erkannt hast. Dann wissen wir den Grund, warum er noch einmal hierher zurückgekehrt ist.»

«Du meinst, um mich ebenfalls …» Louise Manderscheid musste den Satz nicht zu Ende sprechen.

«Zeig uns jetzt das Foto!», bat Kizzy.

«Er war im selben Sommer hier wie ich», sagte sie später, nachdem sie fast zwei Minuten auf das Bild gestarrt hatte. «Er heißt Sascha Urban.»

«Stimmt!», pflichtete ihr Louise bei. «Sascha, wie der aus dem Kinderlied, und Urban, wie die Päpste. Das hat er immer gesagt.»

«Und ich fand das eine merkwürdige Eselsbrücke, weil ich weder das Lied noch die Päpste kannte. Aber vielleicht ist mir genau deshalb der Name jetzt wieder eingefallen. Obwohl ich mich an den Typen selbst kaum erinnere.»

«Geht mir auch so. So war er. Er konnte sich unsichtbar machen, war unauffällig wie ein Chamäleon. Einmal hat er mir die Hand in den Slip geschoben, ohne dass ich überhaupt bemerkt hatte, dass er im Raum war. Als ich ihn angefaucht habe, ist er jähzornig geworden und hat mit den Füßen aufgestampft. Ein Rumpelstilzchen, das kurz darauf zu einem kleinen grauen Wurm geschrumpft ist. Einem Wurm, den man sofort wieder aus seinem Gedächtnis löscht.»

«Louise, sag nicht Wurm zu einem Menschen, das ist …»

«Du hast recht, das ist nazi. Jedenfalls haben wir ihn irgendwann rausgeworfen. Kurz darauf kam die Polizei auf die Grube Kreuzberg und hat alles durchsucht. Zwei Leute wurden sogar festgenommen. Plötzlich galt unsere Landkommune als Terroristennest. Wir waren ziemlich sicher, dass uns Sascha Urban denunziert hatte … Und trotzdem hatte ich ihn wieder vergessen.»

«Und auf unseren Phantombildern habt ihr ihn nicht wiedererkannt?»

«Ich kannte ihn nur mit kurzen Haaren», sagte Kizzy, «und es ist echt lange her. Louise, was sagst du?»

«Erst als er mir vorhin gegenüberstand, dachte ich, dass er wirklich Ähnlichkeit hat mit dem neuen Fahndungsbild.»

«Kizzy, dann sieh bitte nach, was wir in unserem System über ihn haben.»

Sie nickte, tippte auf dem Touchscreen herum, dann pfiff sie durch die Zähne. «Hier ist er schon: Sascha Urban. Und direkt hinter seinem Namen steht VP.»

«Was heißt VP?»

«Es ist die Abkürzung für Vertrauensperson», antwortete Marthaler. «Sascha Urban war oder ist ein V-Mann der Polizei. Euer Verdacht, dass er euch verpfiffen hat, war also berechtigt. Er hat Geld dafür bekommen, sich bei euch einzuschleichen, euch auszuspionieren und womöglich zu Straftaten anzustiften. Mach weiter, Kizzy!»

«Geboren am 17. März 1973 in Neunkirchen. Mutter Französin aus Metz. Vater Deutscher aus Landau in der Pfalz. Als Jugendlicher mehrfach wegen Drogen-, Diebstahls- und Einbruchsdelikten verurteilt. Kurze Zeit in der Hausbesetzer-Szene aktiv. 1993 als V-Mann angeworben, Deckname ‹Fisch›.»

«Ist das besser als Wurm?», fragte Louise.

Kizzy lachte. «Schon 1995 hat man ihn wieder abgeschaltet. Hier steht vermerkt, dass er unzuverlässig war und zum Jähzorn neigte. Im selben Jahr ist er zur Fremdenlegion gegangen. Seitdem gilt sein Aufenthalt als unbekannt.»

«Klar», warf Marthaler ein, «dort hat man ihn ja auch sofort mit einem neuen Namen und neuen Papieren ausgestattet.»

«Jedenfalls ist er unser Mann.»

«Was meinst du, wie wir weiter vorgehen?»

«Zuerst müssen wir Louise in Sicherheit bringen!», sagte Kizzy. Und an ihre Freundin gewandt: «Hier kannst du nicht bleiben! Meinst du, es gibt jemanden in der Nachbarschaft, der sich um die Tiere kümmert?»

«Wir könnten bei Fritz Neubert vorbeifahren und ihn fragen.»

«Das machen wir. Dann geh jetzt nach oben und pack ein paar Klamotten!»

«Was machen wir, wenn er uns draußen auflauert?»

Marthaler kam nicht dazu, Kizzy zu antworten. Es war ein lauter Knall zu hören, dann das Geräusch von splitterndem Glas. Beide zuckten zusammen.

«Er ist im Haus!», rief Kizzy. Ihr Gesicht war blass. «Er muss auf die Walnuss geklettert und durch die Dachluke gesprungen sein.»

Versteckt hinter einem Mauervorsprung, hatte sich Kizzy neben der hölzernen Treppe postiert, die zu Louise Manderscheids Schlafzimmer führte. Marthaler kauerte zwei Meter weiter neben einer großen Bodenvase. Beide hatten ihre Waffen gezogen.

Marthaler sprang jetzt auf und rannte die Treppe hinauf.

«Er will sich Louise schnappen! Versuch du, ihn draußen zu kriegen!», rief er seiner Kollegin zu.

Als Marthaler das Dachzimmer erreicht hatte, stand die Außentür offen. Auf dem Boden lagen Scherben. Louise Manderscheid und Sascha Urban hatten das Haus über die stählerne Außentreppe verlassen.

«Renn los, Kizzy!», rief Marthaler, der jetzt im Freien auf dem Podest wie auf einer Aussichtsplattform stand. «Er versucht, sie im Wald zu erwischen.»

Etwa fünfzig Meter weiter sah Marthaler Louise zwischen den Bäumen. Sie hatte nur wenige Schritte Vorsprung vor ihrem Verfolger.

«Stehen bleiben, Polizei!», rief Marthaler, stellte sich in Position und gab einen Warnschuss ab. Auch Kizzy feuerte jetzt zweimal aus ihrer Dienstwaffe in Urbans Richtung, ohne dass eine der Kugeln ihn traf. Allerdings konnte er nun sein Tempo nicht länger beibehalten, sondern musste Deckung zwischen den Bäumen suchen, was Louise die Möglichkeit gab, sich in einer nahen Schonung zu verschanzen.

«Bleib am Haus!», schrie Kizzy. «Ich treib ihn dir zu.»

Marthaler hatte kaum den Fuß der Treppe erreicht, als er Sascha Urban in einiger Entfernung das Gelände der Grube Kreuzberg überqueren sah.

«Wir müssen ihn kriegen, bevor er wieder im Wald verschwindet», keuchte Kizzy, die jetzt neben Marthaler auftauchte und ihn sogleich überholte.

Er merkte, dass seine Kollegin jünger und besser in Form war als er selbst. Sie hatte bereits zwei Meter Vorsprung und verschwand hinter der Ecke des Kleinen Hauses.

Als er dort ankam, hätte er sie fast umgerannt. Sie hatte sich erneut in Schussposition gestellt, zielte auf Urbans Beine und drückte ab.

Im selben Moment hatte Urban einen Haken geschlagen und war nach rechts ausgewichen. Kizzys nächster Schuss traf einen der Bäume, hinter denen er jetzt Schutz gefunden hatte.

«Mist, er hat es geschafft», zischte Marthaler.

Urban war aus ihrem Blickfeld verschwunden.

Kizzy wandte sich zu Marthaler um und blitzte ihn an. «Hättest es ja besser machen können.»

«Kizzy, bitte!» Sie waren den steilen Waldweg bereits eine ganze Strecke hinaufgehastet, als Marthaler seine Hand auf Kizzys Oberarm legte. «Warte! Sei ganz still! Hast du das gehört?»

Sie schüttelte den Kopf.

«Das war eine Autotür. Er hat einen Wagen dabei.»

Im selben Moment hörte man, wie ein Motor ansprang und kurz aufheulte.

«Komm!», rief Kizzy.

Sie rannten die letzten Meter zum Waldrand, wo sie in ihren Dienstwagen sprangen. Marthaler hatte die Beifahrertür noch nicht richtig geschlossen, als Kizzy bereits anfuhr.

«Er hat einen Duster», sagte sie.

«Einen was?»

«Er fährt einen alten Dacia Duster. Den sollten wir einsammeln können.»

Am Ortseingang von Weisel musste Sascha Urban abbremsen und einem Traktor ausweichen. Er fuhr einen

Schlenker, hätte um ein Haar eine alte Frau umgefahren, die vor ihrem Haus stand, erhöhte das Tempo wieder und fuhr mit quietschenden Reifen in die scharfe Rechts-links-Kurve in der Ortsmitte. Als er die letzten Häuser hinter sich gelassen hatte und die Straße als langer, gerader Streifen aus schwarzem Asphalt zwischen den Feldern und Wiesen vor ihnen lag, erhöhte Urban die Geschwindigkeit bis auf 180 Stundenkilometer. Selbst als sie den Ortsrand der Gemeinde Bornich streiften, drosselte er das Tempo kaum.

«Was hat der vor?», fragte Kizzy. «Wie lange will er das durchhalten? Will er sich umbringen?»

«Sieht so aus, als ob er das wirklich will», sagte Marthaler, der sich tief in den Beifahrersitz gepresst hatte. «Versuch dranzubleiben, aber geh kein Risiko ein.»

Sie tauchten in ein dunkles Waldstück ein und sahen schon von weitem auf der Gegenfahrbahn einen LKW mit eingeschalteten Scheinwerfern auf sie zukommen. Der Dacia wechselte von der rechten auf die linke Spur und raste direkt auf den Lastwagen zu, dessen Fahrer in kurzen Abständen hupte, die Scheinwerfer aufblendete und versuchte zu bremsen.

«Scheiße, der will sich tatsächlich das Leben nehmen», schrie Marthaler. «Steig in die Eisen, sonst gehen wir mit drauf!»

Kizzy bremste ab und steuerte den Wagen an den Straßenrand. Aber im letzten Moment hatte Urban das Steuer wieder nach rechts gerissen, war an dem LKW vorbeigefahren und bereits außer Sichtweite.

Kizzy, die nun auch wieder Gas gab, begann zu kichern.

«Was ist lustig?»

«Nichts, Robert, es ist nur die Anspannung. Und weil ich diesen Ausdruck schon lange nicht mehr gehört habe: Steig in die Eisen!»

«Das kann nicht sein», rief Marthaler. Er schien ihr gar nicht zugehört zu haben. «Der ist weg!»

Auch nach fünfhundert Metern war nichts von dem Dacia zu sehen.

«Dreh um, Kizzy. Er muss abgebogen sein.»

«Du hast recht. Aber es gab nur eine Abzweigung. Er ist auf die Loreley gefahren.»

Als Loreley wurde seit dem Mittelalter jener schroffe Schieferfelsen bezeichnet, der sich in einer Kurve des Mittelrheins bis zu einer Höhe von 132 Metern dunkel über dem Fluss erhob. Hier war eine der engsten und tiefsten Stellen des Stroms, die seit jeher von den Schiffern gefürchtet wurde. Nirgendwo sonst kam es so häufig zu Unglücken. Und erst im Januar 2011 war hier ein mit konzentrierter Schwefelsäure beladenes Tankschiff gekentert. Zwei Besatzungsmitglieder konnten lebend aus dem kalten Wasser gerettet werden, ein Mann wurde tot geborgen, ein anderer niemals gefunden. Der Rhein blieb an der Unfallstelle für Wochen gesperrt.

Der Sage nach saß auf dem Gipfel des Felsens eine schöne Nixe, die die Schiffer mit ihrem Gesang betörte und so die vielen Unglücke herbeiführte. So war das hohe Schieferplateau längst zum Anziehungspunkt für viele Touristen geworden, die vom Rand des schroffen Abhangs die Aussicht auf den Rhein bewunderten.

Auf dem Plateau, direkt an der Felsspitze, gab es ein

altes Berghotel, das häufig von ganzen Busladungen von Touristen heimgesucht wurde. Nicht weit davon hatte ein Jugend- und Turnerheim ein großes Grundstück, auf dem sich eine Herberge, ein Zeltplatz, einige Blockhütten und eine Turnhalle befanden. Und ganz in der Nähe lag auch noch die riesige Freilichtbühne, die die Nazis hier hatten erbauen lassen und wo seit den siebziger Jahren jedes Jahr im Sommer zahlreiche Pop- und Rockkonzerte stattfinden.

Neben dem breiten, vergitterten Treppenaufgang zum Bühnengelände stand ein mittelalterlich anmutender Turm aus Naturstein, auf dem drei Fahnen wehten. Der Dacia war direkt davor geparkt. Von Sascha Urban war nichts zu sehen.

Kizzy stellte den Alltrack hinter Urbans Wagen quer, sodass dieser nicht ohne weiteres wegfahren konnte. Dann zog sie ihr Handy hervor und wählte die Nummer von Horst Breitkreutz, dem Leiter der Polizeiinspektion in St. Goarshausen. Sie bat ihn, das Loreley-Plateau abriegeln und die Zufahrtsstraße sperren zu lassen. Niemand sollte mehr auf das Gelände gelassen werden, und alle, die es verlassen wollten, mussten kontrolliert werden. Außerdem mussten sowohl Feuerwehr als auch Notarzt so schnell wie möglich anrücken.

Marthaler schaute Kizzy fragend an.

«Sascha Urban weiß, dass er hier in der Falle sitzt», sagte sie. «Also stimmt unsere Vermutung, dass er sich das Leben nehmen will. Eben auf der Straße hat ihm noch der Mut gefehlt. Aber hier wird er es noch einmal probieren. Wir müssen ihn vorher finden!»

Eilig liefen sie auf dem schmalen, steinigen Besucherpfad Richtung Aussichtsplattform. Immer wieder gab es

Punkte, wo sich der Blick zwischen den Bäumen hindurch auf das im Sonnenlicht glitzernde Wasser des Rheins öffnete, auf die langsam gleitenden Lastkähne und das gegenüberliegende Ufer – aber auch in den schwindelerregenden Abgrund, der sich direkt vor ihren Füßen auftat.

Mehrfach wurden sie dadurch aufgehalten, dass sie entgegenkommenden Ausflüglern ihre Dienstausweise zeigen mussten, um die Waffen in ihren Händen zu erklären, die Leute zu beruhigen und sie zu bitten, sich Richtung Parkplatz zu entfernen.

Dann endlich sahen sie Sascha Urban. Er war an einem der Aussichtspunkte über das niedrige Sicherheitsgitter gestiegen und stand an der äußersten Spitze des Felsens. Hinter ihm hatten sich ein paar Schaulustige versammelt, die ihn fotografierten oder mit ihren Handykameras filmten. Eine Frau versuchte, auf ihn einzureden, und streckte immer wieder die Hand aus, die er aber nicht sehen konnte, da er ihr den Rücken zugewandt hatte. Eine Gruppe von Jugendlichen stand untätig da, einige kicherten, andere unterhielten sich laut. Ein Mann in grüner Windjacke zog ein Sandwich aus einem Frühstücksbeutel und biss ungerührt hinein, ohne den Blick auch nur eine Sekunde von dem Lebensmüden abzuwenden.

Kizzy und Marthaler versuchten, die Leute mit ruhiger Stimme davon zu überzeugen, den Ort zu verlassen. Trotzdem blieben einige in Sichtweite stehen.

«Das wollen Sie nicht, Sascha Urban», sagte Marthaler ruhig. «Sie wollten es auch eben auf der Straße nicht.»

Urbans einzige Reaktion, als er seinen Namen hörte, war ein leises Schnaufen.

«Sie wissen, dass meine Kollegin und ich Polizisten sind. Reichen Sie mir die Hand, ich werde Ihnen helfen. Dann können wir über alles reden. Wenn Sie das nicht möchten, können Sie sich auch umgehend einen Anwalt nehmen. Ich verspreche Ihnen, wir werden Sie nicht unter Druck setzen.»

Das Schnaufen wurde ein wenig lauter. Marthaler hatte den Eindruck, es solle verächtlich klingen.

Er beschloss, einen letzten Anlauf zu unternehmen. «Sie wissen, dass Sie keine Chance haben zu entkommen. Aber wollen Sie wirklich den Rest Ihres Lebens als Querschnittsgelähmter im Gefängnis verbringen?»

Diesmal blieb das Schnaufen aus.

Alle warteten. Niemand sprach. Es herrschte völlige Stille. Wenn Marthaler sich nicht täuschte, hatte Urbans Körperhaltung ein wenig nachgegeben, als hätten seine letzten Worte etwas in ihm bewegt. Für einen Moment hatte Marthaler die Hoffnung, ihn von seinem Vorhaben abhalten zu können.

Doch im nächsten Moment gab es einen lauten Knall.

Der Mann in der Windjacke hatte die Frühstückstüte seines eben verspeisten Sandwiches zu einem Ballon aufgeblasen und platzen lassen.

Rundum zuckten die Leute zusammen. Kizzy und Marthaler drehten sich erschrocken um.

Auch durch Sascha Urbans Körper ging ein Ruck. Als er merkte, dass er dadurch aus dem Gleichgewicht geriet, breitete er die Arme aus und versuchte gegenzusteuern. Einen Augenblick wirkte es, als würde sein Drahtseilakt funktionieren, doch dann machte er einen Ausfallschritt, rutschte aus, verlor die Balance und stürzte in die Tiefe.

Kaum eine Minute nach dem Sturz waren Notarzt und Feuerwehr eingetroffen. Kizzy und Marthaler hatten sich hinter das Berghotel zurückgezogen, um den Rettungskräften Platz zu machen. Sascha Urban war etwa sieben Meter tief gefallen und dann auf einem Felsvorsprung aufgeprallt. Er lebte. Man hatte ihn mit Hilfe einer Gebirgstrage nach oben transportiert und im Notarztwagen versorgt.

Die beiden Kriminalpolizisten warteten. Etwas anderes konnten sie nicht tun.

«Können wir zu ihm?», fragte Marthaler, als der Arzt auf sie zukam.

«Um was zu tun?»

«Um mit ihm zu sprechen. Um ihn zu vernehmen.»

«Ausgeschlossen!»

«Was ist mit ihm?»

«Er hat zahlreiche Verletzungen, wahrscheinlich auch Brüche, vor allem aber ein Schädel-Hirn-Trauma.»

«Schwer?»

«Mittelschwer. Im Moment ist er bewusstlos.»

«Aber er wird durchkommen?»

«Denke schon. Wird allerdings eine Weile dauern, bis Sie ihn vernehmen können.»

«Dann muss ich zumindest sofort seine Fingerabdrücke nehmen.»

Der Notarzt nickte. «Tun Sie das!»

DREIZEHN

Das Weiße Haus summte wie ein Bienenstock, als Kizzy und Marthaler dort ankamen. Im Besprechungsraum stapelten sich auf den Tischen bereits die Unterlagen, die in der Zentrale von SOFFIE in Bad Ems beschlagnahmt worden waren.

Bruno Tauber und Kerstin Henschel saßen mit Gunilla Wada-Schreiber im Vernehmungszimmer. Weitere Mitarbeiterinnen von SOFFIE wurden im Polizeipräsidium an der Adickesallee vernommen.

Durch die offenen Bürotüren sah man, wie überall Papiere gesichtet, an den Computern gearbeitet und telefoniert wurde. Obwohl alle hochkonzentriert waren, wirkte die Stimmung unter den Kollegen gelöst. Die Anspannung, unter der sie seit dem Überfall auf den «Wintergarten» gestanden hatten, war der Erleichterung gewichen.

Marthaler ging es ebenso. Gleichzeitig merkte er, wie seine Müdigkeit die Oberhand gewann. Lange würde er nicht mehr durchhalten.

Noch ehe er mit irgendwem gesprochen hatte, lief er in den Keller des Weißen Hauses und öffnete, ohne anzuklopfen, die Tür zu Sabatos Labor.

«Was gibt's, Robert? Hast du Hunger? Bist du wieder gekommen, um mir mein Vesperbrot wegzuessen?»

«Hunger habe ich auch. Vor allem bin ich todmüde. Aber ich möchte dich um einen Gefallen bitten.»

Erst jetzt drehte sich Carlos zu ihm um.

«Es sieht so aus, als hätten wir den Mörder von Tobias Brüning und den beiden Roma-Jungen gefunden», sagte Marthaler.

«Soll ich raten, wie er heißt?»

«Wie willst du das erraten?»

«Wie wäre es mit Sascha Urban?»

Marthaler stand der Mund offen. «Das kannst du nicht wissen, Carlos.»

Der Kriminaltechniker genoss sichtlich die Verblüffung seines Kollegen. «Wie von dir gewünscht habe ich heute Morgen mit den Leuten der Spurensicherung die Kellerwohnung von Martin Klattenburg im Hinterhaus in der Taunusstraße untersucht. Dabei sind wir auch auf alte Kontoauszüge gestoßen. Sie waren in einer Vertiefung unter den Dielen versteckt. Sollten offenbar nicht gefunden werden, er wollte sie aber auch nicht wegwerfen. Der Typ hatte wirklich eine Buchhalterseele. Der 24. April 1998, der Tag, an dem Tobias Brüning ermordet wurde, war ein Freitag. Zum nächstmöglichen Zeitpunkt, nämlich am Montag, dem 27. April, hat Klattenburg zehntausend D-Mark auf ein Konto in Frankreich überwiesen. Als Verwendungszweck ist auf dem Formular der Name Sascha Urban angegeben. Das habe ich vor fünf Minuten herausgefunden. Und ihr habt ihn wirklich geschnappt?»

«Er ist vom Loreley-Felsen gestürzt, man hat ihn in die Klinik gebracht. Trotzdem habe ich seine Fingerabdrücke abnehmen können, als er bewusstlos im Notarztwagen lag. Bevor ich warte, bis ihr sie in den Computer eingelesen habt, möchte ich, dass du sie dir anschaust und mit dem blutigen Daumenabdruck vergleichst, der damals in Tobias Brünings Deutschbuch gefunden wurde.»

Ohne etwas zu sagen, ging Sabato an seinen Rechner und rief das Bild von dem alten Abdruck auf. Er öffnete eine Schublade seines Schreibtischs und holte die Fingerabdrucklupe hervor. Marthaler reichte ihm die beiden weißen Streifen mit den Abdrücken, die er heute genommen hatte.

Sabato schaute abwechselnd auf den Bildschirm und durch die Lupe. Mehrfach wechselte er dabei die kleinen, mit unterschiedlichen Orientierungslinien versehenen durchsichtigen Scheiben. Fünf Minuten später nickte er. «Ja», sagte er. «Es besteht kein Zweifel: Der blutige Teilabdruck aus dem Schulbuch von Tobias Brüning gehört zum rechten Daumen von Sascha Urban.»

«Carlos, du bist genial.»

«Nein, ich habe nur zwei gesunde Augen. Hast du schon mit Thea Hollmann gesprochen?»

«Wieso fragst du?»

«Sie haben den Todeszeitpunkt von Klattenburg inzwischen auf den 1. September eingrenzen können. Das ist der Tag, nach dem die Attacke auf dich in Marseillan missglückt ist. Der Herr Staatsanwalt hat wohl gewusst, dass er jetzt nicht mehr davonkommen wird.»

«Wenn er Charlotte nicht nach meiner Adresse gefragt hätte, wäre ich ihm nie auf die Spur gekommen. Er selbst hat sich dadurch mit dem Mord an Tobias Brüning in Verbindung gebracht.»

«Das war sein Fehler. Und das hat er gemerkt. Was denkst du, in Marseillan muss er jemanden vor Ort gehabt haben, der den Anschlag auf dich verübt hat, oder?»

«Ich vermute eher, dass es Sascha Urban war, der dort einen Verbindungsmann hatte. Von Urban aus führen zahllose Spuren nach Frankreich.»

Sabatos Telefon läutete, und er nahm ab. «Ja, ist bei mir. Okay, wir sind gleich da.» Und dann wieder an Marthaler gewandt: «Das war Elvira, wir sollen hochkommen zu einer Besprechung.»

Charlotte von Wangenheim lächelte, als sie an der Tür zum Besprechungsraum jede Kollegin und jeden Kollegen mit Handschlag begrüßte.

«Der Innenminister hat mich gerade angerufen», sagte sie, als sie jetzt die Sitzung eröffnete. «Er hat einen Tobsuchtsanfall bekommen.»

«Und darum lächelst du?», fragte Kai Döring.

«Seine Frau ist eine der Schirmherrinnen von Soffie. Er meint, wir hätten ihn vorab über unsere Aktion informieren müssen.»

«Scheiß drauf, Charlotte!»

«Genau das tue ich, obwohl ich es anders formuliert hätte. Ihr habt ganze Arbeit geleistet, Leute. Und wenn wir das Ding hinter uns gebracht haben, lade ich euch alle zum Essen in die ‹Lohrberg-Schänke› ein.»

Dank Kizzy Winterstein, die neben Marthalers Stuhl stand, hatte sich die Festnahme von Sascha Urban bereits herumgesprochen. Sie tippte ihm auf die Schulter. «Sie haben mich bestürmt, Robert», raunte sie. «Mehr habe ich noch nicht erzählt. Nur dass wir ihn haben. Ich wollte dir auf keinen Fall die Show stehlen.»

Marthaler nickte ihr beschwichtigend zu.

«Kann sich die Kollegin Winterstein vielleicht ebenfalls setzen?», fragte Döring, der zwei Stühle weiter Platz genommen hatte. «Sind noch genügend Sitzgelegenheiten da. Es macht mich nämlich nervös, wenn jemand in meinem Rücken steht.»

«Dann gewöhn dich dran, Kollege Döring», sagte Kizzy. «Denn die Kollegin Winterstein steht immer, wenn sie nicht gerade liegt, was sie allerdings noch lieber tut. Außerdem ist sie Zigeunerin, das heißt, sie gehört sowieso zu einer Minderheit, die unbezähmbar ist, jedenfalls wenn man der Meinung der Mehrheit glauben darf.»

Marthaler sog unwillkürlich Luft zwischen den geschlossenen Zähnen ein. Die Schärfe im Ton der beiden überraschte ihn. Auch die meisten anderen im Saal zogen verwundert die Brauen hoch. Nur Carlos Sabato und Bruno Tauber lächelten still, als hätten sie ihr Vergnügen an dem kleinen Hickhack unter Kollegen oder vielleicht auch an Kizzy Wintersteins offenen Worten.

Charlotte von Wangenheim sah Marthaler an. «Robert, magst du die Ereignisse des heutigen Tages zusammenfassen?»

Marthaler erzählte von Louise Manderscheids Anruf, von Sascha Urbans Einbruch durch die Dachluke auf der Grube Kreuzberg, von ihrer Verfolgungsjagd und dem Geschehen auf der Loreley.

«Und es war wirklich ein platzender Frühstücksbeutel, der ihn erschreckt und zu Fall gebracht hat?», fragte Sven Liebmann ungläubig.

«Ja», sagte Marthaler, «ich hätte den Sandwichfresser am liebsten festgenommen, aber wir haben ihn laufenlassen.

Wir wussten, dass er sich herausreden würde. Er hat ja nur seine Frühstückstüte aufgeblasen und platzen lassen, so wie es jeden Tag Hunderte Kinder auf dem Schulhof tun. Aber für den verhohlenen Stolz, der über sein Gesicht gehuscht ist, als Sascha Urban fiel, hätte ich ihn gerne geohrfeigt. Er wird wahrscheinlich noch seinen Urenkeln von dieser Heldentat erzählen.»

«Meint ihr, dass Urban aussagen wird?»

«Er kann im Moment nicht reden, und er wird wahrscheinlich auch später nicht reden», sagte Kizzy. «Es gibt keine Entschuldigung, kein Geständnis, keine Aussage, die ihm irgendeinen Vorteil vor Gericht verschaffen würde. Warum also sollte er mit uns kooperieren?»

«Also», sagte Kerstin Henschel, «wir wissen jetzt, dass Sascha Urban sowohl Tobias Brüning als auch Mirsad und Bislim Krasnici getötet hat. Was waren seine Motive?»

«Jedenfalls können wir inzwischen getrost alle sexuellen, psychopathischen oder sonstigen Gaga-Gründe vergessen», erklärte Marthaler, der damit Kizzys These unterstützte. «Tobias Brüning war ein Auftragsmord. Urban, der übrigens Metzger gelernt hat, ist von dem damaligen Jurastudenten Martin Klattenburg dafür angeheuert und bezahlt worden, Tobias zu töten, weil der Klattenburg erpresst hat. Und ich bin sicher, dass Urban auch für die Morde an den beiden Roma-Jungen gut bezahlt wurde.»

«Hier kann ich helfen», sagte Bruno Tauber. «Sascha Urban redet nicht, dafür reden andere. Die versuchen, ihre Haut zu retten oder wenigstens ihre Schuld kleinzureden, indem sie ihre Komplizen belasten. Das gilt auch für Gunilla Wada-Schreiber. Sie hat bereits die Zahlung von

20 000 Euro an Sascha Urban aus einer schwarzen Kasse von Soffie für die Tötung von Mirsad und Bislim Krasnici eingeräumt. Die Aktion im ‹Wintergarten› war noch mal deutlich teurer. Dafür sind 80 000 Euro geflossen. Ausgeführt wurde die Attacke von – und jetzt haltet euch fest – zwei Mitgliedern des Motorradclubs ‹Victorious Peregrines›, die sich wahrscheinlich ins Ausland abgesetzt haben. Sie sind inzwischen zur Fahndung ausgeschrieben.»

Ein Raunen ging durch den Raum. Niemand hatte damit gerechnet, dass sie auch in dieser Sache heute noch einen Ermittlungserfolg erzielen würden.

«Einen Schritt zurück!», forderte Kai Döring. «Ich verstehe immer noch nicht, warum die beiden Jungen in dem Stollen sterben mussten.»

«Gunilla Wada-Schreiber schiebt alle Schuld auf Martin Klattenburg und Sascha Urban. Sie behauptet, Urban sei der Mann fürs Grobe gewesen und Klattenburg der Kopf hinter all den Verbrechen von Soffie. Die Jungen, so sagt sie, waren extrem renitent, so aufsässig, dass sie immer nur auf körperliche Strafen reagiert hätten. Zuletzt ist es wohl zu folgendem Zwischenfall gekommen: Ein Freier hatte für eine Nacht mit den Kindern 3000 Euro bezahlt und dafür – nebenbei – eine Spendenquittung ausgestellt bekommen. Als er schließlich gegen Morgen eingeschlafen sei, hätten die Jungen ihn mit einem Hocker und einer Blumenvase attackiert. Der Mann hat sein Geld zurückgefordert. Danach hat Klattenburg angeblich entschieden, dass die Jungen sterben müssen. ‹Die müssen weg!›, soll er gesagt haben.»

«Und warum hat Urban ihre Leichen so grauenhaft

verstümmelt?», fragte noch einmal Kai Döring. «Es hätte genügt, sie zu töten. Das Gleiche gilt für Tobias Brüning.»

«Um uns in die Irre zu führen», sagte Kizzy. «Und das ist ihm ja auch fünfzehn Jahre lang gelungen. Wenn ich an all die Analysen der Profiler denke, die ich in den Akten gelesen habe, kommt mir die kalte Wut. Die sollte man wegen Behinderung der Ermittlungen und wegen Strafvereitelung belangen.»

«Abteilung Spekulatius hat Ferres die Fallanalytiker genannt», sagte Marthaler und landete damit einen Lacher.

Als Nächstes meldete sich Sven Liebmann zu Wort. Er hatte zusammen mit Döring und zwei Kolleginnen eine erste Sichtung der Akten vorgenommen, die am Morgen bei SOFFIE beschlagnahmt worden waren. «Entschuldigt, wenn ich einen kleinen Vortrag halte, aber anders werdet ihr die Arbeitsweise von SOFFIE nicht begreifen. Überall im Süden und Osten Europas gibt es Frauen, die aus Not oder welchen Gründen auch immer nach Deutschland wollen. Vielleicht auch, weil sie sich bereits auf der Flucht aus einem afrikanischen Land befinden. SOFFIE hat Außenstellen in Bulgarien, Rumänien, Kosovo, Mazedonien, Griechenland … ich weiß nicht, wo sonst noch.»

«In Frankreich nicht?», unterbrach ihn Marthaler.

«Entschuldige, Robert, wir sind ganz am Anfang …»

«Sorry, mach weiter!»

«In den Ländern wurden bunte, mehrsprachige Flyer an die Frauen verteilt. Es war das perfekte Zusammenspiel: Sie hatten Anwerberinnen, oftmals Frauen aus der Umgebung, die den Migrationswilligen Versprechungen machten und sie an sogenannte Künstler- oder Arbeitsagenturen weitervermittelten. Dabei handelte es sich um nichts anderes als Schleuser, die direkt mit SOFFIE zusammenarbeiteten. Die Schleuser ließen ihre Opfer Verträge unterschreiben, forderten Geld, setzten sie unter Druck und sorgten für den Transport nach Deutschland. Hier angekommen, wandten sich die Frauen dann erwartungsgemäß fast ausnahmslos wieder an SOFFIE. Dort fanden sie zunächst Zuflucht, Trost und Hilfe. Man ließ sie in dem Glauben, es handele sich bei der Hilfsorganisation um eine offizielle Stelle, um eine Art staatliches Aufnahmelager. In Wirklichkeit fand bei SOFFIE eine regelrechte Selektion statt. Der Vermerk ‹hh› hinter dem Namen einer jungen Frau war das höchste Qualitätsprädikat: Es bedeutete ‹hübsch und hilflos›. Das heißt, man konnte sie rasch und gefahrlos den Zuhältern übergeben. Das Gleiche galt für unbegleitete Jungen und Mädchen. Die andere Gruppe waren diejenigen, die man wirklich unterstützte, denen man aber nur so viel Hilfe zukommen ließ, dass sie weiter gezwungen waren, ihre Schulden bei den Schleusern abzuarbeiten. Und arbeiten hieß, sich zu prostituieren.»

Als Sven Liebmann seinen Bericht beendet hatte, herrschte lange Schweigen im Raum.

«Was ist, hab ich euch gelangweilt mit meinem Vortrag?», fragte er.

«Im Gegenteil», sagte Charlotte von Wangenheim. «Ich denke, wir sind alle sprachlos über das Ausmaß, das die Sache angenommen hat. Und verwundert darüber, wie viel ihr schon herausbekommen habt. Ich schlage vor, dass wir für heute Schluss machen. Wir haben den Fall geknackt, aber die Ermittlungen werden noch viel Zeit und Kraft kosten. Wenn ich es richtig sehe, werden wir noch Hunderte Zeugen und Opfer vernehmen müssen. Und noch sehr viele Verdächtige.»

Marthaler ging in sein Büro und kramte lange in seinem Schreibtisch. Endlich zog er eine unbeschriebene Ansichtskarte mit einer Luftaufnahme von Frankfurt hervor. Er adressierte sie an «Monsieur Rudi Ferres, Canal du Midi, 34340 Marseillan, France». Dann schrieb er: «Rudi, wir haben ihn. Du wolltest, dass ich dir Bescheid gebe. Er hat zwar noch nicht geredet, aber wir haben ihn. Es gibt keinen Zweifel. Schlaf gut, Alter.»

Marthaler zog seine Jacke über, dann legte er die Karte in die Ablage für den Postausgang und verabschiedete sich von Elvira, die noch an ihrem Schreibtisch saß. «Ich mach Feierabend», sagte er. «Ich muss dringend ins Bett … Sag mal, Elvira, was macht eigentlich meine Freundin, die Redaktionsassistentin Henriette Fendel? Meldet sie sich gar nicht mehr?»

Elvira legte ihren Kopf schief und sah ihn an, als könne sie nicht glauben, was sie gerade gehört hatte. Es dauerte eine Weile, bis sie begriff, dass Marthaler sie veralbern wollte. Sie rümpfte mehrfach ihre Nase, zeigte ihre mümmelnden Schneidezähne und begann zu schielen.

«Fast perfekt», sagt er.

«Danke, Robert.»

«Soll ich mir lieber ein Zimmer nehmen?», fragte Kizzy, als sie Marthaler auf dem Gang begegnete.

«Lieber als was?», fragte er.

«Lieber, als dich zu fragen, ob ich noch eine Nacht bei dir schlafen darf.»

«Frag mich ruhig!»

«Darf ich?»

Er nickte, und es gelang ihm, dabei nicht zu lächeln.

VIERZEHN

«Keine Angst, ich ziehe nicht bei dir ein.»

Kizzy saß neben ihm im Bett und schaute Marthaler an, als er die Augen aufschlug.

«Warum bist du schon wach?», fragte er mit einer Stimme, die knisterte wie Pergament.

«Ich habe über Sascha Urban nachgedacht. Ist das nicht unglaublich? Er war V-Mann bei der Polizei, er war Fremdenlegionär bei den französischen Streitkräften, und er hat sich mindestens zweimal als Auftragsmörder anheuern lassen.»

Marthaler gähnte. «Ja, so ist es. Es gibt Menschen, die sind jedem Herrn zu Diensten, wenn es zu ihrem Vorteil ist.»

«Diese Nacht haben wir nicht miteinander geschlafen.»

«Du bist mir zu sprunghaft für diese Tageszeit, Kizzy. Ich kann noch nicht denken.» Er drehte sich auf die andere Seite, schloss noch einmal kurz die Augen, merkte dann aber, dass er nicht mehr würde schlafen können.

«Was machst du, Robert Marthaler?», fragte Kizzy nach fünf Minuten.

«Ich tue so, als wäre ich fleißig, dabei starre ich an die Wand und versuche, das Muster der Raufasertapete auswendig zu lernen.»

«Das war witzig», sagte sie.

«Ja, aber nicht von mir. Es ist aus der Serie ‹Bernd das Brot›.»

«Ich geh duschen. Dann mach ich Kaffee. Einverstanden?»

Marthaler wartete, bis Kizzy mit ihrer Morgentoilette fertig war, dann ging auch er ins Bad. Als er zehn Minuten später in die Küche kam, saß Kizzy bereits am gedeckten Tisch, hatte Kaffee eingegossen und Brot getoastet. Marthaler wollte sich ebenfalls setzen, als im Flur das Telefon läutete. Er nahm ab, ohne auf das Display zu schauen. Einen Moment lang war er irritiert, dann begriff er, dass es Emmanuel Hervé war, der Polizist aus Marseillan.

«Ja», sagte Marthaler. «Verstehe … Was? … Nein, das ist kein gutes Zeichen … Ja … Ich komme … Ich versuche, einen Flug zu bekommen … Das wäre nett … Ich melde mich wieder, wenn ich eine Verbindung gefunden habe … Ja … Danke, dass Sie mich benachrichtigt haben … Oui, à bientôt.»

«Wer war das?», fragte Kizzy mit unverhohlener Neugier.

«Ein Polizist aus Marseillan. Er sagt, auf dem Grundstück von Rudi Ferres am Canal du Midi hat es letzte Nacht ein schlimmes Feuer gegeben. Sein Fiat Ducato, sein altes, aufgebocktes Motorboot, der Imbisswagen und der kaputte Motorroller – all seine Gefährte sind verbrannt. Und nicht nur das: Das Feuer hat auch auf die angrenzende Pferdekoppel übergegriffen. Zum Glück waren die beiden Schwedinnen, die sich dort die meiste Zeit aufhalten, nicht in ihrem Wohnwagen, der ebenfalls völlig verkohlt ist. Ihre

Pferde allerdings konnten sich nicht mehr retten. Bevor sie sich aus ihrem Verschlag befreit hatten, standen sie schon in Flammen. Das eine ist in den Kanal gesprungen und dort verendet, das andere mit brennendem Schwanz und lodernder Mähne weitergaloppiert bis zum Hafen, wo es sich ebenfalls ins Wasser gestürzt hat. Das Schlimmste aber ist: Von Ferres selbst fehlt jede Spur. Und das ist kein gutes Zeichen.»

«Du fliegst hin?»

«Mit der nächsten Verbindung, die es nach Montpellier gibt. Wenn du mir einen Flug raussuchst, kann ich schon packen.»

«Gut», sagte Kizzy. «Dann komme ich mit. Ich buche uns zwei Tickets.»

Ohne es zu wollen, schaute Marthaler sie entgeistert an.

Kizzy begann, laut zu lachen. «Der war gut, oder? Und vollkommen überzeugend vorgetragen.»

Wieder wählte Marthaler die Nummer von Charlotte von Wangenheim und erzählte ihr, was passiert war.

«Das heißt, du willst noch mal nach Marseillan.»

«Ich finde, das sind wir Ferres schuldig.»

«Wenn du es für richtig hältst, dann mach es … Warte, Robert! Sven Liebmann steht neben mir, er will dich sprechen.»

«Sven, was gibt's?»

«Hab ich das richtig mitbekommen, dass du schon wieder ans Meer fährst?»

«So ist es.»

«Weil du gestern gefragt hast: Ich hab gerade noch mal in den beschlagnahmten Unterlagen gestöbert. Du hattest recht mit deiner Vermutung: Es gibt eine Niederlassung von SOFFIE in Marseillan, oder besser gesagt, etwas außerhalb in den Weinfeldern. Sie nennt sich ‹Domaine Le Cheval Rouge›, ein ehemaliges Weingut, das jetzt angeblich ein privates Kinderferienheim ist. In Wahrheit scheint es sich um eine Art Sex-Resort zu handeln, wo minderjährige Flüchtlinge gehalten werden. Als interessierter Freier, aber auch als freisinniges Paar kann man dort tage- oder wochenweise wohnen. Es gibt All-inclusive-Arrangements, in denen die Übernachtung, drei Mahlzeiten und alle Freizeitangebote samt Poolbenutzung auf dem riesigen Gelände der Domaine enthalten sind. Und natürlich die sexuellen Dienste der Kinder. Die Preise sind happig und lassen sich mit denen einer sehr teuren Kreuzfahrt vergleichen. Bitte ruf die Kollegen vor Ort gleich an, sie müssen den Laden so schnell wie möglich hochnehmen. Meine Informationen sind gesichert. Sie können nichts falsch machen. Gib ihnen bitte meine Handynummer, ich bin jederzeit zu erreichen, wenn sie Fragen haben. Für die dort festgehaltenen Kinder kommt es auf jede Minute an.»

«Danke, Sven.»

«Können wir uns nicht duzen?», fragte Marthaler, als ihm Hervé fünf Stunden später in der Halle des kleinen Flughafens von Montpellier gegenüberstand. «Es macht mich nervös, wenn ich einen Kollegen mit Nachnamen ansprechen muss.»

Der Franzose streckte ihm die rechte Hand entgegen: «Emmanuel. Hätten wir auch nicht gedacht, dass wir uns so schnell wiedersehen.»

Marthaler schlug ein. «Ich heiße Robert. Es ist nett, dass du mich abholst. Nehmen wir bitte nicht die Autobahn. Ich möchte Wasser sehen. Lass uns an den Lagunen und am Meer entlangfahren!»

Hervé nickte. Erst als sie im Auto saßen und schon eine ganze Weile gefahren waren, ergriff er wieder das Wort. «Von meinen Vorgesetzten soll ich dir Dank ausrichten. Wir hatten die ‹Domaine Le Cheval Rouge› zwar im Visier, aber ohne eure Hinweise hätten wir nicht so schnell handeln können.»

«Das heißt, euer Zugriff ist bereits erfolgt?», fragte Marthaler.

«Ja, anderthalb Stunden nach deinem Anruf waren wir startklar und die Kollegen aus Agde zur Stelle, um uns zu unterstützen. Siebzehn Jungen und Mädchen haben wir befreit und auf die Kinderheime der Umgebung verteilt. Zwei Frauen und drei Männer wurden festgenommen. Diese fünf halten wir für die Betreiber der Domaine. Von den Gästen haben wir vorerst nur die Personalien aufgenommen, da wir niemanden in flagranti erwischt haben.»

Marthaler hatte seine Stirn an die kühle Scheibe gedrückt und schaute nach draußen. Sie hatten Sète bereits hinter sich gelassen. Rechts von ihnen lag der Étang de Thau, auf der linken Seite sahen sie das Meer. Der Wind fegte durch die Äste der Bäume und ließ die Oberfläche des Wassers erzittern.

«So geht das schon seit drei Tagen. Die Tramontane hat uns im Griff.»

«Ich mag es», sagte Marthaler. Und nach einer Weile: «Hatte einer von den drei Männern eine Verletzung?»

Emmanuel Hervé schaute kurz in Marthalers Richtung. «Hast du mir etwas zu sagen, Robert?»

«Vielleicht später.»

«Ja, einer der Männer hatte hohes Fieber. Er ist offensichtlich vor ein paar Tagen durch einen Streifschuss am Oberschenkel verletzt worden. Eine Wunde, die er nicht hat behandeln lassen und die sich böse entzündet hat. Und wie geht es dir? Hattest du nicht einen Radunfall?»

«Was? Ja ... alles okay!»

Sie parkten hinter dem kleinen Polizeirevier, das im ehemaligen Post- und Telegraphenamt untergebracht war, direkt im Zentrum von Marseillan am Boulevard Lamartine und gegenüber der Marine Bar.

«Komm», sagte Hervé, «wenn dir der Wind nichts ausmacht, setzen wir uns dort auf die Terrasse. Ich trinke eine Orangina und du einen Pastis oder was immer du willst.»

«Hier habt ihr, Ferres und du, Domino gespielt, nicht wahr?»

«Ja, das haben wir.» Hervé seufzte leise bei der Erinnerung. «Was hattest du zuletzt für einen Eindruck von ihm?»

«Keinen guten. Er hat zu viel getrunken. Er wollte nicht mehr.»

«War der Brand ein Unfall? Hat er ihn gelegt? Oder jemand anderes? Ich hoffe, wir werden es herausbekommen.»

«Warum sollte er das getan haben?», fragte Marthaler. «Er hat gesagt, er will sich mit einer Flasche Schnaps an den Strand legen und die Sonne ihre Arbeit machen lassen.»

«Aber an welchen Strand?», fragte Hervé.

«Er hat mir erzählt, dass er oft bei den Nackten war, ich habe den Namen der Bucht vergessen.»

«In der Baie des Cochons?»

«Ja, das hat er gesagt, in der Schweinebucht.»

«Dann suchen wir ihn dort.»

Sie bogen nach rechts und liefen die letzte der schmalen, geschotterten Stichstraßen zwischen den Campingplätzen hindurch.

«Hier parken an schönen Tagen die Autos Stoßstange an Stoßstange. Heute ist niemand da», erklärte der Franzose.

Der Strand war nahezu menschenleer. Ein Paar kam ihnen entgegen, barfuß an der Wasserkante entlangschlendernd, aber mit dicker Kleidung und Kapuzen ausgestattet. Der Wind trieb den Sand in heftigen Wirbeln vor sich her. Wenn die feinen Körner die Haut trafen, schmerzte es wie Nadelstiche.

«Wir sind da», sagte Hervé. «Siehst du die beiden dort?»

Auf dem Gipfel der Dünen standen, weit voneinander entfernt, zwei nackte Männer, die dem kalten Wind trotzten und Ausschau nach wer weiß was hielten.

«Die hoffen drauf, dass doch noch was passiert.»

Hinter der Baie des Cochons lag ein Naturschutzgebiet, wo sich dichte, mehr als mannshohe Haine gebildet hatten aus Disteln und Wolfsmilch, Schilf und Stechginster, aus verholzten Feigenbäumen und den ewigen Tamarisken.

Die beiden Polizisten hatten noch nicht lange gesucht, als Hervé seinen deutschen Kollegen auf eine Verwehung aus Sand am Rand eines dichten Gebüschs aufmerksam machte.

«Sieht aus, als würde darunter jemand liegen», sagte Marthaler.

Sie machten sich daran, mit den Händen den Sand beiseitezuschaufeln.

Der Tote, der dann vor ihnen lag, war Rudi Ferres. Sein Gesicht war nahezu unversehrt, aber die Haut am ganzen Körper zum großen Teil verbrannt.

Hervé bekreuzigte sich. «Trotzdem kann er den Brand gelegt haben», sagte er.

«Aber dann wäre er nicht dort geblieben und hätte sich von den Flammen so zurichten lassen», widersprach Marthaler. «Niemand bringt sich auf eine so grausame Weise selbst ums Leben. Nein, er ist von dem Feuer überrascht und schwer verletzt worden. Dann hat sich Ferres seinen Wunsch erfüllt, am Strand zu sterben, indem er sich mit letzter Kraft hierhergeschleppt hat.»

Plötzlich sahen sich Hervé und Marthaler an. Beide hörten die Nachtigall im Feigenbaum hinter ihnen, die in dieser Sekunde angefangen hatte zu singen. Strophe um Strophe trällerte sie ihr Lied, so ausdauernd, so abwechslungsreich, so schluchzend und fröhlich zugleich, dass für einen Moment jede Härte aus den Gesichtern der beiden Polizisten wich.

«Auf diese Weise hat Rudi Ferres sicher nicht sterben wollen», sagte Marthaler. «Aber er wollte sterben, und zwar an diesem Ort. Und dass an seinem Grab die Nachtigall singt, das hätte ihm sicher gefallen.»

DANK

Die Geschichte über den Mord an Tobias Brüning basiert auf den realen Geschehnissen rund um den Tod von Tristan Brübach, dessen Leiche am 26. März 1998 in einem Tunnel in Frankfurt-Höchst gefunden wurde. Diesen Fall als Hintergrund für meinen Roman zu verwenden, hätte sich verboten, wären nicht beide Eltern Tristans bereits verstorben.

Dass nach der Figur des «Schwanzhinten» aus «Die Sterntaler-Verschwörung» nun zum zweiten Mal ein Zopfmann als Schurke auftritt, war nicht zu vermeiden, da das entsprechende Phantombild im Fall Tristan emblematisch geworden ist.

Wichtige Informationen über die Umstände des Mordes an Tristan Brübach verdanke ich den Veröffentlichungen des Bundeskriminalamtes, der Frankfurter Allgemeinen Zeitung, der Frankfurter Neuen Presse, der Frankfurter Rundschau und einigen TV-Reportagen. Aber auch dem Text von Nicolas Büchse «Der Junge und der Polizist» in Stern Crime, Nr. 1, 2015.

Ich bedanke mich bei der unglaublichen Grusche Juncker, die viele Sätze erst zu sich bringt und diesmal zum richtigen Zeitpunkt den Schraubenschlüssel ins Getriebe geworfen hat. Bei Gudrun Schury, die mit sorgender Neugier und kritischer Hingabe Geschichten und Figuren begleitet. Bei Anne-Claire Kühne und Lisa-Marie Paesike, die so taten, als habe ihnen meine Zumutung nichts zugemutet. Bei Dagmar Drobetz, Christian Habernoll, Brigitte Pfannmöller und Jürgen Weidt, dass sie bereit waren, rasch noch ein Auge draufzuwerfen.

Bei Helene und Wolfgang Beltracchi, dass sie uns einfach mitgeschleppt haben. Bei Heike Binkowski für Beistand in jener Zeit. Bei Heiner Boehncke für munteren Geleitschutz vielerorten. Bei Rolf-Bernhard Essig für den schielenden Hasen. Bei Beate und Helmut Fenner, die da waren, als es darauf ankam. Bei Atilla Korap für einen in den Sand gesetzten Tag. Bei Dirk Mentzer für das Ketamin. Bei Marie-Ange und William Meric-Barthez für die Rue Ledru-Rollin. Bei Ute Meyer für Saint-Rémy. Bei Michael Probst für die Marienerscheinungen. Bei Clemens Strugalla für die Grube Kreuzberg. Bei Tamins für die Überlassung seiner jahrelangen Recherchen im Fall Tristan. Bei Michel Torres, der mir sein Marseillan gezeigt hat. Bei Oscar Unger für sein gutes Gedächtnis.

Und wie immer bei Christiane und Paula, ohne die alles nichts wäre.

Frankfurt am Main und Marseillan, 2017

Weitere Titel von Jan Seghers

Der Tod hat 24 Türchen (Hrsg.)

Kommissar Marthaler ermittelt

Ein allzu schönes Mädchen

Die Braut im Schnee

Partitur des Todes

Die Akte Rosenherz

Die Sterntaler-Verschwörung

Menschenfischer

MIX
Papier aus verantwortungsvollen Quellen
FSC® C083411
FSC
www.fsc.org

Das für dieses Buch verwendete Papier ist FSC®-zertifiziert.